T0178832

Tierra del Fuego

Tierra del Fuego

Pascal Engman

Traducción de Pontus Sánchez

rocabolsillo

Título original: *Eldslandet*

© 2018, Pascal Engman
Primera publicación por Pirat, Suecia.
Publicado en acuerdo con Nordin Agency AB, Suecia.

Primera edición en este formato: septiembre de 2021

© de la traducción: 2020, Pontus Sánchez
© de esta edición: 2021, 2020, Roca Editorial de Libros, S.L.
Av. Marquès de l'Argentera 17, pral.
08003 Barcelona
actualidad@rocaeditorial.com
www.rocabolsillo.com

© de la fotografía del autor: Anna-Lena Ahlström

Impreso por NOVOPRINT
Sant Andreu de la Barca (Barcelona)

ISBN: 978-84-17821-55-5
Depósito legal: B. 11626-2021
Código IBIC: FF; FH

RB21555

En memoria de la joven generación de hombres y mujeres idealistas cuyas vidas y sueños les fueron arrebatados en las cámaras de tortura en el Chile de la dictadura.

Colonia Dignidad fue una colonia alemana en el sur de Chile que se ubicaba en un área de casi la misma extensión que Liechtenstein. Desde 1961, los responsables de la colonia abusaron sexualmente de niños y niñas. Muchos de los autores de las vejaciones eran antiguos soldados.

Después del golpe militar de septiembre de 1973 se inició una estrecha colaboración con la DINA, la policía secreta del general Augusto Pinochet. Los alemanes residentes en Colonia Dignidad se dedicaron a llevar a cabo ejecuciones y torturas y a la producción de armas químicas.

El mundo exterior quedaba tapiado por alambres de espino, verjas electrificadas y detectores de movimiento. Mujeres y hombres vivían por separado. Los bebés eran arrebatados de sus madres en el parto. Los calendarios, periódicos y relojes estaban prohibidos.

Tanto la CIA como el cazanazis Simon Wiesenthal aseguran que Josef Mengele, *el Ángel de la Muerte*, archiconocido por sus crueles experimentos con judíos, pasó varias temporadas en Colonia Dignidad. Está documentado que Augusto Pinochet visitó la colonia.

El fundador y gobernador de la colonia, el antiguo oficial nazi Paul Schäfer, fue condenado en 2006 a treinta y tres años de cárcel por abuso sexual a veinticinco menores.

El pueblo sigue existiendo.

Actualmente se llama Villa Baviera.

PRÓLOGO

$\mathcal{M}$atilda Malm estaba en el momento más infeliz de sus veintitrés años de vida. Una semana antes, su novio Peder le había pedido que se sentara en el sofá, la había tomado de la mano y la había mirado intensamente a los ojos.

Ella había malinterpretado la situación. Creyó que por fin Peder había reunido el valor suficiente, que por fin se lo iba a pedir. Y mientras los labios de Peder se iban moviendo, Matilda iba pensando en cuál de las amigas sería la primera a quien le contaría la pedida.

Pero en lugar de eso, Peder le informó de que había conocido a otra. Una tal Sara. En alguna ocasión anterior, Peder la había descrito como una mera compañera de trabajo simpática con la que a veces iba a tomar algo después de la jornada y con la que podía echarse unas risas durante las soporíferas cenas con los clientes de la agencia de relaciones públicas. Pero ahora todo era distinto.

Las maletas ya estaban hechas, lo esperaban en el dormitorio.

Cuando Peder hubo salido por la puerta, Matilda fue corriendo hasta la ventana y miró a la calle Brantings, donde lo vio meter sus pertenencias en un Taxi Stockholm familiar. Gritó su nombre. Peder se subió al coche y se fue sin mirar atrás.

Desde entonces, ella lo había llamado exactamente sesenta y cinco veces.

Él no le había contestado nunca.

Matilda observó el reloj Patek Philippe bajo el halo de luz de la lámpara. La pulsera titiló y la esfera le advirtió que faltaba poco para la hora de comer. La fascinación que había albergado las primeras semanas por llevar en la muñeca un reloj valorado en casi medio millón de coronas se había esfumado. Aquel ejemplar en concreto pertenecía a un conde que lo había mandado reparar y que iba a pasar a recogerlo aquella misma tarde.

Matilda colocó el pequeño tesoro en su estuche y lo metió en la caja fuerte.

Por la Biblioteksgatan pasaban personas bien vestidas que iban a toda prisa a comer sus menús de trescientas coronas. Dos turistas pegaron las narices en el escaparate. A sus espaldas, un vigilante de seguridad caminaba dando largas zancadas.

Matilda se arregló la oscura falda de tubo. Justo iba a entrar en la oficina para preguntarle a Laura, la jefa, si podía salir a comer cuando sonó el teléfono.

—Bienvenidos a Relojes Bågenhielms, Matilda al teléfono —respondió, tal como ordenaba el protocolo.

—Sí, hola. Me llamo Carl-Johan Vallman y os compré un reloj que necesita reparación.

Matilda supo al instante de quién se trataba. En el último año, aquel hombre había comprado, ni más ni menos, dos Patek Philippe. Carl-Johan Vallman no parecía rico, sino más bien una especie de surfero con pelo hasta los hombros y vaqueros claros y ajados. Por eso, en cuanto había salido de la tienda, Matilda había buscado su nombre en Google. Había descubierto que cuando tenía la misma edad que ella había fundado un fondo de inversión que en la actualidad estaba valorado en más de mil quinientos millones de coronas.

—De acuerdo —dijo—. ¿Le gustaría que lo pasáramos a recoger?

—No, os lo he mandado por DHL —respondió él—. De hecho, debería llegar a la tienda en cualquier momento. Os quería haber llamado antes, pero se me ha complicado un poco la mañana.

—Ningún problema. —Matilda vio un movimiento en la puerta con el rabillo del ojo, una figura vestida con la chaqueta amarilla y la gorra de la empresa DHL—. Veo que está llegando. Será mejor que vaya a abrirle y luego le vuelvo a llamar para que me explique mejor lo que hay que arreglar.

—Perfecto.

Matilda colgó el teléfono y pulsó el botón instalado junto al lector de tarjetas. El mensajero de DHL levantó el pulgar y empujó la puerta de cristal con el hombro. Lo primero que le pasó por la cabeza fue que aquel hombre tenía buena planta. Unos rizos castaños asomaban por debajo de la gorra. Era ancho de espalda, le sacaba más de media cabeza, tenía los ojos azules y un mentón pronunciado. Lo siguiente que pensó fue que no había pensado así en ningún hombre en toda la semana.

El mensajero dejó la caja delante de Matilda. Fue entonces cuando ella hizo una tercera observación: a pesar de ser agosto, el hombre llevaba tanto chaqueta como guantes, delgados y de color blanco.

—No te voy a hacer daño, lo prometo. ¿Lo has entendido?

Matilda abrió la boca desconcertada, mientras él se llevaba un dedo a los labios.

—No tienes que hablar, solo haz lo que yo te diga y enseguida me habré ido de aquí. ¿Me oyes… —sus ojos bajaron a la solapa—… Matilda?

Todo él irradiaba calma.

Matilda asintió en silencio.

—Bien. Quiero que abras la puerta de la oficina.

Matilda rodeó el mostrador. Su mano temblaba violentamente al intentar introducir el código de cuatro cifras.

Un diodo de color rojo parpadeó en el cerrojo electrónico.

—Lo siento, no…

—Tranquila —la interrumpió él—. Yo lo haré. Si me dices cuál es el código.

—Treinta y cuatro cincuenta y dos.

El hombre marcó el código. Extendió lentamente el brazo. Matilda dio un respingo cuando él le cogió la mano cuidadosamente.

—El pulgar, Matilda —dijo. Casi parecía hacerle gracia.

—Lo… lo siento.

Él colocó con delicadeza el pulgar de Matilda sobre el lector de huellas dactilares. La lucecita verde se encendió. El cerrojo se abrió con un chasquido.

—Tengo que pedirte que me acompañes —dijo en voz más baja al mismo tiempo que abría la puerta.

—Mi jefa está ahí abajo —susurró ella.

—Lo sé.

Bajaron las escaleras. Ella primero. Él siguiéndola de cerca.

La puerta de la oficina estaba abierta. El corazón de Matilda latía con fuerza. Iba pensando en lo que el hombre le pediría que hiciera.

Él le puso una mano en el hombro, se le adelantó y le ordenó con un gesto que se quedara quieta.

Se metió en el despacho de Laura. Matilda se tambaleó, buscó apoyo en la pared. Al instante siguiente oyó un grito de su jefa. Luego, la voz del hombre, tranquila pero firme. ¿Debería subir corriendo y pulsar la alarma?

Pero entonces Laura seguiría con él. Y no estaba segura de que las piernas la fueran a sostener. Sonaba como si el hombre le estuviera dando instrucciones. El tono era asertivo, pero en absoluto agresivo.

Un par de segundos más tarde el hombre volvió a salir. Matilda se pegó a la pared para dejarle paso.

—Podéis subir dentro de tres minutos. Mientras tanto, quiero que esperéis aquí —dijo.

El hombre se detuvo delante de la puerta, se puso bien la gorra y pulsó el botón para abrirla. Dos segundos más tarde había desaparecido.

PARTE I

1

$\mathcal{A}$ sus cuarenta y dos años, la subinspectora Vanessa Frank iba a ver a un psicólogo por primera vez en su vida. Era la única clienta en la salita de espera. A su derecha había un puñado de revistas coloridas. Cogió una, se la puso en el regazo y comenzó a hojearla distraída mientras se cambiaba la monodosis de tabaco en polvo. Excepto cuando comía, dormía o entrenaba, siempre llevaba una bolsita de Göteborgs Rapé bajo el labio desde los últimos quince años. Al mudarse de Cuba había cambiado los cigarros por el *snus*.

—Vanessa. ¿Vanessa Frank?

Vanessa levantó la cabeza y vio a una mujercita de pelo corto y con una túnica de color mostaza. Combinada con las gafas de carey, confirmó en el acto todos sus prejuicios sobre la imagen que tenía del aspecto de los terapeutas.

—Yo soy Ingrid Rabeus —dijo la psicóloga con una sonrisa afable.

Vanessa se puso en pie y estaba a punto de tenderle una mano cuando Ingrid Rabeus dio media vuelta y comenzó a alejarse por el estrecho pasillo.

La invitó a pasar a una salita amueblada con un escritorio y dos sillones de tela, uno verde y otro azul. Ingrid Rabeus le señaló el azul, que estaba de espaldas a la ventana, y Vanessa tomó asiento.

En una mesa de centro redonda vio un jarrón con una flor blanca y un paquete de pañuelos de papel. Se inclinó y olió la flor, que resultó ser de plástico.

La psicóloga se acomodó en el otro sillón y cruzó las piernas.

—Me gustaría empezar preguntándote por qué has venido.

—Estoy pasando por un proceso de divorcio y el otro día cogí el coche bajo los efectos del alcohol —respondió Vanessa.

—Los divorcios son difíciles —dijo Ingrid Rabeus en tono neutro.

—No, no especialmente. El divorcio no es el problema en sí.

La terapeuta parecía sorprendida, pero enseguida se recompuso.

—¿Ah, no?

—No. En absoluto, a decir verdad. El problema es que cogí el coche borracha y me pararon mis compañeros de trabajo. Ahora estoy de baja forzosa mientras deciden si puedo conservar mi puesto o no. Como muestra de mi buena voluntad le he prometido a mi jefe que vendría a tu consulta.

—O sea que no quieres estar aquí.

Los labios de la terapeuta se ensancharon en una sonrisa de comprensión.

—Sinceramente, no. Cogí el coche habiendo bebido, lo cual fue una estupidez. Sobre todo teniendo en cuenta mi trabajo. Entiendo que no puedo volver como si nada, porque sería señal de que nuestro sistema jurídico tiene fallos importantes.

—Deduzco que eres policía.

—Soy subinspectora. Jefa de lo que hasta hace un tiempo se conocía como el Grupo Nova.

—Entiendo. ¿Cuánto llevabais casados, tú y tu exmarido...? ¿Cómo se llama, por cierto?

—Svante. Doce años.

—Es mucho tiempo. ¿Tenéis...?

—¿Hijos? No. No tenemos.

Se hizo el silencio. Vanessa pudo oír el zumbido del tráfico rodado de la calle Horns. Quería salir al sol de la calle. Lejos de Ingrid Rabeus y de su flor de plástico.

—¿Sabes qué me molesta? —preguntó Vanessa al cabo de un momento.

—¿Del divorcio?

—No, de esto de la terapia, en general.

Ingrid Rabeus cambió de postura.

—Cuéntame.

—Todo el mundo dice que eso de la mala salud mental es

un tabú. No lo es. Los famosos no hacen nada más que sentarse en los programas de entrevistas de la tele a coquetear con lo mal que se encuentran. Van soltando a los cuatro vientos que se pasan media semana al mes delante de alguien como tú. Y ellos pueden hacerlo, porque no tienen un trabajo de verdad. No es que el organizador de eventos Micael Bindefeld, o quien sea que monta los estrenos de cine, los llame para echarles la bronca si no se presentan. Pero yo tengo un trabajo de verdad. En el mejor de los casos, debo impedir que ciertas personas cometan delitos. En el peor, procurar que acaben entre rejas cuando lo hacen. Y cada segundo que paso aquí, estoy dejando de ejercer.

Ingrid Rabeus abrió la boca para responder, pero cambió de idea.

—Además, pareces el arquetipo de psicóloga por antonomasia.

—¿Ah, sí?

—Sí.

—¿En qué sentido?

—No es nada personal, pero me parece que son las gafas en combinación con esa túnica.

—Vale.

Ingrid Rabeus frunció la boca y la piel entre la nariz y el labio superior se llenó de arruguitas.

—Se me da muy bien leer a las personas —dijo Vanessa.

—Ah.

—Déjame adivinar. ¿Haces danza africana?

—Pues sí —dijo—. Pero volvamos a hablar de ti.

Vanessa miró la hora de reojo. Diez minutos. No le entraba en la cabeza que tuviera que seguir allí sentada otros treinta y cinco.

—Has dicho que cogiste el coche después de haber consumido alcohol.

—Sí, pero no soy alcohólica, aunque sé que todos los alcohólicos dicen lo mismo.

La sonrisa comprensiva de Ingrid Rabeus se iba tornando cada vez más forzada.

—¿Has empezado a beber más a raíz del divorcio? ¿O es de antes?

—No, no empecé a beber por lo que pasó con Svante. Pero sí que he empezado a beber más después de que me pararan con el coche. Entiendo que la mayoría de las personas en sus cabales habría reducido el consumo después de algo así, pero yo no. Yo he subido de nivel.

—¿Has subido de nivel?

—Sí. Me paso los días en casa en lugar de trabajar. Y como no quiero morir sola me he apuntado a Tinder, la app de citas, no sé si estás familiarizada...

—He leído sobre ella.

—Dos noches a la semana, a veces tres, me siento delante de algún hombre calvo de mediana edad y los oigo hablar de sus deplorables vidas mientras cruzan los dedos para que me los lleve a casa y les eche un polvo de consolación. Y cuando estoy allí sentada me aburro tanto que bebo grandes cantidades de alcohol para anestesiarme.

La terapeuta se inclinó hacia delante, se recolocó las gafas y pestañeó unas cuantas veces.

—¿Por qué os habéis separado, tú y Svante?

—Porque nos cansamos de vivir el uno con el otro.

—¿Ha conocido a otra?

—Justo en el clavo, doctora. Una joven actriz que se llama Johanna. Ahora están esperando un hijo. Svante es director de teatro. O dramaturgo, como diría él. Me alegro por él, aunque sé que comenzaron a acostarse un año antes de que yo lo descubriera y lo echara de casa.

—O sea que te fue infiel.

—Sí, metió al soldado en la trinchera del enemigo, por así decirlo. Ahora es cuando la gente se estira para coger uno de esos, ¿no? —Vanessa señaló el paquete de pañuelos de papel. Cogió uno, se sacó la dosis de *snus*, la envolvió en el pañuelo y la dejó en la mesa—. ¿Quieres que la gente llore en tu consulta? Te contaré una cosa. En toda mi vida adulta solo he llorado una única vez. ¿Quieres saber cuándo?

—Sí.

Vanessa se inclinó hacia delante y redujo el volumen de voz hasta un mero susurro.

—Pues no lo sabrás.

—¿Ah, no? —preguntó Ingrid Rabeus arqueando las cejas.

—No. Llorar seguro que es bueno y purificante. Supongo que la gente se sienta aquí y te llora todo lo que quiere, y seguro que eso les hace bien. Cuando tú vuelves a casa te imaginas que has conseguido penetrar en sus mentes. Que has hecho un buen trabajo. Que has salvado otra alma. Seguro que lo has hecho, pareces amable e inteligente y supongo que has ido a una buena universidad. Pero te aseguro una cosa. A mí no me verás nunca llorar, porque yo no lloro.

Una hora y media después de la sesión con Ingrid Rabeus, Vanessa estaba sentada en la barra del Luigis Espressobar de la calle Roslags leyendo los titulares de *Dagens Nyheter*. Cada veinte segundos echaba un vistazo a la entrada del centro de bronceado Rey del Sol. Su informante Reza Jalfradi aparecería de un momento a otro.

Por el momento, Vanessa era la única clienta de la pequeña cafetería.

El camarero, vestido con camisa blanca y con la corbata metida por dentro, se aclaró la garganta.

—¿Más café, *signora*? —preguntó con marcado acento sureño, de la provincia de Skåne.

Ella hizo girar el asiento del taburete alto y levantó la taza vacía. Él se la llenó mientras Vanessa se preguntaba qué le molestaba más, si la corbata por dentro o que la llamara *signora*. El chico era rubio y tenía la tez tan pálida que probablemente se le pondría roja si lo enfocabas con una linterna.

—Gracias.

Vanessa abrió la sección de cultura y se topó de cara con el rostro de su exmarido. El artículo hablaba de la nueva obra de Svante, *La maldición del amor*, que se iba a estrenar en el Dramaten, el teatro más importante de la capital.

Entrevistaban a Svante y a la protagonista de la obra, Johanna Ek, que resultaba ser también la nueva novia de Svante. En las imágenes aparecían uno al lado del otro en un sofá de piel marrón. A sus espaldas se veía un cuadro con un barco de vela.

Svante le explicaba al reportero que estaba convencido de que la obra sería la gran irrupción de Johanna en la escena teatral y se refería a ella como «la nueva Greta Garbo».

Vanessa negó con la cabeza y se rio. Miró a la calle justo a tiempo para ver la espalda de Reza Jalfradi entrando en Rey del Sol.

Dejó el periódico en la barra y tomó un trago de café.

Vanessa y Svante habían estado viviendo juntos trece años. El acuerdo había sido prescindir de los hijos y apostar por sus respectivas carreras laborales. Vanessa como subinspectora de policía en el grupo que después de la reforma del cuerpo policial pasó a adoptar el insípido nombre de Brigada de Vigilancia, grupos 5 y 6, del Departamento de Investigación, pero al que todos los policías seguían llamando el Nova. El objetivo de la Brigada de Vigilancia era identificar y controlar a individuos vinculados al crimen organizado en el área de Estocolmo. El grupo había crecido notablemente en los últimos años.

En cuanto a Svante, su oficio de director de teatro implicaba varias noches de bar a la semana y aventuras eróticas con mujeres que caían rendidas a su condición de famoso. Para Vanessa no había supuesto ningún problema. Ella distinguía bien entre sexo y amor.

Pero una mañana, a la hora del desayuno, a Svante le había llegado un SMS. Vanessa había cogido el teléfono creyendo que era el suyo. En la pantalla aparecía un pequeño ser que recordaba a un alienígena. Aquella misma tarde echó a Svante de casa. Desde entonces él vivía en el piso de dos habitaciones de Johanna Ek en el barrio de Södermalm.

Vanessa se quitó de encima los recuerdos, se levantó y se acercó a la caja.

—¿Podrías cobrarme?

—Por supuesto, *signora*.

Metió la American Express en el lector y marcó el código.

—*Mille grazie* —dijo el chico de Skåne.

Cuando Vanessa abrió la puerta del solárium número dos, Reza Jalfradi estaba sentado mirando el móvil. Se sentó a su lado sin molestarse en saludarlo.

El hombre era un antiguo atracador de furgones blindados de cuarenta y ocho años que había cambiado el negocio ilegal por un bar. Reza no bebía, por lo que era de confianza. Estaba al tanto de todo y conocía a todo el mundo. Vanessa no se hacía ilusiones de que estuviera colaborando con ella empujado por el sueño de mejorar el mundo. Era consciente de que la información que él le entregaba estaba calculada al milímetro y siempre, de un modo u otro, favorecía los propios intereses de Reza.

—Qué bien que por fin hayamos podido concertar una cita —dijo ella con sarcasmo.

—Soy un hombre solicitado y con una agenda muy apretada, pero mi secretaria ha conseguido encontrar un hueco —respondió Reza en el mismo tono.

—Sí, he oído que tu pizzería iba a encargarse de la cena de los premios Nobel también este año. El rey parece estar encantado con tu cuatro estaciones. ¿Es el jamón de lata lo que la hace tan única?

Él se rio.

—Recuérdame que te llame si necesito un cómico para animar la próxima MuckFest.

Vanessa sacó su cajetilla de *snus* del bolsillo trasero y le ofreció a Reza. Él negó en silencio.

—Hoy no me puedo quedar demasiado rato —dijo ella—. ¿Qué está pasando?

—Cosas interesantes, la verdad. Han secuestrado a un empresario.

—No he oído nada. ¿Cuándo?

—Hace dos semanas. Lo soltaron hace unos días.

—¿Quién está detrás?

—No lo sé.

—Venga ya.

—En serio. No lo sé.

Ella lo examinó con la mirada.

—¿Quién es el empresario?

—No lo sé. Pero me puedo enterar.

—Un empresario secuestrado, eso no es muy habitual, al menos en Suecia. ¿Podría tratarse de la Legión?

Reza negó con la cabeza.

Desde hacía cosa de un año, la Legión era un nuevo agente poderoso en los bajos fondos de Estocolmo. Los dos líderes del grupo, Joseph Boulaich y Mikael Ståhl, eran exmilitares.

Después de servir en Afganistán se habían pasado al sector privado, trabajando para empresas de seguridad estadounidenses en Irak. En Copenhague, las bandas formadas por veteranos de Irak y Afganistán llevaban años dominando el crimen organizado. En Suecia era un fenómeno nuevo. Y, como se había podido comprobar, difícil de controlar.

Como organización, la Legión estaba intacta. La discreción prevalecía por encima de todo, lo que había hecho que la banda hubiese pasado totalmente desapercibida para la prensa.

Por lo que se había podido descubrir hasta la fecha, la Legión proveía a Estocolmo, Gotemburgo y Malmö de cocaína de primera calidad. Al principio, las demás bandas criminales habían tratado de recuperar su tajada del tráfico de estupefacientes recurriendo a la violencia, pero la Legión había dejado a sus contrincantes fuera de juego con táctica y precisión militares. Habían dejado un reguero de cadáveres por medio país. En Estocolmo se habían identificado ocho cuerpos que se suponía provenían del conflicto. Ninguno parecía pertenecer a la Legión. Y no se había detenido ni a un solo autor de los crímenes.

Desde hacía un par de meses la situación se había relajado. Pero cada intento de atacar a la Legión había terminado siendo un fiasco para la policía, que siempre iba un paso por detrás. La única explicación que Vanessa le encontraba era que había algún topo dentro del cuerpo que les filtraba información.

—Entonces no se habría sabido. Ellos nunca se van de la lengua —dijo Reza.

Vanessa se acercó al lavabo y se lavó las manos. Sacó una servilleta de papel del dispensador y se secó.

—¿Algo más?

Él negó con la cabeza.

—Tengo que contarte una cosa —dijo Vanessa.

Reza arqueó las cejas sorprendido.

—Me han inhabilitado. Es probable que acabe conservando el trabajo, pero estoy inhabilitada mientras se resuelve la situación.

—¿Qué ha pasado?

—Eso da igual. Si quieres verte con otra persona puedo hablar con mis compañeros.

—Olvídalo. Solo hablo contigo.

—Bien. Es hora de cambiar la cuenta de correo.

—Me toca a mí decidir nombre.

—Claro.

Vanessa quitó el protector de seguridad del teléfono móvil. Reza lo cogió y abrió el navegador para crear una nueva dirección de e-mail. Ella lo miraba a la cara a través del espejo. De pronto Reza se echó a reír.

—¿Qué es esto?

Al instante siguiente Vanessa cayó en la cuenta: se había olvidado de limpiar el historial de búsqueda.

—Solo movidas lésbicas —dijo Reza alegre—. No sabía que te molaban las tías.

—Cierra el pico.

Reza levantó las manos en gesto de sumisión.

—Sin prejuicios. Me alegra saber que tenemos intereses en común. La próxima vez a lo mejor podríamos quedar en un bar y ligar juntos.

—Córtate.

—Vamos a ver —murmuró él—. ¿Qué te parece nuestro nuevo mail para los próximos tres meses? —Le enseñó la pantalla.

«Ilikegirls@hotmail.com», ponía.

—La misma contraseña de siempre —dijo Reza.

2

Nicolas Paredes metió un puñado de cubiertos en el lavavajillas, cerró la puerta y pulsó el botón de inicio de programa. Dio dos pasos a un lado, sujetó el asa de la máquina contigua y la abrió. Una nube de vapor le envolvió la cara.

Se secó las manos en la camiseta negra y dejó la puerta abierta para que la vajilla se secara.

—Joder. ¿Cómo coño les puede costar tanto?

Junto al largo banco de trabajo estaba su compañero Oleg, que también tenía turno. Estaba sentado en un taburete destartalado, mirando el móvil. En el fregadero a su derecha había varias ollas grandes flotando en agua sucia.

—¿Qué pasa? —le preguntó Nicolas en inglés.

—Mi hermana y mi madre acaban de llegar en barco. Estoy intentando explicarles la forma de ir a mi piso en Hallunda.

Nicolas cogió una de las ollas y empezó a frotarla con un cepillo. El teléfono de Oleg comenzó a sonar. Mientras Oleg atendía, se llevó el dedo índice de la mano izquierda a la sien y puso los ojos en blanco. Al instante siguiente soltó una larga diatriba en letón.

—Salgo un momento a coger un poco de aire —dijo Nicolas y dejó la olla a un lado.

Salió a la calle, se sentó en los escalones de la puerta de acceso a la cocina y paseó la mirada por la calle Nybro.

La puerta se abrió a su espalda. En el quicio vio a una de las camareras, Josephine Stiller.

—¿Tienes tabaco, Paredes? —preguntó ella.

Él negó con la cabeza.

—Pues acompáñame al Seven Eleven.

Bajaron en dirección a Nybroviken. Nicolas esperó fuera y cuando Josephine salió y le ofreció un cigarrillo de un paquete de Marlboro Gold.

—No, gracias, estoy bien.

Josephine se encogió de hombros, se puso el cigarrillo entre los labios y emprendieron el camino de vuelta.

—Hoy curramos los dos hasta la hora de cierre. ¿Qué te parece?

Nicolas se pasó una mano por el pelo castaño recién cortado.

—¿Qué quieres que me parezca?

Josephine aminoró el paso y se le acercó tanto que Nicolas pudo percibir su aliento húmedo en la oreja.

—A mí me parece que deberías follarme como hiciste la última vez —le susurró. Nicolas se volvió para mirarla. Sus caras estaban tan cerca la una de la otra que podría haberle tocado los labios con tan solo sacar la lengua—. O bien te olvidas. Lo dejo en tus manos. Yo solo quiero divertirme un poco.

Josephine encendió el cigarrillo y exhaló una nube de humo blanco que se quedó un momento flotando en el aire antes de disiparse.

La primera vez que habían coincidido en el mismo turno ella le había mostrado claramente lo que pensaba de él. Tras varios meses de intenso flirteo, al final él ya no se había podido resistir.

Aparte de trabajar de camarera en Benicio, Josephine estaba estudiando Derecho en la Universidad de Estocolmo. Se había criado en el barrio de Östermalm. Era una niña de clase alta en muchos sentidos: guapa, segura de sí misma, llena de autoestima. A Nicolas le gustaba hablar con ella. A diferencia de muchas otras personas que habían nacido en esas condiciones, Josephine tenía tanto sentido del humor como inteligencia a raudales. Por experiencia, Nicolas sabía que muchas chicas así de guapas carecían de personalidad. Eran aburridas, por la simple razón de que nunca habían tenido que desarrollar sus cualidades sociales, puesto que siempre conseguían lo que querían igualmente.

—Solo quieres sacar de quicio a tu padre llevándote a casa a un chico de barrio lleno de tatuajes —dijo él y sonrió.

—Puede ser. —Josephine dio otra calada—. Pero sigo sin entenderlo del todo. En general no necesito ir pidiendo y suplicando.

—Me gustas, Josephine, pero no puede ser. Eres demasiado joven.

—Tengo veinte. Y relájate, abuelo, no te estoy pidiendo la mano. Siento cierta debilidad porque eres difícil. Te hace menos previsible que los demás tíos que circulan por esta ciudad de mierda.

—Quizás otro día —dijo Nicolas.

Volvieron a sentarse en los escalones de la entrada de la cocina.

—¿Qué haces luego?

—He quedado con Maria.

Josephine puso cara de sorpresa y abrió la boca, pero él se le adelantó.

—Es mi hermana.

—Tampoco habría tenido ningún problema en que fuera otra. Pero bueno, veo que tendré que ligarme a algún perdedor ricachón en algún bar.

Se puso de pie y tiró la colilla. Le dio un beso en la mejilla.

La puerta se cerró detrás de Nicolas. El cigarro siguió consumiéndose en la acera. Se lo habían pasado bien la otra noche. Por la mañana él le había prestado una camiseta que le iba demasiado grande y ella había preparado el desayuno. El resto del día no se habían alejado de la cama más que una sola vez para bajar a la plaza Gullmars a comprar unas pizzas.

Josephine conseguía hacerlo reír. Él quería tratarla bien. Pero había circunstancias en su vida que hacían que una relación estable quedara descartada.

Lo primero que tenía que hacer era ir a casa de Maria. Ella era lo más importante que tenía.

Se levantó, introdujo el código en la cerradura electrónica y volvió a la cocina.

Oleg se peleaba con la puerta del lavavajillas para abrirla. Cuando lo logró, dio la vuelta para evitar la columna de vapor. No lo consiguió del todo, las gafas redondas se le empañaron.

—¿Cómo ha ido?

Oleg se limpió los lentes con la camiseta y miró a Nicolas con ojos entornados.

—Mal.

El teléfono volvió a sonar. Oleg lo dejó zumbir irritado encima del taburete.

—¿Cuánto tiempo se quedan? —preguntó Nicolas.

—Hasta el sábado.

—Ve con ellas.

Oleg negó con la cabeza.

—No te puedo dejar con este lío. Además, necesito la pasta.

Nicolas sabía que Oleg llevaba meses ahorrando dinero para que su hermana y su madre pudieran hacerle una visita. Aparte de trabajar de lavaplatos en Benicio, el letón trabajaba en una obra en Märsta. Algunas noches competía con jubilados pobres y gitanos de Europa del Este por las latas de la ciudad, que luego reciclaba a cambio de unas monedas extras.

Nicolas le dio un empujoncito, le quitó el sitio y comenzó a sacar los platos relucientes del lavavajillas.

—Yo me encargo. Que no se entere nadie. Aunque no acabo de entender por qué alguien cruzaría el Báltico para verte. Al menos a mí me pagan una fortuna por aguantarte.

—Sí, esto es una auténtica mina de oro —dijo Oleg con media sonrisa. Se colocó las gafas sobre la nariz—. En serio, gracias. No lo olvidaré.

Un par de horas más tarde, Nicolas se subió al metro en la estación de Östermalmstorg. Mientras las puertas se cerraban recordó haber leído en alguna parte que en Danderyd la media de vida de la gente era de ochenta y tres años. En Vårberg, unos minutos más de trayecto hacia el sur con la línea roja, era de cuatro años menos.

No tenía ningún motivo para pensar que las cifras hubiesen cambiado desde que leyó el artículo.

La situación en los barrios de la periferia de Estocolmo era peor que nunca. Lluvia de piedras, tiroteos y coches quemados, el pan de cada día. La compraventa de drogas se hacía a la vista de todos. Las bandas gobernaban, sus miembros eran cada vez más jóvenes. Los adolescentes se paseaban pegando y robando por mera diversión.

Los miembros de las distintas bandas aparecían acribillados a balazos en un coche, o eran ejecutados en plena calle. Los que salían perdiendo eran los miles de vecinos que solo querían llevar una vida normal, ver crecer a sus hijos, pero que no podían permitirse vivir en ningún otro sitio.

Gente como Maria.

Tenía que ir a verla esa misma noche, los días siguientes no tendría tiempo. Además, la echaba de menos. Era un año mayor que Nicolas y le habían diagnosticado autismo. Maria seguía viviendo en la misma residencia asistida a la que se había mudado al cumplir la mayoría de edad.

Desde que Nicolas había regresado a Estocolmo la habían atracado dos veces. Pero no era solo por el dinero que iban a por ella. Maria padecía una malformación congénita de cadera que hacía que arrastrara la pierna derecha al caminar. Durante toda su infancia en Sollentuna había sido un objetivo tan evidente como fácil para los abusones.

En Vårberg los niños y adolescentes le tiraban piedras cuando salía a la calle.

Nicolas había intentado convencerla para que se mudara a vivir con él en su piso en Gullmarsplan, pero ella no había querido. Detestaba los cambios. Y no quería ser una carga. Pero en cuanto Nicolas hubiese reunido el dinero suficiente se la llevaría lejos de Vårberg.

Los remordimientos por haberla dejado allí sola tanto tiempo lo atormentaban día y noche. La época en la que había sido soldado y había pasado largas temporadas en el extranjero apenas la había visto una vez al año. Y ella siempre le había asegurado que todo iba bien. Lo había fingido, por él.

«Nunca más», pensó Nicolas.

Otros cuatro viajeros corrieron por el andén de Vårberg. El tren soltó un suspiro, ganó velocidad y desapareció en dirección sur. Delante del centro, donde todo estaba cerrado, dobló a la derecha. Cruzó el césped y atravesó el aparcamiento. Utilizó el juego de llaves que Maria le había dado para entrar.

La recepción estaba apagada.

Nicolas continuó hasta los pequeños ascensores y subió al tercer piso.

En el pasillo olía a comida. De fondo se oía una tele, voces, un crío llorando. Se detuvo delante de la puerta de Maria y llamó al timbre. Oyó los pasos arrastrados de su hermana al otro lado.

La puerta se abrió despacio. El pasillo detrás de Maria estaba a oscuras. Pero cuando ella alzó la cabeza para mirar a su hermano, Nicolas vio al instante la sangre seca en el pelo. Su ojo derecho estaba enmarcado por un moratón amarillo verdoso. Maria se apartó para dejarle paso.

—Maldita sea —murmuró él.

3

*E*n la parte del mundo que el explorador Fernando de Magallanes bautizó como Tierra del Fuego se cernía una densa oscuridad. Las olas del Pacífico se abalanzaban con estruendo sobre las rocas y rompían en espuma blanca. El viento azotaba la vegetación y su ropa.

Las noches claras en el sur de Chile, la luz de la luna era tan intensa que te permitía leer el periódico, pero ahora tanto la luna como las estrellas quedaban ocultas tras una gruesa capa de nubes.

El buque mercante *M/S Iberica* estaba flotando a una milla de la costa. «Si no fuera por los faroles del buque no sabríamos en qué siglo estamos», pensó Carlos Schillinger. En la naturaleza, el tiempo quedaba fuera de combate. Por eso le gustaba tanto vivir en el campo y detestaba las ciudades sucias en las que la gente se apretujaba como ganado.

Se ciñó el abrigo al cuerpo y desplazó la vista hasta un poco por delante del buque de mercancías. Aunque no pudiera ver la lancha motora sabía que ya se estaba dirigiendo a la cala que se abría a sus pies.

La parte del cargamento que el *M/S Iberica* había traído desde Filipinas no constaba en ningún registro. Y así seguiría. Con el camión que estaba esperando, transportarían la mercancía viva más de mil kilómetros hacia el norte, donde la iban a esconder.

Oyó unos pasos que se le acercaban por detrás. Carlos no tuvo que darse la vuelta para saber que el joven que apareció a su lado era su hijo adoptivo, Marcos.

—Ya casi llegaron —dijo.

—Bien —respondió Carlos.

Marcos juntó las manos delante de la boca y se las calentó con el aliento.

—¿Cuánto tardaremos en recibir un nuevo cargamento? —preguntó. Su voz sonó apagada y deformada a través de las manos.

—Esta es la última de Filipinas.

—¿Ninguna fuente nueva?

—No. Todavía no.

A cincuenta metros de la orilla se encendió una linterna. Un segundo más tarde, el *M/S Iberica* era la única luz que se veía.

—Es la hora —constató Carlos.

Comenzaron a bajar hacia las rocas. Marcos iluminaba el terreno con su teléfono móvil. En alguna parte un ave marina soltó un graznido.

Los vapores diésel del camión les hacían cosquillas en la nariz. A diez metros de la orilla, la lancha motora encendió sus focos y se deslizó lentamente hasta la playa. Cuando la quilla raspó la arena, el camión encendió los faros. La oscuridad se llenó al instante de voces y sombras.

Una niña comenzó a llorar. Alguien la hizo callar con un par de bofetones y el llanto se redujo a un gimoteo que quedaba ahogado por las olas, el motor del camión y las voces atosigadas de los hombres. Unos brazos fuertes iban guiando a los menores por la playa y los iban subiendo al camión.

Uno de los mayores se liberó de un tirón y salió corriendo hacia unos matorrales. Dos hombres le fueron detrás. Los demás encendieron las linternas y apuntaron hacia donde el niño había desaparecido. Los dos hombres volvieron con el chico sujeto por los brazos. Iba con la cabeza colgando, oponía resistencia con las piernas. Rogando y rogando. Lo tiraron dentro de la caja del camión. Cerraron las puertas. Dos golpes con la palma para indicar que todos los niños estaban dentro.

Cuando el camión y el coche escolta hubieron desaparecido, la calma volvió a reinar en la cala.

Carlos se dirigió a su coche. Su chófer, Jean, estaba en cuclillas con la espalda pegada a la puerta del vehículo. Un cigarrillo encendido le colgaba de los labios.

—¿Listo para irnos, jefe? —dijo cuando vio a Carlos, se levantó y tiró el cigarro.

—Sí.

La colilla brillaba incandescente en el suelo. Carlos dio unos pasos al lado, la pisoteó y la recogió. Se la devolvió a Jean.

—La tiras en casa.

—Por supuesto. Disculpe.

Tras haber conducido toda la noche, Carlos vio la verja que separaba Colonia Rhein del resto del mundo. Se abrió sin hacer ruido. Las trece mil hectáreas de tierra de la colonia estaban compuestas, principalmente, por bosque y pasto para el ganado. Las viviendas de sus ciento cincuenta habitantes estaban dispersas por las colinas. En el centro se había levantado una pequeña aldea, con naves de almacenamiento y fábricas, escuela, panadería y una iglesia protestante.

—¿A casa? —preguntó Jean y bostezó.

El sol había salido por detrás de los Andes. La panadería no tardaría en abrir. Carlos sabía que no podría conciliar el sueño. Necesitaba café. Estar solo, pensar. Contempló los campos oscuros, que estaban envueltos en una tupida niebla blanca.

A la derecha del coche se alzaba el hospital de Colonia Rhein, la Clínica Baviera. El edificio era el más moderno de la colonia y tenía varias plantas. A él llegaban pacientes de todo el mundo, aunque la mayor parte eran empresarios asiáticos. Aparte de ofrecer atención clínica de primera categoría y una sofisticada investigación de células madre de fetos abortados, la clínica contaba con un banco de órganos para los pacientes más ricos, que pagaban sumas millonarias para no tener que estar en lista de espera en sus países de origen. Algunos trasplantes se llevaban a cabo como medida preventiva: los más ricos se cambiaban los órganos para frenar el envejecimiento y prolongar sus vidas.

Desde comienzos de los años noventa, el banco de órganos se había nutrido con niños de la calle enviados en barco hasta Chile desde las Filipinas. Pero con la llegada al poder del nuevo presidente Duterte y su declaración de guerra contra los cárteles de la droga, los socios filipinos de Carlos habían tenido cada vez más dificultades para proveerles.

Por eso el cargamento que había llegado con el *M/S Iberica* sería el último. Si quería que el hospital sobreviviera, Carlos estaba obligado a encontrar un nuevo proveedor que pudiera abastecer de órganos a la clínica.

—No, llévame al pueblo y luego vete a casa a dormir un rato.

—Como usted mande, patrón.

Se detuvieron delante de la iglesia blanca. Carlos se bajó y el Mercedes continuó la marcha. El aroma a pan recién hecho en el aire húmedo de la mañana le despertó el apetito.

Carlos saludó calurosamente a doña Gisela, que llevaba la panadería, y le pidió un *Nusskuchen* y café.

—Enseguida, don Carlos. Siéntese y se lo traigo.

Junto a la antiquísima caja registradora había un puñado de periódicos alemanes. Carlos cogió *Der Spiegel* y se sentó a una de las mesas del exterior.

Abrió el diario de cuatro días atrás. Doña Gisela le puso el café y el pastel de nueces delante.

Carlos le dio las gracias y dio un primer bocado.

—Delicioso, como siempre.

Ella sacó un paño, limpió las mesas vacías y paseó la mirada por los campos mientras Carlos se sumía en la lectura. Ojeó el editorial. Leyó un par de artículos sin demasiado interés, hasta que un titular captó toda su atención.

QUINIENTOS NIÑOS REFUGIADOS
DESAPARECEN EN SUECIA CADA AÑO.

El artículo explicaba que Suecia tenía serias dificultades para controlar a los niños refugiados que residían en el país. Los activistas de derechos humanos culpaban a la policía y a las autoridades públicas de hacer la vista gorda con las desapariciones. Carlos se vio interrumpido por la voz de Gisela.

—Ahí llega don Dieter —dijo la mujer y se metió en la panadería.

Por el camino se acercaba a trompicones una figura desgarbada apoyada en un bastón.

—Buenos días —saludó Dieter Schück en alemán; se dejó caer con un largo jadeo en la silla de la mesa vecina y apoyó el bastón en el respaldo.

A sus espaldas se abrió la puerta y doña Gisela salió con café y una pasta de hojaldre.

—¿Qué diario desea hoy, don Dieter? —preguntó en español.

—Ese —dijo Dieter señalando a Carlos y acto seguido estalló en una risotada tronante que se convirtió en un ataque de tos. Pese a que llevaba viviendo en Chile desde mediados de los años cuarenta, Dieter tenía un acento muy marcado. Pasó al alemán—. ¿Qué lees? —logró decir mientras recuperaba el aliento.

—Un artículo sobre Suecia —dijo Carlos entre dientes. Dieter le caía bien y le tenía respeto, pero detestaba que lo interrumpieran cuando estaba leyendo.

—Ah, tu tercera patria. Tú hablas sueco, ¿no? —Se golpeó el pecho y la tos cesó.

—Sí —dijo Carlos—. Aunque mi padre nunca le tuvo ningún cariño al país. Él se consideraba alemán, y como tú ya sabrás, adoptó el apellido alemán de mi madre cuando se casaron.

Dieter se llevó la pasta de hojaldre a la boca con mano temblorosa y le dio un bocado. Una cascada de migas cayó sobre su camisa y en su regazo.

En la guerra, Dieter había sido *Untersturmführer* en las Waffen-SS. Había luchado en el frente oriental, había alcanzado Stalingrado, había tenido que retroceder a Alemania por la presión del Ejército rojo. Había defendido Berlín hasta el final. Había sido herido. Se había recuperado. Luego había huido a Sudamérica y Chile junto con las familias de las SS que habían fundado la Colonia Rhein.

Un nuevo ataque de tos parecía abrirse camino. Dieter se golpeó el pecho con el puño y carraspeó.

—Nadie defendió Berlín con la rabia y la entrega de tu padre —dijo y se limpió la boca—. ¿Cuánto tiempo lleva muerto?

—Veintisiete años.

—Veintisiete años, sí. Murió en el momento adecuado.

Guardaron silencio mientras el sol iba ascendiendo cada vez más en el cielo.

En la panadería, una pieza de cerámica cayó al suelo. Doña Gisela blasfemó en voz alta con un santo que Carlos nunca había oído nombrar.

Colgó la chaqueta en el respaldo de la silla y dejó el periódico a un lado. Un puntito en una de las colinas le hizo girar la cabeza. El Chevrolet negro de su hijo adoptivo apareció en la pendiente.

—¿Lo quieres? —preguntó Carlos y le pasó el periódico a Dieter.

En lugar de contestar, el anciano se quedó mirando al vacío con la boca medio abierta.

Después de apagar el motor del coche, Marcos se unió a Carlos.

—Mira esto —dijo Carlos señalando con el dedo la noticia de los niños refugiados. Carlos observó a Marcos mientras este leía el texto por encima con ojos entornados.

Marcos había nacido en un pequeño pueblo en las afueras de Valdivia. Ahora, igual que entonces, durante los meses de verano la población de la zona se veía asediada por incendios forestales despiadados que reducían a cenizas todo cuanto se cruzara en su camino. La casa de Marcos se había visto atrapada entre las paredes de fuego. Lo último que hizo en vida su madre biológica fue bajar a su hijo de nueve años al pozo de la casa. Luego, ella y su marido fueron devorados por las llamas.

Los equipos de rescate encontraron al chico una semana más tarde. Estaba exhausto pero ileso. Había bebido agua del pozo. Para mantener el hambre en jaque había comido ratas que también habían buscado refugio en el pozo. La historia de Marcos corrió por todo Chile, la prensa escribió varios metros de columnas sobre el niño milagro de Valdivia. Carlos quedó fascinado por el destino del chico. Llamó al orfanato, se puso de acuerdo con la directora para adoptar a Marcos y la sobornó para guardar silencio. No se firmó ningún papel. Dos días más tarde, estaba sentado en un coche con el chico en el asiento del acompañante, rumbo al sur. A Colonia Rhein.

Carlos había querido a Marcos como a un hijo desde el primer momento. Y Marcos se había adaptado a la vida en la colonia, había aprendido el idioma, había hecho amigos, a pesar de ser parco en palabras y tímido. Entre sus coetáneos era el más pequeño en estatura, pero aun así era el que más rápido corría, el que más alto saltaba y el que más fuerte pegaba. Carlos nunca se había topado con una persona con las capacidades físicas de Marcos. Una fuerza brutal, casi animal, impregnaba todos y cada uno de sus movimientos.

Y a lo mejor no era tan extraño, había pensado Carlos al ver crecer a su hijo adoptivo. Los padres biológicos de Marcos habían sido indios mapuches, el único pueblo indígena al que ni los incas ni los españoles había conseguido doblegar jamás.

Cuando Marcos hubo terminado, apartó el periódico y se metió un trozo de pastel de nueces en la boca.

—¿Conoces a algún sueco que pudiera sernos de ayuda? —preguntó Carlos.

Marcos masticó y asintió despacio con la cabeza.

—Sí. En mi unidad en Colombia había un hombre que trabajó para Blackwater. Sumamente competente y serio. Un hombre de confianza.

—¿Y crees que este hombre tan competente podría ayudarnos a conseguir críos?

—Sí.

—Quiero que te pongas en contacto con él y que reserves billetes para ir los dos a Suecia.

—¿Cuándo?

Carlos detestaba dejar la colonia, salir de Chile. Pero esta vez no le quedaba más remedio, si quería asegurar la supervivencia de la Clínica Baviera.

—Lo antes posible —dijo y suspiró.

4

$\mathcal{V}$anessa le pidió al taxista que la dejara en el cruce de Surbrunnsgatan con Birger Jarlsgatan. El coche siguió su camino. Ella se agachó, pasó la mano por la acera y constató que las baldosas seguían tibias.

En el parque Monica Zetterlund se oía una leve música. Un hombre estaba sentado en el banco de madera que se había colocado en el parque en memoria de la cantante de jazz, donde sus canciones sonaban las veinticuatro horas del día.

Al acercarse, Vanessa vio que el hombre era Rufus Ahlgren, uno de los pocos alcohólicos de toda la vida que quedaban en el barrio.

—Buenas noches, *sheriff* —exclamó él y alzó la botella a modo de saludo.

Ella se detuvo delante de él.

—¿Qué bebes, Rufus?

—Ginebra. Con este calor hay que mantener a raya a los mosquitos de la malaria. ¿Quieres un trago?

—Si los quieres tener alejados tienes que echarle tónica, que es la que contiene quinina.

—Bah.

Vanessa cogió la botella, la sopesó en la mano.

—¿Cómo es que nunca te sientas en un bar? —le preguntó y pensó en el garito al que ella siempre iba, el McLarens, donde ya no había vuelto desde su separación con Svante.

—No me gustan los bares.

—Un alcohólico al que no le gustan los bares. Es como… —Vanessa se llevó la botella a la boca. Dio un trago e hizo una mueca—. ¿Un león al que no le gusta la carne?

—Más bien un león al que no le gusta estar encerrado en un zoo. —Rufus levantó un dedo—. Escucha.

Monica Zetterlund estaba cantando magistral *Despacio cruzamos la ciudad*. Rufus meció el cuerpo al son de la música. Una lágrima solitaria resbaló por su mejilla. Cuando la canción se fue acabando volvió a mirar a Vanessa.

—Murió tan sola, la muy desgraciada. Eso es lo que resulta tan triste. Tumbada en la cama, fumando, prendió fuego sin querer a las sábanas. Era minusválida, así que no tuvo ninguna posibilidad. El piso de ahí arriba, allí es donde se quemó viva. —Rufus señaló la Birger Jarlsgatan y se encendió un cigarrillo torcido—. Por eso yo ya no fumo dentro de casa.

—Muy sabio. Yo no fumo, directamente, pero me moriré sola de todas formas —dijo Vanessa, aventando la nube de humo con la mano.

—¿Una mala cita?

—El pobre iba tan caliente que le costaba decir frases completas.

—Joder.

—¿Tú tienes hijos, Rufus?

—Un hijo. ¿Y tú, señora agente?

—No.

—¿Porque no quieres o porque ese capullo pomposo no tenía tinta en la pluma?

Rufus nunca había disimulado lo que opinaba de Svante.

—No soy muy maternal. No me gustan los críos. Y al capullo pomposo tampoco.

—¿Habéis pillado al que mató a aquel policía?

Hacía una semana que habían encontrado a Klas Hemäläinen muerto a tiros en un polígono industrial de Sätra. Klas había formado parte del grupo Nova y era muy apreciado.

—Aún no, desgraciadamente.

—Qué putada. ¿Lo conocías?

—Era un buen tipo —dijo Vanessa y suspiró—. Buenas noches, Rufus. No te quedes despierto hasta muy tarde.

—Para ser una mujer que no tiene espíritu maternal, a veces eres toda una madre —dijo Rufus y volvió a levantar la botella para despedirse.

Vanessa introdujo el código en el portal electrónico del número 13 de la calle Roslags.

En el felpudo de la entrada había un folleto de la gran inmobiliaria Fastighetsbyrån, que en términos enérgicos se ofrecía a tasarle el piso. Las cuatro habitaciones del ático le parecían demasiado grandes, a decir verdad. Ya se lo habían parecido cuando ella y Svante vivían juntos. Pero estaba a gusto en Siberia, como llamaban a esta parte del barrio de Vasastan, aunque estaba en pleno proceso de transformación. Los bares de toda la vida y los anticuarios desaparecían por minutos para verse sustituidos por bares de zumos y hamburgueserías.

En la década de 1990, el piso había sido propiedad de un hombre que en la prensa se había ganado el sobrenombre de Rey del Porno. El tipo, que había sido dueño de dos clubes de *striptease* en el centro, había echado abajo casi todas las paredes del piso de principios de siglo y había instalado una bañera delante de los grandes ventanales panorámicos del salón. Una de las dos terrazas del piso la había acristalado, había puesto muebles de *lounge* y una pequeña barra. Más tarde, el piso lo compró un multimillonario tecnológico, quitó las cámaras que el Rey del Porno había hecho instalar con el objetivo de eternizar sus míticas fiestas y solo conservó la cámara de la entrada.

Cuando Svante se enteró de que el piso de casi trescientos metros cuadrados estaba a la venta, arrastró a Vanessa a una visita concertada. El dormitorio, o *master bedroom*, como lo llamó el agente inmobiliario que ceceaba, tenía el techo cubierto con un espejo. Era como dormir en un palacio otomano, les susurró el de la inmobiliaria señalando hacia arriba. «O como en una casa de putas de tercera categoría», pensó Vanessa y le hizo una oferta.

Desde que Svante se había mudado, Vanessa prácticamente solo había utilizado el salón. En el dormitorio la cama permanecía intacta, siempre hecha. Ahora ella dormía delante de la tele. Según su humor, las rutinas de pantalla cambiaban entre National Geographic, History Channel y reemisiones de viejos capítulos de *La isla de los famosos* en TV6.

Antes casi siempre cenaba en McLarens, pero el divorcio también le había cambiado ese hábito. Vanessa no tenía ánimos para hacer frente a las miradas del resto de comensales y sus preguntas sobre Svante. Así que últimamente se había limitado a comer un plato de kebab en el Rey del Falafel. Para su gran asombro, Vanessa había descubierto que, gracias al rosario católico que su hermana Monica le había traído de su viaje por Centroamérica, los cristianos coptos que trabajaban en la caja le hacían un cinco por ciento de descuento. Y aunque Vanessa fuera una atea convencida, no había tenido corazón para decepcionarlos y de pronto se había visto a sí misma contando con ahínco sus regulares peregrinajes a Santiago de Compostela mientras esperaba a que terminaran de freírse las patatas.

Vanessa logró encender unos cuantos leños en la estufa del salón y se metió en el cuarto de baño. Se cepilló los dientes, se enjuagó la cara. Abrió la puerta de la terraza. Cerró los ojos y escuchó el sonido de la ciudad. Los coches por Birger Jarlsgatan, una risa ebria, una discusión agitada, una pareja follando, la alarma de un coche.

Se acercó a un globo terráqueo que hacía las veces de minibar. Lo abrió a la altura del ecuador y sacó una botella de whisky. Midió dos dedos en un vaso. Después se quitó toda la ropa, se echó en el sofá, se pasó la manta por encima y encendió la tele. *La isla de los famosos*. Un chico bronceado con el torso desnudo y gorra roja miraba a la cámara y compartía la gran sabiduría que había acumulado a lo largo de su vida.

—Nunca recibas consejos de un entrenador personal con sobrepeso —dijo.

Vanessa cambió de canal. Discovery Channel. Unas cebras corriendo por la sabana del este de África. Los párpados le pesaban cada vez más y dio una cabezada. En algún punto fronterizo entre el sueño y la conciencia oyó el tintineo del móvil. Adormecida, tanteó con la mano en busca del iPhone. Abrió el buzón de entrada de la cuenta de correo que compartían ella y Reza. Pulsó con el dedo índice.

«El empresario se llama Oscar Petersén.»

Debajo del breve mensaje había una foto de una chica que estaba mirando directamente a la cámara con los labios separados. Vanessa negó con la cabeza, dio un trago de whisky y se quedó dormida.

5

*E*n mitad de la noche, Carlos se cansó de dar vueltas en la cama, cogió un colchón de uno de los cuartos de invitados y lo arrastró hasta la terraza. Los prados y el bosque al pie de la colina estaban bañados por la luz de la luna. Se tumbó y contempló el firmamento. Vio dos estrellas fugaces. Siguió la trayectoria de los satélites por la cúpula celeste, se entretuvo con los vuelos de los murciélagos, oyó los ladridos de los perros en el valle y los relinchos de los caballos. Alrededor de los puntos de luz exteriores se agolpaban infinidad de mosquitos. Llegaban volando de todas direcciones y zumbaban golpeándose con los focos. La atracción se debe a que los insectos nocturnos vuelan persiguiendo el brillo lunar y los focos artificiales engañan a su sistema nervioso, haciéndoles creer que las bombillas son una segunda luna.

Pero al final el sol volvió a salir sobre el sur de Chile y la Colonia Rhein. La criada trasteaba en la cocina. El olor de café recién hecho hizo levantarse a Carlos. Se tomó unos minutos para desperezar los músculos, entró y murmuró un «buenos días». Marisol le ofreció una taza humeante de café negro y siguió fregando un plato con el estropajo. Por alguna razón, se empecinaba en fregarlo todo a mano, a pesar de que Carlos hubiese comprado un lavavajillas varios años atrás. Eso le gustaba: que la gente hiciera como siempre había hecho.

Se acomodó en el sofá del salón. Se llevó la taza a los labios, se quemó, hizo una mueca de dolor y la dejó a un lado.

Encima del hogar colgaba la pistola Luger de su padre. El cañón estaba bañado en oro; la culata, tallada en marfil. En una plaquita de latón ponía «A mi amigo Gustav Schillinger, del general Augusto Pinochet. Febrero 1974».

La Colonia Rhein era uno de los dos enclaves alemanes que habían sido empleados como centro de interrogatorios durante la dictadura chilena. El otro, Colonia Dignidad, había estado ubicado a más de mil kilómetros al norte. A los presos más peligrosos, los que estaban al corriente de las informaciones más importantes, los trasladaban a las dos colonias alemanas. Aparte de conocimientos modernos sobre agricultura, sanidad e industria, los alemanes que habían llegado a Sudamérica habían llevado consigo todo un legado de experiencia en torturas acumulado en una guerra mundial.

Ya antes del golpe militar de 1973 los inmigrantes habían sido recibidos con ilusión y habían sido protegidos por los políticos locales, los altos mandos policiales, la Iglesia católica y el tejido industrial chileno. Pero a partir de la llegada al poder del general Pinochet el flujo de alemanes fue en aumento. Colonia Rhein y Colonia Dignidad se convirtieron en centros de tortura y fábricas de armas, financiados y protegidos por la dictadura. En los laboratorios se experimentaba con armas químicas: en Colonia Rhein todavía había contenedores enterrados llenos de gas sarín.

Mientras que el otro enclave alemán, Colonia Dignidad, había implosionado desde que su gobernador fue condenado por abusos sexuales a menores chilenos, Colonia Rhein había sobrevivido y se había adaptado a los nuevos tiempos.

Muchas cosas habían cambiado desde aquellos días gloriosos. Muchos jóvenes se mudaban ahora a las ciudades o abandonaban Sudamérica y regresaban a Europa. Colonia Rhein ya no era tan estrictamente tradicional alemana como antes. Se habían permitido las influencias extranjeras. Pero a nivel económico la colonia no había sido nunca tan fuerte. A través de la empresa matriz Alemagne, eran dueños de industrias, piscifactorías de salmón, fábricas y tierras de cultivo por todo Chile.

Los alemanes generaron miles de puestos de trabajo. Y por esa razón los políticos les dejaron hacer sin control, siempre y cuando pagaran sus impuestos y contribuyeran a mantener el empleo.

En cambio, el impacto económico de la Clínica Baviera se había visto reducido. Pero para Carlos, la supervivencia del hospital no era una cuestión de dinero: la Clínica Baviera era más que eso, era la gran obra de su padre. Al margen de vender servicios clínicos y órganos a extranjeros adinerados, llevaba casi sesenta años tratando a chilenos pobres de forma gratuita. La Clínica Baviera y la escuela de Colonia Rhein, que ofrecían formación gratuita a los menores chilenos de la zona, había hecho que los alemanes fueran muy queridos por la población local.

Bruja se puso a ladrar en el patio. Carlos salió, pasó junto a los rosales y se acercó a la jaula. La perra dejó de gañir, pegó el hocico a la malla gallinera y movió la cola.

A su llegada a Chile en 1948 su padre había hecho intentos de crear una raza nueva a base de cruzar ejemplares de dóberman con rottweiler local. De cada camada su padre había dejado que vivieran dos cachorros. Había dejado que se pelearan por la comida para que solo el más fuerte sobreviviera. El resultado había sido un perro guardián de pelo corto, con la fuerza e inteligencia del rottweiler y la agresividad y la valentía del dóberman.

Mientras Bruja seguía yendo de aquí para allá por el patio, Carlos se sentó en el banco bajo el aguacatero.

Cuando el coche apareció, un rato más tarde, Carlos llamó a Bruja y señaló la jaula. La perra obedeció en el acto. Carlos recogió la botella de plástico llena de su propia orina, vertió un poco en el cuenco de agua y echó el pestillo. Seguramente no había pruebas científicas que lo justificaran, pero su padre le había enseñado ese truco: cada vez que Bruja bebiera agua ingeriría un poquito de su amo. Eso generaba lealtad y reforzaba el orden de mando.

Carlos saludó a Jean y se sentó en el asiento de atrás.

—¿A Santa Clara?

—Primero quiero hablar con Marcos, tiene el móvil apagado. ¿Está en el búnker?

—He visto su coche yendo para allá hace un rato —dijo Jean.

—Vamos, pues.

6

—¿*Q*ué ha pasado?

Nicolas tanteó con la mano en busca del interruptor y encendió la luz del recibidor. Detrás de la cara amoratada de su hermana había un póster enmarcado y firmado de Gunde Svan. A LA MEJOR MARIA DEL MUNDO, ponía en rotulador negro. La hermana llevaba desde la infancia obsesionada con el famoso esquiador de fondo.

Con cuidado, Nicolas le apartó un mechón de pelo de la cara y la abrazó. Ella se quedó de pie con los brazos colgando.

Él notó la boca de su hermana moviéndose en su pecho.

—Tenía… tenía hambre y fui a comprar comida. Pero me pegaron y me quitaron el dinero.

Nicolas apretó las mandíbulas.

—¿Cuándo?

—No sé. Hace unos días.

—¿Has comido algo?

Ella negó con la cabeza.

No merecía la pena atosigarla con más preguntas ni regañarla: si ella quería contarle algo ya se lo contaría por voluntad propia. A Nicolas se le encogió el estómago al pensar en cómo lo debía de haber pasado los años que él había estado fuera. Maria había estado sola, indefensa.

Nicolas había formado parte del SOG, la unidad de fuerzas especiales más secreta y mejor entrenada del ejército sueco. Pero aunque el Estado hubiese invertido millones de coronas en formar a Nicolas en submarinismo, paracaidismo y combate cuerpo a cuerpo, hacía nueve meses que había vuelto a Estocolmo y se había puesto a trabajar como lavaplatos en el restaurante Benicio.

Echaba de menos la unidad y a los compañeros. A pesar de que no hubiese estado claro desde el principio que fuera a convertirse en soldado.

Su padre, Eduardo Paredes, había huido de su Chile natal a raíz del golpe militar de 1973, y mantuvo el odio y la desconfianza hacia los soldados el resto de sus días. Cuando Nicolas terminó la formación en la Armada y le explicó que tenía la intención de hacerse soldado profesional, su padre se sintió tan defraudado que regresó a Chile. De eso hacía diez años y desde entonces no habían vuelto a hablar.

Nicolas miró al interior del piso por encima de la cabeza de Maria. Había ropa, revistas, botellas y cartones esparcidos por el suelo de linóleo.

—¿Por qué no puedes venir a vivir conmigo? —susurró—. Estarías a gusto, te compraría pizza cada día.

Maria se retiró de sus brazos.

—Porque tienes que empezar a pensar en ti mismo. Sé que me quieres, pero el año que viene cumples treinta. Y en verdad soy yo la hermana mayor. Además, comer pizza cada día no es sano.

Nicolas cogió la bolsa con hamburguesas que había comprado por el camino y siguió a Maria hasta el salón. Dejó la comida delante de su hermana, buscó una bolsa de plástico vacía debajo del fregadero y comenzó a limpiar.

Ella lo seguía con la mirada mientras comía.

—¿Sabes cuándo comprendí que ya no era tu hermana mayor?

—¿Cuándo?

—Aquella vez que los chicos de mi clase me encerraron en el lavabo y tú fuiste a por ellos y te zurraron. Eran mucho mayores que tú. Y más fuertes.

—Pero…

—No, no fue entonces. Cuando llegaste a casa, con mamá y papá, con la ropa llena de sangre y morados por todo el cuerpo. Y papá se enfadó, te preguntó qué había pasado. Y tú dijiste que te habías peleado, pero no por qué. Te inventaste una historia de que alguien se había metido contigo en el patio. Porque sabías que a mí me daba vergüenza que mamá y papá lo supieran y tú no querías que tuviera que pasar un mal rato.

Nicolas siguió llenando la bolsa de basura.

—¿Y tú sabías que lo hacía por ti?

—Pues claro.

—No tenía ni idea.

—Ya, y también me daba vergüenza de cara a ti. Porque eras mi hermano pequeño de siete años y eras el que me defendía. Y sabía que no querías hacerme sentir incómoda.

Nicolas se agachó y metió una lata vacía de Coca-Cola en la bolsa. Maria se comió una patata frita.

Él entró en el dormitorio y cambió la ropa de cama.

Había habido momentos en su infancia en los que se había avergonzado de Maria. No en primero de primaria, sino más tarde, al hacerse un poco mayor. Había días en los que había cogido rodeos para no tener que verla arrastrándose por el pasillo de la escuela mientras los demás alumnos gritaban, le hacían caras, la imitaban, la empujaban o le pegaban.

Nicolas sabía que si eso ocurría en su presencia, habría tenido que intervenir. En aquel momento no se había visto capaz de soportar ser testigo de la humillación a la que la sometían, por muy grave que fuera el tormento de su hermana. Y cuando llegaba a casa con la ropa desgarrada y llena de sangre, le caía una bronca. Su padre decía que era un gamberro y amenazaba con mandarlo a un internado. «¿No te parece suficiente que tu madre y yo tengamos que preocuparnos por tu hermana? ¿Hace falta que seas un pequeño delincuente tú también?», le rugía en español mientras golpeaba la puerta o la pared o la mesa o lo que tuviera delante. La rabia ciega y descontrolada de su padre era uno de los recuerdos más claros de su infancia. La misma rabia que Nicolas había descubierto que llevaba dentro, pero que en el SOG había aprendido a controlar.

—¿Piensas en papá?

Nicolas no respondió.

—Te sale esa mirada oscura y entonces sé que sí lo haces —dijo Maria—. ¿Crees que él piensa en nosotros alguna vez?

—No lo sé. Y la verdad es que me da igual.

—¿Por qué?

La razón real, la que su madre había compartido con Nicolas en su lecho de muerte, nunca había tenido estómago para compartirla con Maria.

—Porque volvió a Chile. Yo tenía dieciocho, tú diecinueve. Mamá acababa de morir y habría sido… joder… Habría estado bien tener a un adulto al lado.

Se hizo un silencio.

—Lo siento —dijo Nicolas—. No era mi intención sonar así.

—Como él.

—Sí, exacto. Como él.

—Pero a veces también era bueno. No como padre, pero un poco bueno sí. No hay que olvidarlo.

—Lo sé —dijo Nicolas con un suspiro y se sentó a su lado en el sofá. Le cogió una patata frita—. Te toca ducharte.

—¿Tengo que hacerlo?

—Sí —se rio Nicolas—. Tienes que hacerlo.

Maria se puso de pie con mala cara. Cuando pasó por delante del póster del pasillo se detuvo.

—A Gunde tampoco le gustaba ducharse.

Nicolas hizo como si no la hubiese oído nunca decir eso, pese a que Maria debía de habérselo contado al menos cincuenta veces.

—¿A él tampoco?

Maria abrió la puerta del baño.

—Entrenaba tanto que se tenía que duchar cada dos por tres. Por eso mejoró la técnica para hacerlo rápido.

—¿Ah, sí?

—Sí. Se cronometraba, y se presionaba para terminar enseguida. Tenía técnicas para secarse el cuerpo con la toalla. Se tapaba la mayor superficie posible. Su récord, desde que se quitaba la ropa hasta que se la volvía a poner, ¿sabes de cuánto era?

—No.

—Un minuto y veintitrés segundos. Y le daba tiempo de lavarse el pelo, el cuerpo y secarse.

—Increíble.

Maria comenzó a desnudarse sin pudor, él se dio la vuelta. Cuando ella se hubo metido en la ducha y corrido la cortina, Nicolas apoyó la espalda en la pared y se dejó caer hasta sentarse en el suelo del baño.

El agua comenzó a correr.

—No te olvides de cepillarte los dientes, ¿no?

—Sí, a veces.

Él se rio. Maria no sabía mentir.

—¿Sabes qué hago yo? —le preguntó él—. Me los cepillo en la ducha. Es bastante divertido. Y así no te olvidas.

Maria se rio. A Nicolas le encantaba hacerla reír.

—A Gunde le habría gustado. ¿Puedo probar?

—Claro.

Nicolas puso una pequeña cantidad de dentrífico en las cerdas y le pasó el cepillo por detrás de la cortina. Se secó la mano en el pantalón y volvió a sentarse en el suelo.

—¿Te apetece jugar al backgammon luego? —preguntó Maria.

Nicolas miró la hora. Las doce y media. Podía quedarse a dormir en el sofá de Maria. Por la tarde había quedado con Ivan. En cuarenta y ocho horas iban a secuestrar al financiero Hampus Davidson.

—Si me dejas ganar al menos una vez.

7

*E*l búnker quedaba en la parte más inaccesible de la colonia. Para llegar a él había que cruzar el río sobre un sencillo puente de madera y continuar hacia el oeste por pistas llenas de baches en dirección a la costa. En el último tramo del camino la vegetación era tan cerrada que las ramas de los árboles rozaban el parabrisas y el chasis del coche.

Al llegar vieron el Chevrolet de Marcos.

—Espérame aquí —dijo Carlos—. No tardaré.

Carlos caminó trescientos metros en dirección a una colina cubierta de vegetación.

Las obras del búnker de hormigón, cuya entrada quedaba al pie de la colina, se habían iniciado justo después de la crisis de Cuba. El mundo se había librado de una guerra nuclear por los pelos. Pero los alemanes de Colonia Rhein no querían correr riesgos: si la Unión Soviética y los Estados Unidos decidían erradicarse el uno al otro con bombas atómicas, que lo hicieran; la colonia sobreviviría. A veinte metros bajo tierra habían mandado construir lo que podía considerarse prácticamente una ciudad subterránea. Cuatro mil metros cuadrados con hospital, zonas dormitorio, almacén de armas, despensa de comida y agua fresca.

Como no se había declarado ninguna guerra nuclear, el búnker había quedado abandonado hasta el golpe militar de 1973, momento en que se llenó de presos políticos. Ninguna de las personas que habían sido arrastradas por el camino de entrada por donde avanzaba ahora Carlos había salido viva de allí. Después de las torturas, sus despojos eran enterrados en el bosque.

Desde mediados de los años ochenta, cuando los militares

dejaron de precisar de los servicios de la colonia, el búnker se había vuelto a quedar vacío. Hasta que llegó el primer cargamento de niños de la calle filipinos.

Carlos se detuvo junto a la puerta metálica de color verde que era la única entrada del búnker, sacó su pase y lo pegó al lector. La cerradura electrónica hizo clic. Bajó la manija de la puerta y abrió.

El ascensor ya estaba subiendo. Carlos miró por el hueco y vio que era Marcos. Cuando el ascensor llegó a la planta de entrada, su hijo adoptivo hizo correr la puerta de rejilla hacia un lado y salió de la caja.

—¿Algún problema? —preguntó Carlos.

—No. Les han hecho las pruebas a los críos. Dos los usarán hoy mismo. Los pacientes están llegando en helicóptero desde Santiago y las operaciones tendrán lugar enseguida.

—Bien. —Comenzaron a moverse de vuelta a los coches—. ¿Y Suecia?

—Todo listo. Volamos mañana. Mi contacto vendrá a vernos al hotel.

—¿Cómo de seguro estás de su competencia?

Marcos se tomó un momento antes de responder.

—Confío en él. Trata con los contactos de la red que tejió en Colombia. Y ellos no hacen negocios con cualquiera.

—¿Colombianos? Entonces me atrevo a decir que se trata de drogas.

—Sí, así es.

—No me fío de la gente que trafica con drogas. Eso destruye la sociedad, destruyen la humanidad —dijo Carlos.

Marcos se encogió de hombros.

—Tal como yo lo veo, me parece que no tenemos ninguna opción más, si queremos que la clínica sobreviva. Los suecos son militares que se han convertido en hombres de negocios. Además, ya tienen un *pipeline* hecho que nos dejarán usar.

Carlos guardó silencio.

—¿Un *pipeline*?

—El mismo trayecto que ellos usan para llevar su droga de Colombia a Escandinavia y... ¿cómo se llama la capital...?

—Estocolmo.

—Estocolmo, eso. Podemos usarla. Prolongar la ruta por Ecuador y Bolivia.

Hicieron un alto bajo unos abetos. Marcos se quedó callado, tensó la mandíbula y fijó la vista en el camino del bosque por donde habían venido. Al instante siguiente, un pájaro negro soltó un chillido y subió aleteando hacia el cielo.

$\mathcal{V}$anessa colgó su fino abrigo en el respaldo de la silla del restaurante Nero, pidió una copa de tinto y paseó la mirada por el local medio vacío. A la izquierda se vio a sí misma en un espejo. Sabía que iba guapa. Pero también observó que desde la separación de Svante le dedicaba cada vez más atención a su aspecto físico. El problema era que, por el momento, no tenía el menor interés por los hombres. Los simios con ropa humana con los que se citaba no la impresionaban lo más mínimo.

Toqueteó un poco la figurita de Mickey Mouse que llevaba colgada al cuello con una cadenita de oro antes de esconderla bajo la blusa.

Los últimos años de su vida habían girado por completo en torno al trabajo. En consecuencia, había evitado los contactos sociales fuera del ámbito laboral. En verdad, Vanessa no necesitaba trabajar. La herencia que le había dejado su padre incluía una cartera de acciones que ascendía a cuarenta y tres millones de coronas. Además tenía el piso de Roslagsgatan, que era de su propiedad y no se veía afectado por el divorcio. Si la echaban del cuerpo de policía, el problema que se le planteaba era que no sabía en qué ocuparía el tiempo. Nunca había tenido otro trabajo. La sentencia por conducción ebria era firme y el caso estaba esperando a ser aprobado por el PAN, la junta responsable de la policía. Luego, la Policía de Estocolmo decidiría si podía conservar el puesto o no.

Desde que la habían inhabilitado, para aplacar la tristeza había trabajado de forma voluntaria en una organización de ayuda para jóvenes refugiadas en Enskede. Cocinando, ayudando con las clases de sueco y cuestiones logísticas. Era su hermana, Monica, periodista de *Aftonposten*, la que la había puesto en contacto con la asociación.

Pero dos tardes a la semana no eran suficientes, sentía un picor constante en el cuerpo a causa de la desazón. Por eso seguía viéndose de buen grado con sus informantes. A menudo sentía más vínculo con ellos que con sus compañeros de trabajo en la policía.

Su compañero Jonas Jensen, el único policía al que consideraba amigo, entró en el restaurante. Se detuvo en la barra, intercambió unas palabras con la mujer de la caja, esperó a que le sirvieran una cerveza y se sentó delante de Vanessa.

—Te veo sediento.

—Ni que lo digas —respondió él—. Hace mucho calor fuera. Además, hoy libro.

Durante la ausencia de Vanessa, a Jonas lo habían nombrado jefe de grupo de los dos de Nova. Por muy decepcionada que ella estuviera de no poder ir al trabajo no podría haber deseado un relevo mejor. Jonas tenía treinta y nueve años y era un policía excepcional. Ella misma era la que cuatro años antes lo había reclutado de la Brigada Antinarcóticos. Igual que Vanessa, él también vivía para trabajar. Sin embargo, de alguna manera también conseguía ser padre de dos criaturas. Era amable y considerado, sin ser un flojo.

Con otra gente Vanessa podía mostrarse reservada, llegando a ser abiertamente hostil si consideraba que la persona que tenía delante era una incompetente, pero nunca con Jonas. Su reticencia a hacer las cosas por compromiso solo para complacer y gustar a sus compañeros había hecho que entre los jefes del cuerpo policial se ganara la etiqueta de persona difícil de tratar.

—¿Cómo estás? —preguntó Jonas.

—Hoy he tenido mi primera reunión con la terapeuta. Ha sido… interesante.

—Pobre terapeuta.

Vanessa resopló por la nariz, a pesar de saber que Jonas estaba bromeando.

—Es una parodia de sí misma; lleva gafas de pasta y hace danza africana. Sí, se lo he preguntado. Tenía toda la pinta de ser una de esas que en los setenta se despelotaban y ocupaban gimnasios.

Jonas sonrió.

—¿Acaso no lo hacías tú también?

—No te pases. Yo nací en 1975. Pero claro, a principios de los noventa era una revolucionaria y quería hacerme médica para liberar Sudamérica del imperialismo yanqui. Si te soy sincera, me parece que se trataba más de cabrear a mi padre que de preocupación real por los pobres campesinos y los mineros del carbón.

—En cualquier caso, no veo por qué tiene que ser tan peligrosa. La terapia, me refiero —dijo Jonas y se aclaró la garganta—. Al contrario, creo que te podría ir bien. Has pasado una época dura. Independientemente de lo que sientas sobre el divorcio, es un cambio vital con el que has tenido que apechugar. Yo también he hecho terapia.

—¿Tú? —preguntó Vanessa asombrada.

Jonas abrió la boca para responder, pero se interrumpió cuando un camarero se acercó a preguntarles si ya habían decidido lo que iban a cenar. Vanessa pidió *rigatoni* con pollo, Jonas se decantó por las albóndigas de cordero.

Al otro lado de la ventana se erguía la fachada de ladrillo del instituto Norra Real.

—¿Sabías que Norra Real es el instituto con más ganadores de premios Nobel del mundo? No hay ningún otro centro educativo del mundo que se le acerque —dijo Vanessa después de que se retirara el camarero.

—¿Cómo lo sabes?

—Mi querido padre fue allí. Cada vez que pasábamos por delante aprovechaba para contarme lo mismo. Pero me decías que tú también has hecho terapia.

—No solo eso. Terapia de pareja, para ser concretos.

Vanessa hizo una mueca.

—No pongas esa cara de espanto. —Jonas se rio—. Fue cuando nació Vincent, el mayor. Se me hizo muy difícil. Karin decía que me tomaba el papel de padre demasiado a la ligera, y *a posteriori* puedo decir que estaba en lo cierto. La cosa se puso tan mal que incluso nos separamos una temporada. Gracias a la terapia pudimos reencontrarnos.

Jonas no era para nada el típico macho. Pero cada mañana se pasaba una hora en el gimnasio y Vanessa sabía que de joven había practicado deportes de combate. Pese a ser siempre afable y dulce en el trato, no dejaba de tener cierta aspereza de carácter. Ella no lo veía como la clase de hombre que se plantaría delante de un psicólogo, y aún menos en compañía de su mujer.

En el tiempo que habían trabajado juntos, en varias ocasiones Vanessa había fantaseado con cómo sería tener sexo con él. Y también sabía que no era la única que se lo había planteado. Vanessa no había podido evitar observar cómo se comportaban las compañeras en presencia de Jonas. Pero difícilmente ella sería la primera persona a la que él elegiría para serle infiel a su esposa. En parte porque no parecía ser de esos que se dedicaban a tener romances, pero sobre todo porque no parecía un hombre que estuviera interesado en complicarse la vida acostándose con su jefa.

—Hay que ver. Eso jamás lo habría dicho.

—Pues es así —dijo Jonas y untó un poco de pan en aceite de oliva—. ¿Tu informante tenía algo interesante que contar?

—Un empresario ha sido secuestrado. Por lo que tengo entendido, no ha habido denuncia.

—¿Quién es?

—Oscar Petersén.

—Nunca he oído ese nombre. ¿Cuán segura estás?

—Me lo ha dicho el mejor informante que tengo.

9

*E*l pueblo vecino de Colonia Rhein, Santa Clara, tenía poco más de doscientos habitantes y quedaba en un valle al pie de los Andes. Casi todos sus habitantes trabajaban de una forma u otra para Carlos Schillinger y los demás alemanes.

Al otro lado de la ventanilla las vacas pacían en la hierba alta y verde. La silueta oscura y serpenteante de los Andes velaba los campos y el pueblo. Pero cuando faltaba un kilómetro para llegar a Santa Clara, Jean levantó el pie del acelerador. Un par de vacas habían logrado salir del cercado y se habían puesto a pastar en la cuneta. Delante del capó del coche, un hombre había bajado de su caballo y estaba en cuclillas junto al alambre del cercado.

—¿No es Raúl?

—Sí —respondió Jean y se colocó bien las gafas de sol—. Sí que es Raulito.

Cuando Raúl oyó cerrarse la puerta del coche se levantó para ir al encuentro de Carlos. Raúl rondaba los treinta. Tenía el pelo negro y ondulado, ojos castaños. Un hombre parco en palabras. Trabajaba duro y nunca se quejaba. Y no mentía, no intentaba quedar bien, como hacían muchos de los trabajadores.

De adolescente, Raúl había sido un futbolista prometedor y había recibido una oferta por parte de la academia del equipo profesional Colo-Colo para hacer una prueba de nivel en la capital, Santiago. Los habitantes de Santa Clara habían reunido la mitad del dinero para el billete de autocar y el hospedaje, Carlos había puesto el resto. Pero Raúl había fracasado. Había regresado a casa aún más taciturno. Había aceptado un trabajo en una de las fábricas y luego se había hecho obrero de la construcción.

Raúl se detuvo a un metro de Carlos.

—¿Todo bien, Raúl?

—Sí, patrón.

—He oído que te casaste. Solo quería felicitarte.

—Gracias, patrón.

—¿Cómo se llama?

—Consuelo, patrón.

Raúl se rascó el brazo. Por debajo de la doblez del codo tenía una cicatriz del tamaño de un paquete de tabaco. Carlos ya se la había visto antes, pero nunca le había preguntado por ella. Raúl bajó la mirada.

—¿Una quemadura?

Raúl negó con la cabeza.

—Araña de rincón.

La araña de rincón era la más venenosa de Chile. Y una de las más comunes del país. La picadura podía ser mortal y se decía que era terriblemente dolorosa.

—¿Qué sentiste? —preguntó Carlos mientras observaba la cicatriz.

Raúl esbozó una tímida sonrisa.

—El peor dolor que he sentido en toda mi vida.

Levantó el brazo para que Carlos pudiera ver bien la cicatriz. Carlos deslizó cuidadosamente un dedo por la piel áspera e irregular.

—La carne que rodea a la picadura muere —le explicó Raúl—. Los médicos tuvieron que vaciar el tejido muerto. Ahora solo hay hueso debajo de la piel.

—¿Qué pasó?

—Estaba trabajando en una de sus obras en las afueras de Pucón. Un hotel, no sé si se acuerda usted. Era un día que hacía mucho calor, así que dejé el jersey en el suelo.

—Y la araña se metió dentro —lo interrumpió Carlos—. Así es como pica a la mayoría de la gente, ¿no?

—Exactamente.

El caballo de Raúl, atado junto a la cerca, resopló impaciente y una nube de polvo se levantó entre sus cascos. La brisa desplazó las partículas de tierra unos metros hacia las montañas.

—¿No vas a ver el partido? —preguntó Carlos.

Raúl negó en silencio.

—No, pensaba arreglar el cercado. No me gusta ver el fútbol.

Carlos volvió a subirse al coche, reemprendieron la marcha hasta Santa Clara y se detuvieron en una parcela de hierba detrás del campo de fútbol. Un perro sin dueño con manchas de sarna en el pelo se atrevió a acercarse, olfateó la rueda delantera y se alejó en cuanto las puertas se abrieron. El primer equipo de Santa Clara tenía partido de liga contra Coyhaique. Carlos era el patrocinador principal del equipo y nunca se perdía un partido, a pesar de que Santa Clara perdía regularmente y estaba en el último puesto.

—¿Tú qué piensas, Jean?

El chófer le prendió fuego a un cigarrillo.

—¿Del partido? Hoy ganamos.

—Siempre lo piensas y luego perdemos 0-5.

Jean esbozó media sonrisa con el cigarrillo colgando de la comisura. Se llevó las dos manos al cinturón y se subió los pantalones.

—¿Qué quiere que le diga? Soy optimista por naturaleza, jefe.

El día era caluroso y despejado. Los habitantes del pueblo estaban de pie alrededor del campo. El olor a chorizo asado flotaba en el aire. El polvo del terreno se arremolinaba a los pies de los jugadores, que estaban calentando en dos filas: Santa Clara en su vestimenta verde, mientras que la del Coyhaique era roja. Las miradas de los lugareños se volvieron todas hacia Carlos. Lo saludaron con la cabeza e hicieron sitio para que los dos hombres pudieran sentarse en la pequeña grada. Jean dejó su revólver en el banco a su lado y se reclinó.

Al otro lado del campo, Ignacio, el tonto del pueblo, perseguía una pelota de plástico con su silla de ruedas. El chico tenía quince años y padecía una discapacidad psíquica de nacimiento. De pequeño había quedado paralítico de cintura para abajo tras caer de un tejado.

Pero no fue Ignacio quien captó la atención de Carlos sino la joven mujer con vestido blanco que estaba a su lado. Su pelo negro ondeaba al viento. Brillaba. Carlos pensó que tenía ese tipo de pelo con el que algunas mujeres nacen, que siempre parece estar húmedo.

Le dio un codazo a Jean.

—¿Quién es?

Jean se subió las gafas a la frente y entornó los ojos.

—¿La que está al lado del subnormal?

—Sí.

—Nunca la vi. Pero es hermosa.

Carlos se abstuvo de preguntar nada más.

Los equipos se distribuyeron cada uno en su campo y el árbitro pitó el inicio del partido. El público soltó un grito al unísono. Las palabrotas caían a raudales, los hombres levantaban los puños cada vez que el árbitro pitaba algo en contra del equipo de casa. Algunas mujeres del pueblo habían cargado con tapaderas de cazuela que iban golpeando con bastones de madera.

Pero no era el ruido lo que le impedía a Carlos concentrarse. Su atención recaía una y otra vez sobre la joven mujer.

En la media parte estaban 0-2 a favor del Coyhaique y Carlos se fijó en que la chica se ponía a la cola de los chorizos asados.

—Tengo que estirar las piernas —dijo.

—¿Quiere que le acompañe, patrón? —preguntó Jean, colocando la mano sobre el revólver y haciendo ademán de levantarse, pero Carlos le puso una mano en el hombro.

—No, quédate acá.

Carlos bajó de las gradas. Una fina capa de polvo se posó sobre sus zapatos oscuros al cruzar el campo. En la línea de medio campo, el tonto del pueblo lanzó la pelota de plástico, que terminó junto a los pies de Carlos. Él le pasó el balón de vuelta y aprovechó para darle un billete de mil pesos.

—Gracias, patrón —dijo Ignacio con sus labios flácidos y húmedos. Un hilo de saliva le caía por la barbilla. Carlos le revolvió el pelo y sonrió.

Tal como Carlos había calculado, le tocó detrás de la mujer en la cola. Estaba tan cerca que podía percibir el olor de su cabello brillante recién lavado. Tres veces abrió la boca para decirle algo, pero las tres veces cambió de idea antes de llegar a pronunciar ninguna palabra. Al final se obligó a extender la mano y tocarle el hombro.

—¿Es usted nueva en el pueblo, señorita? —preguntó en tono afable—. Creo que nunca la había visto.

Ella se dio la vuelta y se llevó una mano a la frente para protegerse del sol.

—Sí, señor. De Valdivia. Pero la familia de mi madre es de acá.

—¿Cómo se llama su mamá? —murmuró Carlos, a pesar de saber ya la respuesta.

—Ramona. Ramona Salinas, señor.

Un golpe de aire removió la camisa de Carlos.

—¿La conoció usted? —le preguntó ella al observar su mirada.

—Santa Clara es un pueblo chico. Lamento su muerte. —Se apresuró a cambiar de tema—. Espero que se sienta a gusto aquí con nosotros. ¿Por qué ha vuelto?

—Mi marido trabaja para usted.

—¿Ah sí? ¿Y cómo se llama?

—Tiene usted muchos empleados, así que no es seguro que sepa quién es. Se llama Raúl Sánchez.

$\mathcal{D}$os jubilados de pelo blanco caminaban a paso lento cogidos de la mano delante de Nicolas. Un poco más allá había una mujer tirando de la correa de su pastor alemán.

En la pista de voleibol había unos chavales jugando. Sus pies desnudos levantaban la arena cuando se lanzaban a por la pelota. Nicolas se protegió los ojos del sol para seguir el juego, hasta que oyó un bocinazo a su espalda. Vio el coche de Ivan Tomic frenando en el aparcamiento del kiosko de comida rápida.

Se pidieron una *cheeseburger* de ciento cincuenta gramos cada uno y cuando volvieron a sentarse en el banco, los jugadores de vóley ya habían parado y estaban ahora tirados por la arena. Nicolas señaló el botellín que Ivan tenía en la mano.

—¿Agua? Antes tomabas refrescos hasta para desayunar.

Ivan sonrió un poco.

—¿Sabes cuántos terrones de azúcar van en una lata de refresco?

—No, ¿lo sabes tú?

—Un montón, por lo que se ve. Cuando hayamos acabado con esto y me vaya a Tailandia no quiero tener que meter barriga cuando me bañe en la playa.

Nicolas miró a su mejor amigo y se rio.

Se conocían desde primaria, habían crecido a dos portales de distancia en la calle Malmvägen de Sollentuna. Después de llevar juntos prácticamente sin separarse desde los siete años, a los quince comenzaron a distanciarse. Los padres de Nicolas le habían hecho pedir una beca para la Escuela Humanista de Sigtuna. El internado aceptaba cada año una serie de solicitantes cuyas familias no podían permitirse pagar la cuota trimestral. Nicolas había sido admitido y se había mudado a la residencia de estudiantes. Y aunque al principio volviera a Sollentuna cada fin de semana, la brecha entre los dos amigos se había hecho cada vez más ancha.

Ivan pasó de los hurtos y el vandalismo a las agresiones y los atracos, y de ahí a vender droga. Cada vez que Nicolas iba a verlo, los delitos eran mayores. Al final Ivan dejó el instituto. Lo condenaron a ocho meses de reformatorio después de haber agredido gravemente a un chico de su edad en una noche de fiesta en el barrio de Södermalm, en el centro de Estocolmo.

Cuando lo soltaron, Nicolas ya había empezado la mili. Los años siguientes perdieron todo el contacto. Mientras Nicolas había pertenecido al SOG, Ivan había ido entrando y saliendo de distintos centros penitenciarios, había consumido sustancias, había vendido drogas y anabolizantes.

Pero Nicolas quería mucho a Ivan. Y parte de él se sentía culpable por haberlo dejado atrás. Solo, sin nadie que pudiera frenarlo, hacerle entrar en razón y defenderlo cuando se veía con el agua al cuello.

Delante de ellos, uno de los jugadores de vóley se levantó y se quitó la camiseta. Ivan se lo quedó mirando.

—Buen cuerpo —murmuró y le dio un mordisco a la hamburguesa.

—¿Cómo fue ayer? —preguntó Nicolas.

—Davidson estuvo en la oficina todo el día, salió a las cinco y se fue directo a casa. Su mujer ya había llegado.

El financiero tenía su despacho en la calle Strandvägen. El exceso que tenía por casa quedaba en Gåshaga, en la isla de Lidingö. Ivan había estado siguiéndolo los últimos días.

—¿Ella cómo se llama?

—Melina. Parece una estrella de cine. No entiendo por qué te empecinas en que cojamos solo a los hombres.

Nicolas negó con la cabeza.

—No tengo ánimos para volver a discutirlo. Ni mujeres ni niños. Son las normas.

—Tú y tus normas. Por lo menos esta vez has confiado en mí, me has dejado ocuparme de todo. Y ya ves que me las apaño.

—Sí, lo has hecho bien.

Ivan sonrió por el halago.

—¿Lo cogeremos pronto? —preguntó y se metió el último trozo de hamburguesa en la boca.

—Sí.

—Bien. Me estoy cansando de vigilarlo. —Ivan se puso de pie y tiró el papel de aluminio con los restos de comida a la basura—. Lo que está claro es que tú no vas a decidir adónde nos iremos de viaje cuando hayamos terminado.

—¿Qué quieres decir?

Ivan levantó un dedo en el aire mientras masticaba.

—El verano después del bachillerato. Vale, yo no me lo saqué, pero tú sí. Todas las personas que conocíamos hicieron algún viaje organizado. Magaluf, Sunny Beach, Rodas. ¿Qué hicimos nosotros? Me obligaste a dar vueltas durante un mes en un tren hecho un asco.

—Era un Interrail, Ivan. No éramos los únicos.

—En Sollentuna éramos dos putos ovnis. Los demás volvieron a casa contando batallitas de fiestas locas, peleas con ingleses, tías en bikini, aguas cristalinas y playas largas. Se mearon de risa cuando les conté que me había estado paseando con una mochila a la espalda, durmiendo en la calle y mirando las ruinas del Muro de Hormigón.

—El Muro de Berlín. —Nicolas sonrió—. Tampoco estuvo tan mal, ¿no?

—No. Estuvo bien. ¿Sabes qué me voy a comprar?

—¿Qué?

—Unos gallos. De esos que se pelean. Montaré peleas, como Pablo Escobar en *Narcos*.

—¿En el parqué de tu casa o qué? ¿Y de dónde vas a sacar los pollos? No puedes meterte en el zoo de Skansen y robarlos.

—Ya se verá —dijo Ivan—. No seas tan negativo.

Los jugadores de vóley comenzaron a alejarse en dirección a Tessinparken. Nicolas se tragó lo que le quedaba de hamburguesa.

—¿Sigues limpio?

—No te preocupes por eso. No pienso cagarla. Tengo a Davidson controlado. Lo único que me gustaría es que me dieras un poco más de rienda suelta, que me dejaras vivir. Estoy cansado de estar en esa puta puerta inclinándome para la gente. Ahora soy millonario —explicó Ivan.

—Te dejé comprar aquel piso en negro. Podrás vivir la vida en cuanto haya sacado a Maria de aquí. Pero mientras tanto, tienes que mantenerte limpio y hacer lo que yo te diga. —Nicolas se percató de que había sonado más duro de lo que había pretendido. Levantó una mano en gesto de disculpa—. Solo te pido que vayas con cuidado. No puedo arriesgarme a que Maria se quede sola.

—¿Cómo está?

—Se han metido con ella.

—¿Otra vez? —Ivan negó con la cabeza—. No entiendo por qué no me dejas ir a Vårberg y explicarles a esos sacos de mierda que no pueden tocarla.

—Porque si las cosas salen mal, luego se queda sola. Y entonces todo sería peor. Pero te agradezco la consideración. Y ella también.

—Recuerda que también es mi hermana —dijo Ivan, estiró el brazo y cogió una patata frita del plato de cartón de Nicolas.

11

Carlos miró más allá del cogote de Jean y vio el manto de *smog* amarillo que cubría Santiago de Chile como una aureola. Un coche pitó. Varios conductores se sumaron y se precipitaron sobre sus cláxones.

Encabezando la larga cola que tenían delante había un camión que avanzaba lentamente, cargado de cebollas. Del tubo de escape salía humo negro a borbotones, creando nubes oscuras que se disipaban a medida que iban ascendiendo.

—¿Por qué la gente quiere vivir en las ciudades? —murmuró Carlos.

Marcos, que iba en el asiento del acompañante, al lado de Jean, se volvió para contestar, pero se cortó cuando un vendedor ambulante en bermudas y camiseta se detuvo en su ventanilla. Los robos de coches habían aumentado drásticamente en la capital en el último año. Marcos bajó la ventanilla y ahuyentó al vendedor con un par de palabrotas.

Carlos se había pasado toda la noche despierto. No había podido dormir en el coche, pese a que el cansancio estuviera a punto de hacerle estallar la cabeza. Antes siempre había podido dormir en los trayectos en coche. Algunas épocas, cuando el insomnio estaba en su peor momento, incluso había llegado a llamar a Jean y pedirle que le diera vueltas con el coche para poder dormir.

La noche anterior había vuelto a sacar un colchón a la terraza. Había juntado las manos en la nuca y había estado mirando las estrellas. No había podido quitarse a Consuelo de la cabeza. ¿O más bien a Ramona, su madre y el gran amor de Carlos? No importaba. Era la viva imagen de su madre. En ese momento, mientras escuchaba los sonidos de la noche, mirando al centro del universo, había decidido que Consuelo debería ser suya. Tenía que ser suya. No todo el rato. Solo a veces. Algunas noches. Cuando él la necesitara.

Del bolsillo interior sacó la carta que Ramona le había escrito. La leyó rápidamente, a pesar de sabérsela de memoria desde hacía mucho tiempo. Se la acercó a la nariz y olió el papel antes de doblarla de nuevo y meterla otra vez en el bolsillo.

—Marcos —dijo—. Quiero que te encargues de una cosa.

—¿El qué?

—Traslada a Raúl.

Marcos se dio la vuelta. Carlos notó que Jean también escuchaba tenso.

—¿Se ha descuidado?

—Para nada. —Carlos hizo una pausa—. Asígnalo como jefe de alguno de los turnos de la construcción de la fábrica en Concepción. Quiero que pase allí los días entre semana por un tiempo.

—¿A partir de cuándo?

—Cuanto antes.

—Me encargo.

Carlos se reclinó en el asiento. En poco más de treinta horas pisaría Suecia y Estocolmo por primera vez en la vida. Se preguntaba si la capital sueca era un sitio igual de dejado de la mano de Dios que Santiago.

PARTE II

1

—*C*ojones.

Ivan Tomic lanzó un puñetazo contra la pantalla, pero en el último momento cambió de idea y dejó que el puño aterrizara en la pared de al lado. Con un simple clic del ratón acababa de perder cuarenta y tres mil coronas que se había llevado un japonés. Cerró la sesión de la página de póker, se reclinó en el sofá y se masajeó los nudillos.

El piso de tres habitaciones de la calle Sandhamns estaba prácticamente vacío. Cuando hablaba, veía la tele o escuchaba música, el sonido resonaba. El eco lo descomponía, durante un colocón hacía un par de semanas había estado convencido de que se encontraba bajo el agua y que estaba a punto de morir.

De un cajón de la mesita de centro sacó una bolsita transparente con cierre zip, se preparó una raya de cocaína y la esnifó. Hizo una mueca y se frotó las aletas de la nariz. Se había convencido de que tan solo con que encontrara un sitio nuevo para vivir se tranquilizaría. Por eso había persuadido a Nicolas para que le dejara hacer la compra en negro del piso. Pero a la hora de la verdad se sentía cada vez más frustrado y aislado.

A pesar de tener una maleta en el armario con más de tres millones de coronas en billetes, no podía usarlos para divertirse. Nicolas lo obligaba incluso a mantener su trabajo de portero. Ser un simple cabeza negra más plantado en una puerta para desearles una buena velada a los borrachos que iban a O'Learys en Huddinge.

Si pudiese enseñar todo el dinero que tenía no habría de pagar por sexo con rumanas indolentes en pisos particulares reconvertidos en burdeles.

Claro que podía permitirse chicas más caras; había estado navegando por páginas con acompañantes de lujo que pedían veinte mil coronas por una hora, pero por alguna razón le daba vergüenza. Temía que se rieran de él y lo vieran como un perdedor. Lo que opinaran las rumanas le daba igual, con ellas se limitaba a bajarse los pantalones y hacer lo que tocaba. Además, a menudo iban tan colocadas que apenas se enteraban de lo que estaban haciendo.

No, ¿qué sentido tenía tener una maleta llena de dinero si no lo podías utilizar? Ivan se moría de ganas de mostrarle al mundo y a los que a lo largo de su vida se habían reído y mofado de él que ahora era alguien. Una persona con quien contar y a quien respetar.

Eso Nicolas no lo entendía. Él siempre lo había tenido fácil. Con las chicas, los amigos, el deporte, la escuela. Nicolas había sido la razón por la que Ivan había sido aceptado. Su salvoconducto para acceder al mundo. De pequeños, a Ivan todos le sacaban una cabeza, y además era gordo y miedica. Una vez que unos niños mayores lo acorralaron y lo lincharon a golpes, fue Nicolas quien se les echó encima.

Obviamente, tanto él como Ivan habían salido escaldados. Pero desde aquel día, Ivan había acompañado a su amigo a todas partes. En el colegio lo llamaban «el perro de Nicolas». Pero a Ivan le había dado igual. Nicolas era su amigo y lo defendía con su vida contra quien hiciera falta.

Hasta que Nicolas se había largado a aquel internado y había hecho amigos nuevos, pasando de Ivan. Mientras él había estado entrando y saliendo de distintas instituciones, había dado por hecho que nunca más volvería a ver a Nicolas. Cuando salió por última vez estaba endeudado hasta las cejas, le debía medio millón de coronas al Estado y a varios prestamistas.

Entonces Nicolas fue a buscarlo y le explicó que había dejado el ejército. Ivan comprendió que algo tenía que haber pasado, que lo habían expulsado de esa unidad especial, pero Nicolas se negó a contarlo.

Habían retomado el contacto, si bien no con la misma intensidad que antes. Quedaban para tomar una cerveza de vez en cuando, jugar al fútbol en Vasaparken, ir a Sollentuna, visitar su vieja escuela. Un día Nicolas le había contado que cogería a Maria y se largaría de allí, pero que necesitaba dinero. Acto seguido soltó la idea que había tenido de robar la relojería. Nicolas lo llevó allí dos meses antes, Ivan lo esperó en el coche. Y tal como Nicolas había augurado, no parecía que los de la tienda hubiesen denunciado el robo.

Nicolas salió de la tienda con una lista de los clientes de Relojes Bågenhielms que habían adquirido un Patek Philippe. Por así decirlo, una lista con las doscientas personas más ricas de Suecia. Nombres. Direcciones. Todo.

Ivan se levantó del sofá. Tenía que salir un rato. En el dormitorio cogió una camisa y se puso de pie delante del espejo. Se quitó la camiseta, se abrochó la camisa. Las callosidades y la grasa de la infancia habían desaparecido hacía tiempo. Su escasa altura quedaba compensada por un entrenamiento durísimo y anabolizantes. Estaba musculado como un perro de pelea: ciento setenta y un centímetros y casi noventa kilos. Los músculos se le marcaban por debajo de la camisa ajustada. Se desabrochó el primer botón y al mismo tiempo sus ojos cayeron sobre sus manos.

Eran pequeñas, casi femeninas. Las detestaba. Le daban vergüenza y asco. Durante años había estado investigando sobre métodos para operárselas y hacerlas más grandes, pero era imposible. Estaba condenado a vivir con esas manos de mujer.

Ivan abrió la maleta y sacó un fajo de billetes de mil.

Iba siendo hora de irse. El líder de la Legión, Joseph Boulaich, había querido quedar en la discoteca Ambassadeur. Ivan no quería que lo viera haciendo cola y tener que pagar para entrar. Si llegaba pronto no tendría que preocuparse por si lo veían.

Abrió la puerta de casa y oyó que alguien estaba subiendo por las escaleras.

En la planta de abajo se topó con una señora mayor con falda a cuadros y una americana de *tweed*. Sus rizos blancos asomaban por debajo de una boina roja. Detrás de la mujer había un perrito gruñendo, una bola de pelo no mucho más grande que un hámster.

Ivan se pegó a la pared para dejarlos pasar. Pero la señora se detuvo, señalándolo con un dedo engarfiado.

—Qué bien. —Sus ojos se entrecerraron—. El patio también es responsabilidad suya y lleva varias semanas que parece una pocilga.

Ivan la miró sin entender. Luego miró al perro.

—¿No hablas sueco? En el contrato con tu empleador pone claramente que es responsabilidad vuestra mantener limpio el patio de fuera. Tal como está ahora es inaceptable.

Ivan cerró los puños, ahogando el impulso de tirarla al suelo de un guantazo.

—Puta vieja, yo no soy tu chico de la limpieza —le espetó—. Baja tú a barrer el patio con tu mierda de perro, si te parece que está tan sucio.

2

*E*l agua salpicaba de los cascos del caballo. Carlos Schillinger tensó los abdominales y los muslos para no caerse al suelo inclinado de arena. Cuando el caballo llegó al río, enderezó la espalda y le ordenó situarse de cara a la suave corriente. Disfrutaba de haber vuelto a Chile. En cuanto hubo terminado de desayunar ensilló a Reina, su yegua preferida, y salió acompañado únicamente de la perra Bruja. Su cuerpo pedía intimidad a gritos después de dos días en Estocolmo y un largo vuelo por el Atlántico y el largo trayecto en coche hacia el sur hasta llegar a Colonia Rhein.

Por fin pisaba la tierra a la que pertenecía.

Pero Carlos tenía dificultades para vaciar la mente. Era como si el ruido de motor y todas las personas apuradas y cabizbajas de Santiago se negaran a salir de su cabeza.

Una vez más recordó su visita a Estocolmo y la reunión con Joseph Boulaich y Mikael Ståhl. Tal como había dicho Marcos, le habían causado una impresión competente y seria cuando se reunieron en la habitación del hotel, cerca de Centralstationen.

Sobre todo Joseph. Le habló de críos de países como Afganistán, Marruecos y Siria que deambulaban por parques y plazas. De cómo esquivaban a la policía, a menudo iban muy colocados por las drogas y, por ende, eran fáciles de engatusar. Y lo más importante: nadie los buscaría si desaparecían, puesto que nadie quería saber de ellos.

Carlos le había preguntado por la *pipeline* y Joseph y Mikael habían intercambiado una mirada fugaz. La importación de droga, principalmente cocaína, provenía de Colombia. Habían trabajado con grandes cantidades ya desde el principio.

La mercancía llegaba en avión privado. Carlos había intentado visualizar el mapa de Europa para comprender la ruta. Al final había tirado la toalla y les había preguntado cómo lo hacían.

—La ruta pasa por diversos aeropuertos menores donde podemos estar seguros de que el personal de tierra nos recibe con buena predisposición. —Una discreta sonrisa había asomado en la cara de Joseph—. Los niños serán transportados de Estocolmo hacia el norte a nuestro aeródromo. Desde allí el viaje continúa por Bergen, en nuestra vecina Noruega, y luego a Reikiavik, en Islandia. De allí seguirán hasta Groenlandia.

Por cada ciudad que Joseph iba contando picaba con el dedo en la mesa, moviéndolo unos centímetros para marcar cada nuevo destino. Aunque no lo quisiera, Carlos se había sentido impresionado.

Joseph no parecía ser un hombre que fanfarroneara o hiciera promesas que no pudiera mantener. Al contrario, era objetivo, preciso y respetuoso. Esas cosas causaban buena impresión. La reunión había terminado en cuestión de una hora. Se habían levantado y se habían dado la mano. Marcos se había quedado para discutir los detalles y la forma de pago mientras Carlos había vuelto a su habitación.

El agua le llegaba a Reina por los corvejones.

A la derecha había un pequeño afluente que desembocaba en una laguna rodeada de juncos y chopos altos con ramas alicaídas. Tiró de las riendas y el animal obedeció al instante.

Mientras Reina iba avanzando poco a poco, un puñado de patos alzó el vuelo de la laguna entre graznidos y les pasó por encima. Bruja gimoteaba y aceleró el paso. Cuando la corriente se hizo más débil, Carlos pudo ver el lecho de piedras, oír el ruido de los cascos rozándolas, observar la huida de los cangrejos y los grandes peces que nadaban curiosos en círculo a una distancia prudencial.

Respiró hondo y se llenó los pulmones de aire puro. Cuando lo soltó tuvo la sensación de estar expulsando las últimas partículas de *smog* santiaguino que le quedaban en el cuerpo.

Desmontó en la orilla del río y ató las riendas a la silla para que la yegua no se enmarañara las patas. Cogió el equipaje y subió a un pequeño claro de hierba que bajaba en leve pendiente hasta la laguna. Dejó las alforjas a la sombra de un chopo. Extendió la manta. Sacó la bolsa con comida y la botella de agua.

Examinó el tronco con el dedo. Encontró el clavo oxidado que había clavado en el árbol hacía más de treinta años y colgó el sombrero. Encima del clavo se podían leer las iniciales de Ramona. Carlos sacó la carta escrita a mano, se puso la alforja a modo de almohada bajo de la cabeza y se estiró sobre la manta gris.

La carta era lo único que conservaba de Ramona. Una breve despedida, escrita a toda prisa en algún momento de octubre de 1984. Él estaba en Santiago, en la Universidad Católica, donde estudiaba para médico. La familia de Ramona era gitana y estaban asentados en Santa Clara, el pueblo vecino. Estando Carlos en Santiago, el padre de Ramona la había enviado a Valdivia y la había obligado a casarse.

Al principio Carlos se había dicho a sí mismo que debía olvidarla. Su padre tampoco es que estuviera entusiasmado con la idea de que fuera a casarse con una gitana. Pero después de casi cuatro años, en los que Carlos había seguido pensando en Ramona a diario y durante los cuales la salud de su padre había ido decayendo, había decidido ir a buscarla.

Pero estaba muerta. Cáncer de mama. La enfermedad se había extendido y había acabado con ella en cuestión de meses.

En aquella época el cáncer era prácticamente imposible de curar aun con acceso a buenos especialistas. Lo único que quedaba de Ramona era una lápida en el cementerio de los pobres en Valdivia. Y la carta, que a esas alturas ya se sabía de memoria.

Se la pegó al pecho y cerró los ojos. Las montañas desaparecieron, se vieron sustituidas por puntitos rojos y azules. Los sonidos se volvieron más claros. Los insectos zumbaban, Bruja ladraba y perseguía pájaros en la orilla del río. Reina se había metido un poco en la laguna y apagaba su sed con el agua fresca.

Desde la muerte de Ramona, Carlos había ido regularmente al burdel de Las Flores, la ciudad vecina, donde había calmado los peores ardores con alguna de las putas colombianas o peruanas. Antes de sus visitas siempre llamaba al dueño de la casa, don Leonardo, y le exigía que la chica que fuera a estar con él no se acostara con ningún cliente durante al menos dos semanas. Hasta el día de la cita, debía limpiarse a conciencia. Solo comer fruta, solo beber agua.

Pero en sí era incapaz de disfrutar del acto, no como había hecho con Ramona.

A veces, sobre todo los últimos años, había jugado con la idea de buscarse una esposa. No le costaría demasiado encontrar a una mujer joven adecuada en alguno de los pueblos. Alguien que pudiera hacerle compañía, que lo entendiera, que se ofreciera y se dejara tomar cuando le entraran las ganas. Incluso la familia de la elegida estaría encantada de ver a su hija casada con el líder de la colonia alemana. Su economía quedaría asegurada para siempre, el estatus de la familia subiría de golpe en el pueblo. Pero había algo que lo retenía. Quizá el recuerdo de Ramona, quizá el saber que estaba más a gusto solo.

Carlos se tumbó de lado. Abrió la alforja y sacó una cebolla. La peló y luego le dio un bocado a la carne blanca. Era de sabor suave. El jugo le rezumó por la barbilla y las mejillas. Comer cebolla cruda, como una manzana, no era una tradición chilena. De pequeño, Carlos había leído *El último combate del Halcón*. Unos años más tarde ya no recordaba casi nada del libro, excepto la costumbre que el bandido tenía de comer cebolla.

Carlos y Ramona lo habían probado justo en aquel sitio.

Ella había puesto cara de asco, le había parecido que estaba mala. A Carlos le había gustado. Y entre risas, Ramona le había prometido que haría la vista gorda, aunque el sabor de boca perdurara durante horas.

—Si no por otra cosa, porque así sé que nadie estaría tan loca como para besarte —había constatado con sus ojos negros clavados en los de él.

Carlos pensaba enseñarle este sitio a Consuelo. Hablarle de su madre, de los momentos que habían pasado juntos siendo jóvenes. Le explicaría que no pensaba quitársela a Raúl, sino que solo la necesitaría de vez en cuando. Ella no protestaría. No se resistiría, no se lo contaría a nadie. Porque sabía quién era él y de lo que era capaz, lo que hacía con las personas que se cruzaban en su camino. Carlos notó su erección tan solo de pensar en ella. De imaginarse cómo le pediría que se quitara la ropa, que se metiera desnuda en el agua, tal como había hecho su madre.

Carlos se pasó la mano por la barriga, bajó hasta la entrepierna. Pero se detuvo.

Pensaba reservarse para la noche. Así que se levantó, se desnudó y se metió en el agua para refrescarse.

3

*L*a discoteca Ambassadeur solo llevaba un cuarto de hora abierta y estaba casi vacía. Ivan le pidió un vodka con Redbull a un camarero asqueado y se sentó de espaldas a la barra, fingiendo que estaba enviando un mensaje.

Oyó unas voces de mujer por encima de la música y alzó la vista.

Dos chicas de unos veinte años se pusieron a su lado. Guapas y seguras de sí mismas. Pidieron sendas copas e Ivan se maldijo por no haber sido lo bastante rápido para invitarlas. Se corrigió un poco el cuello de la camisa y se les acercó con disimulo. ¿Qué les iba a decir? Hizo un repaso de las distintas frases que conocía para entrarle a alguien, cuando de pronto una de las chicas giró la cabeza, lo miró un momento y se volvió de nuevo hacia su amiga. Los ánimos de Ivan decayeron. Pero sabía que era cuestión de mostrar quién mandaba. Las mujeres se sentían atraídas por los machos alfa.

—¿Cómo pinta la noche?

La chica suspiró, su mirada seguía dirigida al frente.

—Normal. Estamos esperando a gente.

—Yo también —dijo Ivan.

Las chicas solo se habían mojado los labios con sus copas. Quizá merecía la pena intentarlo, de todos modos.

—¿Os invito a algo?

—Gracias, no hace falta. Estamos bastante servidas —respondió ella levantando su vaso. Miró a Ivan de reojo. Él escondió las manos en los bolsillos para que no se las viera.

—¿Y por lo demás? ¿Trabajas, o qué?

Ella negó con la cabeza.

—No, estudio.

Ivan se quedó esperando una pregunta rebote que no llegó nunca. La chica cogió a su amiga del brazo y se fueron. Él las siguió con la mirada, y luego la paseó por el resto del local para asegurarse de que nadie había visto lo ocurrido.

Ivan siempre había tenido dificultades para hablar con las chicas. No entendía por qué. Sabía que no era ninguna belleza, pero estaba entrenado, era varonil. Sabía qué era lo que las mujeres buscaban: alguien que supiera cuidar de ellas, abastecerlas y defenderlas. Y él sabía hacer todo eso. Había visto a tíos muchos más bajitos y escuálidos saliendo con tías buenas.

Tenía que ser por las manos. Por mucho que intentara esconderlas era como si los ojos de las mujeres siempre recayeran en ellas. No solo los de las mujeres: también los hombres se las miraban con mofa.

Solo había una mujer que se había acostado con Ivan sin cobrar por ello. Sonja. La relación había durado seis meses. Él estaba convencido de que lo estaba engañando con otros. Que lo estaba humillando. Una noche que llegó a casa muy puesto la puso contra la pared y se le fue de las manos. La pateó, la pegó y le escupió. La dejó inconsciente en un charco de sangre en el suelo del salón.

Cuando volvió a casa al día siguiente solo quedaba el charco rojizo. Sonja lo había dejado. Ivan le suplicó que volviera, comprendía que se había equivocado, le prometió que no la volvería a tocar. Pero ella se negó. Y al cabo de un par de meses Sonja conoció a otro. Un chico pálido y delgado, con gafas. Un tontaina, un ingeniero de algo. Una noche Ivan se coló por una ventana abierta de su piso. El chico se puso a llorar. Se encerró en el cuarto de baño. Sonja gritaba. Ivan le dio un par de bofetadas y una patada en el estómago para que se callara. Luego forzó la puerta del baño. Se puso el puño americano y zurró al tontaina hasta dejarlo inconsciente.

Lo condenaron a dos años de prisión por agresión grave, amenazas y violación grave de los derechos de libertad de las mujeres. Cuando Nicolas le preguntó por qué había estado entre rejas, Ivan se inventó una historia sobre una pelea de bar. Sabía que su amigo no le volvería a dirigir la palabra si se enteraba de la verdad.

Ivan suspiró, sorbió el combinado.

Nicolas era un enigma en muchos sentidos. Ivan pensaba que se habría vuelto más chulo al volver a casa. No sabía exactamente a qué se había dedicado en el ejército ni por qué lo habían expulsado, pero lo que sí sabía es que no era un soldado normal y corriente.

Nicolas había cogido un trabajo de lavaplatos, nunca quería salir de fiesta, evitaba las broncas. Hacía todo lo posible para no llamar la atención. Excepto aquella vez hacía un par de meses, cuando estaba jugando al fútbol en Vasaparken.

Nicolas entró mal en un placaje y derribó a un jugador del equipo contrario, pero enseguida se le acercó, le pidió disculpas y le tendió una mano para ayudarlo a levantarse. Sin embargo, el otro tío, un árabe grande, se la apartó de un manotazo, se puso en pie y trató de pegarle. Lo que pasó luego era difícil de explicar. Ivan nunca había visto nada parecido. Mientras el árabe se preparaba para soltar el puñetazo, Nicolas dio un paso al frente. El puño del otro pasó de largo al mismo tiempo que Nicolas le clavaba el codo en el pecho. Al instante siguiente, un rodillazo en el diafragma hizo que el árabe se doblara por la mitad. Nicolas lo cazó en el aire antes de que tocara el suelo del césped artificial, lo giró hacia sí y levantó el brazo para soltarle la estocada final. Pero se detuvo en el último momento, con el puño a tan solo un par de centímetros del cuello desprotegido del otro tío.

Casi sorprendido, como en trance, miró a su alrededor. Soltó al árabe, recogió sus cosas y desapareció en dirección a la Odenplan. Se pasó una semana sin coger el teléfono. Ivan había sido testigo de mucha violencia, pero nada se parecía a lo que había presenciado aquella tarde. Se atrevía a imaginar que si Nicolas no hubiese cambiado de idea en el último momento, el chico la habría palmado.

Miró la hora.

Las 22.30.

Ivan se fue a los baños con la copa en la mano. Encontró un lavabo vacío, bajó la tapa del váter, sacó el móvil y entró en Mariacasino.com.

4

*D*espués de violarla, Carlos se quedó en la cama. Consuelo se pasó el vestido blanco por la cabeza y se metió en el cuarto de baño a toda prisa. Las sábanas olían a ella. Y a Ramona.

El techo era bajo. Estando de pie apenas podía erguir la espalda. La casa estaba compuesta por una sola estancia pequeña y oscura. Cocina, dormitorio y salón. Todo en uno. A pesar de estar ajada era bastante acogedora. Carecía de la asfixiante sensación de pobreza desesperada y miseria en la que vivía mucha gente de la zona. Sin piojos corriendo por las paredes, sin pulgas saltando por los muebles y entre la ropa de cama. La colada estaba bien doblada y ordenada en una cómoda de madera junto a la cama. Un leve olor a jabón de suelos. Había ollas y sartenes limpias colgando en la pared. Quizá todo cambiaría si Raúl y Consuelo tenían hijos. Entonces ella no tendría fuerzas para ocuparse de las tareas domésticas de forma tan impecable. Su cuerpo se desvirtuaría. Carlos decidió conseguirle métodos anticonceptivos para impedirlo.

Se levantó de la cama, recogió los pantalones y la camisa. Se vistió deprisa. No tenía ninguna intención de lavarse, quería seguir impregnado del olor de Consuelo. En la mesa había un jarrón transparente con flores silvestres. Frescas, bonitas. Probablemente, cogidas pocas horas antes de que él hubiese llamado a la puerta.

Carlos controló que nadie lo pudiera ver por la ventana. Retiró la silla. Se miró el pecho, donde asomaba un poco de vello blanco, se abrochó unos botones. En el cuarto de baño se oía un grifo abierto.

Consuelo no tardó mucho en salir y Carlos sonrió. La joven parecía desconcertada, tenía el pelo revuelto. Era tan hermosa, quería verla bien. No desperdiciar los breves momentos que tuviera con ella entornando los ojos para poder verla.

—Está muy oscuro —dijo en tono afable—. ¿No podrías prender una velita?

Consuelo se acercó a la encimera de la cocina. Abrió un cajón y hurgó en él. Le prendió fuego a un pequeño candelabro, apartó el jarrón, puso la vela en la mesa.

—Una taza de té no estaría de más. Me cuesta dormir si tomo café a esta hora.

Consuelo volvió a la encimera, comprobó que hubiera agua en el hervidor eléctrico y lo puso en marcha. Cogió una taza del estante de la pared. Puso té dentro. Luego se quedó esperando con las manos apoyadas en el banco de cocina.

—¿Tú no quieres?

Consuelo negó con la cabeza.

El pelo le caía por los hombros esbeltos, era tan delgada que la piel se le tensaba sobre las clavículas. El tirante del vestido se le había caído y descansaba sobre su fino antebrazo. Carlos sintió una repentina necesidad. Quería tomarla otra vez.

Pero se obligó a quedarse sentado. Quería que ella comprendiera que no se trataba de un patrón que se follaba a su criada, sino más que eso. Se trataba de amor. Quería mostrarle que la respetaba, que no la quería solo para aplacar sus deseos.

El hervidor comenzó a hacer ruido. Consuelo parecía estar esperando a que hirviera del todo.

—Ya puedes echar el agua —dijo Carlos.

Ella hizo como le había ordenado. Le puso el té delante sin cruzarse con su mirada y luego se sentó enfrente. La taza humeaba. Él entendió que Consuelo quería que se marchara de allí, pero agradeció que no hiciera nada por meterle prisa.

Seguramente, sabía que no merecía la pena. De ahí en adelante él vendría y se iría cuando le placiera, se demoraría el rato que le diera la gana.

—Si eres amable conmigo, yo seré amable contigo y con Raúl —dijo y sopló el té—. No quiero quitarle a su esposa, solo quiero tenerte de vez en cuando. ¿Comprendes?

Consuelo asintió despacio. La expresión de su cara era seria.

—Pero si se lo cuentas, a él o a cualquier otra persona, me veré obligado a despedirlo. Quizá a matarlo.

—No, patrón. Tendría que matarlo sí o sí.

—¿Por qué dices eso? Y no me llames patrón.

—Los dos sabemos igual de bien que Raúl intentaría matarlo a usted.

Carlos buscó algún atisbo de desafío o amenaza en sus palabras, pero no lo halló. Removió con la cucharilla.

—Tienes razón. —Carlos pescó la bolsita de té, se fue al fregadero poniendo una mano debajo para que las gotas no cayeran al suelo—. Creo que Raúl es el único de la zona lo bastante tozudo y loco como para intentarlo. Lo respeto por ello. Y no me gustaría que saliera malparado.

Buscó algún sitio donde dejar la bolsita.

—Ahí —dijo ella mostrándole con la mano dónde estaba la basura.

Carlos levantó la tapa, dejó caer la bolsita y volvió a la mesa.

—Seré suya cuando usted quiera, sé que no tengo otra opción. Pero le pido que vaya también con cuidado para que Raúl no se entere de nada. Quedaría destrozado. Y yo lo amo.

Carlos se llevó el té a la boca. Dio un traguito.

—Hay un sitio en las afueras de la colonia. Un lago que me gustaría mucho enseñarte. Tu madre y yo solíamos ir allí a caballo cuando éramos jóvenes. Mandaré a mi chófer a que te pase a buscar mañana por la mañana.

Dio unos tragos más y luego se levantó, se puso los zapatos y salió de la casa.

5

*I*van se metió una raya de coca, constató que acababa de perder diez mil coronas y abrió la puerta. Había tres tíos en los meaderos. El ruido del pis chocando contra el metal se mezclaba con la música de la pista de baile. El Ambassadeur empezaba a llenarse. Ivan se acercó a la barra y pidió otra copa. La chica con la que había hablado ya no estaba.

La zona VIP aún estaba vacía. Joseph Boulaich y sus amigos seguían sin aparecer. Ivan cambió de sitio, se apoyó en una columna para que no le vieran allí solo esperando.

Media hora más tarde se había terminado la copa. Ivan bostezó. En realidad podría irse a casa; al día siguiente le esperaba una jornada importante. Pero también quería ver a Joseph. Se abrió camino con los codos hasta la barra. El camarero estaba inclinado hacia delante, hablando con un grupo de chicas. No parecía ni la mitad de asqueado que antes, cuando Ivan le había pedido la copa.

Al final establecieron contacto visual. El camarero se le acercó y le preparó otro vodka con Redbull.

Ivan quería hablarle a Joseph Boulaich de los secuestros. Del robo. La lista. El dinero. Marcarle que ya no era un perdedor. Quería formar parte de la Legión o, como mínimo, ganarse su respeto. Ivan dejó caer la pajita al suelo, le dio un trago a la copa y vio a Joseph aparecer por la puerta.

Una camarera acompañó al grupo a la zona VIP. Joseph iba rodeado por cuatro hombres, todos vestidos con traje oscuro y camisa blanca. Los seguía una cola de chicas. Joseph le estrechó la mano al vigilante que custodiaba el cordón rojo de acceso a la zona reservada. Intercambiaron unas palabras. Se rieron. Joseph subió una pequeña escalera, cogió un menú, señaló algo y la camarera dijo que sí con la cabeza.

Ivan se obligó a no acercarse de buenas a primeras, sino esperar al menos veinte minutos y hacer como si acabara de llegar. No quería parecer desesperado.

El personal preparó una fila de botellas de champán, alcohol variado, combinados y chupitos. Ivan no pudo aguantarse. Se olvidó de que solo habían pasado cinco minutos, se dirigió al guardia del cordón rojo. El gorila le echó una mirada fugaz y negó con la cabeza.

—He quedado con Joseph.

El vigilante soltó un bufido por la nariz.

—Pues entonces pídele que te venga a buscar.

Ivan miró impotente al líder de la Legión, que estaba metido en una conversación con una de las chicas. No lo oiría por mucho que lo llamara.

—No me oye. Venga, hombre. Puedo entrar y hablar con él y así verás que nos conocemos.

—No puedo ayudarte.

Ivan respiró hondo. No merecía la pena discutir. Así que dio unos pasos al lado e intentó captar la atención de Joseph con la mano.

Una de las chicas a las que Ivan había visto entre el séquito de Joseph pasó por su lado. El vigilante quitó la cuerda. Ivan se apresuró a cogerla del brazo.

—¿Puedes pedirle a Joseph que venga? Este capullo no me deja pasar. Dile que es de parte de Ivan.

—¿Ivan?

La chica subió hasta Joseph y señaló a Ivan, quien levantó la mano a modo de saludo. Joseph le hizo un gesto con la cabeza al vigilante, que quitó la cuerda.

Joseph rodeó a Ivan con el brazo, le pidió que se sentara en el sofá y le pidió a una de las chicas que les preparara una copa. Ivan miró el mar de gente de abajo. Se sentía mejor. Detestaba quedarse al margen sabiendo que había algo mejor, más divertido, a lo que él no tenía acceso. Ahora estaba donde tenía que estar.

—Qué bien que hayas podido venir —dijo Joseph.

—Ningún problema —dijo Ivan—. Me dijiste que necesitabas ayuda con una cosa. ¿Qué es?

Joseph hizo un gesto con la boca.

—¿Cuánto hace que nos conocemos? ¿Quince años?

—Algo así.

Joseph lo midió con la mirada.

—Antes estabas lleno de deudas, te drogabas, te encendías a la mínima, te detenían cada dos por tres. Ahora ya no. Has madurado. Me alegro por ello.

Ivan no sabía qué decir, pero se vio salvado porque uno de los tíos se inclinó y le dijo algo a Joseph al oído. Este dijo «vale» y se volvió de nuevo hacia Ivan.

—Necesito ayuda con un asunto que ha surgido. El trabajo en sí es fácil, cualquier niñato de Tensta habría podido hacerlo. Pero tiene que hacerse con discreción, por alguien que no se vaya de la lengua. Alguien con experiencia, que no se ponga a pegar tiros al mínimo inconveniente que surja.

Ivan tensó las mandíbulas para no sonreír. Por fin. Por fin Joseph había comprendido que la Legión necesitaba a Ivan. Formaría parte de la organización más respetada de la ciudad.

—Por supuesto, ningún problema —respondió.

—Bien. —Joseph le dio una palmada en la espalda—. Quiero que me consigas una cita con Nicolas Paredes.

PARTE III

1

$\mathcal{U}$nas finas gotas de lluvia caían sobre Estocolmo.

Ivan tamborileaba con los dedos sobre el volante mientras esperaban a que el semáforo de la rotonda de Sveaplan se pusiera verde. Nicolas estiró el cuello para intentar ver el interior del coche de Hampus Davidson, que tenía las lunas de atrás tintadas.

—¿Has vuelto a quedar con la camarera esa? —preguntó Ivan.

—¿Josephine? No.

—Macho, no te entiendo. —Se puso el verde. Ivan pisó ligeramente el acelerador—. Es guapa y se muere de ganas de acostarse contigo. Incluso te llama y te come la oreja. ¿Y tú no quieres? ¿No te das cuenta de lo raro que es?

—Tenemos otras cosas entre manos —dijo Nicolas e hizo un gesto para señalar las luces de freno de Davidson, que se metían por el túnel que llevaba a Lidingö—. Quiero concentrarme en esto. Luego Maria y yo nos largaremos. Entonces podré empezar a pensar en otras cosas.

Ivan detuvo el limpiaparabrisas.

—Ni siquiera has conseguido que se mude a Gullmarsplan. No entiendo por qué crees que se irá contigo.

Nicolas no respondió. Él se había hecho la misma pregunta. Aún no había dado con una respuesta. Solo sabía que Maria tenía que irse con él sí o sí. No volvería a dejarla sola nunca más.

—Joseph Boulaich quiere verte —dijo Ivan en tono neutro.

Nicolas lo miró consternado.

—¿Ese Joseph? ¿El de Sollentuna?

Ivan asintió con la cabeza.

—¿Qué quiere de mí?

—No lo sé. Solo me dijo que necesitaba hablar contigo —murmuró Ivan.

—No quiero tener nada que ver con ellos. Ya sabes a qué se dedican. Tú tampoco deberías juntarte con esa gente.

—No me digas lo que tengo que hacer.

Se quedaron callados unos segundos. Ivan hizo chasquear los nudillos contra el volante.

—¿Qué les has dicho de mí? —preguntó Nicolas.

—Nada.

Salieron del túnel. Los nubarrones parecían diseminarse más al sur.

—¿Nunca me vas a contar por qué volviste a casa? —preguntó Ivan.

—Me despidieron.

—Lo sé. Pero ¿por qué?

—Porque quedé en evidencia.

—¿De qué manera?

—No importa. Ni quiero ni puedo decir nada.

El coche subió al puente de Lidingö. Nicolas notó cómo su mente retrocedía en el tiempo sin poder remediarlo. Vio los cuerpos mutilados de las dos niñas adolescentes. Las miradas rígidas y vidriosas. Los fogonazos de las armas. Los llantos desconsolados de los dos hombres de negocios suecos mientras avanzaban a trompicones. El bramido de asombro de su amigo Tom Samuelsson antes de desmayarse de dolor. Su propia voz desconcertada dando órdenes. Los rostros pintados de negro, tensos y concentrados de los operadores del SOG. Las sombras. El azote del helicóptero. Las voces agitadas en el pinganillo.

—Antes nos lo contábamos todo. ¿Ya no confías en mí?

Nicolas no respondió. Se centró en quitarse las imágenes de la cabeza. Se llevó una mano al antebrazo. Se clavó las uñas en la carne. Fuerte. La retorció. Sintió el dolor, y poco a poco se fue liberando de los recuerdos. Había sido Maria quien, a su manera infantil, le había explicado que lo de dentro siempre hacía más daño que lo de fuera, que había que procurar trasladar el dolor.

El reloj digital en el salpicadero marcaba las 16.57 cuando Hampus Davidson se metió en el aparcamiento del supermercado. Giró a la izquierda y continuó en dirección a los contenedores de reciclaje, donde había huecos libres.

Ivan metió el coche a tres plazas del Mercedes del financiero. Entre ellos había un minibús gris. Davidson se bajó. Después de caminar diez metros alzó el brazo para cerrar el vehículo.

Ivan apretó el amplificador de señales que había captado la frecuencia entre la llave de Davidson y su coche. Miró la pantalla.

—Lo tenemos —dijo al cabo de unos segundos y sacó el otro dispositivo, que servía para quitarle el cerrojo al coche.

—Bien. ¿Sabes lo que tienes que hacer? —preguntó Nicolas.

—Lo mismo que la última vez. Nada de cosas raras.

—¿Has abierto el coche?

—Sí.

Nicolas cogió la bolsa negra de deporte del asiento de atrás y abrió la puerta. Se dirigió al coche de Davidson. Comprobó rápidamente que no hubiera nadie dentro del minibús y miró por encima del hombro para asegurarse de que nadie lo estuviera mirando. En los cristales tintados de la parte trasera vio su propio reflejo, abrió la puerta de la izquierda, tiró dentro la bolsa y se echó en el asiento. Así tumbado, abrió la cremallera de la bolsa y se puso el pasamontañas. Tanteó en busca de la Glock, la encontró y la empuñó.

Lo único que le quedaba ahora era esperar.

La lluvia repicaba en el techo del coche. En el habitáculo hacía calor y el pasamontañas lo hacía sudar. Se metió una mano por la nuca y se rascó el pelo, movió los dedos de los pies para mantener la circulación sanguínea.

Visualizó lo que estaba a punto de suceder.

Cuando Davidson regresara al coche, Nicolas se haría un ovillo, permanecería inmóvil. Los cristales tintados reducían al mínimo el riesgo de que el financiero lo descubriera antes de sentarse al volante.

Todo estaba controlado. La cara amoratada de Maria le vino a la mente. Nunca más tendría por qué tener miedo, nunca más le tirarían una piedra, nunca más se reirían de ella.

Nicolas estaba a punto de cambiar la pistola de mano cuando percibió un movimiento.

La puerta del maletero se abrió.

Davidson cargó las bolsas de la compra. El coche osciló cuando el financiero volvió a cerrar de golpe. La puerta del conductor se abrió. Nicolas contuvo el aliento. Si lo descubría antes de que hubiese empezado a circular, el financiero tendría tiempo de saltar del coche y pedir auxilio.

Nicolas oyó voces. ¿Por qué tardaba tanto en cerrar?

—Si Linnea va a venir a casa esta tarde, ya puestos puede venir ahora y así me echa una mano con la barbacoa. En casa también tenemos Netflix.

—Sí, por qué no —respondió una voz de hombre.

Nicolas volvió con cuidado la cabeza para ver mínimamente al hombre con el que Davidson estaba hablando.

—¿Quieres hacerlo así, cielo? —preguntó la otra voz.

Una niña respondió algo. Pero hablaba demasiado flojo y con una dicción demasiado ininteligible para Nicolas. Las manos se le llenaron de sudor y se frotó la palma contra el pantalón.

Repasó sus opciones mentalmente. Podía o bien abrir la puerta, bajar de un salto, correr los pocos metros que lo separaban de Ivan y desaparecer del mapa. O bien esperar un poco más. Si la niña decidía acompañar a Davidson, Nicolas quedaría delatado igualmente.

Aún había tiempo. Nicolas decidió esperar unos segundos más.

2

*E*l taxi cruzó el puente Central. El barrio de Gamla Stan, el casco antiguo, estaba cubierto de nubes grises. «Quizá sea ahora cuando el otoño haga por fin su entrada», pensó Vanessa desmotivada. En cuestión de un mes y medio, la oscuridad se adueñaría de Estocolmo y la sometería bajo su yugo durante seis meses. Unas pocas horas de resplandor gris, rayos de sol debilitados que no lograban calentar a nadie. Ropa mojada, aguanieve, retrasos en el tráfico. Después, meses de luz, verdor y calor. Y todo se repetiría de nuevo. Año tras año. Hasta la muerte.

Si la echaban de la policía ya no habría nada que la retuviera en Estocolmo. Lanzó un último vistazo lúgubre al manto de nubes antes de meterse en el túnel con el coche. Necesitaba distraerse para desprenderse de los sentimientos de soledad que la desbordaban. Estocolmo es la ciudad del mundo con más hogares unipersonales. «Mi soledad no me hace única, pero darme pena a mí misma me vuelve patética», pensó.

Cogió la revista que había en el respaldo del asiento y olfateó el papel antes de ojearla. Las páginas centrales eran un consultorio donde la gente hacía preguntas a un sexólogo. Un hombre cuya esposa no quería acostarse con él y una mujer que había empezado un romance con un compañero de trabajo. Ambos querían mantener el anonimato. Vanessa cayó en la cuenta de que ya había pasado un año desde la última vez que tuvo sexo con alguien.

Siempre se había considerado heterosexual, aunque de joven a veces hubiese sentido atracción por otras mujeres. Pero últimamente había tenido cada vez más fantasías sexuales con una mujer. ¿Por qué no? La escasa oferta de hombres no casados en Tinder no impresionaba demasiado. Las citas que había tenido habían sido igual de excitantes que la recogida selectiva de basuras o una reunión con la cooperativa de viviendas.

Vanessa se rio.

—¿Disculpe?

El taxista estiró el cuello, sus miradas se encontraron en el retrovisor.

—Nada —dijo Vanessa.

Diez minutos más tarde, el taxi frenó delante de una casa amarilla de madera. En realidad el edificio era una casa de acogida para mujeres e hijos que huían de sus maridos maltratadores, pero dos veces a la semana cedían la planta baja como centro de actividades para menores no acompañadas.

Vanessa pagó y se bajó. Al mismo tiempo apareció un Toyota Prius de color plateado. La puerta del conductor se abrió. Una de las mujeres con las que Vanessa había tenido fantasías últimamente la saludó con la mano.

Se llamaba Tina Leonidis, tenía casi treinta años y era directora de Mentor.se, la asociación encargada de montar las actividades para las chicas.

El día que se conocieron, Vanessa le había puesto a Tina enseguida la etiqueta de ingenua idealista de izquierdas a la que podría arrollar fácilmente. Una petarda. Una chica hermosa y bien vestida, pero sin dejar de ser una petarda. No había tardado en tener motivos para replantearse el prejuicio. Vanessa apenas había terminado de estrecharle la mano cuando Tina la había puesto a fregar en la cocina. Como jefa de grupo en Nova, Vanessa estaba acostumbrada a ser ella la que daba órdenes, pero en el terreno de Tina no cabía ninguna duda de quién era la que mandaba.

En general Tina tenía una influencia curiosa en ella. Y Vanessa se sorprendía ante su constante interés en ganarse todo el rato su respeto y aprecio. Antes de subirse al taxi se había pasado una hora eligiendo ropa y maquillándose.

Tina llevaba falda de cintura alta y blusa blanca. El pelo castaño lo llevaba recogido en una coleta. Vanessa se apresuró a ayudarla con una de las dos bolsas de comida que llevaba en el coche.

—¿Cómo pinta la programación de hoy? —preguntó Vanessa y miró el contenido de la bolsa, en la que había pan, mantequilla, queso y jamón de pavo.

—Tú seguirás trabajando con las chicas más jóvenes —dijo Tina—. Estás haciendo un buen trabajo, les gustas. El otro día cuatro me dijeron que querían ser policías. Lo que necesitan son referentes como tú.

Vanessa se puso contenta. El primer día lo había dedicado, igual que todos los voluntarios, a enseñar sueco, leer en voz alta y juegos de socialización. Pero se había aburrido enseguida, así que había empezado a hablarle de su trabajo como policía a una de las chicas. Las demás no tardaron en sumarse al corro.

—Qué bien —dijo y notó que se ruborizaba.

En cuanto entraron en la casa, Tina se metió en el cuartito que usaba de despacho. Vanessa dejó la comida en la cocina, sacó platillos y tazas y los llevó al salón. Después llamó a la puerta de Tina.

—Quería comentar una idea contigo. Me has dicho que a las chicas les gustó lo que les conté de mi trabajo. Quería preguntarte qué te parece si les enseño cosas que realmente les podrían ser útiles.

—¿Tipo qué?

—Labor policial práctica. Cómo reducir a una persona, por ejemplo.

La joven jurista la observó con escepticismo.

—Defensa personal, vaya. También sirve como ejercicio físico —se apresuró a añadir.

Tina se abrió de brazos.

—Podemos probar. ¿Necesitas algo de mí?

—No, el césped de fuera nos servirá. Compraré unos chándales para la semana que viene.

—Perfecto. Pásame el recibo y yo asumo el gasto.

La actividad se sustentaba con donaciones, por lo que Vanessa pensó que podría ponerlo de su bolsillo.

—Yo lo pago.

—Corrígeme si me equivoco, pero al principio no te hizo demasiada gracia estar aquí, ¿verdad?

Vanessa sacó la silla del otro lado del escritorio y se sentó. Juntó las manos y las apoyó en el regazo.

—No lo tenía del todo claro. Pero mi hermana me insistió hasta la saciedad, y tampoco tengo en qué ocupar los días hasta que la PAN haya tomado una decisión.

—¿La PAN?

—La junta responsable de la policía. No me malinterpretes, opino que este tipo de asociaciones son muy positivas. Tienen un valor incalculable para la integración de la gente que acude a ellas. Lo que pasa es que nunca me he considerado una persona que pueda aportar nada en un sitio como este.

—Pues lo haces. Como te he dicho antes, muchas de las chicas te admiran. Eres diferente a las mujeres que han visto en sus países de origen —dijo Tina e hizo una pausa—. Y también tenemos programas para ser tutora. ¿Cómo lo verías? Hoy viene una chica nueva, se llama Natasja y ha pasado por una experiencia… muy jodida, vaya. Toda su familia fue exterminada en Siria. Ha venido sola.

3

𝒩icolas apretó las mandíbulas y pegó la mejilla al respaldo del asiento. El cuero negro olía fuerte a coche nuevo. Al otro lado de la ventanilla podía ver la espalda de Hampus Davidson.

La niña seguía sin decidirse si se iba o no con él. Nicolas podía oírla razonar con quien suponía que sería su padre. Rascó la culata de la pistola con la uña y miró la manilla de la puerta. Si la niña decidía irse con Davidson, abriría la puerta de un bandazo y saldría corriendo.

Todo el trabajo que habían invertido en Davidson habría sido en vano. Tendrían que pasar desapercibidos durante varias semanas, empezar de cero, elegir una persona nueva de la lista.

—Hampus, vete a casa. Pasaré a dejar a Linnea más tarde —dijo la voz de hombre.

—Vale, quedamos así. Adiós, Linnea. Melina te espera en casa.

Nicolas suspiró aliviado sin hacer ruido. Davidson se sentó en el coche. Dejó el móvil y la cartera en el asiento del acompañante antes de arrancar el motor. El coche emprendió lentamente la marcha.

El Mercedes salió del aparcamiento y aceleró.

—Las manos al volante, mira al frente y haz exactamente lo que te diga —dijo Nicolas, poniendo una mano en el hombro del financiero y apoyando el cañón de la pistola en su nuca.

Hampus Davidson soltó un grito del susto. El coche dio un bandazo. La rueda delantera derecha golpeó el bordillo antes de que pudiera retomar el control.

—Tranquilo —dijo Nicolas—. En la rotonda, gira a la derecha.

—¿Qué quieres de mí? —preguntó Davidson mirando a

Nicolas por el retrovisor. Lo único que el financiero podía ver eran dos ojos—. Si quieres el coche no hay ningún problema, solo llévatelo.

—No quiero el coche. Escúchame, Hampus.

El financiero dio un respingo al oír su nombre. Nicolas echó un vistazo por encima del hombro para asegurarse de que Ivan los seguía con el coche de alquiler, tal como habían acordado.

—Primero irás en dirección a la ciudad. Si haces lo que te digo, por el camino te contaré de qué se trata. No pienso hacerte daño. Si intentas saltar del coche o pedir ayuda, me veré obligado a hacértelo, pero no estoy aquí para eso. ¿Entiendes lo que te digo?

—Sí, entiendo —dijo Davidson.

Sujetaba el volante con rigidez. Sus nudillos se tornaron blancos. Pasaron el semáforo de la gasolinera Shell.

Davidson iba por el carril de la derecha, a cincuenta kilómetros por hora.

—Te llevaremos a un sitio donde te quedarás unos días. Llamarás a tu mujer, Melina, y le darás instrucciones para que saque diez millones de coronas en metálico. Luego dejará el dinero en un sitio que acordaremos. Después te soltaremos.

—Vale.

El financiero asintió enérgicamente con la cabeza.

—Lo importante es que ella no llame a la policía.

—No iré a la policía, lo prometo. Nadie sabrá nada de lo que ha pasado, pero por favor, no me hagas daño.

Nicolas bajó el arma, se reclinó en el asiento y miró por la ventana. Dos motos de agua cortaban las olas a toda velocidad por debajo del puente de Lidingö. Nicolas notó que la tensión comenzaba a disminuir.

—Coge el túnel. Ve en dirección Norrtälje, mantente en el carril de la derecha y respeta los límites de velocidad.

En un desvío del bosque, Nicolas obligó al financiero a entregarle el móvil y meterse en el maletero. Hampus Davidson hizo lo que le ordenaba. Nicolas apagó el móvil, tiró el GPS que Davidson llevaba en la guantera y se quitó el pasamontañas.

Se sentó al volante y continuó por el mismo camino. Media hora más tarde se detuvo delante de la cabaña roja que habían alquilado. La casa estaba rodeada por un denso bosque caducifolio. El vecino más próximo quedaba a medio kilómetro.

Nicolas volvió a ponerse el pasamontañas, se lo colocó bien, abrió el maletero y miró fijamente la cara pálida de Davidson. Lo ayudó a salir. Nicolas señaló la cabaña con la pistola y observó que Davidson estaba temblando de pies a cabeza.

Cuando Nicolas hubo cerrado la puerta señaló una silla. Davidson obedeció enseguida.

Nicolas le pasó el móvil, que estaba en la mesa de la cocina.

—Quiero que llames a tu mujer ahora mismo para que no empiece a preguntarse si te ha pasado algo. Si alguien pregunta dónde estás, ella dirá que has tenido que volver al trabajo. ¿Entendido?

—Sí.

—Piensa en lo que te he dicho antes. Es muy importante que no llame a la policía. Tienes que hacerle entender que no merece la pena.

—No llamará a la policía —aseguró Davidson y puso los ojos bien abiertos cuando Ivan entró en la cabaña con un pasamontañas en la cabeza.

4

*L*as chicas llegaron y rodearon a Vanessa al instante. Natasja guardaba las distancias, se sentó en el sofá con un libro que llevaba consigo. Era más pequeña y parecía menor que las demás. Su tez era pálida, tenía los ojos grandes y azules y el pelo castaño.

La decepción de las chicas se hizo notar cuando Vanessa les explicó que hoy no habría historias de policías.

—¿Qué vamos a hacer? —preguntó una en un sueco macarrónico.

—Acompañadme al jardín, señoritas, y os lo enseñaré —respondió Vanessa.

Vanessa le preguntó a Natasja si quería acompañarlas. La chica sonrió, cerró el libro y se levantó. Seguida por un séquito de diez chicas, Vanessa salió al jardín y les pidió que se pusieran en una fila.

Puso las manos a la espalda y las observó un momento.

—¿Recordáis que os expliqué cómo un compañero y yo nos ocupamos de un mierd... ejem, de un hombre que molestaba a chicas en el metro hace un par de años?

Las chicas esperaron expectantes a que continuara.

—Empiezo a hacerme un poco mayor. —Vanessa se puso una mano en la espalda en un gesto teatral y las chicas rieron con disimulo—. Por eso había pensado enseñaros lo que hice, para que no tengáis que llamarme si alguien se toma libertades con vosotras.

Guardó silencio y eligió a una chica.

—¿Cómo te llamas? —le preguntó.

—Samira.

—Ven, ponte aquí.

La chica dio unos pasos al frente y se quedó esperando.

—Vale, Samira, ahora tú eres un tío que piensa que puede tocar a las mujeres solo porque le apetece. Eso a nosotras no nos gusta. ¿Verdad que no? Intenta tocarme.

Samira alargó la mano. Vanessa la cogió, dio un paso atrás, desequilibró a la chica y la tumbó con decisión en el suelo. Con cuidado, dejó caer el peso de su cuerpo sobre ella y le inmovilizó el brazo en la espalda. Las chicas jadearon, un murmullo creció entre ellas.

Vanessa se sacudió la ropa y Samira se puso en pie otra vez.

—¿Habéis visto cómo lo he hecho? Os lo enseñaré otra vez, luego quiero que os pongáis por parejas y hagáis lo mismo.

Les mostró los movimientos un par de veces más, respondió a las preguntas de las chicas, que estaban cada vez más impacientes por probarlo ellas mismas, y luego las puso por parejas según el peso y la altura.

Cayeron unas pocas gotas y a los pocos minutos estaba lloviendo a raudales.

Vanessa fue animando a las chicas, que no parecían darse cuenta de que cada vez estaban más mojadas, sudadas y sin aliento.

Miró a Natasja. A raíz de las tardes que había pasado en la asociación, Vanessa había aprendido a evitar preguntarles a las chicas por las vivencias que habían tenido. Natasja había perdido a su familia y había conseguido llegar sola hasta Suecia. Eso dejaba marca. Pero nada de eso asomaba en el rostro de la niña. Sus ojos estaban concentrados, apretaba los labios. Cuando la tiraban al suelo volvía a ponerse de pie a toda prisa, con ganas de continuar.

Al cabo de un rato Vanessa les pidió que le prestaran un momento de atención.

—No quiero veros ayudando a vuestro adversario a levantarse —dijo—. Estamos entrenando nuestro cuerpo y nuestro cerebro para reaccionar a un movimiento de forma instintiva. ¿Me seguís? Si se diera el caso de que os cruzáis con uno de estos supuestos hombres y lo derribáis, vuestros cerebros no pueden estar programados para tenderle la mano. Por eso no quiero que ninguna ayude a la contrincante a levantarse.

Las chicas atendieron mientras recuperaban el aliento y enseguida continuaron con el ejercicio.

Después de merendar se acomodaron en el salón. Otros dos voluntarios se encargaron de revisar los deberes. Natasja estaba sentada en el sofá leyendo *Los hermanos Corazón de León*. Sus labios se movían en silencio. A su lado tenía una libreta y un bolígrafo. De vez en cuando hacía un alto en la lectura, cogía el boli y anotaba algo. Vanessa observó que Natasja, igual que ella, era zurda.

—¿Te gusta?

—Mucho. Pero ya lo había leído.

—¿En árabe?

—No, inglés.

Vanessa se llevó la taza a la boca. Tomó un trago. El café era demasiado suave para su gusto.

—¿Cómo es que sabes tanto inglés? —dijo Vanessa dejando la taza a un lado.

—Mi padre daba clases de literatura en la universidad. Le parecía importante que mi hermana y yo aprendiéramos otras lenguas, aparte de árabe.

—¿Cómo se llama tu hermana?

—Se llamaba Aleksandra.

—Natasja y Aleksandra. ¿Nombres rusos?

—El autor preferido de nuestro padre era Fiodor Dostoievski. Sobre todo le gustaba *El idiota*, nuestro hermano pequeño se llamaba Lev.

Natasja acarició la portada del libro con la mano. Vanessa temió que la conversación sobre su familia fuera a entristecerla y se apresuró a cambiar de tema.

—¿Te gusta Suecia?

—Me encanta Suecia. La luz en verano, cuando las noches son claras y los pájaros me despiertan con su canto. Todos los lagos en los que nos bañamos. Los bosques. Pensaba que no podía ser mejor. Pero luego vino la nieve. —El rostro de Natasja se iluminó con una nueva sonrisa—. Antes de venir aquí solo había visto la nieve en YouTube. La primera vez que nevó… quería que no parara nunca. Salí corriendo. Todo era blanco.

En una cuesta había padres bajando en trineo con sus hijos, y yo estaba al lado. Me reí con ellos. Parecía tan divertido. Y los niños estaban tan contentos, felices. Una mujer se me acercó y me preguntó si quería probar. Me enseñó cómo hacerlo, montó conmigo. Después… —Natasja se mordió el labio y dejó caer la mirada a la mesa—. Después me regaló el trineo de su hija.

Natasja guardó silencio. Vanessa, que había estado absorta escuchando el relato, dio un respingo y abrió la boca para decir algo, pero la joven no tardó en continuar.

—El idioma fue difícil y se me hizo muy pesado mudarme de un sitio a otro, pero hay bibliotecas en todas partes y los libros son gratis. Y dentro de poco volverá a ser invierno y podré usar el trineo.

Vanessa no pudo contener una sonrisa. Se hizo un silencio. Se quedaron mirando la una a la otra hasta que Vanessa se aclaró la garganta.

—¿Qué pasó con tu familia?

Un rápido velo cubrió el rostro de la chica.

—No tienes por qué contármelo —dijo Vanessa y le puso una mano en el brazo.

—Mis hermanos y mi madre murieron en un bombardeo —dijo la chica, y sus ojos azules penetraron en los de Vanessa—. Mi padre sobrevivió… pero lo ingresaron en el hospital. Le amputaron las piernas. Me dijo que saliera de Siria y viniera a Suecia. Me contó dónde había escondido el último dinero que nos quedaba, lo cogí y me fui a la frontera con Turquía. Y luego hasta aquí. A Suecia.

—¿Cómo?

Natasja se señaló las zapatillas Nike.

Vanessa recordaba las imágenes de las largas colas de gente que en verano y otoño de 2015 habían caminado hacia el norte por las autovías de Europa cargando sus pertenencias a la espalda. Había sentido compasión por ellos, pero al mismo tiempo le había resultado irreal. Eran tantos que al final las caras se fundían en una amalgama gris. Pero en algún punto de esa masa había estado caminando la chica que ahora tenía delante. Sola.

Natasja miró un punto justo por debajo del cuello de Vanessa. Esta entendió que lo que había captado su atención era el collar de Mickey Mouse, que solía mantener oculto bajo la ropa para no tener que responder a preguntas, pero durante los ejercicios en el jardín debía de haberse salido. Acercó la figurita hacia Natasja, quien la cogió con cuidado entre el pulgar y el dedo índice.

Vanessa esperaba alguna pregunta, pero Natasja la miró a los ojos y Vanessa se lo volvió a guardar en el escote con expresión seria.

—A pesar de todo lo que has pasado pareces tan... ¿contenta? —dijo Vanessa.

Natasja sonrió y buscó las palabras.

—Estoy viva. Mi familia está muerta, pero si yo, la que sobrevivió, no aprovecho mi vida, ya podría haberme muerto también. No sería justo para ellos. Y dentro de poco volverá a ser invierno. —Se reclinó y su mirada se vio transportada—. Echo mucho de menos el invierno.

5

*I*van había salido a buscar el portátil de Hampus Davidson al coche y se sentó a la mesa redonda de la cocina para revisarlo. Buscaba material comprometedor que pudiera ser utilizado para impedir que el financiero acudiera a la policía una vez lo dejaran libre. Con el financiero anterior, Oscar Petersén, había sido fácil. Al investigarlo, Ivan y Nicolas descubrieron que el tipo iba a bares gays sin que su mujer y sus amigos lo supieran.

Nicolas estaba de pie, apoyado en la nevera. Tomaba café. Se percató de que Hampus Davidson le caía mal. Había algo en su aspecto que le hacía pensar en los peores abusones de la Escuela de Humanidades de Sigtuna.

En el internado, los alumnos mayores educaban a los menores, o «adiestraban», como se decía en la jerga del centro. Una especie de acoso escolar que podía abarcarlo todo, desde que te ordenaran ir al centro de Sigtuna a comprar chucherías hasta sufrir malos tratos de forma reiterada. A menudo los mayores se divertían cazando a los pequeños y haciéndoles el «rompecuellos». La víctima era sujetada por dos personas mientras un tercero lo agarraba por el pelo y le doblaba la nuca hacia atrás todo lo que podía.

En el curso de Nicolas había un chico que se llamaba Carl-Johan Vallman que había sufrido especialmente el acoso de los mayores. Uno de los juegos favoritos de estos era encerrarse con Carl-Johan en algún lavabo con una bolsa de pastas. Le ordenaban que se quitara la ropa y se pusiera de rodillas. Después, los alumnos de tercero le decían que tenía que atrapar con la boca todas las pastas que le tiraban. Cada vez que Carl-Johan fallaba le daban un puñetazo en alguna parte blanda del cuerpo o una patada en el pecho. El primer año en Sigtuna tuvieron que llevarlo al hospital en dos ocasiones.

—Mira esto —dijo Ivan y levantó la vista del ordenador.

Había entrado en la cuenta de correo de Davidson y abrió una ventana nueva. En la pantalla se veía una pequeña habitación y una cama con sábanas blancas. La iluminación era pobre. Nicolas miró a Ivan sin entender y este hizo clic. La imagen cobró vida. Por la derecha apareció una chica de unos quince años pequeña, delgada y pálida. Camiseta negra y tejanos claros. Ivan subió el volumen. Davidson le preguntaba en inglés cómo se llamaba. «Irena», contestaba ella.

Los ojos de la chica eran huecos. Inertes. Abúlicos.

Davidson le decía que se quitara la ropa.

—¿Qué es esto? —murmuró Nicolas.

—Espera, se pone peor.

Al final estaba desnuda del todo. La cámara subía y bajaba por su cuerpo. Ella se tapaba los pechos con la mano. La mano de Davidson apareció un momento en el cuadro para hacerle bajar los brazos. La cámara hizo *zoom* sobre los pequeños pechos.

Nuevo ángulo. La cámara parecía estar montada en un trípode. Davidson estaba sentado en la cama. La chica, de rodillas entre sus pies, le estaba practicando sexo oral. Él le empujaba la cabeza contra su miembro. La chica gorgoteó. Sonaba como si se estuviera ahogando. Davidson miró a la cámara con la boca entreabierta.

—No necesito ver más —dijo Nicolas dándose la vuelta.

—Luego se la folla. Joder, es muy pequeña. ¿Cuántos años puede tener?

—Es una niña, Ivan. Una maldita niña. Una cría desgraciada y pobre a la que él ha comprado para hacer lo que le dé la puta gana.

Ivan cerró la ventana del navegador. La respiración pesada de Davidson dejó de oírse.

—En todo caso, no tenemos que preocuparnos de que vaya a la policía. Hay ocho vídeos más en esta carpeta. ¿Quieres que los mire para comprobar que son todos de él?

Ivan apartó la silla, se cruzó de brazos.

—No, con ese es suficiente.

Nicolas cerró los ojos para quitarse las imágenes que le venían a la cabeza y notó que todo su cuerpo se llenaba de rabia. Cogió el pasamontañas de un tirón y dio unos pasos hacia la puerta del sótano. Ivan comprendió lo que estaba a punto de pasar y se levantó para detenerlo, pero Nicolas ya había abierto la puerta. Bajó los peldaños de dos en dos mientras se tapaba la cara. Davidson estaba tumbado de lado, con las manos esposadas. Nicolas lo agarró de las solapas con ambas manos, lo sacó de la cama y lo levantó contra la pared. Los pies del financiero colgaban en el aire.

—Hemos visto tus putos vídeos. Se los mandaremos a tu mujer, a tus padres, a tus contactos del trabajo, a tus colegas de la mili, a todas las putas personas que conoces, si dices una sola palabra de esto.

Los ojos de Davidson estaban llenos de pánico.

—Yo…

—¡Cierra la boca! —bramó Nicolas—. Si me entero de que vuelves a violar a una niña vendré a buscarte. Y entonces ya no iré en busca de tu dinero, sino de ti. Te mataré de una forma tan dolorosa que no te la puedes ni imaginar. ¿Te ha quedado claro?

—Sí.

Dejó caer a Davidson al suelo. El financiero trastabilló por la habitación y se acurrucó en la cama, temblando. Nicolas dio media vuelta y fue hacia las escaleras, donde Ivan lo estaba esperando con los brazos cruzados.

Subieron los dos. Nicolas se sentó en el sofá, se quitó el pasamontañas y se pasó la mano por el pelo.

—No puedo con esa clase de gente. Vi demasiados en Sigtuna —dijo Nicolas—. Piensan que está todo a la venta, se creen con derecho a hacer lo que quieran con otras personas porque las han comprado o porque son más fuertes.

Se levantó y se acercó a la mesa. El café se había enfriado. Nicolas dio un trago e hizo una mueca.

—Iré a la casa de Davidson. Si su mujer ha llamado a la policía, ya deberían estar allí. ¿Has traído comida?

—Platos precocinados de Findus para él, requesón y pizza de kebab para mí.

Υ

Ivan vio alejarse las luces traseras del coche por la ventana. Sacó la Glock de la bolsa de Nicolas, la levantó y la observó con deleite antes de ponérsela en la cintura del pantalón.

Del congelador sacó un plato tailandés, rasgó el paquete y metió el recipiente en el microondas. La espera sería larga. Como de costumbre, a él le tocaba la peor parte del trabajo. Vigilar a Davidson, hacer la comida, acompañarlo al lavabo.

Estaba cabreado con Joseph, que no se enteraba de lo útil que él podía serle a la Legión. La única razón por la que le había pedido a Ivan que fuera al Ambassadeur era que quería entrar en contacto con Nicolas. Todo igual que antes: a Ivan solo lo invitaban a las fiestas si Nicolas lo acompañaba. Y las veces que se presentaba solo, todo el mundo le preguntaba dónde estaba Nicolas. Se decepcionaban cuando sabían que nada más venía él. Incluso Milo, su propio padre, prefería a Nicolas antes que a su hijo. Cuando lo acompañaba a casa después del colegio, a su padre se le iluminaba la cara, les daba dinero y les decía que fueran a la pizzería.

Sonó la campanilla del microondas.

Ivan sacó la comida, puso el recipiente en un plato y cogió un tenedor. Nicolas había dicho que Hampus Davidson comería en el sótano. Pero ¿por qué tenía que hacer Ivan todo el rato lo que Nicolas decía? No le gustaba el sótano. Y era aburrido quedarse mirando cómo alguien comía. Dejó el plato en la mesa, se pasó el pasamontañas por la cabeza y bajó a buscar a Davidson.

—Te vienes conmigo.

Davidson se levantó como pudo de la cama.

—¿Hay algún problema? —preguntó asustado.

—Comida —respondió Ivan tajante.

Cuando subieron, Davidson miró a su alrededor.

—¿Dónde está el otro chico?

—Solo estamos tú y yo.

El financiero parecía aliviado. Ivan señaló la comida y retiró una silla para que Davidson pudiera sentarse. Este cogió el tenedor y comenzó a remover el arroz. Se metió un poco en la boca para probar. Ivan se quedó de pie junto a la encimera, cruzado de brazos. La pistola asomaba, claramente visible, por el pantalón.

—Estás acostumbrado a otro tipo de comida, ¿no? *Foie* de pato y tal, ¿no? —preguntó Ivan.

Davidson soltó una risita. Masticó y tragó.

—Esto está bien—murmuró.

—¿Dónde están grabados los vídeos?

Hampus Davidson se metió más arroz en la boca.

—Países bálticos.

—¿Putas?

Davidson no respondió.

—No te preocupes. Yo no soy igual de sensible que... el otro.

El financiero esbozó media sonrisa y miró a Ivan a los ojos.

—No son unas putas callejeras cualesquiera. Escolares. Cuestan más, obviamente, pero están limpias. Suelo decir que cuanto más pequeña es la tía, más grande parece la polla.

Ivan se rio.

6

*N*icolas paró el coche y apagó el motor. Las casas del barrio eran casi todas unifamiliares y grandes. En los frondosos jardines se apretujaban las camas elásticas de los niños con estatuas de piedra y coches de lujo. La de Hampus Davidson quedaba a pie de playa. Era distinta al resto de casas. Negra, de madera. Moderna, futurista, con ventanas redondas y techo plano. Nicolas decidió no quedarse más de veinte minutos; normalmente este tipo de barrios tenían cámaras de vigilancia. Y un coche desconocido, sobre todo un Volvo V70 de lo más normal y corriente, despertaría la curiosidad de los vecinos.

Le gustaba haber salido de la cabaña donde estaba Davidson.

Nicolas ya sabía que el mundo estaba lleno de hombres que abusaban de niñas, las humillaban y grababan las violaciones para su perversa satisfacción. Ese tipo de hombres eran los que lo habían forzado a salirse del SOG. No lograba quitarse las imágenes de la chica. Por un instante barajó la posibilidad de olvidarse del dinero y atar a Davidson delante de la comisaría con una memoria USB con todos los vídeos colgada al cuello. Destrozarle la vida. Irena lo hizo pensar en Maria. No porque estuvieran en situaciones similares, sino por la impotencia.

Maria había superado la infancia como buenamente había podido, igual que la adolescencia, igual que la vida. Le costaba formular oraciones enteras cuando hablaba con alguien que no fuera Nicolas. Estaba perdida. Marginada. Indefensa. Al mismo tiempo, él no quería considerarla disminuida. Su hermana era distinta. Ella no entendía cómo funcionaban los demás, no sabía los códigos sociales. Pero era inteligente y divertida. En un mundo diferente, otras personas aparte de Nicolas también lo habrían sabido ver, en lugar de reírse de ella y mirarla descaradamente.

Dos faros aparecieron detrás de Nicolas. Cuando el coche hubo desaparecido, sacó el móvil. Buscó el nombre de su hermana.

—Solo quería saber qué haces —dijo cuando ella respondió.

—Estaba viendo *Friends* —dijo Maria.

—¿Qué capítulo?

—Ese en el que Ross piensa que él y Rachel se están tomando un descanso.

—*We were on a break* —dijo Nicolas poniendo voz de locutor.

Podía oír la tele, las risas de estudio, las voces de los actores. Le habría gustado estar allí, con Maria.

—¿No me vas a preguntar qué estoy haciendo? —dijo.

—Sí.

—Pues va, hazlo.

Maria se rio un poco.

—¿Qué estás haciendo, Nico?

—Trabajando.

—¿Está Oleg ahí?

—No, hoy libra. —Se quedó callado—. Solo te llamaba para decirte que te echo de menos.

—Qué bien —dijo Maria.

—Ahora es cuando tú tienes que decir que también me echas de menos.

—Pero es que no lo hago. Ahora mismo, no. Y no hay que decir mentiras.

—Es cierto. —Nicolas sonrió. Su mirada se fijó en una mujer que estaba paseando al perro cien metros más adelante—. Tengo que seguir trabajando. Pero pasado mañana me paso a verte.

Colgaron.

La mujer del perro desapareció detrás de una esquina. Nicolas miró la hora. No había ningún indicio de que la esposa de Hampus Davidson hubiese alertado a la policía. Parecía que estaba en casa. Debía de estar preocupada. No sabía con qué

clase de hombre estaba casada. Probablemente Melina Davidson estaba intentando ponerse en contacto con su banquero
para sacar el dinero.

Nicolas estaba a punto de arrancar el motor cuando un
nuevo coche apareció por la calle.

Un taxi. Se detuvo delante del chalé de los Davidson y se
quedó un rato con el motor encendido.

Al instante siguiente se iluminó la entrada de la casa negra.

La puerta se abrió y Nicolas siguió la figura de Melina Davidson con la mirada. Y cuando su rostro se vio iluminado por
el resplandor de la farola, se dio cuenta de que era la mujer más
bella que jamás había visto.

Ivan retiró la silla. Se sentó justo frente al financiero, que
pareció encogerse. Apartó la mirada.

—¿Qué haces con los vídeos?

—Los guardo.

—¿No se los enseñas a nadie? Relájate. No te voy a hacer
daño. A menos que intentes algo. Entonces sí que te volaré los
sesos.

Davidson respiró hondo, miró la pistola de reojo.

—No, es para consumo propio, o como se le pueda llamar.

—¿Y tu mujer?

Davidson arqueó las cejas.

—¿Qué pasa con ella?

—Es… guapa. Una de las tías más guapas que he visto. ¿De
dónde es? No es del todo sueca, ¿no?

Davidson se rio, negando con la cabeza.

—Su madre es de Brasil, su padre es sueco. Sí, es guapa,
pero de esas también te acabas cansando.

—*For every hot chic in this world there is a dude tired of
banging her* —citó Ivan.

Davidson no parecía seguirlo.

—¿No has visto *Californication*? —preguntó Ivan.

—No. ¿Es una película?

—Una serie. «Por cada tía buena del mundo hay un tipo
que está cansado de tirársela.»

—Ah, vale. No, no la he visto —dijo Davidson.

Estuvieron un rato en silencio hasta que el financiero volvió a tomar la palabra.

—¿Cuánto tiempo habéis… estado vigilándonos?

Ivan se puso alerta y le clavó los ojos.

—No soy imbécil. ¿Te enteras? Si intentas hacer que te dé detalles que puedan servir para rastrearnos o me tratas como si fuera tonto, te tiro por las escaleras y te piso la cabeza.

—No quería decir eso —balbuceó Hampus Davidson.

A Ivan le entró hambre. Se levantó. Sacó el requesón. Abrió el cajón de la cocina y sacó una cuchara. Davidson se concentró en su comida. Ivan quitó la tapa de aluminio, sacó la botella de Fun Light de la nevera y vertió el zumo sobre el requesón para endulzarlo. Removió. Se sentó y se metió una cucharada en la boca. Davidson lo seguía con la mirada. ¿Le estaba mirando las manos? Ivan soltó la cuchara, que rebotó con un estruendo sobre la mesa de madera.

—¿Qué estás mirando? —rugió.

Hampus Davidson dio un respingo.

—Perdón, tienes… se te ha quedado en la comisura. —El financiero se llevó un dedo a la boca—. Aquí.

7

*M*elina Davidson colgó la chaqueta en un gancho debajo de la barra, pidió una copa, se la tomó de un trago y pidió otra.

Cuando Nicolas siguió al taxi hasta el centro, al principio se temió que se estuvieran dirigiendo a comisaría. Pero en la rotonda de Roslagstull se desviaron hacia el barrio de Östermalm, tomaron la calle Birger Jarls, se pararon en la plaza Norrmalmstorg y allí Melina se bajó delante del Nobis. Nicolas corrió a meter el coche en el *parking* de Birger Jarls, volvió a paso ligero hasta la plaza y entró en el hotel. Vio una mesa libre junto a la pared, pidió una cerveza y tomó asiento.

Había dado por hecho que Melina había quedado con alguien, pero una hora después de haber entrado seguía sentada a solas llevándose la copa a los labios con gesto mecánico. La mirada perdida en el vacío. Sus movimientos se fueron haciendo más lentos a medida que aumentaba su nivel de embriaguez. Al cabo de un rato se levantó y se fue tambaleando al baño, dejando la chaqueta y el bolso colgados en el gancho debajo de la barra. Nicolas frunció el ceño. No se comportaba como una mujer cuyo marido acababa de ser secuestrado.

Al volver, llamó al camarero con un rápido gesto de la mano y enseguida tuvo una nueva copa delante.

Nicolas no pudo dejar de observar cómo la estancia entera se inclinaba hacia ella. Los hombres del local la miraban de reojo. A intervalos regulares, alguien reunía valor para acercarse, se ofrecía a invitarla a una copa y se retiraba en cuanto recibía la negativa acompañada de una sonrisa.

Quedaba claro que quería que la dejaran tranquila. Aparte de lo evidente, es decir, la belleza de Melina Davidson, había una frágil tristeza que emanaba de toda ella. Igual que los hombres que se habían visto rechazados, Nicolas no podía evitar sentirse afectado. Dio un último trago de cerveza y justo iba a levantarse para salir del local cuando dos hombres de unos cincuenta años se plantaron al lado de Melina.

Saltaba a la vista que iban borrachos, se habían soltado los nudos de las corbatas. Sus movimientos corporales eran nerviosos y ampulosos. Uno de ellos giró la cabeza, examinó a Melina de arriba abajo y se pasó la lengua por la boca. Nicolas se dejó caer de nuevo en la silla. Decidió quedarse hasta que se hubiesen marchado. El hombre le dijo algo. Ella negó con la cabeza, sonrió y lo ignoró. Pero los tipos permanecieron en el sitio, meciéndose sobre sus pies. El amigo alargó la mano por detrás del hombre y cogió a Melina del hombro.

Nicolas estaba demasiado lejos como para oír lo que decían, pero notaba cómo su irritación iba aumentando cada segundo que pasaba. Apretó la botella de cerveza con la mano. No podía acercarse, estaba allí para asegurarse de que ella no acudía a la policía y nada más. Sería una locura hacerse el héroe. Ese tipo de tonterías lo pondrían en peligro tanto a él como a Ivan. Y el bar podía tener cámaras de vigilancia.

Uno de los hombres le puso una mano en la espalda. Melina se la retiró. La mano volvió de nuevo. Ahora Nicolas ya no pudo aguantarse. Se levantó y avanzó como un buey entre las mesas. Se detuvo a cosa de un metro de los hombres. Se cruzó con sus miradas y luego miró a Melina.

—Siento llegar tarde, cariño —dijo.

Ella se volvió sorprendida hacia él. Los hombres lo miraron un poco y luego se marcharon con cara de fiasco.

—He visto que se ponían pesados, solo quería echar una mano.

La pianista tocó la introducción de *Thunder Road* de Bruce Springsteen.

Nicolas giró la cabeza, llamó al camarero y pidió otra cerveza. Notaba que ella lo estaba mirando. Lo que tenía que hacer era salir del hotel, coger el coche y largarse de allí. Pero en vez de eso, volvió a su mesa. Ella se dio la vuelta, lo buscó con la mirada, cogió su copa, el bolso y la chaqueta y se levantó. Fue directa hacia él.

Nicolas supo al instante que había cometido un error. Pero en aquel momento el secuestro de Hampus Davidson, Ivan, todo, le resultaba de lo más lejano. Melina Davidson sonrió y señaló la otra silla libre que había en la mesa.

Ivan tenía ganas de echarse en el sofá, poner la tele, meterse algo. Encender el sistema del cuerpo y despegar un poco. Nicolas no volvería hasta dos días más tarde. Le dijo a Davidson que se tumbara en la cama y comprobó las esposas, cerró la puerta del sótano y echó el cerrojo. Al volver arriba se quitó el pasamontañas y cogió la mochila en la que había metido su equipaje.

Sacó la bolsita. Se preparó una raya en la mesa de la cocina y la esnifó con un rulo hecho con un billete de mil. Notó el efecto al instante. Se tumbó en el suelo e hizo unas cuantas flexiones. Se tumbó bocarriba y se puso a hacer abdominales.

Encendió el móvil. Tres llamadas perdidas de uno de los números de teléfono de Joseph Boulaich. Se sentó a la mesa de la cocina mientras los tonos se iban sucediendo.

—Por fin —respondió Joseph—. ¿Has hablado con Nicolas?

—No está interesado.

—¿Pero acaso sabe lo que quiero? Tengo que hablar con él.

Ivan estiró el brazo para coger el requesón. Se metió una cucharada en la boca. Estaba obligado a mantener una buena relación con Joseph. Ayudarlo. De todos modos, Nicolas iba a largarse con su hermana y a dejar a Ivan. Otra vez. No podía hacer ningún daño que por lo menos hablara con Joseph. A lo mejor cambiaría de idea. Y eso podría allanarle el camino a él.

—¿Hola?

—Ve a verlo al trabajo. Mañana por la tarde estará allí.

—¿Dónde?

—Restaurante Benicio. En Nybro…

—Sé dónde está. Pero ¿qué pasa? ¿Está de camarero o qué?

—No. Lavaplatos.

—¿En serio?

—Sí.

Joseph soltó una risotada.

—Vale, iré a hablar con él.

Melina Davidson tenía delante una copa con una rodaja de limón con forma de media luna en el borde. La pianista había dejado de tocar a Springsteen, había continuado con *Don't Look Back in Anger* de Oasis.

—¿Sabes qué es lo que me molesta?

Nicolas negó lentamente con la cabeza. Atento a cada palabra, a cada gesto que ella hacía.

—Que no hayan querido dejarme en paz hasta que tú, otro hombre, ha venido a marcarles que estaba ocupada. Entonces sí que se han cortado. Han pasado olímpicamente de mi voluntad. En cambio, respetan que sea propiedad de otro hombre. Pero gracias de todos modos.

—No hay nada que agradecer.

—En realidad no, pero lo hago igualmente.

Nicolas cogió su cerveza. Melina, su copa. Se las llevaron a los labios en movimientos sincronizados. Se dieron cuenta al mismo tiempo y se echaron a reír. Nicolas se limpió un poco de cerveza de la comisura.

—¿Estás esperando a alguien? —le preguntó ella.

—No —dijo Nicolas demorando un poco la respuesta—. Bueno, sí. Esperaba a alguien. Pero me han cancelado la cita a última hora, luego esos capullos han empezado a comportarse como cromañones y me he quedado.

—¿Verdad que era una mujer? —preguntó Melina con una sonrisa.

—¿La persona a la que estaba esperando?

—Sí, una cita a ciegas. Y sé que cuesta reconocerlo, pero te ha visto, ha cambiado de idea y ha dado media vuelta en la puerta.

Nicolas levantó las palmas de las manos.

—Sí, lo reconozco. —Nicolas le señaló la mano izquierda, donde llevaba un anillo brillante con piedras preciosas—. Y tú estás casada.

Ella mostró la mano, se la miró casi con asombro, como si fuera la primera vez que veía el anillo.

—Mi marido está… de viaje. Lo está bastante a menudo. Me gusta estar sola, pero rodeada de gente. Entre otras personas, pero no con ellas. No sé si me explico.

Sonrió. Pero sus ojos eran serios. Indagadores.

—Sí.

Nicolas toqueteó la botella. Notó el alcohol, decidió dejar el coche donde estaba y volver a casa en taxi o metro. Miró a la barra.

—¿Eres policía? —preguntó ella.

Él la miró sorprendido.

—Era militar.

—¿Qué pasó?

—Lo dejé —dijo—. Por distintos motivos.

Nicolas esperaba más preguntas, como siempre pasaba cuando mencionaba su antigua profesión. Pero en lugar de curiosear más, Melina se miró el reloj y él sintió que no quería que se fuera todavía.

Buscó algo que decir, pero Melina se le adelantó.

—Una vez tuve un novio policía. Quince años mayor que yo. Casado. Cuando quedábamos lo hacíamos en restaurantes apartados. Garitos cochambrosos, ya sabes.

—Sitios en los que hasta el viento pegaba la vuelta antes de entrar. Pero no vosotros.

—Algo así. Cuando miras a tu alrededor tienes la misma mirada penetrante que él. Nunca comprendí si esa mirada se debía a que era policía o si solo estaba asustado por si nos pillaba su mujer.

—¿Lo hizo?

—No. Nunca.

—¿Y qué pasó?

—Se acabó —dijo, y pestañeó—. Por distintos motivos. Y me volví a casa.

—¿A casa?

—Sí, eso fue en Barcelona. Estuve viviendo allí tres años.

—¿Y luego?

—Luego conocí a mi marido, Hampus. —Nicolas abrió la boca para preguntar cómo, pero Melina negó con la cabeza—.

Cómo lo hicimos no tiene importancia. Ahora voy a coger un taxi y me voy a ir a casa.

Al salir a la plaza Norrmalms pusieron rumbo hacia el McDonald's. Los taxis estaban haciendo cola. En la entrada del restaurante había un grupo de chicas discutiendo sobre a qué bar ir. Dos de ellas pasaron caminando cogidas del brazo, gritando una canción pop que Nicolas no conocía.

Melina dio un traspié y metió su brazo debajo del de Nicolas para no perder el equilibrio. Nicolas abrió la puerta del taxi que encabezaba la fila y Melina se subió al asiento.

—¿Te vienes un trozo? —preguntó de pronto.

Él rodeó el coche. El asiento de cuero crujió cuando se sentó.

—Calle Riddar 14 —le indicó ella al taxista.

Nicolas la miró de reojo sorprendido, pero no dijo nada. El taxista hizo un cambio de sentido sobre las vías del tranvía y la doble continua. Se dirigió a la avenida Strandvägen. Por cada manzana que se acercaban a Riddargatan, Nicolas se sentía más desconcertado. Su mano y la de Melina se rozaron en el asiento del medio. En el semáforo rojo delante del teatro Dramaten, donde tenían que girar a la izquierda, se quedaron parados.

Melina se desplazó con cuidado hacia él, le cogió el meñique pero siguió mirando al frente. Nicolas notó que su corazón latía cada vez con más fuerza. ¿Qué había en Riddargatan? ¿Tenían un piso en el centro? El coche reemprendió la marcha. Ella siguió rodeándole el dedo con la mano. ¿Podía acompañarla arriba? Una noche. Nadie tenía por qué enterarse jamás. Pero ¿y luego? ¿Se levantaría y se iría a casa? ¿Empezaría una relación con ella? Joder, pero si tenía a su marido secuestrado en una cabaña a tan solo veinte kilómetros de allí.

El coche redujo la velocidad hasta detenerse delante de una fachada de principios del siglo xx. Ella se volvió hacia Nicolas, sonrió y lo miró como preguntando. Él dijo que no con la cabeza.

—No puedo —dijo.

Ella pareció desconcertada, pero enseguida se recompuso. Sacó un monedero del bolso. Él puso una mano encima de la de Melina.

—Yo sigo.

Melina abrió la puerta. Nicolas oyó el tacón golpeando el suelo, pero entonces ella se detuvo en mitad del movimiento. Volvió a darse la vuelta. Se inclinó despacio hacia el interior del coche y le dio un suave beso en la mejilla.

8

*C*onsuelo no era una amazona especialmente diestra, nada que ver con Ramona, que incluso podía igualar a Carlos cuando dejaban que los caballos se explayaran. ¿O acaso solo era la añoranza que sentía por ella lo que la hacía más guapa, más lista y más rápida a lomos del caballo que todas las demás? No lo tenía claro. Y ahora, con Consuelo delante montada en un capón de color canela, quizá tampoco tuviera demasiada importancia.

Tras ayudarla a subir a la silla, Consuelo casi había irradiado una alegría juvenil. Había acariciado al caballo, se había inclinado sobre su crin y le había susurrado palabras tranquilizadoras. ¿Se lo estaba imaginando él? ¿O estaba fingiendo, solo para no despertar su rabia, para que no les hiciera daño a ella y a Raúl? Carlos se dijo que tampoco tenía relevancia. Estaba allí con él. Era lo único que contaba.

Espoleó un poco a Reina con los talones. La yegua aceleró el paso hasta que se puso a la altura de Consuelo. Ella volvió la cabeza y se topó con su mirada.

—Esto es muy hermoso —dijo por encima del sonido de los cascos pisando el lecho del río—. ¿Es usted dueño de todo?

—La colonia es dueña de todo.

—O sea, usted.

Se metieron en la corriente que bajaba hacia la laguna. Carlos sacó la botella de agua y se la ofreció a Consuelo. Ella echó la cabeza un poco hacia atrás, dio unos tragos. El sombrero le cayó en la nuca. Consuelo sonrió y se lo volvió a poner en la cabeza.

—Yo apenas soy el gobernador. Las industrias, las fábricas, la clínica, la escuela, las tierras, las reses y las minas son propiedad de todos nosotros, los alemanes, mediante la empresa madre Alemagne.

—¿Aún se sigue considerando alemán? Pero usted nació acá en Chile, ¿no es cierto?

Carlos tiró de las riendas un poco hacia la izquierda para rodear una roca grande.

—Sí. Pero que nos sigamos considerando alemanes se debe más a vosotros que a nosotros —dijo recuperando la botella de agua—. Yo soy chileno, nací acá, hablo mejor el español que el alemán, pero me siguen viendo como extranjero y me tratan como tal, solo porque soy rubio y tengo los ojos claros.

—¿Se siente usted como un extraño?

Carlos contempló los Andes. El sol aún no había logrado asomar por encima de ellos. Las nubes flotaban como un velo sobre la cresta.

—No como un extraño, solo diferente —dijo.

—Como nosotros, los gitanos. Vivimos entre ustedes, pero no con ustedes.

—Sí, somos como vosotros, los gitanos. Pero creo que tu raza llegó a Sudamérica mucho antes que la mía. Probablemente de los Balcanes, en el siglo XIX. En algún momento de hace cien años cruzasteis los Andes desde Argentina y os establecisteis aquí en la zona.

—Yo no sabía tantas cosas. ¿Dónde quedan los Balcanes?

—En el sudeste de Europa.

—Entonces, los dos somos europeos.

Consuelo sonrió. Carlos soltó una carcajada. No sabía si por lo que ella había dicho o por su sonrisa.

—Sí, los dos somos europeos. Dos europeos en el fin del mundo.

Mientras Carlos desensilló los caballos, Consuelo extendió la manta debajo del chopo y sacó la bolsa de comida.

El manto de nubes comenzaba a desgarrarse y de vez en cuando el sol lograba atravesarlo con sus rayos.

En breve las nubes desaparecerían por encima de las montañas y el cielo quedaría totalmente azul.

Después de dejar sueltos a los caballos, Carlos se sentó en la manta al lado de Consuelo. El ambiente relajado de hacía un momento se había esfumado y Carlos se sintió frustrado. Quería recuperar el tono desenfadado. Incluso la joven parecía percibir el cambio. Mantenía la mirada fija en la orilla del agua, donde los caballos estaban vadeando.

—Quítate la ropa.

Ella obedeció sin mostrar ninguna emoción. Se bajó las bragas, se quitó el vestido rojo por la cabeza. Después se tumbó bocabajo y arqueó un poco las lumbares para que él pudiera tomarla.

—No quise decir eso. —Se aclaró la garganta—. Quiero que te bañes. Tu madre… Ramona solía hacerlo.

Consuelo se levantó, se recogió el pelo negro en un moño y bajó sin prisa hacia la laguna. Carlos la siguió con la mirada mientras ella se metía en el agua. Sus caderas desnudas y mojadas brillaban con el sol cada vez más intenso. «Es como si Ramona volviera a la vida», pensó Carlos.

Se tumbó de espaldas, juntó las manos en la nuca y miró la copa del árbol. Escuchó la naturaleza, el chapaleo de Consuelo al nadar. El vértigo se apoderó de él y perdió la noción del tiempo. Podrían ser perfectamente los años ochenta. Él con veinte años, Ramona un poco más joven.

Habían hablado de tener hijos, de su futuro. Ella tenía igual de prohibido que él casarse con alguien de fuera. Aun así, eso no les preocupaba. En cuanto su padre hubiese muerto, Carlos podría hacer lo que quisiera. Pero el viejo había sido duro, se había negado a morir.

Mientras tanto, la familia de Ramona había regateado con su futuro, la habían enviado a Valdivia. Y Ramona parió a Consuelo antes de que la enfermedad hubiese podido con ella. En otra vida, en otras circunstancias, Consuelo podría haber sido hija suya.

—Solo se vive una vez, pensar cualquier otra cosa es de desquiciados —dijo entre dientes para sí mismo.

Consuelo salió del agua. Cuando él la vio acercarse sacó la toalla que había llevado consigo y la desplegó. Mientras ella se secaba, él sacó la comida.

Baguettes untadas con tomate y aceite de oliva y con jamón curado, un pequeño bol de aceitunas y una cebolla tierna. Le pasó el bocadillo y ella dio un bocado. Comieron en silencio mientras contemplaban los caballos. Cuando Consuelo hubo terminado el bocadillo, él peló la cebolla y se la ofreció.

—Prueba.

—¿Así? ¿Como una manzana?

Él asintió en silencio.

—Lo leí una vez en un libro, hace mucho tiempo. Un bandolero de Oriente Medio se comía las cebollas así. Lo único que le gustaba más que la cebolla cruda era su tierra natal. Ramona y yo decidimos probarlo una vez. A ella le gustaba el libro, pero no comerse la cebolla. Quiero ver si a ti te gusta.

—¿A usted le gusta?

—Sí, mucho.

Consuelo miró la cebolla. Brillaba grande y blanca como una bola de nieve en su mano morena.

—Ella fue la primera mujer de nuestra familia que aprendió a leer —dijo Consuelo pensativa.

—Lo sé. Fui yo quien le enseñé.

—A mi padre no le gustaba. Cuando la pillaba con un libro le pegaba.

Carlos no dijo nada.

—¿También fue usted quien le enseñó a hablar inglés? —preguntó Consuelo con cuidado.

—Sí. Yo quería que aprendiera alemán, pero ella me dijo que eso no le serviría para nada. Le encantaban las viejas películas de Hollywood en blanco y negro.

—Lo sé. Por eso yo también aprendí.

—¿Cómo?

—Mi padre no podía cuidarme él solo, así que me metió en un convento. Una de las monjas era norteamericana y cuando le dije que mi mamá hablaba inglés se ofreció a enseñarme.

—Consuelo se rio avergonzada y se llevó la cebolla a la boca con cierta vacilación. Dio un mordisco con los incisivos. Masticó pensativa—. Es especial —dijo después de tragar—. Pero me parece que me gusta.

9

—*R*yttarvägen… 47. Aquí es —dijo el taxista y frenó.

La calle estaba compuesta por una línea de casas pareadas de color blanco con garaje propio. Parcelitas de césped bien cuidado. Todo era idéntico y estaba bien ordenado. Vanessa pagó y se bajó del vehículo. Olía a líquido inflamable y barbacoa. En la rampa de acceso estaba el Volvo XC60 blanco de Jonas Jensen. A la izquierda había un contenedor de basura y una compostadora para restos de cocina.

Vanessa miró por una ventana contigua a la puerta de la casa y pudo ver un recibidor y una escalera que bajaba a un salón en el piso inferior. Llamó al timbre. Jonas subió las escaleras. Bronceado, en camiseta blanca y tejanos cortos. En los pies llevaba unas sandalias. Le abrió.

—Qué bien que hayas podido venir —dijo contento—. No te quites los zapatos, cenaremos en la parte de atrás.

—He traído esto.

Vanessa le dio una botella de vino tinto.

—Gracias.

Jonas se dio la vuelta, saltó por encima de unos zapatos de crío que estaban tirados en mitad del suelo y bajó las escaleras. Vanessa lo siguió de cerca. En el salón vio un conjunto de sofás, una gran mesa de comedor y un televisor.

—Cógete una cerveza, si te apetece —le gritó Jonas desde el jardín.

Vanessa entró en la cocina, encontró una Coronita en la nevera y se la llevó. Salió por la puerta de la terraza y se sentó a la mesa que había bajo la gran marquesina.

Gran parte del terreno estaba ocupado por una enorme tarima de madera. Debajo había un pequeño césped dominado por una cama elástica y una cabañita de juguete de color amarillo. Dos setos bajos delimitaban el terreno de la parcela vecina. Jonas se acercó a la barbacoa esférica, levantó la tapa y tanteó la temperatura con la palma de la mano.

—Esperaremos un poco con las chuletas, aún no hay brasa suficiente —dijo.

—¿Qué tenéis los hombres con las barbacoas?

Jonas se rio pero no contestó nada. Cogió una botella de Coronita que estaba por la mitad, tomó asiento, puso las piernas encima de la mesa y volvió la cara hacia el sol, que ya estaba bajando.

—Algo tenéis —continuó Vanessa—. Y por cierto, ¿a qué se debe el complejo de los hombres blancos respecto a los hombres negros?

Jonas la miró con interés.

—¿A qué te refieres?

—Cuando nos conocimos, cometí el error de contarle a Svante que mi ex se llamaba Camilo y era un negro cubano. Enseguida sintió fascinación por él. Un par de veces al año me preguntaba por Camilo, cómo era en la cama y si estaba bien dotado. Realmente hay algo enfermizo en vuestra obsesión con imaginaros a un hombre negro follándose a una mujer blanca.

—Puede que haya algo de cierto en lo que dices. Pero no sé a qué se debe. ¿Cuándo estuviste con... cómo has dicho que se llamaba?

—Camilo. —Vanessa dio un trago a la cerveza—. Lo conocí a los veintidós. Un mes más tarde me fui con él a vivir a Cuba.

—¿En serio? ¿Cuánto tiempo te quedaste?

—Dos años.

—No tenía ni idea. ¿Por qué...?

Vanessa se encogió de hombros.

—Se acabó.

Desde la calle se oía un leve ruido de motor cada vez que pasaba un coche. Jonas la miró y alzó la botella de Coronita para brindar. Vanessa hizo un gesto hacia la cama elástica y la cabañita de juguete.

—Debe de ser un buen barrio para criarte de pequeño. Idílico, realmente.

—Lo es. La calle me recuerda a mi propia infancia en Eskilstuna. —Jonas sonrió, paseó la mirada por el pequeño jardín y luego miró a Vane—. Tú te criaste en un contexto un poco más extravagante, ¿no?

Vanessa sabía que entre sus compañeros de trabajo se comentaba su origen de clase alta.

—La primera vez que estuve en tu casa sospeché que aceptabas sobornos —dijo Jonas con una sonrisita—. Pero luego me enteré de que, a grandes rasgos, te criaste en un castillo, que tenías quince criados y que te limpiaron el culo hasta que fuiste mayor de edad.

Vanessa echó la cabeza atrás con una carcajada.

—Mi padre era director en varias empresas del consorcio Kinnevik. Cuando Hugo Stenbeck murió y unos años más tarde Jan Stenbeck asumió el cargo, mi padre y Jan (el Cachorro, como lo solía llamar) no tardaron demasiado en tener roces. El Cachorro tenía devoción por contratar a viejos comunistas, algo que a mi padre le costaba lo suyo. «Con el enemigo no se folla», solía decir. Al cabo de unos años renunció al puesto, se puso a trabajar de consejero profesional e invirtió sus millones en bienes inmuebles antes de morir.

Vanessa se quedó callada. Detestaba hablar de sí misma.

—¿Qué tal os llevabais?

—Cada vez peor, a medida que yo iba creciendo. Él era muy conservador. Opinaba que las mujeres no deberían trabajar. Así que yo hacía todo lo posible para cabrearlo. Me volví de izquierdas, me echaba novios con melena y complejo de Che Guevara, hablaba de la liberación de la mujer. Pero la vez que más se enfadó fue cuando me saqué el título de bachillerato.

Jonas la miró sorprendido.

—¿Y eso?

—Me negué a llevar un vestido blanco. Así que me puse uno negro y boina. A mi padre le dio un *shock*. Reconozco que llevaba una pinta bastante desquiciada.

—Me encantaría ver una foto.

—A mí también. Lamentablemente, es imposible. Mi padre había contratado a un fotógrafo, pero lo mandó a casa en cuanto me vio.

Jonas soltó una carcajada que seguía resonando cuando se levantó y entró en la casa. Volvió con una fuente blanca llena de chuletas de cerdo de color rosado.

—¿Por qué te hiciste policía? —dijo dejando la carne en la mesa.

La pregunta pilló a Vanessa fuera de juego.

—Creo que fue una combinación de varias cosas —dijo despacio—. Como te decía, mi padre era muy conservador. «Hay trabajos para caballeros y hay trabajos para señoras», solía decir. Las eclesiásticas le parecían una maldita peste, por no hablar de las mujeres policía. Y yo nunca he creído en Dios, así que elegí la porra, o como quieras decirlo.

Jonas usó unas pinzas para darle la vuelta a la carne. La barbacoa chisporroteaba y siseaba cada vez que una gota de grasa caía en las brasas.

—Solo unos minutos más. Puedes entrar a buscar la ensalada, mientras tanto.

10

*N*icolas estaba delante del gran lavavajillas en la cocina del Benicio. El vapor se posó como una película en su cara. Se estiró para coger una toalla, se la pasó por la frente, el cuello y las mejillas antes de tirarla sobre una silla.

Casi toda su vida había aprendido a controlar sus emociones, bloquear pensamientos e impulsos, vaciar el cerebro de todo lo que no tuviera que ver con la supervivencia. En cualquier tipo de situación.

Se había visto metido en tiroteos lejos de casa, a oscuras, cuando los fogonazos de los fusiles eran tantos y tan dispersos que era como dispararle al firmamento. Había visto a suicidas con cinturones-bomba volándose a sí mismos y a civiles por los aires, mercados convertidos en mataderos humanos, personas vivas reducidas a masas de carne. Situaciones en las que la gente normal habría sucumbido al pánico o se habría echado al suelo a esperar la muerte.

Sin duda, el entrenamiento físico era una parte destacada de la formación del SOG. Pero la parte más relevante era la preparación mental. Aprender a controlar la cabeza, tus emociones y pensamientos. Correr hacia el peligro en lugar de obedecer al instinto de supervivencia y alejarte de él lo más deprisa posible. Hallar la fuerza de voluntad para cruzar una puerta a pesar de saber que detrás de ella hay hombres armados que harán todo lo posible por matarte.

Y aun así, Melina Davidson había logrado colarse bajo su piel. Su cara surgía en su mente de improviso. Nicolas fantaseaba con una vida a su lado. Intentaba dar con las razones y maneras de ponerse en contacto con ella cuando hubiesen soltado a Davidson.

Puso un plato en la bandeja azul.

La cuestión era mantener la mente y el cuerpo ocupados. Concentrarse. Hampus Davidson había vuelto a llamar a Melina. Se le había hecho extraño escuchar su voz al hablar con su marido. Melina dijo que había hablado con el banquero y que el dinero estaba listo. A Nicolas le sorprendió que hubiese ido tan deprisa. Esa misma tarde Ivan y Nicolas informarían del lugar y la hora de entrega.

La puerta se abrió. Nicolas se dio la vuelta. Ove Landgren, el jefe del restaurante, lo miró desde el umbral.

—Hay dos clientes que preguntan por ti.

Nicolas arqueó las cejas. Cogió la toalla y se la pasó por la nuca.

—Tengo bastante que hacer. Oleg está enfermo. Pídeles que esperen a que hayamos cerrado, por favor.

—Creo que será mejor que salgas a hablar con ellos —dijo Ove apoyando el hombro en el marco de la puerta.

—¿Son policías o qué? —dijo Nicolas y sonrió.

Ove no le devolvió la sonrisa.

—¿Vienes?

Nicolas tiró la toalla y siguió a Ove.

Su jefe se detuvo en la puerta del salón y señaló por la ventanita redonda.

—Allí, la mesa de la ventana.

El local estaba prácticamente vacío. Solo había cuatro mesas ocupadas.

Junto a la ventana había dos hombres en una mesa de cuatro. Nicolas reconoció a Joseph al instante. Al otro hombre no lo había visto nunca.

—¿Los conoces? —le preguntó Ove.

—Uno es un viejo conocido.

—¿Ah, sí?

Nicolas miró de reojo por detrás de la espalda de su jefe. En la pared, en un estante, había una caja con cuchillos para ostras.

—Me he olvidado de poner en marcha el otro lavavajillas —dijo Nicolas. Dio unos pasos hacia su cuarto de trabajo, pero Ove estiró el brazo. Lo retuvo.

—Yo me ocupo. Tú sal.

—Vale.

El jefe del restaurante se dio la vuelta. Desapareció por la puerta. Nicolas cogió uno de los cuchillos y lo dejó caer en el bolsillo izquierdo de su pantalón.

11

*D*espués de comer, Jonas descorchó la botella de tinto que Vanessa había llevado, se metió en el salón y volvió con un altavoz bajo el brazo. Lo colocó justo en la puerta y la voz de Elvis Presley inundó el jardín.

El sol había desaparecido casi por completo; la tarde de finales de verano comenzaba a refrescar. Jonas miró al cielo y arrugó la frente. Unas nubes oscuras se acercaban desde la ciudad.

—Creo que pronto tendremos que encender las lámparas de calor. —Cató el vino—. ¿Cómo te encuentras?

—Joder, suenas igual que ella.

—¿Quién?

—La terapeuta. Por cierto, la he llamado antes y le he dicho que la terapia no es para mí.

Jonas se rio.

—Lástima, pienso que te habría ido bien. No tienes por qué responder a cómo te encuentras. Pero la verdad es que me importa.

—Sé que te importa. —Vanessa apoyó el codo derecho en la mesa y descansó la barbilla en la palma de la mano—. Es difícil. Muchas horas muertas. Tengo que procurar amueblar los rincones vacíos de mi vida. El trabajo ha sido lo más importante para mí, le ha hecho sombra a todo lo demás. Si no lo puedo conservar, ya no sabré quién soy. Ni por qué existo.

—Amueblar los rincones vacíos de tu vida, es muy bonito.

—Gracias.

Las nubes y la lluvia estaban cada vez más cerca. Jonas se dio la vuelta, pulsó un botón y sus caras quedaron iluminadas por un resplandor naranja que provenía de las lámparas de calor del techo.

—Llevo una temporada echando una mano en un centro de actividades para menores extranjeras no acompañadas. Ahora quieren que me haga responsable de una de ellas, Natasja. Que sea su tutora. Me lo estuve planteando…

—¿Pero?

—Pero no sé cómo se hace —suspiró—. Ella me gusta, es tremendamente inteligente, amable, delicada, ha tenido que tragar con mucha mierda. Pero ¿cómo voy a poder ayudarla, hacer que se sienta segura? Si ni siquiera soy capaz de mantener vivas las flores.

—Eso es lo que tú crees.

Vanessa esbozó una sonrisa triste.

—No, es lo que sé. Dos semanas antes de cumplir cuarenta descubrí que estaba embarazada. Le pregunté a Svante qué opinaba, si debíamos dejarlo estar y apostar solo por nuestras carreras laborales; yo sabía que era la última oportunidad. Él no quiso seguir adelante. Y yo no me mantuve firme. Aborté.

Jonas negó lentamente con la cabeza.

—Nunca he entendido la relación que teníais tú y Svante. Contra todos los demás te plantas, te da completamente igual lo que piensen, pero cuando él…

—… se pasea con la polla como el testigo de una carrera de relevos por todo el mundo artístico de Suecia, me da igual, ¿no?

—Algo así, sí.

—Distingo entre el sexo y el amor. Y pensaba que él también. Creo que por eso me duele tanto que ahora quiera ser padre. Y que vaya a serlo. Del hijo de la otra. Y que yo ya no pueda ser madre.

—Quizá es justo la razón por la que deberías acoger a la chica —dijo Jonas mirándola con gravedad—. Eres una persona jodidamente buena y considerada, por mucho que te empecines en ocultarlo.

Vanessa lanzó un vistazo al oscuro jardín. Nunca se lo había contado a nadie. Ni a sus padres, ni a su hermana Monica, ni a Svante.

Había dejado Cuba y había vuelto a Suecia como si no hubiese pasado nada. Se había apuntado a la escuela de policía. Había hincado bien los codos. Se había tirado de cabeza al trabajo policial. Había destacado. Se había enamorado de Svante.

Notó que le comenzaban a escocer los ojos y, por acto reflejo, buscó la figurita de Mickey Mouse con la mano.

—Cuando estaba en Cuba con Camilo, del que te he hablado antes, tuve un bebé. Una niña.

Jonas se quedó boquiabierto.

—¿Qué pasó?

El móvil de Jonas, que estaba en la mesa, comenzó a sonar. Miró a Vanesa como pidiendo disculpas y se levantó.

—Espera un segundo. Joder, tengo que cogerlo.

Vanessa lo observó mientras caminaba en círculos por el salón con el teléfono pegado a la oreja. Jonas escuchaba con atención, parecía inquieto.

Al mismo tiempo, las gotas comenzaron a caer.

Vanessa se estiró para coger el vino. Dio un trago. La lluvia volvía el aire más pesado. Cerró los ojos y escuchó el repiqueteo de las gotas contra la marquesina. Un trueno retumbó por encima de la ciudad. Vanessa alargó una mano, hizo cuenco con ella y dejó que se llenara de agua fría de lluvia.

Cuando Jonas volvió se dejó caer a su lado y se la quedó mirando.

—¿Tu mujer? —preguntó Vanessa.

Él negó en silencio, dejó el móvil en la mesa.

—El trabajo. Han secuestrado a otro financiero. —Jonas repicó dos veces con el dedo índice en la hoja de la mesa—. Un tal Hampus Davidson. Vive aquí en Lidingö. —Cogió el móvil otra vez y lo toqueteó—. Cuenta de Facebook privada, sin otras redes sociales, pero algunos aciertos en la prensa económica.

Le pasó el iPhone a Vanessa. En la pantalla se veía la foto de un hombre con camisa blanca y pantalón de pinzas beis a bordo de un barco. La imagen parecía tomada en algún lugar del Mediterráneo. El agua era turquesa y titilaba atractiva. Hampus Davidson llevaba gafas de sol sobredimensionadas, pelo corto. Vanessa dejó el teléfono.

—Quieren que Nova eche una mano, dado que yo redacté el informe de inteligencia sobre Oscar Petersén. Joder, ahora te necesitaría más que nunca, Vanessa.

—¿Qué piden para soltarlo?

—Diez millones.

—No lo entiendo. Estos hombres valen mucho más que eso. Diez millones son pura calderilla, en este contexto. ¿Por qué se conforman con tan poco?

Jonas se encogió de hombros.

—Tenemos que dar con el denominador común entre Oscar Petersén y Hampus Davidson. Primero, cómo los eligen —continuó Vanessa.

—Son millonarios.

—Sí, pero millonarios hay muchos. Tenemos que entender por qué han elegido justo a estos dos.

12

*C*uando Joseph Boulaich lo vio, se puso de pie.

—Nicolas —dijo y le tendió la mano derecha al mismo tiempo que le ponía la izquierda en el hombro—. Cuánto tiempo. Siéntate.

Joseph le señaló una silla. El hombre del otro lado de la mesa lo observaba con calma. Rondaba los cuarenta, llevaba la cabeza rapada, tenía ojos azules y piel rojiza, llena de marcas.

—Mikael, este es Nicolas. Un amigo de la infancia. Criado en la calle Malmvägen de Sollentuna, igual que yo.

El hombre llamado Mikael le tendió una mano grande y robusta. Nicolas se la estrechó sin mirarlo a la cara, sacó la silla de su lado, se sentó y la echó hacia delante para que sus piernas quedaran ocultas bajo la mesa.

—¿Vino? —preguntó Joseph, claramente displicente ante la recepción fría de Nicolas.

Nicolas negó con la cabeza. Joseph apoyó un brazo en el respaldo de la silla y giró el cuerpo hacia él.

—Ivan nos dijo que trabajabas aquí. Necesitamos hablar contigo. La cuestión es que tenemos una oferta de trabajo que me parece que te podría interesar.

—No, no me interesa.

La boca de Joseph sonrió, pero sus ojos castaños eran gélidos.

—Bueno, bueno… aún no has oído de qué se trata. No puedes seguir enfadado por lo que pasó la última vez que nos vimos.

Unos años antes, Ivan y Nicolas habían ido al cine al centro de Estocolmo. De camino a casa desde la estación de tren de Sollentuna, delante del quiosco de prensa, se habían topado con Joseph, cinco años mayor que ellos, junto con su banda, unos tipos duros que se dedicaban a cometer atracos y tirones. Se iban pasando una botella de vodka bajo la luz de una farola. Cuando vieron a Ivan y a Nicolas intercambiaron unas frases de saludo y charlaron un rato. Joseph le pasó la botella de alcohol a Nicolas, que negó con la cabeza.

Uno de los tíos, unos años mayor que los demás y conocido por haber estado en el trullo por pasearse siempre con una navaja encima, dio un paso al frente. Preguntó cuál era el problema, por qué su vodka no le iba bien a Nicolas.

Nicolas le explicó que no le apetecía. Babak se le acercó un poco más, le quitó la botella a Joseph y se la pegó a Nicolas en el pecho. Le dijo que bebiera. Nicolas se obligó a seguir mirándolo fijamente a los ojos rojos y negó de nuevo con la cabeza. Ivan se plantó entre Nicolas y Babak. Cerró los puños.

Babak giró el cuello, miró un momento a los demás.

De repente y sin previo aviso, soltó un cabezazo.

Su frente dio de lleno en la nariz de Ivan con un crujido. Este se tapó la cara mientras la sangre le chorreaba entre los dedos. Los demás se abalanzaron sobre Nicolas y lo redujeron enseguida. Los arrastraron hasta un aparcamiento. Ivan y Nicolas se resistieron, intentaron liberarse a golpes, pero era inútil. Dos de ellos sujetaban a Ivan, que gemía y jadeaba con la boca abierta mientras la sangre le empapaba el jersey. Joseph y otro aplastaron a Nicolas contra el capó de un coche con marcas de óxido.

El resplandor amarillo de la farola se vio cortado cuando Babak lo miró con una sonrisita burlona. Al instante siguiente le dio un fuerte puñetazo en el estómago. El aire salió de sus pulmones. Nicolas intentó coger oxígeno y Babak le roció la cara con vodka. Los ojos, la boca. Cuando Nicolas selló los labios, Babak le metió la boca de la botella entre los dientes a la fuerza. Nicolas trató de liberarse a base de tirones. El alcohol le ardía en la garganta, le bloqueaba las vías respiratorias. Tosió con virulencia, creía que se iba a asfixiar hasta morir. El estómago y sus músculos estaban agarrotados.

Al final, después de lo que le pareció una eternidad, lo soltaron y él se deslizó por el capó hasta caer al suelo. Se quedó tumbado en el asfalto. Ellos lo rodearon y se rieron mientras él vomitaba. Por el rabillo del ojo vio a Babak acercarse a Ivan y darle unos puñetazos en el estómago antes de desaparecer.

Nicolas observó a Joseph con calma. El líder de la Legión estaba como siempre. A Nicolas seguía gustándole igual de poco que antes.

—Lo dicho, no me interesa.

Empujó la silla hacia atrás para levantarse, pero Joseph puso una mano en el respaldo.

—Trágate el orgullo y atiende. Te necesitamos y te vamos a pagar bien —dijo contento.

—No necesito tu dinero.

—Mira a tu alrededor. Estás trabajando en la cocina de un puto restaurante. Sé lo que vales y te doy la oportunidad de…

Joseph calló al ver que se acercaba una camarera. Nicolas se volvió para mirar: era Josephine, quien lo miró un momento extrañada pero enseguida se recompuso y sonrió.

—Solo quería saber si deseabais algo más. ¿Postre? ¿Café, quizá?

—No, estamos bien así.

Mikael Ståhl la miró mientras se alejaba y se lamió los labios.

—A esa me la follaría —murmuró.

Joseph se volvió hacia Nicolas.

—No son cosas difíciles. Pero necesito a alguien como tú. —Hizo una breve pausa y paseó la mirada por el local—. Quiero que reúnas a diez críos para nosotros. Niños refugiados, ya sabes, de esos que se pasean por Plattan y el jardín de Björns Trädgård, se chutan heroína y la van liando todo el día. Hazlo con tu colega Ivan, si te sientes mejor. Os conseguiremos un coche. Os daré cien mil por cada crío.

—Puto enfermo —dijo Nicolas en voz baja.

—No seas remilgado. Nadie los echará de menos, ya casi no son ni personas. Lo único que hacen es robar a la gente, consumir heroína, pegar a las viejas.

—¿Para qué los queréis?

—Eso no es asunto tuyo —dijo Joseph.

Nicolas movió un poco el pie hacia delante por debajo de la mesa. Notó el zapato de Mikael. Avanzó un poco más la pierna derecha, enderezó la espalda y tanteó con la mano izquierda en busca del cuchillo para ostras.

—No me interesa —dijo Nicolas y se volvió hacia Mikael—. Ahora quiero que paguéis y os vayáis. No volváis a poneros en contacto conmigo.

Cruzó la pierna por detrás del gemelo de Mikael y lo bloqueó con las piernas al tiempo que pegaba el filo del cuchillo sobre el interior de su muslo.

Mikael dio un respingo.

Joseph lo miró desconcertado, y luego a Nicolas.

—Llamad a la camarera, pagad y largaos —repitió Nicolas.

Joseph no hizo ni una mueca. Mikael permanecía inmóvil, con los labios apretados.

—Si no, le rajo la aorta. Desde la ingle hasta la rodilla. Morirá desangrado en pocos minutos.

Joseph cogió la servilleta tranquilamente. Se secó las comisuras. Levantó la mano por encima de la cabeza.

—Nos gustaría pagar, por favor —dijo con calma.

PARTE IV

1

$\mathcal{V}$anessa estaba protegiéndose bajo un tejado en Tyresö. El edificio de ladrillo al que pegaba la espalda mientras observaba cómo la lluvia iba amainando había sido antes una escuela, pero a raíz de la llegada masiva de refugiados había sido reconvertida en casa de acogida para menores no acompañados.

Había llamado a Tina Leonidis y le había dicho que se haría responsable de Natasja, pero ahora no se atrevía a entrar.

Así que se había quedado delante del edificio. A diferencia de sus coetáneas y de su hermana Monica, a Vanessa nunca le había gustado jugar con muñecas, hacer de madre, cuidar de otros. Sentía que nada de lo que ella pudiera hacer podría servirle de ayuda a Natasja. ¿Cómo se le había pasado siquiera por la cabeza?

Ya había cometido el mismo error una vez en su vida y ahora estaba a punto de repetirlo. ¿Por qué no podía reconocer que era una persona destructiva y que no era adecuada para hacerse cargo de nadie? Mucho menos de una adolescente refugiada recién salida de una guerra. Entre otras cosas, Vanessa era impredecible e inconstante. Era mejor no darle esperanzas a Natasja. Mantenerse alejada. Por el propio bien de la muchacha. Era lista, se las apañaría bien. Además, cuando Vanessa recuperara el trabajo no tendría tiempo para ella. Arrastraba varios meses difíciles, entre Svante y el desliz de conducir bajo los efectos del alcohol. Todo eso le había enturbiado el juicio. Claro que se sentía sola, pero no era más que una fase por la que estaba pasando. No le tocaba a Natasja hacerle compañía a Vanessa, llenar el vacío en su vida.

Sacó el móvil, pidió un taxi.

Así tenía que ser. Tina tendría que explicarle a Natasja que Vanessa no podía ser su tutora.

Por la mañana había revisado una chaqueta de Svante: había encontrado un paquete arrugado de Marlboro y un mecherito. Se lo había metido en el bolso. Ahora intentaba prenderle fuego a uno de los cigarrillos retorcidos y resecos mientras esperaba que apareciera el taxi.

Vanessa dio una calada tragándose el humo y paseó la mirada por el patio de la antigua escuela. Pensó en su trabajo.

Otro financiero secuestrado. Alguien, a solas o en grupo, estaba raptando a hombres ricos para extorsionar a sus familias y pedirles dinero. El asunto había llegado a oídos de la policía por mera casualidad. Niklas, el hermano de Hampus Davidson, había estado presente en casa de este en Lidingö junto con su esposa Celine y su hija Linnea cuando Melina Davidson había recibido la llamada.

Niklas Davidson había asumido el mando al instante y había sido él quien había tomado las decisiones.

El intercambio iba a tener lugar en cuarenta y ocho horas. Hampus Davidson a cambio de diez millones de coronas. El sitio aún no estaba acordado. Mientras tanto, la policía debía pasar desapercibida. Pero según Jonas Jensen, la dirección hablaba de asestar el golpe contra los secuestradores en el momento de la entrega, lo cual era una locura que, en el peor de los casos, podía terminar causándole la muerte a Hampus Davidson.

La lluvia había amainado. Vanessa miró hacia la calle pero no pudo ver ningún taxi.

Metió la mano en el bolsillo en busca de la cajetilla de *snus* Göteborgs Rapé y se metió una bolsita monodosis bajo el labio. Empezó a salivar y tragó el jugo lleno de nicotina.

Desde la entrada de la escuela, a su derecha, llegaron unas voces.

Cuatro chicos aparecieron caminando. Se sentaron en la estructura para trepar que había en el patio. Todos parecían bastante por encima de los dieciocho años que marcaba el límite máximo para que alguien se pudiera hospedar en esa casa de acogida. Vanessa sabía que muchos refugiados mentían sobre su edad para poder quedarse en Suecia. No acababa de entender a la gente que se horrorizaba de que esas personas aprovecharan cualquier oportunidad para conseguir el permiso de residencia, por mucho que implicara mentir sobre su edad.

Al mismo tiempo, era insostenible que hombres adultos compartieran techo con adolescentes e incluso más jóvenes. Se había comprobado, incluso en este tipo de viviendas, que los niños más pequeños eran violados y maltratados por los mayores.

Dos faros aparecieron por la pequeña calle que llevaba a la escuela. Un coche de Taxi Estocolmo. Vanessa caminó unos pasos y alzó la mano; el taxista se detuvo a su lado. Ella abrió la puerta y asomó la cabeza.

—¿Frank?

—La misma.

Subió.

—Roslagsgatan 13, ¿correcto?

—Gracias.

Por el rabillo del ojo, Vanessa vio que la puerta de la escuela se abría y que dos chicas salían por ella.

Natasja llevaba unos vaqueros anchos y un jersey Adidas con capucha. La chica de su lado dijo algo que le provocó la risa.

Vanessa sonrió. Había tomado la decisión correcta. Natasja no la necesitaba. En cuestión de días habría descubierto quién era su tutora realmente. Y entonces se arrepentiría.

Natasja y su amiga cruzaron el patio. Los cuatro hombres jóvenes las siguieron con la mirada desde la estructura. Parecía que les gritaron algo, pero Natasja y la otra chica los ignoraron y aceleraron el paso. Dos de los hombres se pusieron en pie y comenzaron a seguirlas.

—Para el coche, por favor —dijo Vanessa.

—¿Aquí?

—Sí.

El taxista frenó.

—¿Te has dejado algo?

—Espera un momento…

Los hombres casi las habían alcanzado en medio del patio. Al final las chicas se detuvieron y se quedaron esperándolos. Habían dejado de hablar entre ellas. Sus rostros eran serios. Parecían asustadas. Uno de los hombres le dijo algo a Natasja, quien negó con la cabeza.

Los gestos de él se volvieron más agresivos. Natasja cogió a su amiga del brazo, les dio la espalda a los hombres y comenzó a alejarse a paso ligero.

Vanessa abrió la puerta.

—¿Adónde vas? —le preguntó el taxista por la ventana.

—Deja el taxímetro en marcha, enseguida vuelvo.

Cerró la puerta.

Natasja la vio y le dijo algo a su amiga, quien relajó sus pasos mientras aquella fue a solas a encontrarse con Vanessa.

—Pensaba que te habías olvidado de que habíamos quedado hoy —dijo Natasja con alegría.

Vanessa observó a los hombres, quienes se iban volviendo de vez en cuando para mirarlas.

—¿Qué ha pasado? —preguntó señalando a sus acosadores. Los cuatro las miraban llenos de curiosidad.

—Nada.

—A mí no me ha parecido que fuera nada.

Natasja miró al suelo.

—Puedes contármelo —dijo Vanessa.

—Dicen que debería dejar de vestirme como una puta y empezar a usar el velo.

Vanessa sintió una punzada en el estómago. Durante toda su infancia los hombres se habían metido con su elección de profesión, ropa y aspecto. No había nada que la cabreara tanto como las personas que mediante amenazas y violencia querían obligar a los demás a aceptar su imagen del mundo y limitar sus vidas. Y ahora lo estaban haciendo con una cría. Una niña de catorce años que, a pesar de haberlo perdido todo, amaba la vida más que ninguna otra persona que Vanessa conociera. Una chica a la que le encantaba el invierno e ir en trineo.

—¿Te han tocado? —preguntó monótona.

—No.

—Espérame aquí.

Vanessa puso rumbo a la estructura para trepar.

El hombre que había acosado a Natasja era ligeramente más bajo que Vanessa, pero ancho de espaldas y atlético. Al ver que ella se acercaba, dio unos pasos para hacerle frente, sacó el mentón y la miró con superioridad.

Escupió al suelo y les dijo algo a sus amigos, que se echaron a reír.

Cuando Vanessa estaba a casi un metro de distancia, cogió impulso y le soltó un empujón.

Él levantó los brazos. La expresión de su rostro pasó del escarnio al asombro. Vanessa le clavó la rodilla en el estómago. Aprovechó el peso de su cuerpo para voltearlo hacia atrás y terminaron los dos en el suelo, ella encima. Él gritó e intentó golpearla con un derechazo ampuloso. Le rozó la oreja, lo cual no hizo otra cosa que encenderla aún más. Vanessa volvió a usar la rodilla, esta vez contra su entrepierna. El hombre soltó un bramido y trató de liberarse. Sus amigos se retiraron.

Vanessa aflojó un poco su llave, cambió de postura hasta sentarse a horcajadas sobre él. Le inmovilizó los brazos con las piernas. Luego le soltó un puñetazo que le partió la ceja. La sangre comenzó a caer por la cara del hombre, goteando en la arena. Vanessa se levantó con cierta dificultad, jadeando; se apoyó en las rodillas.

—Si me entero de que alguna vez le vuelves a decir a una mujer cómo se tiene que vestir, vendré a buscarte. ¿Me has oído? —le dijo en inglés.

El hombre jadeó en voz baja.

Vanessa miró a los otros tres uno a uno.

—Y eso va también por vosotros.

2

$\mathcal{N}$icolas la vio casi en cuanto abrió la puerta. Melina David-son estaba detrás de un coche al otro lado de la calle, saludán-dolo con la mano. Él se dirigió hacia allí con el corazón palpi-tando en el pecho. ¿Cómo lo había encontrado? Si su identidad continuaba siendo secreta. Dos semanas atrás había llamado a la Seguridad Social y le habían confirmado que Nicolas Pare-des no constaba en las bases.

—Hola —dijo ella moviéndose un poco insegura. Al mis-mo tiempo, el sol se abrió paso entre las nubes y la cegó. Entornó los ojos.

—Hola —dijo él, escueto.

Melina sonrió indecisa. Llevaba el pelo recogido en un moño sencillo. Se había puesto una chaqueta bómber azul ma-rino, tejanos y zapatillas blancas. Parecía más joven, ahora que no iba tan arreglada. Incluso le pareció más guapa de como la recordaba. Nicolas tenía que llevársela de allí. Si alguien los veía juntos, todo podría saltar por los aires. Por muchas ganas que tuviera de estar con ella, no podía ser.

—Ven —dijo y comenzó a caminar en dirección a la plaza Gullmars—. No puedes estar aquí, tienes que irte a casa.

Apenas reconoció su propia voz. Sonaba metálica, ajena. Evitaba mirarla, mantenía la mirada tercamente fijada en un punto unos metros por delante.

Ella lo alcanzó.

—No entiendo —dijo.

Al ver que Nicolas no se presentaba, tal como habían que-dado, Ivan se subió al coche y fue a buscarlo a su piso. Volvió a marcar su número de teléfono. Los tonos se sucedían, pero al cabo de un rato saltaba el buzón de voz.

Ivan encontró un hueco libre no muy lejos del portal, apagó el motor y, justo cuando fue a bajarse, vio aparecer a Nicolas al otro lado de la calle, acompañado de una mujer. En un primer momento pensó que era Josephine, la chica del restaurante. Tenía más o menos la misma estatura y el mismo peinado.

No podía culpar a Nicolas. Ivan habría hecho lo mismo si una tía como Josephine quisiera quedar con él. Metió la llave en el tambor de arranque, dispuesto a marcharse de allí.

Pero cuando Nicolas y la mujer se acercaron se dio cuenta de que no era Josephine, sino Melina Davidson.

Nicolas la miró de reojo. Tenía una marca oscura de nacimiento en la mejilla izquierda. Pensó en Hampus Davidson, en Ivan. Melina tenía que irse. Ya.

—¿Cómo me has encontrado? —le preguntó.

—¿Qué más da eso? —Ella lo miró y negó con la cabeza. Al ver que él no respondía abrió los brazos—. El taxi. Llamé a la centralita y les dije que me había dejado la cartera, me pasaron el número del conductor y le pregunté por la dirección a la que te había llevado. ¿Podrías parar un momento?

Se quedaron de pie junto a un banco en Gullmarsplan. Melina lo cogió del brazo, sujetándolo para que no se fuera. Lo miró con ojos suplicantes.

—Por favor. No sé qué estoy haciendo mal —dijo en voz baja—. Pero… me había dado la sensación de que yo también te gustaba. Algo pasó en el bar.

Maria. Si lo pillaban, su hermana volvería a quedarse sola, lo cual era inaceptable. Nicolas apretó las mandíbulas y clavó los ojos en Melina. Había secuestrado a su marido. Eso no lo podía deshacer. Empezar una relación con ella era algo que jamás llegaría a buen puerto.

Dos mujeres que pasaron por allí los miraron intrigadas.

—Cuando me ayudaste en el bar del hotel debiste de hacerlo por algún motivo —continuó.

—No.

Él se liberó. No podía mirarla a la cara. En otras circunstancias habría hecho cualquier cosa con tal de seguir quedando con ella. Melina estaba en lo cierto: algo había pasado entre ellos dos. Ya desde que la había visto delante de su casa en Lidingö había notado una sensación que se había intensificado mientras la observaba en el bar y que había terminado por explotar cuando se habían puesto a hablar. ¿Qué era? ¿Afinidad? ¿Amor?

Quizá ella supiera con qué clase de hombre estaba casada y estuviera buscando una salida.

Tampoco importaba. Fuera lo que fuese, acercarse a ella era un grave error. Por mucho que todo su cuerpo se resistiera, por mucho que le gritara que se estaba equivocando, tenía que quitársela de encima. Por su propio bien, por el bien de ella, por Maria.

—No quiero tener nada que ver contigo. No vuelvas a ponerte en contacto conmigo —dijo.

Ivan observaba atónito la escena sin entender nada. ¿Podía ser la cocaína, que le provocaba alucinaciones? Se dio un par de bofetones en la cara, cerró los ojos y se frotó las mejillas. Volvió a abrir los ojos. No cabía ninguna duda de que la mujer que estaba con Nicolas era la esposa del financiero. ¿Qué estaba pasando?

Toda su vida había sentido que el mundo estaba en su contra. Y ahora su mejor amigo se la había jugado. Melina Davidson estaba metida en el secuestro y Nicolas no le había contado nada. Había actuado a sus espaldas. ¿Pensaban coger el dinero y largarse?

Cerró los puños, tensó los músculos de la boca y golpeó el techo del coche. Se aferró al volante y lo apretó hasta que sus nudillos se pusieron blancos. Lo más justo sería pegarles un tiro. Después, terminar la entrega de Hampus Davidson y quedarse con los diez millones. ¿Y luego? La traición de Nicolas había abierto una puerta que hasta ahora Ivan había mantenido cerrada.

Ivan arrancó el coche y se fue de allí. A la altura de Gullmarsplan llamó a Joseph Boulaich.

—Quiero encargarme de reunir a los niños —dijo Ivan—. Puedo hacerlo.

—Ya hemos hablado de ello, necesito a alguien con experiencia. Y calma.

Ivan le pitó a un coche que estaba detenido en la rotonda.

—¿Estamos hablando por una línea segura? —preguntó.

El coche de delante avanzó. Ivan lo siguió, se desvió hacia el centro.

—Sí.

Le contó lo del atraco a Relojes Bågenhielms y la lista de clientes. Lo de los dos financieros secuestrados. Que ahora él y Nicolas tenían preso al millonario Hampus Davidson y que le habían exigido un rescate a la familia.

—Hay que joderse —dijo Joseph cuando Ivan hubo terminado. Era evidente que le había causado buena impresión—. ¿Cuántos nombres hay en la lista?

—Doscientos. Os doy la lista y os cedo la parte del dinero que le corresponde a Nicolas. Pero tenéis que darme unos días.

—Y aparte de lo de los niños, ¿qué quieres a cambio?

—Respeto —dijo Ivan.

3

*M*onica Zetterlund estaba cantando *Apuros*.

El parque estaba vacío. Aunque la rabia hubiese disminuido, aún le escocía la zona de la oreja en la que había recibido el puñetazo. Vanessa no se arrepentía de haber pegado a aquel tipo. Un hombre que acosa a niñas, que intenta obligarlas a renunciar a sí mismas, doblegarlas, no se merecía una amonestación amable. Ese tipo de advertencias endebles que las hiciera otro. Vanessa había sido testigo de demasiado odio hacia las mujeres por parte de los hombres como para confiar en que pudieran cambiar.

Después le había dicho a Natasja que quería ser su tutora.

En la calle Surbrunns había una mujer empujando un carrito de supermercado. Bolsas de plástico, cartones y ropa asomaban por el lateral. Vanessa sabía que la mujer vivía en la calle. La había visto pasearse con ese carro por el barrio desde hacía años. A veces se ponía a las puertas del súper de la calle Oden para pedirles a los clientes que entraban que le compraran algo. Otras veces la había visto en los callejones de atrás, meando entre dos coches o buscando comida en la basura.

Apuros terminó. Luego arrancó *Amarrar en un puerto*.

Jonas le había prometido que la llamaría a las seis y media. Ya pasaban unos minutos de las siete, pero aún no lo había hecho. Vanessa comprobó una vez más que no había silenciado el móvil por error, soltó un suspiro y se reclinó.

Justo iba a levantarse del banco cuando su teléfono comenzó a sonar.

—Disculpa que no te haya llamado antes —la saludó Jonas—. Pero es que ha habido un poco de jaleo.

—¿Hampus Davidson?

—Sí. Ya sabemos hora y sitio. Pasado mañana, a la una de la madrugada. Una arboleda cerca del aeropuerto de Bromma.

—Mándame luego las coordenadas para que pueda ver qué aspecto tiene. ¿Qué tal ha ido la charla con los dioses del Olimpo?

—Jan Skog ha asumido el mando, dice que vamos a jugar duro.

—Madre mía, pero si mi clítoris está más curtido que él —dijo Vanessa mosqueada y Jonas se echó a reír—. Para Jan no se trata de enseñarles a los secuestradores lo duros que somos, sino a los medios de comunicación y a toda la gente que se ha pasado el otoño criticándonos. Y con razón.

—Seguro. No me sorprendería ver periodistas de *Kvälls-pressen* o *Aftonposten* escondidos a nuestro lado entre los matorrales, llegado el momento. En cualquier caso, mañana voy a salir con una persona de la Unidad Táctica de Intervención para hacer un reconocimiento de la zona.

—Hay que joderse. ¿La Unidad Táctica de Intervención? ¿No las Fuerzas Especiales?

—Para un millonario del calibre de Davidson, las Fuerzas Especiales no son suficientes.

—¿Hay algo que yo pueda hacer?

—Tal como dijiste en mi casa, tiene que haber una conexión entre Hampus Davidson y Oscar Petersén. Si tienes tiempo y ganas, podrías intentar dar con ella.

—¿Y si necesito hacer búsquedas en el registro?

—Me llamas y yo me encargo.

Se hizo un silencio. Vanessa sopesó contarle el encontronazo que había tenido en Tyresö, pero cambió de idea.

Al otro lado de la línea oyó una puerta que se abría. Pasos. Piececitos sobre el suelo de parquet. Voces agudas que llamaban a papá.

—Acabo de llegar a casa, ¿te parece que hablemos mañana? —dijo Jonas un tanto nervioso.

—Perfecto —dijo Vanessa.

Volvió la cabeza, miró hacia arriba, a las ventanas apagadas del ático del número 13 de Roslagsgatan. Visualizó el piso vacío. No tenía prisa, podía quedarse un rato allí sentada, escuchando el timbre triste de Monica Zetterlund antes de irse al gimnasio. Abrió Tinder. Descartó a unos pocos candidatos potenciales. Suspiró, negó con la cabeza. Se guardó el móvil en el bolsillo. Encontró su DNI británico que había usado alguna vez, sin que lo supieran sus jefes, en sus tareas de investigación.

Lo escondió en la mano cuando vio que Rufus se le acercaba.

—Buenas tardes, *sheriff.*

—¿De verdad lo son, Rufus?

—Todo es relativo. —Rufus desenroscó el tapón de la botella—. Si no, pregúntaselo a mi amigo Johnnie.

—¿Johnnie?

—Walker. Es la alegría de la huerta y un optimista de pura cepa, pero también puede ser un cabrón muy quejica. —Rufus se llevó el whisky a los labios. Después de darle un trago le ofreció la botella a Vanessa—. ¿Quieres un tiro en el estómago?

—No, gracias. Voy a ir al gimnasio. Por cierto, ya no soy policía. Al menos de momento.

Rufus la miró muy sorprendido.

—¿Ah, no?

—No. Estoy inhabilitada.

—Bah. Sigues siendo poli igualmente.

—Supongo que eso también es relativo —dijo Vanessa.

—Si yo voy a la tienda sin llevar a Johnnie, Jim o mi querido amigo Captain Morgan de la mano, ¿dejo de ser un borracho?

—No.

—Pues eso.

—Gracias, Rufus.

—No hay de qué, *sheriff.* ¿Qué tienes ahí? —preguntó señalando el carnet de identidad que Vanessa seguía teniendo en la mano. Se lo pasó a Rufus y este arqueó las cejas—. Carol Spencer. El mismo apellido que la princesa Diana. No está mal. Y treinta y ocho. Eso no puede ser legal, ¿no? —dijo con una risita ronca y le devolvió el carnet a Vanessa.

Ella se preparó para marcharse cuando su teléfono empezó a sonar. Jonas otra vez. Se llevó el móvil al oído.

—¿Hola?

—Oye, me olvidaba de una cosa. Quiero que le eches un vistazo a una foto que te acabo de enviar.

Otro tintineo.

—Vale, dame un segundo.

Enchufó los auriculares. Sostuvo el teléfono un poco en alto. Reconoció a Joseph Boulaich al instante, el líder de la Legión, y a Mikael Ståhl. Pero había una tercera persona sentada a la mesa, más cerca de la cámara.

—¿Sabes quién es el tipo con el que están hablando? —preguntó Jonas.

El hombre parecía rondar los treinta, tenía el pelo castaño y lo llevaba corto, mandíbulas pronunciadas. La piel de sus brazos musculosos estaba cubierta de tatuajes.

—Guapo. Pero no, nunca lo había visto. ¿Dónde se ha tomado la foto?

—Benicio, un restaurante de la calle Nybro. Un policía fuera de servicio estaba allí con su familia, vio a Boulaich y a Ståhl y sacó varias fotos desde su mesa.

4

Vanessa estaba esperando junto a la boca del metro de Rådhuset. Un solitario vigilante de aparcamiento, con chaleco amarillo, se paseaba entre los coches en fila y comprobaba sus billetes.

Unos compañeros del trabajo pasaron por allí, la saludaron y bajaron a toda prisa por las escaleras. A casa con sus familias, sus vidas. Vanessa siempre había estado a gusto sola. Al menos eso era lo que se había dicho a sí misma y a los demás. Quizá se había convertido en una profecía autocumplida. A menudo, cuando Svante estaba por ahí de juerga nocturna, ella se llevaba trabajo o un libro a McLarens y cenaba allí. Si rechazaba a las demás personas, ¿por qué entonces quería estar rodeada de ellas? Verlas y oírlas. ¿Observarlas?

Natasja subió por las escaleras mecánicas. Vio a Vanessa y fue a su encuentro. Llevaba puesta una chaqueta fina, usada.

—¿Frío? —le preguntó Vanessa después de darle un abrazo.

—Un poco, pero no pasa nada.

—¿Has vuelto a tener algún problema?

—No.

Vanessa sonrió.

—Bien. Había pensado dar un paseo para que puedas ver un poco de Estocolmo, y cuando nos entre el hambre podemos ir a comer una hamburguesa.

—Me encantan las hamburguesas.

Vanessa señaló el colosal edificio que tenían enfrente.

—Eso es la comisaría.

Natasja examinó el edificio con ojos curiosos.

—¿Tú trabajas ahí?

—No. Mi grupo está allá, en la comisaría antigua.

Dos mujeres saludaron brevemente a Vanessa.

—¿Ellas también son policías? —le preguntó Natasja cuando se hubieron alejado un poco.

—Sí —dijo y carraspeó—. Más o menos una cuarta parte de todos los policías en Suecia son mujeres. Pero no ha sido siempre así. En 1958 comenzaron a patrullar las primeras mujeres policías. Aquí en Estocolmo, de hecho. Al principio no podíamos llevar a cabo las mismas tareas que los hombres. Nos hacían llevar porra en lugar de sable, por ejemplo. Bueno, era otra época. —Echó un vistazo a la chica para ver si lo entendía—. ¿Tú en qué quieres trabajar?

—Quiero ser policía, como tú —dijo ella y parecía avergonzada.

—Bien —dijo Vanessa—. Necesitamos más policías buenas.

En la calle Scheele, delante del Parlamento, giraron a la izquierda. El hotel Amaranten apareció ante ellas. Continuaron hasta el semáforo y cruzaron Fleminggatan.

—¿Cuánto tiempo llevas en Suecia? —preguntó Vanessa.

—Casi dos años.

—¿Y qué te parece?

Natasja sonrió. Sin darse cuenta, pasó del sueco al inglés.

—Es más bonita de lo que jamás me había atrevido a imaginar. En Siria pensaba que tendría que vivir encerrada en un piso el resto de mi vida, muerta de miedo por si me tocaría morir la siguiente vez que bajara a la calle a por comida. Había guerra en todas partes, tiroteos, cadáveres, bombas.

Hizo una pausa. Deslizó la mirada por los raíles del tranvía. Vanessa no sabía qué decir.

—¿Sabes qué pensé, también? Que era injusto. En mi única vida me había tocado nacer en un sitio donde había guerra. Por cada minuto que pasaba, por cada hora, pensaba que me habían arrebatado otro pedacito de mi vida. Me picaba todo el cuerpo. Me ponía triste... me enfadaba. Mucho. Eran momentos en los que tendría que haber ido a la escuela, relacionarme con mi familia, con mis amigas. ¿Con qué derecho están haciendo la guerra? ¿Con qué derecho destruyen la vida de las personas normales que solo queremos vivir en paz?

—¿Qué hacías mientras esperabas en el piso? —preguntó Vanessa.

Natasja se encogió de hombros y pasó una mano por la barandilla del puente mientras bajaban.

—Cuando había electricidad podía ver series que teníamos en DVD. *OC* y *Friends*. Las veía una y otra vez. Eran de gran ayuda. Se volvían como un universo paralelo en el que me podía recluir. Casi como ciencia ficción... pero una ciencia ficción que me hacía recordar una vida que había vivido antes. ¿Suena raro?

—En absoluto. ¿Has visto alguna de esas series desde entonces?

Natasja se rio. Negó con la cabeza.

—Se me haría raro. Más o menos como leer un viejo diario de una época horrible y dura.

—Lo sé —dijo Vanessa—. Yo no puedo escuchar a los Beatles. De pequeña, cuando tenía quizá dos años, viví una temporada en Londres. Después de dormirme, mis padres solían salir a bailar y me dejaban sola. Para que no me sintiera sola ponían música con el reproductor de casetes...

—Los Beatles.

Vanessa asintió en silencio.

—A veces me despertaba en mitad de la noche, antes de que hubiesen vuelto a casa. Gritaba y lloraba y golpeaba la puerta. Me daba pánico estar sola. Y siempre las voces esas. Desde entonces nunca los he podido escuchar.

Natasja se volvió hacia ella y se detuvo. Apoyó una mano suavemente sobre su pecho.

—Tu collar —dijo—. Es bonito.

5

*L*a furgoneta que habían alquilado en Sundbyberg estaba aparcada en el *parking* vacío de las instalaciones deportivas Skytteholms. No había movimiento en el polideportivo. El cielo estaba oscuro, soplaba una brisa moderada. El dron no se veía afectado. Junto a la furgoneta había un Volvo V70 que Ivan había recogido en la misma gasolinera y en cuyo maletero estaba Hampus Davidson, amordazado y atado de pies y manos.

En el interior de la furgoneta Nicolas e Ivan habían colocado una mesa destartalada y dos sillas plegables. Delante de ellos había dos pantallas de ordenador que iluminaban el restringido espacio con una luz azulada.

Ivan estaba en cuclillas con un frontal en la cabeza comprobando la cámara FPC de su Explorian 12.

Siguiendo exactamente el mismo procedimiento que la vez anterior, el dron recogería la bolsa de Ikea llena de dinero en un claro del bosque en Riksby, en una arboleda cerca del aeropuerto de Bromma. El sitio estaba elegido a conciencia, puesto que el tráfico aéreo estaba prohibido.

Si contra todo pronóstico la policía estaba al tanto de la situación y la entrega, tendrían que detener todo el tráfico aéreo antes de poder mandar un helicóptero para perseguir el dron.

Por fuera podían oír los coches que pasaban por la avenida Frösundaleden.

—Vale. Conéctate a la cámara —dijo Ivan.

Nicolas abrió el *software*.

—Funciona —dijo escuetamente.

—Bien.

Ivan sacó un pequeño destornillador y comenzó a montar la cámara de infrarrojos con la que iban a escanear todo el bosque de alrededor en busca de vida antes de que el dron hiciera su aterrizaje.

Nicolas miró la hora en la esquina derecha de su ordenador.

—El dinero ya debería estar en su sitio, pero esperaremos un rato más.

—Claro —dijo Ivan sin alzar la vista—. El dron estará listo dentro de unos minutos. Después, a la que tú digas. ¿Me pasas el café?

Nicolas le acercó la taza de café para llevar.

—Gracias.

Ivan era el que se encargaba del dron. Habían tardado horas y horas de entreno para aprender a manejarlo con la soltura necesaria para aterrizar en el claro. Aunque, a decir verdad, el aterrizaje no era el momento más difícil. Lo que realmente exigía máxima precisión era acertar con el gancho casero que le habían montado al dron en las asas de la bolsa de Ikea. De cara al primer secuestro, Ivan había estado practicando la maniobra durante semanas. Al final había depurado tanto la técnica que nunca tardaba más de dos intentos en levantar la bolsa del suelo.

En cuanto el dinero estuviera en el aire Nicolas se subiría al coche y pondría rumbo a Hagaparken, donde liberaría a Hampus Davidson.

Nicolas se notaba tenso, de una manera distinta a la primera vez. Estaba cabreado con Ivan por haberle contado a Joseph dónde trabajaba. Pero no había tenido oportunidad de sacar el tema, tendría que dejarlo para más tarde. En unas pocas horas dispondría de otros cinco millones de coronas, suficiente como para llevarse a Maria de Suecia y empezar de cero. A lo mejor no haría falta un tercer magnate.

Miró de soslayo a Ivan. Sintió que su irritación iba en aumento. Al mismo tiempo, se arrepentía de cómo había reaccionado ante la visita de Joseph.

—Tengo que preguntarte algo —dijo Nicolas.

—Dime.

—¿Estoy en peligro? Le hablaste de mí a Joseph, a pesar de haberte pedido que no lo hicieras. Fueron a verme al restaurante.

Ivan dejó de hacer lo que estaba haciendo con el destornillador.

—Sé que te has puesto en contacto con él —continuó Nicolas—. Y ahora sé por qué querían hablar conmigo. Les pedí que se fueran a la mierda.

—Me he enterado de lo que pasó. Joseph estaba como una mona. Pero me dijo que haría la vista gorda. —Ivan se puso de nuevo a trastear con el dron—. Yo nunca dejaría que te pasara nada. No entiendo cómo puedes siquiera pensar algo así.

Nicolas suspiró.

—Sé que habíamos dicho que pillaríamos a más financieros, pero... joder, yo no estoy hecho para esto. Creo que esta será la última vez. Diez millones tienen que ser suficiente.

—¿Qué vas a hacer con la lista?

—Destruirla.

—¿Por qué?

—Por una parte, porque puede conducir hasta nosotros. Por otra, porque podría terminar en manos equivocadas. Los dos sabemos que sería más fácil secuestrar a mujeres o niños. Pedir más dinero. No puedo cargar con eso en la conciencia. Y tienes que prometerme una cosa, Ivan.

Ivan se puso de pie. Enderezó la espalda y abrió los brazos.

—¿El qué?

—Que no vas a ayudar a Joseph. No te metas ahí. Estamos hablando de niños. No sé qué piensan hacer con ellos, pero tú no eres como él. Tú eres una buena persona, más allá de las cosas que deberías haber hecho de otra manera en la vida. Lo cual es culpa mía, en gran parte.

—¿Por qué es culpa tuya? —murmuró Ivan.

—Porque te dejé atrás. Primero cuando me fui a Sigtuna y luego cuando me metí en el ejército. Pero tenía que irme, no me quedaba otra opción. Para sobrevivir. Fue muy egoísta por mi parte. No volveré a hacerlo. Cuando Maria y yo nos larguemos, quiero que te vengas con nosotros.

—Estoy fichado, Nicolas. Hay muchos países en los que no me dejan entrar.

—Pues entonces buscaremos alguno en el que sí puedas entrar. O nos hacemos unas identidades nuevas.

—¿De verdad quieres que vaya con vosotros?

—Sí, Ivan. Eres mi mejor amigo. No estamos de acuerdo en todo, pero te quiero. No quiero que te quedes aquí tú solo.

6

*P*araron en McLarens, en la calle Surbrunns. Había una silla de ruedas eléctrica Permobil aparcada delante de la entrada. Vanessa asomó la cabeza en el local y vio al parroquiano Otto Dahlén inclinado sobre una cerveza en la barra. En las tragaperras había otros dos hombres con la espalda inclinada. Por lo demás, estaba vacío. La hora punta, por llamarlo de alguna manera, comenzaba poco antes de las nueve. Vanessa empujó la puerta y entraron. El sitio seguía como siempre. Los olores familiares a cerveza ácida y comida le inundaron la nariz.

Vanessa saludó a Otto y le indicó a Natasja que se sentara a una de las mesas con ventana. El dueño, Kjell-Arne, comenzó a tirar una cerveza, pero Vanessa negó con la cabeza y pidió dos Coca-Colas.

—¿Qué tenéis nuevo? —preguntó Vanessa mientras Kjell-Arne buscaba los refrescos en una de las neveras.

—Nada. O bueno, sí, tenemos una cerveza nueva. He pensado en renovar la oferta, la juventud me lo exige —dijo el norteño, alzando un botellín oscuro con etiqueta verde y una salida del sol.

Vanessa vio que, entre otras cosas, contenía pimienta negra, notas amargas y cítricos.

—Zinnebir —leyó en voz alta—. Se la ve avanzada. ¿Qué dicen los demás?

Kjell-Arne sonrió con la boca torcida e hizo chasquear los labios.

—Lo mismo que tú: que sabe asquerosa. Demasiado complicada.

—Lo lamento, Kjell-Arne, somos un pueblo sencillo. Queremos beber cerveza sin complicaciones.

Él movió los brazos, abrió las botellas de Coca-Cola, sacó dos vasos y los llenó de hielo.

—¿Queréis cenar?

Vanessa pidió dos hamburguesas y volvió con Natasja, que había colgado la chaqueta en el respaldo. Dejó los vasos en la mesa y apartó con la mano una vieja patata frita que había quedado olvidada.

—Gracias —dijo Natasja. Le dio un trago al refresco y paseó la mirada por el local. Fotografías enmarcadas de estrellas del rock, deportistas y viejos políticos, todos ya fallecidos, decoraban las paredes. Al lado de la barra había dos dianas.

No había reloj en ninguna pared. Cuando Vanessa le había preguntado a Kjell-Arne por qué, él le había explicado que había cogido la idea de cuando visitó las islas Cook. Allí recogían los relojes de pulsera de los turistas en una caja en el aeropuerto para que no pensaran en cosas banales, como por ejemplo el tiempo.

Un hombre con pelo largo y sombrero y botas de *cowboy* entró en el local. Vio a Vanessa, la apuntó con los dedos en forma de pistola y apretó el gatillo. Ella sonrió. El hombre se hacía llamar Tommy Kamprad y afirmaba ser uno de los hijos del fundador de Ikea. Los demás clientes le seguían el rollo.

—¿Vienes mucho por aquí? —preguntó la joven a Vanessa.

—Antes sí. Pero últimamente cada vez menos.

—¿Sola?

—En general, sí. Me gusta estar entre personas, pero no con ellas, no sé si me entiendes.

Vanessa dio un trago de Coca-Cola y dejó el vaso en la mesa. En la muñeca izquierda Natasja llevaba un reloj de hombre con correa de cuero. Vanessa se lo quedó mirando.

—De mi padre —dijo—. Me lo dio cuando me fui de Siria. Me dijo que lo vendiera, pero no fui capaz de desprenderme de él.

—Es bonito.

Vanessa observó la esfera. Las manecillas estaban quietas.

—No tiene pila —dijo Natasja—. En verdad no sé por qué lo conservo; cada vez que lo miro pienso en mi familia y me pongo triste. Pero si yo no pienso en ellos, nadie lo hará. Y entonces es como si nunca hubiesen existido.

Vanessa puso un dedo sobre el collar de Mickey Mouse que llevaba bajo el jersey.

—De mi hija Adeline —dijo.

Natasja asintió lentamente con la cabeza.

—Solo vivió unos meses y yo era joven cuando la tuve. Nunca lo he explicado, ni siquiera a mi marido… exmarido. Durante varios años traté de olvidarla, hasta que acepté que nunca lo conseguiría. A veces pensaba que estaba loca, que me lo había inventado todo. Al final decidí ponerme el collar. No hace que sea más fácil, pero es la única prueba que me queda de su existencia.

Kjell-Arne se acercó con sus hamburguesas. Saludó a Natasja y puso los platos en la mesa.

—¿Por qué no se lo has contado nunca a nadie? —preguntó Natasja.

—No lo sé —dijo Vanessa cogiendo la hamburguesa.

Después de cenar jugaron a los dardos. Cuando Natasja apuntó con su primer dardo, Vanessa recordó que la chica era zurda. Le vino un estudio a la mente: decía que en las sociedades con mayor frecuencia de homicidios había más proporción de zurdos que en las sociedades más pacíficas. El motivo, según los investigadores, era que para un diestro es más difícil defenderse contra un zurdo en una pelea a cuchillo, lo cual hace que en las sociedades agresivas el ser zurdo aumente las probabilidades de supervivencia.

—Yo también soy zurda —dijo Vanessa justo cuando Natasja iba a lanzar—. Dicen que somos mejores haciendo esgrima y peleando. Pero no todo son ventajas.

Natasja se la quedó mirando.

—Un cuarenta por ciento de las personas que padecen esquizofrenia son zurdas, y de media vivimos tres años menos que las diestras.

Natasja lanzó el dardo, que se clavó en el borde exterior de la diana, fuera de la zona de puntuación.

Se encogió de hombros y se volvió hacia Vanessa.

—¿Cómo te has atrevido a hacerlo? Ellos eran cuatro y tú solo una. ¿No tenías miedo? Además, eres…

Natasja calló y lanzó los dos dardos que le quedaban.

—¿Mujer? —dijo Vanessa mientras los recogía.

—Sí.

El dardo de Vanessa cortó el aire y acertó en el aro verde interior de dieciséis puntos. Dos dardos más tarde ya sumaba cincuenta y nueve puntos.

La conversación la incomodaba, se acercó a la mesa y tomó un poco de Coca-Cola. Natasja recogió los dardos y fue hasta su lado.

—¿Te parece que hice mal? —preguntó Vanessa en voz baja.

Natasja negó con toda la cabeza.

—No, lo que pasa es que nunca había visto a una mujer hacer eso.

Vanessa sonrió.

—A lo mejor ha sido una estupidez, pero es que me he enfurecido. Supongo que sí que tenía un poco de miedo, también. Pero suelo pensar que cuantas más veces haga yo eso, menos veces tendrán que hacerlo las mujeres de tu generación.

Cuando el taxi que llevaba a Natasja hubo desaparecido hacia Tyresö, Vanessa volvió a casa, abrió con llave la puerta de su piso vacío y se dejó caer en el sofá sin quitarse los zapatos.

Por lo que Vanessa podía recordar, siempre había vivido con una campana de queso encima. Aislada del mundo, de otras personas. Claro que había querido a Svante. De algún modo, lo seguía queriendo. Notó una punzada de añoranza y cerró los ojos. Se estiró para coger el mando a distancia, encendió la tele. Pero los programas que daban no le decían nada, su mente se perdió por otros derroteros.

También quería a su hermana Monica. Y a sus sobrinos. Aun así, no se sentía en casa con ellos. Solo durante un rato. Su conciencia se fue alejando cada vez más en el tiempo hasta que llegó a los años en Cuba.

A su regreso a Suecia no le había contado a nadie que había vuelto. Se había pasado varias semanas dando vueltas por Estocolmo. Consumiendo las drogas que llegaban a sus manos, durmiendo en portales y edificios abandonados. Había sopesado quitarse la vida. Incluso había estado a punto de hacerlo. Una vez en el puente de Väster, unos días más tarde en el cabo Ropsten. Pero al final había decidido aguantar los cincuenta, sesenta años que en aquel momento le quedaban por delante. Intentar hacer algo provechoso, algo correcto. No dejar que se le colara nadie en la vida. Hacer lo correcto, cumplir un deber, y luego morir.

Pero con Natasja se sentía totalmente presente. No había pensado en Adeline ni una sola vez. No entendía por qué. Vanessa se tumbó en el sofá, volvió a cerrar los ojos. Las lágrimas le ardían bajo los párpados. Tragó saliva, apretó aún más los párpados para impedir que se le escaparan.

Soltó un juramento y cogió el móvil. Abrió las fotos de Hampus Davidson y Oscar Petersén. ¿Por qué los secuestradores los habían elegido a ellos?

Su mirada cayó sobre la muñeca de Davidson. Un Patek Philippe. Siguió pasando las fotos mientras pensaba que le arreglaría el reloj a Natasja. Lo llevaría a un relojero para que le cambiara la pila y le ajustara la correa para que no le fuera grande y el reloj colgara demasiado.

El reloj. Vanessa se incorporó. Retrocedió hasta la foto de Davidson con su Patek Philippe. Estaba convencida de que Oscar Petersén tenía uno de la misma marca. Corrió a comprobar la foto de Petersén. En efecto.

Y sabía que en Suecia solo había dos tiendas que vendían Patek Philippe: Relojes Bågenhielms, en la calle Biblioteks, y Flodmans, en Drottninggatan. Cuando Svante cumplió cuarenta y cinco, Vanessa había estado en las dos buscando un regalo.

A lo mejor no era una conexión demasiado sólida, pero era lo único que tenía. No le haría ningún daño visitar las dos tiendas. Además, necesitaba algo en que ocupar el día siguiente.

$\mathcal{V}$erde —siseó Ivan.

No podían arriesgarse a que alguno de los coches que pasaban viera despegar el dron. Dentro del campo de fútbol, con las gradas a modo de paredes, quedaban fuera del alcance de las miradas inoportunas. Gracias a la oscuridad y que habían pintado el Explorian 12 con espray negro para evitar reflejos, nadie se percataría de su presencia.

Nicolas se agarró a la valla metálica que rodeaba el polideportivo de Skytteholms IP y saltó por encima. Cuando estuvo al otro lado, Ivan le pasó el dron.

A la altura de la línea de medio campo, Nicolas se puso de rodillas. Colocó el dron en el suelo y lo preparó para despegar.

Nicolas volvió corriendo. Saltó la valla. Abrió la puerta trasera de la furgoneta y se subieron los dos. Pestañeó varias veces para acostumbrarse a la penumbra.

Ivan ya había encendido el *software* y estaba listo para despegar. El dron era dirigido desde el ordenador mediante la red 3G o 4G, dependiendo de la potencia de la señal.

—Vamos allá —dijo Ivan cuando Nicolas se hubo sentado a su lado.

La distancia entre el recinto deportivo y el claro de Riksby, junto al aeropuerto de Bromma, eran exactamente 3 545 metros.

En la pantalla podían ver cómo el suelo y las casas se iban haciendo cada vez más pequeños. La imagen se tornó más pixelada y borrosa a medida que ganaban altura. Nicolas sintió un cosquilleo de emoción al ver carreteras, coches y luces reducirse y diluirse en la oscuridad. Ivan seguía las indicaciones del navegador, respetando el camino de huida predeterminado.

Según el GPS estaban volando por encima de los bloques de Huvudsta. A la derecha se extendía Sundbyberg. Ivan estaba inclinado hacia delante. En la mano izquierda sujetaba una pelotita roja antiestrés que iba aplastando a intervalos regulares.

En el polígono industrial de Ulvsunda el dron descendió a veinte metros de altura.

Al llegar al aeropuerto, el dron se desplazó en círculo alrededor de la pista de aterrizaje. Según la página web no había ninguna salida ni llegada programadas para esta hora, pero nunca se sabía. Lo último que querían era colisionar con un avión de pasajeros.

—¿Cómo lo ves? —dijo Nicolas.

Ivan parecía haberse relajado desde que Nicolas le había preguntado si querría irse con él y Maria. El ambiente ya no era tan tenso.

—Bien, todo bien. Apenas sopla el aire.

—¿Pero crees que sería capaz de volver a casa con la bolsa aunque soplara un poco más fuerte? —preguntó Nicolas, más que nada porque había notado que a Ivan le gustaba hablar del dron.

—Sí. Y aunque perdiéramos dos rotores podríamos volver de forma segura.

El vuelo continuó por encima del aparcamiento en el que los taxis estaban esperando clientes.

Ivan lo guiaba con calma, no se daba ninguna prisa.

La velocidad no llegaba a cincuenta kilómetros por hora. La capacidad de carga del dron era de diez kilos. Los billetes de mil recién impresos pesaban 1,01 gramos cada uno. Diez millones de coronas en billetes de mil pesaban, exactamente, 10,1 kilos. No era lo óptimo, pero habían hecho pruebas con el dron de hasta 12,5 kilos.

El objetivo estaba tan solo unos cientos de metros más adelante cuando Ivan encendió la cámara de infrarrojos para escanear el bosque. Al llegar al claro hizo un vuelo estacionario por encima de la zona mientras la cámara inspeccionaba los alrededores.

—Hostias, ¿ves eso? —Ivan señaló la pantalla.

Entre unos árboles, a cincuenta metros del sitio donde estaba ubicada la bolsa, había cuatro puntos rojos.

Repartidos en un radio de trescientos metros contaron otros veinte puntos de calor.

La policía los estaba esperando.

Jonas Jensen estaba tumbado boca abajo junto a un arbusto, a cincuenta metros de distancia de la bolsa azul de Ikea con los diez millones de coronas. El olor a hierba húmeda y bosque, que al principio había aspirado con placer, cuatro horas más tarde ya le resultaba asfixiante.

Lo único que quería era irse a casa y darse una ducha caliente. El aire frío de la noche le agarrotaba los músculos y las articulaciones. De vez en cuando cambiaba de postura y movía con cuidado los brazos y las piernas para estimular la circulación sanguínea.

Jonas se había mostrado contrario al plan de la dirección desde el comienzo.

En cuanto Melina, la esposa de Hampus Davidson, hubo recibido las instrucciones de los secuestradores, Jan Skog, jefe del grupo Nova y soberano incompetente donde los hubiera, había montado una reunión y había reproducido la conversación telefónica entre Melina y Hampus Davidson.

Las condiciones habían sido las siguientes: diez millones de coronas debían ser colocados en un área de servicio en el bosque, a medio kilómetro del aeropuerto de Bromma. Tras haber recogido el dinero soltarían a Hampus Davidson. Pero primero pesarían y harían inventario de la bolsa de Ikea en la que estaría el dinero. No merecía la pena usar bombas de tinta ni ningún tipo de rastreador.

Obviamente, Jonas había observado lo evidente: no había ninguna garantía de que Davidson fuera a ser entregado en el sitio que habían dicho los secuestradores, podía ser una táctica de distracción. Pero más importante que eso, con su mera presencia la policía ponía en peligro la vida del financiero.

Jan Skog se había mostrado inamovible. Una fuerza compuesta por veinticinco policías, entre ellos un equipo de la Unidad Táctica de Intervención, estaban ubicados en el lugar de la entrega para interceptar a los secuestradores.

Era demencial. Si los descubrían antes de que Hampus Davidson estuviera en libertad podía terminar todo en catástrofe.

El motivo real del empeño de Jan Skog por atrapar a los secuestradores de una forma tan espectacular no era difícil de entender: tras varios meses de tiroteos y violencia en los barrios periféricos de la capital, la Policía de Estocolmo necesitaba una victoria que pudiera publicitarse en los medios de comunicación. Jonas se volvió hacia su compañera Liza Olsson, que se estaba masajeando la pierna para estimular la circulación.

—No me sorprendería nada que hubiera un equipo de reporteros de algún periódico escondido entre los matorrales —susurró.

Liza se rio entre dientes. Se tapó la boca con la mano.

—Con Jan Skog nunca se sabe.

Jonas se le acercó un poco.

—Está jugando muy fuerte. Si todo se va al traste no tendrán ninguna piedad con él. Ni siquiera el comisario podrá salvarle el culo.

—Quizá sería lo mejor, así nos libraríamos de ese inútil.

—Solo espero que Hampus Davidson no salga herido porque Jan Skog quiera sacar músculo delante de la prensa —dijo Jonas—. Sería demasiado. Y eso sí que sería mala prensa.

—¿Cómo crees que se encuentra?

—¿Davidson? Lleva una semana secuestrado. El tío debe de…

En ese momento oyeron un levísimo ruido de motor. Jonas calló y cogió los prismáticos de visión nocturna. Apuntó al claro donde estaba la bolsa de Ikea.

No entendía de dónde venía el ruido. Liza barría de un lado para otro con sus prismáticos. Se miraron desconcertados. Jonas levantó un poco la cabeza.

Unos segundos más tarde el ruido cesó del todo.

—¿Qué coño ha sido eso? —murmuró Liza.

—No tengo ni puta ida.

—¿Qué hacemos? —preguntó Ivan, tenso.

—Sube un momento a treinta metros para que pueda pensar. No pueden oír el motor, ¿no?

El dron llevaba instalado un silenciador, pero Nicolas no sabía lo efectivo que era.

—No, me parece que no —dijo Ivan sin sonar del todo convencido.

—Vale, Melina Davidson ha llamado a la policía. Obviamente, esperan que nos presentemos a pie o en coche, y la idea es cogernos cuando hayamos soltado a Davidson. Tú no tardas más de diez, quince segundos en cargar la bolsa, ¿verdad?

—Puede que menos.

—Bien. Entonces se nos plantea el siguiente problema. Lo más seguro es que haya algún tipo de rastreador entre los billetes.

Nicolas hizo una mueca y se frotó la mejilla mientras estudiaba la pantalla. Ivan tiró la pelota antiestrés y comenzó a tamborilear nervioso con los dedos índice y corazón en la mesa.

—El tiempo de vuelo hasta el objetivo ha sido exactamente de seis minutos y catorce segundos. Deberíamos poder reducirlo a cuatro minutos y medio si cruzamos por la pista de aterrizaje.

—Sí. La velocidad de vuelo no se ve reducida por la carga, pero sí se acorta el tiempo que podemos estar en el aire porque las baterías tienen que trabajar más. El aterrizaje también será más difícil, claro, porque vamos cargados, pero no debería haber ningún problema —dijo Ivan.

—¿Puedes hacer que aterrice aquí fuera, en el aparcamiento, en lugar del campo de fútbol, teniendo en cuenta el estrés?

Ivan lo pensó un segundo antes de asentir con la cabeza.

—Sí.

—¿Seguro?

—Ciento diez por ciento seguro.

—Bien.

Nicolas estudió el mapa de la zona en la que se hallaba el dron.

En principio, los policías tenían que desplazarse a pie trescientos metros para alcanzar el sitio donde suponía que habían dejado sus vehículos. Era imposible acercarse más al claro en coche. Con un poco de suerte tendrían que caminar aún más lejos. Obviamente, podían pedir refuerzos a otras patrullas y ordenarles que siguieran al dron. Pero aun así, Ivan y Nicolas deberían tener al menos diez minutos para revisar la bolsa antes de que las primeras patrullas se presentaran en Skytteholms IP.

—Vale, nos da tiempo —dijo Nicolas—. Es arriesgado. Pero si tú lo ves claro, lo hacemos. Bajas, enciendes las luces a tres, cuatro metros por encima del suelo. Cargas y vuelas hasta aquí, cruzando el aeropuerto. Revisamos el contenido. En cuanto encontremos un eventual rastreador lo dejamos aquí y nos largamos.

—Entonces ¿te quedas conmigo hasta que encontremos el rastreador?

—Sí. Si es que hay alguno. Tardaremos menos en revisar la bolsa si somos dos. Encendemos todas las luces, vaciamos el contenido en el suelo y empezamos a buscar. Luego yo dejo a Davidson, tal como habíamos planeado.

—Vale.

Ivan se acomodó en la silla, le dio un trago al café, respiró hondo y puso una mano en la palanca de control. El suelo estaba cada vez más cerca. A cinco metros de altura, encendió las luces del dron.

La bolsa azul de Ikea estaba, según lo indicado, en la mesa de madera que había en el centro del claro. Ivan corrigió la posición cosa de un metro y continuó con el descenso. Las asas de la bolsa estaban atadas formando un ojal.

Nicolas recostó la cabeza y cerró los ojos mientras Ivan, con movimientos meticulosos, se situó unos decímetros por encima de la bolsa para poder meter el brazo con forma de gancho que el dron tenía debajo por las asas de la bolsa.

—Venga, vamos… —murmuró.

Nicolas abrió los ojos. Ivan falló. Se inclinó hacia delante. Su cara estaba a apenas medio palmo de la pantalla. El dron ascendió, retrocedió un poco e Ivan hizo un segundo intento.

Primero Nicolas pensaba que no lo había conseguido y se sorprendió al ver que Ivan, con un rápido movimiento, empujó la palanca hacia atrás, ascendió en vertical y apagó las luces.

A veinticinco metros de altura aumentó la velocidad. Nicolas le dio un golpe en la espalda con la palma de la mano, Ivan se volvió y lo miró con una amplia sonrisa.

—Salgo para recibirlo. Estate preparado para encender todas las luces en cuanto haya aterrizado.

—Ningún problema.

—Buen trabajo.

—Gracias. Pero aún no hemos terminado.

—Lo sé.

Nicolas se levantó y abrió la puerta de atrás. Por un momento se imaginó que se encontraría la furgoneta rodeada de coches patrulla y agentes apuntándolo con sus armas de servicio. Sacudió la cabeza para desprenderse de la fantasía y echó un vistazo para comprobar que no había nadie cerca.

Todo estaba tranquilo. Algún que otro coche pasaba por la avenida Frösundaleden. La hamburguesería Max estaba sin luces. Las sillas estaban apiladas encima de las mesas.

Nicolas notó que su cuerpo se relajaba. A pesar de haber topado con obstáculos, el plan había funcionado a la perfección. Tal como había previsto, la policía no había podido imaginarse que la recogida sería por aire. Y la actuación de Ivan había sido ejemplar.

Apenas cinco minutos más tarde oyó el sonido de doce rotores que se abrían paso por la noche. No vio el dron hasta que lo tuvo a diez metros de distancia e Ivan activó las luces para aterrizar.

La bolsa de Ikea golpeó el suelo. Las hélices perdieron velocidad rápidamente en cuanto Ivan las apagó. Nicolas tumbó el dron de lado, descolgó la bolsa, corrió hasta la furgoneta y abrió la puerta de un tirón.

Ivan había encendido las luces y estaba preparado para ayudar. Nicolas le pasó la bolsa y se subió. Ivan vertió los fajos plastificados de billetes en el suelo antes de pasarle una navajita a Nicolas para que pudiera cortar los plásticos rápidamente.

—Los fajos que hayas revisado ponlos detrás, para que no los mezclemos —dijo Nicolas.

Ivan asintió sin mirarlo. De vez en cuando Nicolas miraba la hora para ver cuánto tiempo había pasado.

—Mira —dijo Ivan e hizo un alto de un segundo—, es igual que los cómics del Pato Donald. Podría bañarme en estos billetes, como el Tío Gilito.

Sus miradas se cruzaron. Tenían la cara sudada por el esfuerzo y el calor. Rompieron a reír antes de agachar la cabeza y continuar.

—Si salimos de esta, te dejaré mis cinco millones para que te bañes en ellos —dijo Nicolas.

Pasaron otros tres minutos antes de que Ivan levantara un rastreador negro entre el pulgar y el índice. No era mucho mayor que un terrón de azúcar.

—Estaba entre dos billetes. Lo he encontrado por pura chiripa.

—Bien —dijo Nicolas y volvió a su fajo de billetes.

Les quedaba más o menos un cuarto del botín por revisar. Ivan se metió el rastreador en el bolsillo y buscó entre los fajos.

Medio minuto más tarde Nicolas encontró otro.

—No creo que hayan metido más de dos, pero tenemos que revisarlo todo —dijo.

—¿Tiempo? —preguntó Ivan.

—Has aterrizado hace exactamente seis minutos y catorce segundos —respondió Nicolas con un rápido vistazo al reloj—. Tenemos que salir de aquí dentro de tres minutos y cuarenta y seis segundos.

Siguieron buscando.

Dos minutos más tarde, el suelo que tenían delante estaba vacío, y a sus espaldas estaba lleno de billetes de mil esparcidos.

—Vale, voy a buscar el dron, luego nos largamos —dijo Nicolas.

Se bajó del vehículo. Dio dos pasos y paró, se dio la vuelta.

—Carga el dron. Dame tu rastreador.

Nicolas corrió hasta la entrada de Skytteholms IP, limpió los dos rastreadores con la camiseta para no dejar huellas digitales, los dejó en el suelo y los pateó lo más lejos que pudo por debajo de la valla. Cuando regresó a la furgoneta, ya estaba en marcha.

Ivan bajó la ventanilla.

—Conduce tranquilo. No llames la atención —dijo Nicolas—. Te llamo.

La idea había sido reunirse tranquilamente en casa de Nicolas para repartirse el dinero esa misma noche. Pero la presencia de la policía lo había cambiado todo.

Lo más importante era deshacerse de Hampus Davidson.

Ivan salió del aparcamiento con un acelerón. Nicolas abrió la puerta del conductor del Volvo y se subió. Salió dando marcha atrás a toda prisa, enderezó el coche y pasó por delante de la hamburguesería Max.

Al pasar por la gasolinera Circle K, al otro lado de la calle oyó las primeras sirenas de la policía. Miró por el retrovisor en dirección a Bromma, pero no pudo ver ninguna luz.

El coche pasó por el lugar donde en su día estuvo el estadio de fútbol Råsunda y Nicolas se metió por la avenida Solnavägen.

Al cabo de cien metros vio los primeros vehículos de emergencia. Dos coches de policía venían a toda velocidad desde el centro de la ciudad con las luces azules encendidas. Por el retrovisor vio cómo se metían por Frösundaleden en dirección a las instalaciones deportivas de Skytteholms IP. En la rotonda Nicolas giró a la izquierda, pasando por delante del cementerio y del hospital Karolinska. Un par de minutos más tarde apagó el motor, no muy lejos de Fjärilshuset, el museo de las mariposas. El *parking* estaba vacío. Nicolas se puso el pasamontañas y abrió el maletero. Hampus Davidson entornó los ojos. Nicolas sacó la navaja y se inclinó sobre él. Los ojos del financiero se abrieron de par en par. Comenzó a decir que no con la cabeza, intentó apartarse de la navaja mientras soltaba sonidos guturales por debajo de la mordaza.

—Te voy a soltar —dijo Nicolas.

Hampus Davidson se relajó. Desplazó las piernas hacia Nicolas, quien cortó la brida. Davidson se incorporó. Le enseñó las manos. Nicolas negó con la cabeza.

—No, eso te lo quitas tú solo. Estamos en Hagaparken, en Fjärilshuset. Camina hacia el centro y para algún coche.

Hampus Davidson bajó los pies al suelo.

—Y oye —dijo Nicolas—. Te lo dije en serio. Si me entero de que violas o le haces daño a alguna niña, te mataré.

Hampus Davidson ni siquiera intentó contestar. Solo se alejó tambaleándose hacia un sendero que se adentraba en el bosque.

PARTE V

1

$\mathcal{A}$ las dos y pocos minutos Vanessa abrió la puerta de la tienda de relojes Flodmans y salió a la calle Drottning. Echó un último vistazo al escaparate, donde estaban expuestos los relojes de pulsera. La cajera no había reconocido ni a Oscar Petersén ni a Hampus Davidson.

Algunas nubes grises avanzaban por el cielo. De vez en cuando lanzaba una mirada atrás, como tenía por costumbre desde el atentado del camión conducido por un terrorista uzbeco que arrolló y mató a cinco personas.

Recordó el caos que siguió antes de que detuvieran al terrorista en Märsta solo seis horas después del atentado. Vanessa había estado con su grupo en un *parking* de varias plantas en Rågsved cuando informaron por radio de la detención del terrorista. Había corrido el rumor de que había más individuos armados, la prensa había informado de un tiroteo en Kungsholmen. Vanessa recordó las largas filas de ciudadanos callados, compungidos, llenando puentes y calles después de que paralizaran el transporte público de toda la capital.

Una vez detenido el terrorista, y difundidas las imágenes de policías corriendo hacia el lugar del atentado mientras los ciudadanos normales corrían en sentido contrario, el amor de los habitantes hacia la policía se había desbordado. Los coches patrullas se cubrían de flores mientras las alabanzas inundaban las redes sociales.

Pero desde entonces, meses de disputas con armas de fuego entre pandillas, atracos y robos de coches habían sido desoladores para la confianza de la ciudadanía. Las portadas se habían visto dominadas por titulares sobre agentes desertados y sillas vacías en la escuela de policías.

Vanessa cruzó la plaza Hötorget, donde los verduleros y fruteros con acento extranjero competían a gritos para hacerse oír, y salió a la calle Kungs. Mientras esperaba a que se pusiera verde el semáforo en el cruce con la avenida Sveavägen llegó un *flash* informativo de *Aftonposten*.

«Secuestradores burlan a la policía con un dron.»

Abrió el enlace. Leyó la noticia mientras el semáforo se ponía verde y luego rojo otra vez. Ni una palabra sobre quién era la víctima del secuestro ni lo que le había pasado. En cuanto Vanessa terminó de leer llamó a Jonas.

—¿Qué pasó? —preguntó sin saludar.

Los coches pararon. La gente de su alrededor se puso a caminar.

—Nos la jugaron, eso es lo que pasó.

—¿Y Davidson?

—Estaba deambulando por la rotonda de Sveaplan con bridas en las manos. Consiguió parar un coche y llamarnos. Físicamente no tiene nada.

—Pero el dron, como dice *Aftonposten*, ¿es cierto?

—Sí. Un puto dron recogió el dinero. Todo lo que pone es cierto. Me cuesta creerlo, y eso que estuve allí.

Un nuevo *flash* informativo le llegó al móvil, esta vez del periódico *Kvällspressen*. Leyó el titular.

«Titular fuente policial sobre la maniobra del dron: "De película".»

—Joder, Jan Skog debe de estar hecho polvo. Se suponía que se iba a convertir en héroe.

—Ahora he quedado con él. Nos ha citado a una reunión para valorar la situación, tal como él ha dicho.

—Lo que la prensa llamaría reunión de crisis. Creo que tanto la gente como los medios tienen muy clara su valoración.

—Sí. Supongo que sí.

Vanessa pasó junto a la boca del metro. Aceleró el paso.

—He encontrado una conexión entre Davidson y Petersén. Nada sólido, pero es lo único que tengo. Por cierto, ¿habéis podido hablar ya con él?

—¿Con Davidson? No, está con su familia. ¿Cuál es la conexión?

—Los relojes de pulsera. Los dos tienen un Patek Philippe. La marca más cara del mundo. En Suecia solo hay dos tiendas con licencia para venderlos.

—Bien. Ya es algo. Te llamo más tarde. Llámame si necesitas cualquier cosa.

—¿Jonas?

—Dime.

—Dale recuerdos a Jan Skog de mi parte.

Vanessa colgó. No podía dejar de sentirse animada. A pesar de todo, Davidson había salido ileso de la situación y el creído de Jan Skog había pringado más que nunca.

Quizá Vanessa podría sacar algo bueno de todo aquello.

2

El sol se estaba poniendo y teñía el cielo de rojo al mismo tiempo que la luna brillaba blanca en el centro del firmamento.

El Mercedes frenó un poco antes de llegar al pueblo. El chófer apoyó el brazo derecho en el asiento de al lado y se volvió hacia atrás con una sonrisita.

—Te toca bajarte.

Consuelo trató de abrir la puerta, pero estaba cerrada. Jean pulsó un botón del salpicadero y la puerta hizo un clic. Consuelo tiró de la manilla y abrió.

Comenzó a caminar. La gravilla le rascaba la suela de las sandalias y las piedrecitas se le colaban y se le clavaban en las plantas de los pies. Pese a que el aire seguía estando caliente, ella tenía frío.

El coche permaneció quieto. Consuelo notaba la mirada en la espalda. Se ciñó el vestido al cuerpo y siguió caminando en dirección al pueblo.

En el campo de fútbol había unos chiquillos jugando a la pelota. Se tomaron un segundo para saludarla desde la distancia. Consuelo hizo lo mismo. El partido arrancó de nuevo. Ignacio estaba sentado a un lado en su silla de ruedas. De vez en cuando cazaba algún que otro balón perdido y lo devolvía al campo.

Cuando la vio se dio prisa y rodó a su encuentro. Ella aminoró el paso para dejar que él la alcanzara.

—Buenas tardes, señorita Consuelo —dijo él con cortesía y la saludó con una reverencia de cabeza.

Ella sonrió.

—Buenas tardes, don Ignacio —respondió. Él se rio porque lo había llamado «don».

—¿Quiere que la acompañe hasta la puerta?

—Eres todo un caballero —dijo Consuelo, e Ignacio sacó pecho—. Con mucho gusto, a menos que prefieras seguir jugando con tus amigos.

—Tampoco me dejan participar.

—¿Ah, no?

Él negó con la cabeza alicaído y reemprendieron la marcha en silencio.

Pasaron por delante del colmado de Mendoza. Toda la familia estaba acomodada en los muebles de plástico esperando a que Luis, el padre, terminara en la barbacoa. El hombre los siguió con la mirada cuando pasaron, pero sin saludarlos.

—¿Qué asunto se traía usted con los alemanes? —preguntó Ignacio.

A Consuelo se le hizo un nudo en el estómago.

—Fui a comprar a la ciudad —dijo y trató de sonar impasible.

Ignacio la miró con la boca entreabierta, luego le miró las manos vacías.

—Ah, es que ayer también la vi con ellos. Justo llegaba caminando, igual que hoy día. Llevaba usted aquel vestido blanco tan bonito. Pero yo no estaba en el campo, había ido a hablar con las vacas. Y entonces a usted también la dejaron con el coche de don Carlos.

—Me he encontrado con don Carlos en la carretera y me ha llevado. Mi madre y él eran viejos conocidos. Pero hoy me apetecía dar un paseo, así que ellos han llevado las bolsas a mi casa y yo me bajé antes. ¿Qué les dices a las vacas?

Ignacio parecía pensativo, pero no dijo nada; parecía haberse perdido en su mundo interior. Se detuvieron delante de la casa. Consuelo aspiró el aroma de los rosales.

—¿Tienes hambre, Nachito?

Ignacio dijo enérgicamente que sí con la cabeza.

—Si les das un poco de agua a los rosales yo prepararé unos bocadillitos y un poco de té —dijo Consuelo señalando la manguera que estaba enrollada en la hierba.

—Mi mamá dice que no le puedo pedir comida a la gente.

—Pero fui yo quien te pregunté. Y tampoco le voy a decir nada.

—Piola.

Ignacio levantó la boquilla naranja y se la puso en el regazo. Vio el grifo asomando un poco más allá, rodó hasta allí con la silla de ruedas y lo abrió. Consuelo se sentó en el descansillo. Se dejó acariciar por los últimos rayos de sol de la jornada.

—Pero dígame si me pongo torpe o descarado. No estoy acostumbrado a que me inviten a casa, así que no sé muy bien cómo hay que comportarse —dijo Ignacio y apuntó con la manguera a los rosales.

$\mathcal{V}$anessa se detuvo delante de la joven de la caja y paseó la mirada por la tienda antes de apoyar las manos en el mostrador.

—Tú vendes relojes Patek Philippe, ¿verdad?

—Así es —dijo ella y sonrió—. ¿Quiere que…?

—No hace falta, gracias. —Vanessa sacó su placa de policía. Mientras la chica leía los datos de la identificación, Vanessa aprovechó para mirar la plaquita con su nombre—. Matilda, me gustaría enseñarte dos fotografías y que me dijeras si reconoces a alguno de los dos hombres.

Se guardó la placa, sacó el móvil.

—Sí, los reconozco —dijo Matilda insegura—. Pero no sé qué puedo decir y qué no. ¿Le parece bien si llamo a mi jefa?

Introdujo el código, apoyó el pulgar sobre el lector y abrió.

—Laura, aquí hay una policía que tiene algunas preguntas. ¿Podrías subir un momento?

Vanessa no oyó la respuesta.

—Enseguida sube —dijo Matilda.

Se oyeron unos pasos. Al instante siguiente, una mujer alta apareció por la puerta. Su cabello rubio estaba recogido en un moño tirante. Le tendió una mano fría a Vanessa y se presentó.

—Laura Bågenhielm.

Vanessa le mostró la pantalla del móvil.

—Sí, son clientes nuestros. Pero me temo que eso es todo lo que puedo decir. La privacidad es importante para nosotros. Y todavía más para nuestros clientes.

Su boca sonreía, pero sus ojos eran hostiles. Unas arruguitas finitas asomaron alrededor de su boca.

—¿Tenéis algún tipo de registro de vuestros clientes?

—En Suecia es ilegal crear registros, pensaba que la policía ya lo sabía.

—Sí, siempre y cuando el registro sea sobre opiniones, religión o etnicidad. Pero supongo que vosotras no os dedicáis a eso. Más bien estaba pensando en direcciones y cosas por el estilo.

—Tenemos una lista de direcciones postales. Nuestros clientes son hombres ocupados… y mujeres. A veces no tienen tiempo para venir en persona a buscar los relojes o dejarlos en reparación. Entonces mandamos un mensajero.

—Y esa lista, ¿existe en formato digital?

—En absoluto.

—¿O sea que nadie podría haberse metido en vuestro sistema y así haber conseguido los nombres?

—No, desde luego que no. Y si la lista hubiese caído en manos equivocadas, nos habríamos puesto en contacto con ustedes, obviamente.

Vanessa observó cómo las estaba mirando Matilda. Sacó dos tarjetas de visita. Una se la dio a Laura, luego se volvió y le entregó la otra a Matilda.

—Si por casualidad os viene algo a la cabeza, me gustaría que os pusierais en contacto conmigo.

Salió de la tienda. A través del cristal del escaparate vio que las dos mujeres se quedaron hablando.

4

*I*van oteó los jardines de Björns Trädgård. La iluminación de las farolas hacía que el parque quedara bañado con un resplandor amarillento. Se oían voces y risas afónicas. Se palpó la cintura con la mano. Notó la Glock. Repitió una vez más las palabras de Joseph de que los niños debían ser entregados de una sola pieza y sin haber sufrido violencia innecesaria.

—¿Tu hermano tiene el coche a punto? —preguntó.

Herish Salah asintió en silencio.

—Bien. Espera aquí.

Ivan estiró la espalda, se fijó en tres chavales sentados en un banco. Un cuarto tenía el pie apoyado en el apoyabrazos. Olía a hachís. Ellos lo observaron alerta pero sin mostrar ninguna señal de miedo. Ivan se detuvo a dos metros del banco. El chico que estaba de pie se llevó el porro a la boca y le dio una gran calada. Retuvo el humo en los pulmones. ¿Cuántos años podían tener? ¿Quince? ¿Dieciséis? La ropa les iba demasiado grande, les colgaba como un saco. Tenían los ojos rojos, les pesaban los párpados.

El chico que estaba de pie soltó el humo blanco. Se rascó el codo. Sus uñas rasgaron la piel ya rojiza de por sí. «Se chutan, así que necesitarán dinero», pensó Ivan.

—¿Curro? —dijo.

Los chicos intercambiaron unas miradas, se encogieron de hombros. El porro siguió rulando.

—*Work* —dijo Ivan, esta vez más alto—. *You work for me. Okay? I have money.* —Alzó una mano, frotó el pulgar y el índice—. *Cash.*

El chico bajó el pie del apoyabrazos. Un hilillo de sangre se deslizó por su antebrazo. Ivan se obligó a no mirar.

—*Come with me.*

Lo siguieron arrastrando el paso. Hablaban en voz baja entre ellos en lo que Ivan supuso que era árabe. Con los chicos detrás, Ivan y Herish comenzaron a caminar hacia la calle Tjärhovs. En Östgötagatan giraron a la derecha. La furgoneta Fiat de color blanco estaba aparcada en una zona de carga. Tenía el motor apagado. Ahmed Salah debía de haberlos visto por el retrovisor. Se bajó y fue a su encuentro. Hizo rodar la llave de la furgoneta alrededor del dedo y la cazó con la palma de la mano.

No hacía falta decir nada. Cada uno sabía lo que tenía que hacer. Ivan se detuvo y se dio la vuelta, por el rabillo del ojo vio que Ahmed abría las puertas de atrás.

El chico que había estado de pie parecía ser el líder del grupo.

—*Get in* —dijo Ivan haciendo un gesto hacia la caja de carga.

Los chicos titubearon. Estiraron el cuello y miraron dentro de la furgoneta. Ivan comprobó rápidamente que la calle estuviera vacía. Se llevó una mano a la cintura y sacó la Glock. Tiró de la corredera. Herish hizo lo mismo.

—*Get in* —repitió Ivan.

Los chicos no se movieron. O bien iban demasiado colocados como para entender lo que estaba pasando o bien no le tenían ningún respeto a las armas de fuego. Ivan se pasó la lengua por los labios. Se dio unos segundos. Echó nuevamente un vistazo atrás para asegurarse de que no había nadie mirando.

Dio un paso al frente. Entonces sí reaccionaron. Salieron disparados en distintas direcciones. A Ivan le dio tiempo de agarrar por el jersey al que tenía más cerca. Lo echó al suelo, clavó una rodilla en su débil cuerpo. Lo aplastó más fuerte, hasta que se oyó un crujido. El chico jadeó y levantó los brazos en el aire en señal de rendición. Ivan alzó la vista justo a tiempo para ver a Herish derribando a otro y echándosele encima. El chico se puso a gritar con voz aguda. Daba bandazos con los brazos. Intentaba liberarse por la fuerza.

Ahmed salió corriendo en busca de los otros dos. Ivan alzó el arma. Apuntó. Ahmed estaba en medio. Pronto redujo la distancia, los estaba alcanzando.

—¡Cógelo, va! —gritó Ivan.

Ahmed se lanzó sobre ellos. Agarró por el cuello al más pequeño, que se puso a chillar. Rodaron por el asfalto. Ahmed le soltó un par de puñetazos en la cara. Los golpes resonaron por la calle desierta.

El cuarto chico, el líder, desapareció en dirección a la iglesia de Katerina.

Ivan levantó al chico de un tirón. Lo llevó a la furgoneta. Los hermanos Salah llegaron con los otros dos a rastras. Los metieron a todos en la caja de carga. Herish los apuntó con la pistola y se metió con ellos, mientras Ivan y Ahmed rodearon el vehículo. Abrieron las puertas y se sentaron. Ahmed tanteó con la llave, consiguió meterla, la giró y arrancó el motor.

5

*E*n realidad, Matilda Malm debería ahorrar dinero, pero ya se había gastado quince mil coronas en los billetes. Tenía un presupuesto de cuarenta mil para el viaje. Aun así, no le daría ni de lejos para dormir en un hotel cada noche. Una vez en Tailandia tendría que conformarse con algún que otro hostal. Por tanto, mil coronas más o mil coronas menos antes de irse tampoco tenían tanta importancia.

Además, la comida del nuevo restaurante Mr. Voon la ayudaría a animarse de cara al viaje. Los platos eran una mezcolanza de especialidades asiáticas. El local era espacioso, el techo quedaba varios metros por encima de su cabeza. En una pequeña tarima había una banda de música en vivo compuesta por dos músicos y una cantante. Matilda calculó que habría sitio para unos doscientos comensales. Ya se sentía como si estuviera en el extranjero, se dijo, y le sonrió a un chico con traje y corbata sentado unas mesas más allá.

Alzó la copa con una bebida anaranjada para brindar con Petra. No sabía qué había dentro; le habían pedido a la camarera que las sorprendiera con algo.

—Por un nuevo comienzo —dijo, y recibió una sonrisa a modo de respuesta—. Y mi último día en Bågenhielms.

Miró detrás de Petra, a los cocineros vestidos de negro que corrían de aquí para allá por la cocina abierta. En unas neveritas alargadas acristaladas había piezas de carne carísima importada directamente desde Japón y EE. UU.

Matilda acumulaba varios meses caóticos. Había salido de copas casi cada noche hasta altas horas de la madrugada, se había llevado a casa a hombres de lo más variopinto. Se había despertado en cuartos de hotel, en pisos de la periferia y en Östermalm, el barrio pijo. Se había sentido viva, como si hubiese vuelto a nacer. Claro que echaba de menos a Peder y que habría preferido que las cosas no hubiesen terminado como lo habían hecho, pero la pena más grande ya la había dejado atrás.

Las amigas, como Petra, la habían apoyado mucho. La habían arrastrado a dar paseos, al bar, a tomar un café. Al principio se había mostrado reticente. Pero después de salir un par de veces había sido ella la que había empezado a llamar insistiendo. La que había pillado el pedo más gordo. La que más había bailado. La que había tirado los tejos con más descaro. La que se había quedado hasta el final. La que había vuelto a casa tambaleándose, la que había dormido pocas horas y luego se había pegado una ducha, se había puesto el uniforme de Bågenhielms y se había ido al curro.

Y hacía un mes se había decidido y había anunciado que rescindía el contrato con Laura Bågenhielm. La esperaban tres meses dando vueltas por Tailandia, después empezaría a estudiar para agente inmobiliario.

—¿Ya lo tienes todo listo para el viaje? —preguntó Petra dejando la copa en la mesa.

—Sí, desde la semana pasada. Aunque solo me queda un día de curro, estaba pensando en llamar y decir que estoy enferma y tomarme la noche entera para mí. Pero no lo haré. Un último día puedo hacerlo.

La camarera volvió y les preguntó si ya se habían decidido. Ambas pidieron centollo de primero. De segundo, Matilda escogió el atún y Petra pidió la panceta macerada en jengibre.

—¿Vino?

—Pide una botella de blanco de la casa —se apresuró a decir Matilda—. No somos tan exigentes.

La camarera se llevó los menús y se retiró. Petra la siguió con la mirada antes de volverse hacia Matilda.

—¿No se te va a hacer pesado estar tres meses sola?

—Bah, siempre te cruzas con alguien con quien te lo pasas bien. Sobre todo cuando viajas sola.

—¿Cómo lo sabes? Nunca lo has hecho, ¿no?

—No, pero lo he leído en varios blogs de viaje, no te queda más remedio que ser sociable. Pero te voy a echar de menos. Prométeme que irás a verme alguna semana, si te dan fiesta.

—Lo intentaré, no lo dudes —dijo Petra; apoyó los codos en la mesa y se inclinó hacia delante—. ¿Sales esta noche?

—Ya veremos. En realidad debería guardar el dinero para el viaje. ¿Tú?

Petra negó en silencio.

—Tengo una cita.

—¿Una cita?

—Un chico al que conocí hace unas semanas. Voy a ir a su casa a ver una peli.

—Plan tranquilo, mantita y Netflix, vaya.

—Sí, algo así. Cada una tiene sus necesidades. Y hablando de ellas, tengo que ir al baño.

Mientras Petra subía las escaleras, Matilda se reclinó en el sofá. Le buscó la mirada al chico de traje, pero en lugar de devolvérsela él se rio por algo que había dicho su amigo.

Matilda metió la mano en el bolso y toqueteó la tarjeta que le había dado la policía. La sacó y leyó el nombre. Vanessa Frank, subinspectora de policía. Se llevó la copa a la boca mientras pensaba.

¿Debería llamarla? Laura Bågenhielm se pondría como una fiera, pero en realidad se había cometido un delito. Pero ¿quería verse metida? Podía salir mal parada, sobre todo siendo testigo como era. Había leído sobre aquella pareja que había sido asesinada en su piso cuando les tocaba testificar contra una pandilla del extrarradio. ¿Y podría la policía impedirle que fuera de viaje a Tailandia?

—¿Qué es eso?

Petra se la quedó mirando.

—Nada.

—No parece que no sea nada.

Matilda se guardó la tarjeta en el bolso. Notó que le subían los colores.

—Una tarjeta de visita de un cliente. Me la han dado hoy.

—Ahora tú también estás pensando en un poco de mantita y Netflix.

Petra le guiñó un ojo. Matilda se rio.

—Exacto.

6

$\mathcal{L}$a Legión había alquilado un almacén en Orminge, no muy lejos del centro social de los Ángeles del Infierno. El sitio estaba compuesto por una gran sala dividida en una cincuentena de trasteros, cada uno delimitado por rejas o malla metálica. En diez de las pequeñas celdas había colchones tirados. Cuando Ivan y los hermanos Salah hubieron llevado a los primeros prisioneros y los hubieron encerrado con grandes candados, se sentaron en la entrada. Herish y Ahmed se encendieron un cigarrillo cada uno.

A Ivan le gustaba lo que había visto de los hermanos Salah hasta el momento. Eran meticulosos y serios, pero sin ser aburridos. Herish le había contado que le gustaba salir de fiesta al Café Opera y habían decidido ir juntos alguna vez. Ahmed era el mayor y un poco más reservado. Con él Ivan había hablado más que nada de artes marciales mixtas, entrenamiento y diferentes tipos de suplementos alimenticios.

Llamaron a Ivan al móvil. Nicolas. Por cuarta vez en las últimas horas. Aún no se habían visto desde que habían soltado a Hampus Davidson. En cuanto el tono de llamada dejó de sonar se oyó el tintineo de mensaje entrante.

«Necesito instrucciones sobre N», le decía Joseph.

Se guardó el móvil y se frotó los ojos. Cuando hubiese reunido a todos los niños se tendría que tomar unas vacaciones. A lo mejor alguno de los hermanos Salah se animaría.

—¿Hay café?

La voz rebotó entre las paredes desnudas.

Herish asintió en silencio.

—De ayer. Caliéntalo en el micro y estará bueno.

Ivan se levantó. Se sirvió un café solo de la jarra. Metió la taza en el microondas y giró el temporizador. Treinta segundos. Sonó la campanilla del aparato. Sacó el café. Sopló. Dio un sorbito. Sabía amargo. Hizo una mueca mientras se sentaba a la mesa.

—Tres de diez. Tenemos ocho días para conseguir el resto. No debería suponer ningún problema, ¿no?

Ahmed negó con la cabeza.

—Hoy nos han sorprendido, pero lo hemos solucionado. Tres de cuatro no está nada mal. Mañana por la noche puede que ya tengamos la mitad.

—¿Alguno de vosotros sabe lo que les pasará luego? —preguntó Ivan y trató de sonar como si solo estuviera charlando.

—No —dijo Ahmed.

—Ni idea —dijo Herish y buscó un cenicero con la mirada—. Y tampoco me importa, mientras me den mi pasta. —Apagó la colilla y señaló a uno de los niños—. Ese hijo de puta me ha mordido. Jodido animal. No voy a ponerme a llorar si no los llevan a Disneylandia, precisamente.

Ivan se llevó la taza a la boca.

—Te está sonando el móvil.

Ahmed señaló el teléfono sobre la mesa. Ivan lo cogió y se alejó un poco.

—¿Cómo ha ido hoy? —preguntó Joseph.

—Bien. Tenemos tres.

—¿Algún problema?

—Ninguno.

Ivan oyó voces de mujer de fondo. Se preguntó si Joseph era de esos que se acostaban con varias mujeres a la vez. Algún día Ivan lo probaría. Llamaría a dos o tres putas de lujo. Les daría coca y lo grabaría.

—Respecto a Nicolas —dijo Joseph—. Quiero que quedes con él en algún punto de la ciudad.

—¿Cuándo?

—Mañana por la tarde.

Era demasiado tarde para arrepentirse. Trabajar para la Legión era el sueño de Ivan. Y para cumplir los sueños había que hacer sacrificios. Claro que le dolería por un tiempo. Se sentiría vacío. Pero luego Ivan sería respetado.

—¿Hola? —dijo Joseph.

Ivan respiró hondo.

—Me encargo.

—Sobre las nueve, diez de la noche. Avísame cuando lo tengas y así mandaré gente a su casa para que busquen la lista.

—Vale. A veces solemos cenar en el sitio de tapas de la calle Oden. Él coge la línea verde hasta allí. Va caminando desde Rådmansgatan.

—Perfecto. Avísame cuando tengas la hora y el nombre del restaurante.

—¿Qué vais a hacer con Ni…? —empezó a preguntar Ivan, pero se interrumpió al darse cuenta de que Joseph ya había colgado.

*E*l autobús número 1 iba por la avenida Värtavägen, a la altura del colegio Gärdesskolan. Matilda Malm miró a los escolares, que caminaban de dos en dos o tres en tres hacia el edificio de ladrillo. Cuando el autobús cogió la curva a la derecha y se metió por Valhallavägen le llegó un *flash* informativo de *Aftonposten*.

> «Los millonarios que fueron víctimas
> de los Secuestradores del Dron.»

Abrió el artículo. Los hombres secuestrados se mantenían en el anonimato, pero el redactor del artículo explicaba que se trataba de dos de los financieros más ricos e influyentes de Estocolmo y describía al detalle sus empresas e ingresos anuales. Relatos de fuentes anónimas sobre viajes de lujo, bienes inmuebles y coches deportivos. Incluso se decía que uno de los hombres era amigo de los hijos de la familia real.

La policía estaba destinando cada vez más recursos a encontrar a los autores del delito. La fuente policial aseguraba que la policía trabajaba con la teoría de que habría más secuestros y no descartaba que pudiese haber más casos de los que aún no tenía conocimiento.

Matilda sintió un cosquilleo desagradable en la barriga. No podía evitar sospechar que la visita de la policía el día anterior no era mera casualidad. Volvió a sacar la tarjeta. No quería salir malparada. Lo correcto sería contar lo que sabía. Sobre todo ahora que el sueldo no se lo iba a pagar Laura Bågenhielm. Matilda marcó el número en su móvil. Pulsó «llamar». Pero antes de que sonara el primer tono se arrepintió.

El autobús giró a la izquierda y luego a la derecha, por Karlavägen. Volvió a leer el texto. Estudió la foto de perfil del redactor, Elias Grönstedts.

Gafas rectangulares, peinado a lo Tintín, expresión seria.

La avenida Karlavägen pasaba a toda prisa al otro lado de la ventana.

La policía pedía ayuda a gritos. No haría ningún daño si llamaba a esa tal Vanessa Frank. Contarle que la lista de clientes de Bågenhielms había sido robada. A lo mejor no tenía nada que ver con el asunto, aunque Matilda no podía desprenderse de la sensación de que sí estaba conectado de alguna manera. El primer secuestro había tenido lugar apenas unas semanas después del robo.

En cuanto puso un pie en la acera de la plaza Stureplan hizo de tripas corazón y volvió a llamar a Vanessa Frank. La policía lo cogió casi de inmediato. Sonaba un poco dormida. Al principio no parecía entender con quién estaba hablando. Pero cuando Matilda mencionó Relojes Bågenhielms, la mujer espabiló de golpe y quiso quedar cuanto antes. Se citaron a la hora de comer en Sturegallerian.

$\mathcal{H}$acía mucho tiempo que no se sentaba él mismo al volante, pero había decidido darle el día libre a Jean e ir solo a Las Flores, donde Óscar Peralta, el médico jefe de la clínica, había reservado una mesa para dos en su reunión regular para ponerse al día.

El trayecto en coche duró cuarenta minutos, así que tenía tiempo de sobra. Carlos se colocó detrás de un tráiler que iba a velocidad moderada y contempló el paisaje.

Al cabo de un par de kilómetros, en la estación de autobuses reconoció a una figura que le resultaba familiar: Guillermo Varas, el criador de caballos. El viejo estaba sentado con la espalda inclinada y tenía la cabeza enterrada bajo un sombrero para protegerse del sol. Llevaba una camisa blanca recién planchada y pantalones beis holgados. A su lado tenía un bolso. Carlos puso el intermitente, se acercó a la calzada y bajó la ventanilla.

—¿A Las Flores, don Guillermo?

El criador de caballos se levantó, cogió el bolso y abrió la puerta. Se acomodó en el asiento y puso el equipaje en el regazo.

—Gracias.

Carlos miró por el retrovisor lateral y se incorporó a la carretera. Guillermo Varas tenía unas caballerizas colina arriba y había provisto a la colonia de caballos de raza desde que Carlos pudiera recordar. Nadie amaba a los caballos con la misma intensidad que Guillermo. Su propiedad estaba bien cuidada. Cada metro cuadrado de las ocho hectáreas se empleaba para mantener con vida a una cincuentena de animales. En el edificio principal de la granja vivían Guillermo y su esposa Marcela. A cien metros de allí, su hijo Jaime y la nuera Evelyn, así como Francisca, la hija de ambos.

—¿Qué te trae por Las Flores? —preguntó Carlos.

Guillermo le lanzó una mirada hastiada.

—Sigo ruta hasta el hoyo del infierno.

—¿A Santiago? —dijo Carlos y arrugó la frente—. ¿Por qué?

—Medicinas. Las malditas medicinas.

Tres años antes, a su nuera Evelyn le habían diagnosticado cáncer. Entonces Guillermo había hecho una partición y vendido partes de la granja para poder pagar el tratamiento. Carlos había intentado impedírselo, le había ofrecido costear la carísima quimioterapia.

—Pensé que Evelyn ya sanó.

—Así es —murmuró Guillermo—. Es Marcela quien se puso enferma.

Guillermo y Marcela llevaban juntos desde la adolescencia. Carlos suspiró y negó con la cabeza.

—¿Cáncer?

—Sí.

La seguridad social chilena no cubría la medicación para los tratamientos de cáncer. Cada cura costaba más o menos un sueldo mensual y solo se podía conseguir en Santiago. Carlos sopesó decir que la oferta seguía en pie, pero Guillermo se le adelantó.

—Comencé a vender los caballos. Si quisieras, podrías subir a echar un vistazo, por si hay alguno que te guste. —La voz del viejo se agrietó y el hombre calló de golpe. Cuando Guillermo volvió a hablar, sus cuerdas vocales estaban grumosas—. Sé que quieres ayudarnos, pero somos una familia orgullosa. Nunca hemos aceptado limosnas y nunca las vamos a aceptar.

Carlos bajó la intensidad del aire acondicionado.

—Eres un viejo muy terco —murmuró—. Lo respeto. Si cambiaras de opinión, siempre puedes venir a verme. Pero jamás te compraré un caballo que tengas que vender por debajo de su valor para salvarle la vida a tu mujer.

Dejó bajar a Guillermo en la terminal de autocares. Lo vio desaparecer entre el gentío con su bolso. Carlos salió del aparcamiento y continuó en dirección al centro.

En los últimos años, cada vez más familias chinas se habían asentado en Las Flores. En cada esquina aparecía un restaurante chino o un casino donde los trabajadores y campesinos perdían su dinero.

Carlos dejó el coche en un callejón, ahuyentó a un hombre joven con una camiseta desteñida y tejanos rotos que se ofrecía a lavárselo mientras él estaba fuera y puso rumbo al hotel Continental.

Lo acompañaron a la mesa y mantuvo la mirada al frente para no tener que parar y charlar con nadie. El camarero puso un cuenco con pebre y un cesto con pan. Carlos arrancó un trozo y lo untó en la salsa a base de tomate y cilantro.

Su cara se veía reflejada en el cristal de la ventana.

Por un instante pensó que era la cara de su padre la que lo estaba mirando. En el momento de su muerte, Gustav Schillinger tenía el rostro arrugado, el pelo blanco y los ojos grises. La barriga llena de protuberancias por los tumores. Sin embargo, Carlos nunca lo recordaba así. Para Carlos, la cara de su padre siempre era la de un cincuentón. Le costaba creer que hubo un tiempo en que su padre fue más joven que él.

A los veintisiete, Gustav Schillinger ya había tenido tiempo de abandonar su país natal, Suecia, y alistarse como voluntario en las SS. Perder una guerra mundial. Huir junto con su esposa y dieciocho familias más al sur de Chile y asentar las bases del floreciente asentamiento Colonia Rhein.

Desvió la mirada. Untó otro trozo de pan en el pebre. Su mente volvió al último encuentro con Consuelo. Un placentero escalofrío le recorrió el cuerpo al recordar su cuerpo desnudo en el agua oscura de la laguna, sus dientes blancos y sus labios carnosos hincándose en la cebolla. Su pelo negro suelto esparcido sobre la manta cuando se tumbó para descansar después de la comida.

Carlos se percató de que ya no pensaba en ella como Ramona, sino que Consuelo se había convertido en una persona en sí misma en su conciencia. Decidió que después de la cita con el doctor Peralta le pediría a Marcos que se enterara de si Raúl seguía estando fuera. Si lo estaba, mandaría que fueran a buscar a Consuelo y la haría quedarse a pasar la noche.

Quizá su presencia ayudara a Carlos a que su cuerpo pudiera descansar una noche entera.

$\mathcal{V}$anessa y Matilda se encontraron delante del Zara de las Sturegallerian y decidieron ir al parque de Humle. Matilda no quería arriesgarse a que la vieran con una policía. Cuando hubieron pasado por delante del bar de copas Sturecompagniet Vanessa se aclaró la garganta.

—A lo mejor podrías empezar a contármelo ahora, así ahorraremos tiempo. Supongo que querrás poder comer algo antes de volver.

Matilda miró a su alrededor.

—En verano entraron a robar en Relojes Bågenhielms.

—¿Cómo lo sabes?

—Porque yo estaba trabajando.

Dejaron pasar un taxi y cruzaron la calle en dirección al hotel Scandic Anglais. Delante de la entrada había un autobús cargándose de turistas.

Matilda le habló de la mañana en que había sonado el teléfono y al instante siguiente había aparecido un mensajero de DHL. Le contó que el hombre la había obligado a abrir la puerta de la oficina. Los gritos de Laura cuando se había metido en su despacho.

De vez en cuando Vanessa iba colando alguna que otra pregunta. A la altura de la Biblioteca Real se sentaron en un banco.

—¿Pero no fue violento?

—En absoluto. Más bien al contrario. Casi… amable —dijo Matilda pensativa—. No tuve nada de miedo.

—¿Qué nombre me has dicho que te dio la persona al teléfono?

—Carl-Johan Vallman.

—Y es uno de vuestros clientes.

—Exacto.

—¿Por qué no lo denunciasteis?

—Laura, o sea, mi jefa, no quiso hacerlo. Dijo que se desa- taría el pánico entre nuestros clientes.

—Entiendo. Informaré de los datos que me has pasado, pero no revelaré dónde los he obtenido.

—¿Cree que el robo tiene algo que ver con los secuestros?

Vanessa se encogió de hombros y se levantó.

—No lo sé, pero te estoy muy agradecida de que me lo ha- yas contado.

10

*E*l metro dejó Hötorget atrás y quedó envuelto en la oscuridad del túnel. Dos chicos jóvenes se sentaron al lado de Nicolas y comenzaron a discutir sobre los secuestros con emoción.

Nicolas se puso de pie. Se alejó un poco y esperó a que el metro frenara en Rådmansgatan. Los últimos días los «Secuestradores del Dron», tal como los llamaban, habían sido primera plana en todos los periódicos, radios y noticias de la tele.

Él sentía vergüenza, más que nada. No había nada honorable en lo que había hecho. Solo desesperación. Un deseo de sacar a Maria de allí. Y el haber secuestrado a Hampus Davidson implicaba que jamás llegaría a saber cómo habría sido la vida junto a Melina. Un secreto de ese calibre lo habría hecho desintegrarse desde dentro. Había jugado con la idea de buscarla y contárselo. Pero no se había sentido capaz.

En las sombras, mientras los medios informaban de los Secuestradores del Dron, la guerra de pandillas había vuelto a escalar. Cuatro tiroteos en tres días habían dado algunas noticias sobre ello. Los de la capital parecían haberse acostumbrado a que de vez en cuando se mataran a tiros en el extrarradio. Los políticos también, aunque no pararan de prometer que pondrían fin a la violencia.

En su piso había cuatro millones de coronas en metálico, en el trastero del sótano comunitario de Maria tenía otro millón escondido. Cuando quedara con Ivan tendría los cinco millones que había sacado de Hampus Davidson.

Y entonces, por fin, sería libre de coger a su hermana y largarse. Diez millones tendrían que ser suficiente. No había nada que lo pudiera vincular a los secuestros. La noche anterior, Nicolas se había encargado de deshacerse del Mercedes de Hampus Davidson.

El plan era alquilar un coche y bajar al sur, cruzar el puente de Öresunds, atravesar Dinamarca y bajar a Europa. Ir a un paraíso fiscal y meter el dinero en un banco. Comprar billetes de avión. Largarse a Latinoamérica y conseguir identidades nuevas. Aun así, no sentía ninguna alegría. Melina lo había sacudido por dentro. No podía dejar de pensar en ella. Y ahora volvía a estar unida a Hampus Davidson. Si el destino los hubiese juntado antes de los secuestros, ahora las cosas serían muy distintas. Pero tal como estaban, sería una auténtica locura ir a buscarla. ¿Qué iba a hacer? ¿Tratar de convencerla para que los acompañara a él y a Maria a Latinoamérica? No. Lo mejor sería dejar pasar el tiempo. Seguir adelante. Olvidar.

El tren frenó en la estación de Rådmansgatan y las puertas se abrieron. Nicolas siguió a la poca gente que andaba por el andén. En las escaleras mecánicas miró la hora. Faltaban quince minutos para su cita con Ivan. Después de las barreras giró a la derecha, subió a la avenida Sveavägen y metió las manos en los bolsillos de su bómber azul marino.

La calle estaba casi desierta. Delante del McDonald's había una decena de motos aparcadas.

Miró por el cristal de La Habana. Estaban echando el bar abajo. El suelo y las paredes estaban cubiertos del polvo blanco de las obras. Recordó un día de verano cuando él y Carl-Johan Vallman habían estado sentados en la terraza, tomando daiquiris y mojitos. Carl-Johan estaba en una etapa en la que solo leía a Ernest Hemingway. Mientras la caravana de Cadillac y otros coches de época iba pasando por Sveavägen, habían estado soñado con mudarse a los Cayos de Florida y escribir libros. Pescar. Cruzar en barco a Cuba. Pasearse por las calles de La Habana. Visitar La Floridita. Negó con la cabeza ante el recuerdo, a la vez que se sintió desanimado por el paso del tiempo.

Siguió caminando. Un poco más adelante, en la esquina con la calle Markvards, había dos hombres de su edad. Chaquetas oscuras, pantalones oscuros. Uno de ellos tenía una larga cicatriz que bajaba por su cabeza rapada hasta la frente. Los dos lo siguieron con la mirada cuando Nicolas pasó por su lado.

En lugar de los Cayos de Florida y Cuba había sido el SOG. Afganistán, Chad, Nigeria. Redadas nocturnas, liberación de rehenes en sitios desolados, tiroteos a oscuras. Todo había sido arrasado. Erradicado. Las eventuales cosas que había hecho bien en los últimos años, las personas a las que había ayudado, todo había sido en vano.

Al principio había considerado el oficio de soldado como algo honorable. Ser aquel que con armas se alza contra aquellos que quieren hacer daño y acallar a otros. Nicolas no era pacifista. Había sido testigo en primera persona de la maldad humana. Hombres, siempre hombres, que se tomaban el derecho a matar, violar, devastar y destruir. Jamás se los podría hacer entrar en razón. Era demasiado tarde. No porque hubiesen nacido siendo malvados, sino porque su deseo de matar para alcanzar sus metas se había tornado demasiado fuerte. No tenía ni idea de a cuántos de ellos les había arrebatado la vida. Ni quería saberlo. Pero estaba convencido de que, quitando algunas vidas, había salvado muchas otras.

Se metió por la calle Oden. Faltaban doscientos metros para llegar al restaurante. La calle que se extendía ante él estaba vacía. Las tiendas, cerradas. Una mujer con la cara sucia y el pelo lacio y castaño empujaba un carro de supermercado. Al pasar por su lado, Nicolas respiró su hedor a suciedad y sudor. En la otra acera, delante del súper Ica, un vagabundo había extendido unos cuantos periódicos sobre los que sentarse.

Una figura asomó por la calle Luntmakar. Nicolas vio que era uno de los hombres que había visto antes. Pero en aquel momento estaba seguro de que ninguno llevaba una bolsa de deporte en la mano. A sus espaldas oyó pasos, comprendió que era el de la cicatriz en la frente. La distancia que lo separaba del hombre con la bolsa era de menos de cinco metros. Miró de reojo hacia atrás. Vio al de la cicatriz sacando un arma. Oyó el mecanismo de la corredera. Nicolas fijó la mirada en el hombre que tenía delante, que estaba metiendo una mano en la bolsa. Arma automática. Probablemente, un Kaláshnikov.

Su cuerpo comenzó a liberar adrenalina y su cerebro pasó a piloto automático, se vació de todo lo que no fuera cuestión de supervivencia. El hecho de que se hubieran separado indicaba que no pensaban ejecutarlo de buenas a primeras. Probablemente, el plan era llevarlo a un callejón y matarlo allí. O llevarlo hasta un lugar apartado. Eso por lo menos le daba un pequeño margen de tiempo.

Nicolas se quedó quieto, a la espera.

—Sigue caminando y gira a la derecha ahí delante —dijo el hombre de la pistola. Ahora Nicolas pudo ver que era una Glock. La distancia hasta el arma era demasiado grande como para que pudiese arrebatársela. Además, el otro abriría fuego y lo abatiría sin problemas.

—¿Queréis mi cartera? —preguntó Nicolas dando un paso hacia el hombre de la metralleta.

—Te vienes con nosotros —respondió el otro, que estaba detrás de Nicolas. El del Kaláshnikov dio unos pasos de espaldas y se metió en la oscuridad de Luntmakargatan. Nicolas lo siguió.

—¿Adónde vamos? —preguntó, más que nada para distraerlos.

—Cierra el pico. ¿Vas armado?

—No.

Después de adentrarse veinte metros por el callejón, el de la Glock le hizo un gesto con la cabeza a su compañero, que dejó la bolsa de deporte en el suelo y se acercó a Nicolas. Le palpó las lumbares con la mano, las piernas y los costados en un cacheo mal hecho. El hombre que estaba apuntando con la pistola miró intranquilo a un lado y al otro. Querían irse de allí cuanto antes. Nicolas dio un paso tranquilo en dirección al hombre armado. Mantuvo las manos bien visibles. Le mostró las palmas.

—Sigue andando.

Al cabo de otros veinte metros le ordenaron que se detuviera. El hombre de la bolsa desapareció a paso ligero por Luntmakargatan en dirección al centro. Nicolas se quedó donde estaba. Las manos alejadas del cuerpo. Se volvió hacia el hombre de la cicatriz.

—Ponte más cerca de la fachada, para que no se te vea desde la calle —le espetó este apuntando a Nicolas al pecho con su arma.

Nicolas aprovechó para acercarse al hombre y de pronto se encontró a menos de medio metro de la pistola.

11

*C*uando solo quedaban restos de anguila de mar en sus platos y el vino blanco se había terminado, Carlos Schillinger se limpió la boca y pidió café. Como de costumbre, estaba aburrido de la compañía de Óscar Peralta.

No cabía duda de que el hombre era un médico muy diestro, pero como persona era simple y predecible. Además, zalamero y servil. Le hizo una puesta al día muy servil sobre la situación de la clínica, los progresos, la economía, el flujo de pacientes. De vez en cuando se inclinaba sobre un papel impreso y comprobaba alguna cifra antes de proseguir.

El banco de órganos lo había dejado para lo último.

—Nos quedan cinco donantes, don Carlos. Pero nuestros servicios siguen estando solicitados, como es habitual. Tenemos más pacientes chinos que han llamado pidiendo información, pero si no hay más donantes no podemos cerrar nuevas reservas.

El doctor Peralta era un hombre pequeño, por debajo de los ciento sesenta y cinco centímetros. Su pelo negro y ralo estaba peinado con una pulcra raya a un lado. Entre la nariz y la boca había cultivado un fino bigote.

—Tenemos más donantes en camino. Llegarán dentro de una semana y media —dijo Carlos y se rascó el tabique con el dedo índice.

El médico juntó las manos dando una palmada en un gesto exagerado, un botón del puño osciló.

—Excelente, eso es excelente.

Mientras el camarero servía el café, Carlos aprovechó para ir al baño.

No entendía por qué sentía más cercanía con gente sencilla como Guillermo Vara que con gente como el doctor Peralta.

A pesar de todo, él también era médico de profesión. Nunca le había satisfecho la compañía que le brindaba Óscar Peralta. Pero ahora la conversación con el médico jefe le resultaba un auténtico tedio. Le picaba todo el cuerpo. Su mente se fue por otros derroteros, lejos de Las Flores, del hotel Continental y los informes serviles del médico y de su jodido bigotillo de maricón. «A lo mejor es porque me estoy haciendo mayor —pensó Carlos—, porque mi vida se está acercando a su fin y no quiero desperdiciarla con trivialidades.»

Volvió a sentarse a la mesa, alzó la mano y dijo que se veía obligado a volver a la colonia por un asunto urgente.

En el coche de vuelta a casa se sintió solo y fracasado. Sacó el teléfono y llamó a Marcos para saber si Raúl seguía trabajando en el sur o si ya había vuelto.

—Su contrato termina mañana, ¿quieres que mande a Jean a recoger a Consuelo?

—Sí. Hazlo.

Carlos miró por el retrovisor y se incorporó a la autovía. Pasó junto a un puesto de fruta y decidió que más adelante pararía para comprarle mangos frescos a Consuelo.

—Hay otra cosa de la que te quiero hablar —dijo Marcos con su voz pastosa.

—¿Qué?

—Los suecos han tenido un pequeño problema.

—¿Cómo de pequeño?

—La persona a la que contactaron en primer lugar para el trabajo les dijo que no. Pero tiene conocimiento del negocio. Conocimiento limitado. Por lo que he entendido, no sabe para qué se van a usar los niños. Con un poco de suerte, el problema desaparecerá esta misma noche.

—Pídeles que se deshagan de él lo antes posible.

—He enviado a Declan McKinze. Solo para asegurarme de que nada sale mal. Quieras que no, es la primera carga que hacen. Parecen de fiar, pero nunca se sabe. Creo que no está de más que Declan esté allí echándole un ojo al asunto.

12

*L*a calle Luntmakar estaba a oscuras y desolada. El hombre sujetaba la pistola con la mano derecha, el cañón apuntaba al pecho de Nicolas. Este abrió la boca como para decir algo, al mismo tiempo que con la mano derecha golpeó la mano derecha del hombre, se apartó de la línea de tiro, agarró el cañón de la pistola con la mano izquierda y retorció el arma hacia arriba. El hombre soltó un grito de dolor cuando se le partió el dedo. Al instante siguiente, Nicolas lo estaba apuntando con el arma mientras retrocedía unos pasos. El tipo se inclinaba hacia delante y se apretaba el dedo roto.

Nicolas esperó a que dos mujeres pasaran por la calle Oden. Bajó el arma, se la pegó al cuerpo.

—¿Quién os envía?

—Cómeme el rabo.

Nicolas lo empujó contra la pared. Le agarró el dedo roto y se lo dobló. El hombre soltó un alarido.

—¿Quién os ha enviado?

De la boca del hombre solo salían jadeos. Fulminaba a Nicolas con una mirada de odio.

A la derecha, Nicolas vio que un coche se metía por Luntmakargatan y los iluminaba con los faros. El conductor frenó de golpe. Los neumáticos chirriaron. Nicolas retrocedió y miró al coche con ojos entornados.

El motor seguía en marcha, pero Nicolas oyó que la puerta del coche se abría y luego el ruido de metal contra chapa cuando el conductor apoyó un fusil de asalto en el techo del vehículo. Saltó detrás de un coche y al instante siguiente el hombre abrió fuego. Las balas atravesaron el coche, haciendo estallar los cristales y destrozando los neumáticos. El hombre del dedo roto corrió agazapado hacia el coche y su compañero.

Nicolas corrió a toda velocidad por detrás de la fila de vehículos aparcados. Las balas fueron agujereando los coches inmóviles. Un escaparate a su derecha estalló en mil pedazos. Salió corriendo a la calle y quedó fuera del ángulo de tiro. El fuego automático cesó de golpe. Al menos por un momento. El motor del coche rugió enfurecido.

Nicolas corrió en dirección a la Birger Jarlsgatan. Por un instante tuvo la esperanza de que los hombres hubieran finalizado la persecución, pero al instante siguiente oyó de nuevo el silbido de las balas.

Dos coches que llegaban por la avenida Sveavägen frenaron en seco y dieron media vuelta. Calle abajo había una mujer gritando que se metió en un portal en busca de protección.

El coche llegó a la altura de Nicolas, quien se tiró al suelo, momentáneamente protegido por un coche. Sus perseguidores pararon el coche de un frenazo.

Lo único que se oía era el ruido del motor. Un segundo, dos. Las puertas del coche se abrieron al mismo tiempo. La distancia que los separara no pasaba de los diez metros. Si los hombres rodeaban el coche cada uno por un lado Nicolas no tendría ninguna posibilidad.

La acera estaba cubierta de esquirlas de cristal. En alguna parte se oía la alarma de un coche. Los dos hombres se le estaban acercando cuidadosamente. Nicolas estaba sentado con la espalda pegada a la carrocería, notando un trozo de cristal que se le clavaba en el muslo. En el escaparate que tenía delante podía ver las siluetas agazapadas de los dos hombres acercándose mientras él apretaba la culata de la pistola.

Primero tenía que dejar fuera de juego al del Kaláshnikov. Él era la mayor amenaza. El otro tenía roto el dedo con el que apretaba el gatillo, lo cual reducía considerablemente su precisión de tiro. Por el escaparate vio que este tenía una nueva arma en la mano, un revólver.

Nicolas se puso en cuclillas, respiró hondo, se levantó de golpe y disparó a la altura del pecho del que tenía el fusil de asalto. El hombre se desplomó y, una vez en el suelo, empezó a agitar las piernas. Nicolas volvió a tumbarse a toda prisa, vio los pies del otro hombre y disparó dos veces hacia ellos. El tipo gritó y cayó al suelo.

Nicolas rodeó el coche y contempló el desastre. El hombre del Kaláshnikov luchaba por sobrevivir. El fusil de asalto estaba en el suelo, a la altura de sus pies. La bala le había entrado por debajo del cuello. Estaba resollando, se sujetaba la garganta con las dos manos y trataba de coger aire mientras de cintura para abajo iba sufriendo espasmos descontrolados. Con un pie le dio una patada al fusil, que se alejó unos palmos por el asfalto.

El otro hombre estaba tumbado en posición fetal. Las dos balas habían penetrado en la pierna derecha, con una separación de tres o cuatro centímetros. Probablemente, de la tibia y el peroné no le quedaban más que astillas.

Las ventanas de los pisos comenzaron a iluminarse. La gente asomó la cabeza para mirar lo que ocurría. A Nicolas, a los hombres. En la distancia se oían las sirenas de la policía.

Nicolas echó un último vistazo a los dos hombres y luego salió corriendo hacia la avenida Sveavägen. Los testigos le dirían a la policía que había desaparecido en dirección a la plaza Odenplan. Pero a los pocos metros Nicolas se desvió de Sveavägen y se metió por la calle Surbrunns.

PARTE VI

1

*P*ese a ser poco antes de medianoche y que el cielo era negro, la calle Oden estaba bañada de luz como si fuera pleno día. Todas y cada una de las ventanas de los bloques de pisos estaban encendidas. Los vecinos se asomaban llenos de curiosidad. La calle parecía una zona de guerra. Esquirlas de cristal por la acera, escaparates destrozados, coches ametrallados. Había dos alarmas desgañitándose sin parar. A la altura de la pastelería Gateau había un Ford Scorpio de color rojo. Entre este y la acera había técnicos de la Científica paseándose en monos blancos y con mascarillas azules. Odengatan estaba cortada desde la calle Tule hasta la avenida Sveavägen.

Al lado de Vanessa había dos fotógrafos de la prensa matutina disparando foto tras foto de la escena. No le sonaba la agente uniformada que estaba de brazos cruzados junto a la cinta blanquiazul del cordón, así que le enseñó su placa. La mujer la miró fugazmente y levantó la cinta de plástico. Vanessa caminaba despacio y por el centro de la calle. Observaba las hileras de vecinos curiosos que estaban grabando con el móvil. Los cristales crepitaban bajo sus pies.

En la parada de autobús había un furgón policial aparcado, y apoyada en él estaba la subinspectora judicial Åsa Högström hablando con uno de los técnicos. Vanessa y Åsa tenían la misma edad, llevaban más o menos el mismo tiempo en el cuerpo y se respetaban sin llegar a ser amigas. Todo lo que sabía de la vida privada de Åsa era que vivía con una mujer que era adoptada de la India. Cuando Åsa hubo terminado de hablar con el técnico, que asintió con la cabeza y siguió caminando hacia el Ford, Vanessa descubrió que había una pierna asomando por delante del coche. El asfalto se había cubierto de sangre oscura. Åsa vio a Vanessa y le hizo un gesto con la mano para que se acercara.

—Qué bien que estés aquí —dijo—. ¿Podrías echarle un vistazo al tipo ese de ahí? Si es uno de vuestros objetivos estaría bien saber a qué nos estamos enfrentando. Un muerto y un herido grave. Se lo han llevado al Karolinska hace un rato, seguramente se pasará el resto de su vida caminando con muletas, si es que no se desangra antes.

—¿Algún testigo?

—Estamos haciendo el puerta a puerta y de momento hemos tenido una suerte de la leche. —Åsa señaló la parte trasera del furgón con el pulgar—. Uno de los vecinos vio cómo empezaba todo y ha grabado toda la escena. Hemos dado con él justo antes de que lo hiciera la prensa.

—¿Desde dónde?

Åsa giró el cuerpo, apuntó con el dedo índice a una fachada en la esquina de Odengatan con Luntmakargatan.

—Segundo o tercer piso. Un piso de la esquina. Por favor, échale un vistazo al caballero del coche.

El hombre yacía bocarriba con las piernas muy separadas y una mano descansaba sobre su pecho, como si hubiese intentado evitar que la sangre abandonara su cuerpo. Los técnicos le entregaron a Vanessa unas protecciones de plástico para ponerse en los pies y le indicaron dónde debía pisar. Se inclinó hacia delante y estudió la cara del individuo.

—Dos tiros con unos pocos centímetros de separación. El pecho y el cuello. Lo más probable es que se desangrara en cuestión de minutos.

Vanessa enderezó la espalda.

—Samer Feghuli. Se mueve en el círculo de la Legión.

—Sí, no tiene pinta de maestro de primaria que paga sus impuestos, precisamente.

Vanessa no se molestó en responder. Se limitó a retroceder unos pasos, se quitó las protecciones y las devolvió.

Åsa estaba escuchando a dos agentes uniformados que señalaban en dirección a los edificios de Luntmakargatan. Vanessa no podía oír lo que decían. Mientras esperaba sacó el móvil para ver qué decía la prensa.

Los *flashes* informativos sobre el tiroteo se acumulaban y tanto *Aftonposten* como *Kvällspressen* habían publicado fotos del escenario. Vanessa las revisó una a una y se percató de que su espalda aparecía en varias de ellas.

«Tiroteo brutal en el centro de Estocolmo», decía *Aftonposten*.

«Un muerto y un herido grave tras el dramático tiroteo en Odengatan: "Nos hemos tirado encima de los niños para protegerlos"», informaba *Kvällsposten*.

Åsa Högström llamó a Vanessa, que negó con la cabeza.

—Samer Feghuli, trabaja para la Legión.

—Criminal profesional, vaya.

—Y extremadamente violento. Muchos quisieran verlo muerto.

Vanessa miró el reloj. Tenía que levantarse temprano, había pedido una cita con Carl-Johan Vallman a las ocho en su despacho.

—La buena noticia es que, a diferencia de lo que pasa en los barrios de la periferia, tenemos un montón de testigos que quieren explicar lo que han visto. Tendré que pedir refuerzos para tomar todas las declaraciones antes de que llegue la prensa. ¿Te apetece que veamos el vídeo grabado con el móvil?

Åsa se dio la vuelta y le hizo una señal para que la siguiera.

2

*I*van estaba cansado y hambriento. Había madrugado, los hermanos Salah habían pasado a recogerlo en su portal y se habían ido juntos a Uppsala. Allí, cerca de la estación central, habían conseguido engañar a otros tres críos y los habían llevado al almacén en Orminge. Se habían acercado a la plaza de Sergels Torg.

Ivan estaba sentado en la escalera. Los hermanos Salah se habían metido en el McDonald's para comprar comida, Ivan había pedido un Big Mac, con zanahorias en lugar de patatas fritas. Coca-Cola para beber. Oteó la plaza. Ningún niño de la calle. Ni siquiera policías. Solo un par de heroinómanos chupados que estaban de pie con los brazos colgando y la mandíbula caída junto a la boca del metro.

Pensó en Nicolas y en que, probablemente, ya estaba muerto o pronto lo estaría. Ivan esperaba que no tuviera que sufrir, pero por lo demás se sentía bastante indiferente. Nicolas había intentado jugársela, aunque Ivan no terminaba de entender cómo. Pero ahora ya daba lo mismo. Junto con los hermanos Salah se sentía más importante de lo que se había sentido jamás en compañía de su antiguo amigo. Ellos lo escuchaban y le hacían caso. Sabían que era Ivan quien mandaba y tomaba las decisiones.

Oyó pasos a su espalda. Vio a Ahmed y a Herish acercándose. Ahmed llevaba una bolsa de papel en la mano, Herish tenía una hamburguesa en la boca.

—Joseph quiere que lo llames —dijo Ahmed.

Ivan estiró el brazo para coger la bolsa, pero Ahmed la retiró.

—Ahora. Está mosqueado porque no se lo coges.

Ivan puso los ojos en blanco, sacó el móvil y se alejó un poco. Cuatro llamadas perdidas. Joseph descolgó a mitad del primer tono.

—Cuando te llamo, tú tienes que cogerlo. ¿No ves las noticias?

—No cuando trabajo.

—Nicolas ha desaparecido.

—¿Y los tíos que has mandado? ¿Qué pasa con ellos?

—No lo sé, hace dos horas que no me han dicho nada.

Ivan notó que su cuerpo se despertaba de golpe. Paseó la mirada por la calle Drottning. El silencio le resultaba incómodo.

—¿Cómo ha podido…?

—¡Yo qué coño sé! —gritó Joseph—. Quiero que lo encuentres. Ve a cada puto sitio en el que se podría estar escondiendo.

—¿Y los críos? Aún nos faltan cuatro.

—Déjalo, por el momento —dijo Joseph, ahora un poco más tranquilo—. Lo más importante es que encontremos a Nicolas. Sabe lo que estamos haciendo. Si lo pilla la poli antes que nosotros y se va de la lengua, se acabó todo.

Ivan sopesó si contarle lo de Melina Davidson, pero se mordió la lengua. Seguía avergonzado porque se la hubieran jugado de aquella manera y no quería que Joseph y los demás se enteraran.

—Envía a alguien a casa de su hermana en Vårberg —dijo—. No creo que se presente allí, pero nunca está de más.

3

*E*l despacho de Carl-Johan Vallman quedaba en el número 1 de la avenida Strandvägen.

Subió por las escaleras, llamó al timbre y una guapa secretaria de unos veinticinco años la dejó pasar para acto seguido ofrecerle café e invitarla a sentarse en uno de los sofás.

—Carl-Johan vendrá enseguida —dijo, esbozó una sonrisa deslumbrante y se sentó a su escritorio.

Vanessa contempló las aguas del muelle de Nybrokajen al otro lado de la ventana. Un grupo de turistas expectantes con cámaras y mochilas se agolpaban delante de un transbordador. El agua titilaba con los rayos del sol. Empleados de banca con trajes oscuros y macutos se dirigían a Blasieholmen.

Pensó en el vídeo grabado en la calle Oden y lo equivocadas que habían estado. Eran los dos individuos abatidos, Ömer Tüzek y Samer Feghuli, los que se habían presentado para matar a un tercero.

O al menos llevárselo de allí. Al principio, Åsa había tenido que rebobinar cuatro veces para que les diera tiempo de entender lo que pasaba en el vídeo: el hombre había desarmado a Ömer Tüzek con un solo movimiento y luego lo había empujado contra la fachada. Al instante siguiente aparecía un coche y segundos más tarde el conductor abría fuego. El hombre se ponía a salvo. Había corrido hacia Odengatan. El testigo que filmaba había cambiado de ventana. En el vídeo se oía cómo llamaba nervioso a su mujer. Se colocaba de tal manera que pudiera grabar lo que pasaba en Odengatan. El coche derrapó al girar para perseguir al individuo, pero se detuvo a la altura de Gateau.

Los dos hombres se bajaron, armas en ristre. Y de la nada, el hombre perseguido apareció por detrás de un coche, efectuó dos disparos y los dos acertaron a Samer Feghuli. Luego se tiró al suelo y disparó a Ömer Tüzek. Finalmente, el hombre echó un vistazo rápido a sus víctimas y salió corriendo en dirección a la plaza Odenplan.

Vanessa y Åsa estaban de acuerdo en que nunca habían visto nada parecido.

Era violencia de otro nivel. Controlada. Efectiva. No tenían ni idea de quién era el autor de los hechos. Estaba demasiado oscuro, la nitidez de la grabación era insuficiente. Los técnicos no podrían hacer gran cosa para mejorar la calidad.

Los antecedentes penales de Ömer Tüzek y Samer Feghuli eran hipnóticamente extensos. Graves agresiones, amenazas, malos tratos, robos con violencia, tráfico de estupefacientes, encubrimiento, obstrucción a la justicia eran algunos de los puntos álgidos de la lista. Se movían en el entorno de la Legión, por lo que todo hacía pensar que el suceso de Odengatan llevaría a una espiral de violencia.

Una puerta se abrió de repente. En el umbral estaba Carl-Johan Vallman. Tenía el pelo rubio que casi le tocaba los hombros. Vestía vaqueros y una camiseta gris con el texto Maui & Sons. En la muñeca llevaba un reloj con correa de tela y cuero de colores. Vanessa le estrechó la mano y le dijo su nombre. Echó un vistazo al reloj y constató que era un Patek Philippe. Carl-Johan la invitó a entrar y cerró la puerta.

La estancia no se correspondía en absoluto con la imagen que Vanessa tenía de un despacho de director en el barrio de Östermalm. Las paredes estaban cubiertas de fotos, diplomas y arte moderno. En una esquina había una bicicleta estática y junto a ella, apoyada en la pared, una tabla de surf. Al lado del escritorio, que estaba situado delante de una ventana hacia Nybrokajen, había una guitarra.

—Adelante —dijo Carl-Johan en tono alegre señalando la silla de visitas del otro lado del escritorio. La silla crujió—. Disculpa que me haya retrasado un poco. Esta mañana mi hijo no quería quedarse en la guardería de ninguna manera, solo quería venir aquí conmigo.

Había algo simpático en Carl-Johan Vallman. A lo mejor se veía reforzado por el peinado a lo Michael Bolton y el hecho de que iba a dejar y a recoger él mismo a su hijo a la guardería.

Vanessa se aclaró la garganta y decidió ir directa al grano.

—Hace unos meses hubo un atraco en Relojes Bågen-hielms, no sé si conoces la tienda.

—Desde luego. Este me lo compré allí —dijo Carl-Johan y se tocó el reloj con la mano derecha. Apoyó los codos en la mesa—. Pero no me había enterado de que la hubieran atracado.

—Por distintos motivos, no llegaron a denunciarlo a la policía. Pero en el momento del robo tu nombre salió mencionado.

—¿Mi nombre?

Vanessa lo observó intensamente.

—¿A qué te refieres con que mi nombre salió mencionado?

—Una persona, que suponemos era el atracador, llamó a la tienda, dijo ser tú y que tenías un reloj que mandabas a reparación mediante un mensajero de DHL. Al instante siguiente, el mensajero estaba delante de la puerta. Pero no era mensajero.

—¿Y qué se llevó?

—Lo siento, pero eso no puedo decirlo.

—Vale. ¿Se puede ver a la persona? A lo mejor puedo identificarlo, si es alguien a quien conozco.

—La tienda tiene tres cámaras, pero la gorra hace que sea imposible verle la cara, excepto la barbilla.

—Lástima —dijo él pensativo—. Sinceramente, no tengo la menor idea de por qué dijeron mi nombre. No conozco a demasiados criminales.

Vanessa retiró la silla y se puso de pie.

En la pared, a su izquierda, miró directamente un diploma de la Escuela Humanista de Sigtuna. Debajo del mismo había una foto de clase.

Todas las caras estaban tachadas con rotulador negro excepto dos. Una era la de Carl-Johan. Vanessa deslizó la mirada en diagonal hacia arriba. Hasta la fila superior. Se acercó un paso y notó que su corazón comenzaba a latir con más fuerza. Sacó el teléfono y revisó frenéticamente las fotos hasta dar con la que Jonas Jensen le había enviado del restaurante Benicio.

Levantó el teléfono al lado de la foto y comparó las caras. Sin duda, era la misma persona.

Carl-Johan se puso detrás de ella.

—¿Por qué has tachado las caras de todo el mundo excepto la tuya y la de ese chico? —preguntó señalando la foto.

—Sufrí un *mobbing* de campeonato. Ninguno de ellos me caía bien, excepto él. Era mi mejor amigo.

—¿Cómo se llama?

—Nicolas —dijo Carl-Johan con una sonrisa—. Nicolas Paredes.

4

*I*van detestaba esperar. Tamborileó con los dedos en el volante. A su lado, Ahmed Salah se había quedado dormido con la mejilla pegada al cristal de la ventana del coche. Un hilo de baba le bajaba por la barbilla. Habían pasado cuarenta y ocho horas desde que Nicolas se había salvado a tiros y había desaparecido por la calle Oden, y desde entonces nadie había sabido nada de él.

Joseph le había pedido a Ivan que volviera a concentrarse en los niños de la calle. Pero lo que al principio había parecido un trabajo fácil se había convertido en algo prácticamente imposible.

En lugar de ir a por los niños de la calle, la noche anterior se habían presentado en una casa de acogida para menores en Västerås. Allí habían hecho subir a dos niñas mayores en la furgoneta a punta de pistola y las habían llevado al almacén en Orminge.

Solo faltaban dos críos para tener los diez que habían apalabrado.

Ivan se dio una bofetada en la cara para mantenerse despierto y pestañeó varias veces seguidas.

La casa de acogida en Tyresö era, igual que la de Västerås, una escuela reformada. La furgoneta estaba aparcada en un claro a cien metros del edificio de ladrillo, con vistas hacia la entrada.

Ivan alzó la mano para golpear la pared que separaba la cabina de la zona de carga para informar a Herish de que era su turno de hacer guardia, cuando de pronto aparecieron dos chicas.

Ivan se detuvo en mitad del gesto y las siguió con la mirada.

Cruzaron el patio, pasaron a cincuenta metros de la furgoneta y se alejaron en dirección al centro de Tyresö.

Llamó tres veces a la pared que tenía detrás. Ahmed se despertó y miró soñoliento a un lado y al otro. Ivan giró la llave en el tambor de arranque. La Fiat tosió y arrancó.

—¿Qué pasa? —preguntó Ahmed.

Ivan señaló las espaldas de las dos chicas. Metió primera y la furgoneta rodó despacio hacia la calle. Las chicas estaban a la altura de un chiringuito abandonado. Ivan bajó el volumen de la radio.

—Cogedlas antes del paso de peatones —dijo.

—No te preocupes. No fallaremos.

—Lo sé —dijo Ivan, echó un vistazo por el retrovisor, aminoró un poco la marcha y se detuvo para dejarlos bajar. Los hermanos Salah saltaron de la furgoneta.

Junto al camino peatonal crecía un seto, tras el cual se veía un parque infantil y unos garajes de poca altura. No había más vehículos a la vista. Aunque tampoco importaba. Iría todo tan deprisa que nadie entendería lo que estaba pasando.

Las chicas se estaban acercando al paso de cebra, a cien metros de la furgoneta. Ahmed y Herish las seguían a veinte metros de distancia. Aceleraron la marcha para que les diera tiempo de alcanzarlas en el punto acordado.

Ivan se preparó para acercarse a toda prisa con la furgoneta y que los hermanos solo tuvieran que tirar a las niñas dentro de la caja.

Alzó la vista, comprobó el retrovisor una última vez.

Al instante siguiente se le escapó un jadeo y se quedó de piedra.

Un coche patrulla se estaba acercando por detrás. Los hermanos Salah tenían toda la atención puesta en las chicas. No había ninguna posibilidad de que fueran a descubrir a la poli si Ivan no hacía algo.

5

*C*arlos Schillinger paseó la mirada por el dormitorio. Recordó los últimos días de su padre. Los tumores en el estómago habían sido tantos que parecía que se hubiese tragado una bolsa entera de pelotas de golf. Los desgarradores gritos de dolor. La manera en que le apretaba la mano a Carlos y le suplicaba que acabara con su vida sin decirle nada a su fiel creyente madre. Al final Carlos le suministró a su padre una inyección letal, y vio cómo se le relajaba la cara.

Habían pasado varios años desde la última vez que había visitado la tumba de su padre. Sentía un fuerte deseo de hablar con él.

En la terraza podía ver la nuca de Consuelo, que llevaba el pelo castaño recogido en un moño. El tirante del vestido se había deslizado del hombro.

—Tengo que irme —le dijo él—. Jean te llevará a casa.

Consuelo dejó la limonada en la mesa y fue a levantarse. Él le puso una mano en el hombro. La hizo sentarse con un gesto delicado.

—Tardará un rato. Quédate sentada. Le pediré a doña Marisol que te avise cuando llegue.

—Gracias.

Carlos se metió en el dormitorio. Se puso una camisa blanca y unos pantalones beis de montar. Llenó una botella de agua, revisó la escopeta, sacó unos cuantos huevos cocidos de la nevera, los envolvió en una servilleta, se puso las botas y se fue a las cuadras.

Reina lo saludó con un relincho. Él le acarició el hocico a la yegua, aseguró la silla en el lomo, cogió el sombrero que estaba colgado de un clavo y salió de la finca montado en ella.

El repique de los cascos lo llenó al instante de paz.

Salió del camino de tierra y se metió por el bosque, fue avanzando por senderos formados por los animales entre los árboles. La tumba de Gustav y Hilde Schillinger quedaba en la zona oeste de la colonia. El cementerio se había ubicado en un par de colinas altas con vistas al océano Pacífico, y había unas cincuenta tumbas. A caballo eran dos horas de viaje. Carlos dejó que Reina fuera caminando sin prisa. Los altos árboles hacían que el aire fuera fresco y agradable. Llenó los pulmones. Sintió los restos del aroma de Consuelo que perduraban en su cuerpo.

Los últimos días, ella había estado en su casa cada tarde y noche. A veces se quedaba todo el día. Si él tenía algún compromiso en la ciudad o se veía obligado a cuidar de sus negocios, la dejaba en la finca. Le había pedido a los trabajadores que llenaran la piscina que quedaba debajo de la terraza y le había dicho a Marisol que le diera a Consuelo cualquier cosa que le pidiera. Consuelo había llenado la casa de vida. Le había dado a Carlos un motivo para desear volver al hogar. Su presencia nunca se le antojaba un incordio ni intrusiva.

Reina dio unos pasos nerviosos. Volvió las orejas hacia atrás y escuchó. Carlos agarró las riendas. Intentó descubrir a qué había reaccionado la yegua.

Estaban rodeados de árboles. A su derecha corría un pequeño arroyo. Por encima de su cabeza, en la copa de un árbol, un pájaro cantaba. Carlos miró por encima del hombro, hizo que Reina diera una vuelta entera sobre sí misma, pero no pudo ver nada. Aun así, tuvo una extraña sensación de estar siendo observado.

Debía de tratarse de algún animal, nada más.

Carlos apoyó la escopeta en el fuste de la silla de montar, apretó los talones y Reina reemprendió la marcha.

No, el problema no estaba aquí en Chile, sino en Suecia. El hombre que Joseph Boulaich había prometido que no supondría ningún contratiempo acababa de convertirse en uno. Y por el momento, uno bastante grave. Curiosamente, el tipo era medio chileno, hijo de uno de los estudiantes comunistas que había huido con motivo del golpe militar. Según le había contado Joseph, se había formado en una de las unidades especiales del ejército sueco, había quedado en evidencia, lo habían expulsado y, por ello, era el individuo perfecto para recolectar a los críos. Había rechazado el trabajo por cuestiones morales y, con ello, había firmado su propia sentencia de muerte. Pero Joseph lo había dejado seguir con vida. Unos días. Le había asegurado que la situación estaba bajo control. Y Carlos se había contentado con eso, había confiado en él. Después de reducir a dos sicarios, hiriendo a uno y matando al otro, el hombre había desaparecido.

Joseph había prometido que lo encontrarían pronto, pero Carlos no podía evitar sentirse incómodo. En principio, Nicolas Paredes tenía muy poca información sobre la operación. Joseph había garantizado que no sabía nada de adónde enviaban a los niños. ¿De verdad podía confiar en la palabra de Joseph? Ya había hecho dos juicios erróneos y Paredes seguía con vida. Menos mal que Marcos había sido previsor y había enviado a Declan McKenzie.

Una hora más tarde el bosque se abrió y dejó paso al suelo de hierba. Carlos avanzaba por un valle entre dos lomas con cabras, llamas y asnos salvajes que pastaban a ambos lados.

Se sintió nuevamente observado y deslizó la mirada por las lomas, por los cientos de animales que con el cuello encorvado iban paciendo la hierba. Los observó con atención para ver si reaccionaban a algo. Pero siguieron pastando despreocupados. No se percataron ni de la presencia de Carlos ni de ninguna otra cosa.

Carlos negó con la cabeza, bajó la mirada, se inclinó hacia delante y acarició a Reina en el cuello con la palma de la mano. Al mismo tiempo, el sol se reflejó en un puntito pequeño en lo alto de una roca oscura. Carlos tiró fuerte de las riendas y Reina se detuvo en el acto. El disparo resonó entre las paredes del valle, bajó hasta el sendero que les quedaba detrás y el suelo estalló en una cascada de esquirlas.

Reina se lanzó al galope. Carlos apuntó hacia unos matojos y un pequeño saliente en la roca. Se tumbó sobre el caballo para reducir al mínimo la superficie de tiro. Pero cuando faltaban veinte metros para alcanzar el lugar resguardado se oyó el eco de un nuevo disparo.

Carlos notó cómo la bala penetraba en el cuerpo del animal

que tenía debajo. Las piernas de Reina se doblaron. Cuando la yegua cayó de lado, Carlos intentó saltar de la silla, pero su pie se quedó enganchado en el estribo. Tensó el cuerpo, oyó su propio grito cuando el hombro y el brazo derechos golpearon contra el suelo pedregoso.

6

*E*l coche patrulla estaba cien metros por detrás de Ivan y se acercaba a marcha rápida. Ivan soltó el freno, metió primera y se incorporó a la calle.

Se mordió la mejilla para no gritar presa del pánico. ¿Qué podía hacer? Si daba un acelerón y se alejaba a toda prisa quizá la policía lo perseguiría y no se fijarían en Herish y Ahmed.

Pararían a Ivan, quizá le retirarían el carnet. Pero las consecuencias no serían peor que eso. Lo más importante era no poner en riesgo el trabajo. En el paso de peatones, Herish agarró a una de las chicas mientras Ahmed las apuntaba discretamente con la pistola. Ivan les hizo luces para que miraran hacia atrás. Ninguna reacción. Continuó tirando de la palanquita.

Quiso soltar un grito de alegría cuando Herish por fin volvió la cabeza y le dijo algo a su hermano, quien retiró el brazo y retrocedió unos pasos.

Ivan miró por el retrovisor. El coche patrulla mantenía la misma velocidad que antes, estaba ahora a cincuenta metros de distancia. Ivan se estiró para sacar la pistola que tenía debajo del asiento y la colocó en el del acompañante para tenerla más a mano. Si se veía obligado a disparar a los policías, lo haría. Al menos así le dejaría claro a Joseph lo entregado que estaba.

Las chicas parecían asustadas, pero Ahmed estaba hablando con ellas; tenía el arma escondida por dentro de la chaqueta.

Ivan aminoró la marcha. El velocímetro bajó a treinta kilómetros por hora. Pasó el semáforo, puso el intermitente, giró a la derecha en el cruce y se detuvo un poco más adelante en la siguiente calle.

Ahmed había conseguido dominar la situación. Para alguien de fuera parecían cuatro personas que estaban charlando. El coche patrulla pasó de largo. Dentro iba un solo agente que ni siquiera giró la cabeza para mirarlos.

Ivan suspiró aliviado y abrió la puerta. Rodeó el vehículo y abrió las puertas de atrás para que pudieran meter a las chicas aún más deprisa. Ahmed y Herish las fueron empujando hacia el coche. Ellas se resistían. Ahmed le soltó a una un fuerte bofetón y la agarró por la nuca para obligarla a caminar. Ivan les hizo gestos para que se dieran prisa. Metieron a las chicas y tanto Herish como Ahmed se subieron con ellas. Ivan cerró las puertas y se sentó al volante, metió primera y la furgoneta se puso en marcha.

7

*L*a mujer en el sofá la miraba con suspicacia. Su cara recordaba la de Nicolas Paredes, aunque sus ojos eran castaños.

El pisito era una pocilga y olía a cerrado. Vanessa asomó
la cabeza en la cocina. La encimera estaba recubierta de restos
de alimentos, botellas vacías y envases de comida precocinada.
Pero lo más llamativo era el gran póster que había colgado en
el recibidor. Una foto ampliada y firmada del esquiador Gunde
Svan vestido con el uniforme del equipo nacional.

Vanessa se había pasado toda la jornada anterior tratando de encontrar información sobre Nicolas Paredes. El rastro
desaparecía casi directamente después del instituto. Era como
si se lo hubiese tragado la tierra. No aparecía en las redes sociales, ni estaba siquiera registrado en la Seguridad Social. Al
final había logrado dar con Maria Paredes, había comparado el
nombre y la edad con la información que le había dado Carl-
Johan Vallman sobre las relaciones familiares de los Paredes y
había concluido que debía de tratarse de la hermana. Al llamar
a la Seguridad Social se había enterado de que la madre de los
hermanos, Helene, había fallecido doce años antes. El padre,
Eduardo Paredes, aparecía como emigrado a Chile.

—Tal como te he dicho antes, soy policía y estoy buscando
a tu hermano, Nicolas.

Maria se encogió, se negaba a mirarla a los ojos.

—No sé dónde está —dijo en voz baja.

—¿Cuándo lo viste por última vez?

—No sé.

Vanessa suspiró, apartó una bolsa de patatas del sofá y se
sentó. Observó el perfil de Maria.

—¿De qué trabaja Nicolas?

—En un restaurante.

—¿Cuánto lleva trabajando allí?

—No sé. Un tiempo.

Vanessa sacó el teléfono móvil y buscó la foto del restaurante y la reunión de Joseph y Mikael Ståhl.

—¿Sabes quiénes son estos dos?

Maria negó con la cabeza.

—¿Dónde trabajaba antes de empezar en ese restaurante?

Ella se encogió de hombros.

—¿Dónde vive?

Maria se estiró para coger el mando a distancia de la mesita de centro. Encendió el televisor.

—Tienes que ayudarme a encontrarlo —dijo Vanessa y cogió a Maria de la mano. Ella se liberó de un tirón.

—¡No puedes tocarme! ¡Nadie puede tocarme si yo no quiero! —gritó.

Vanessa se echó hacia atrás. Levantó las manos, enseñando las palmas.

—Perdón —murmuró—. No era mi intención.

Maria respiraba a trompicones. Se acurrucó en el sofá.

—Quiero que te vayas —susurró—. No sé dónde está Nicolas.

En el portal Vanessa llamó para pedir un taxi. Luego le dejó su tarjeta de visita a la chica que había detrás del mostrador de recepción y le pidió que la llamara si Nicolas Paredes apareciera por allí. Vanessa salió al pequeño aparcamiento de delante, sacó el teléfono y trató de localizar una vez más a Jonas Jensen.

Sin respuesta.

Probó de llamar a Natasja, pero ella tampoco lo cogía.

8

Carlos hizo una mueca de dolor y trató de levantarse, pero su pierna estaba atrapada bajo el cuerpo de Reina. Por suerte, la yegua se había desplomado entre él y el tirador. Carlos se hizo un ovillo y asomó la cabeza, oteó las rocas del peñasco. Nada. En las lomas los animales volvían a pacer como si nada hubiese pasado.

Buscó su escopeta, que con la caída había terminado unos metros más allá. Metió la mano en el bolsillo, sacó el móvil. La pantalla tenía una gran grieta, pero el teléfono seguía operativo. Y por suerte, tenía cobertura.

Marcó el número de Marcos, le explicó brevemente lo que había pasado y dónde se encontraba. Al colgar, Carlos cayó en la cuenta de que aún no estaba fuera de peligro. El tirador podía estar bajando para acabar con él. Marcos y sus hombres aún tardarían un rato en llegar.

Comprendió que solo podía tratarse de una persona. Raúl.

De alguna forma debía de haberse enterado de lo que había entre él y Consuelo. Además, Raúl era uno de los pocos de fuera que podían entrar y moverse más o menos libremente por la zona. Fuera como fuese, Carlos tenía que recuperar su escopeta. Si Raúl bajaba para zanjar el asunto, estaría totalmente indefenso.

Tenía una pierna atrapada, la cogió con las dos manos, metió el pie que tenía libre por debajo del cuerpo del caballo y trató de sacarla. Sus ojos se empañaron por el dolor. Pero logró sacar la pierna unos centímetros. La rodilla debía de haberse torcido con la caída. Si tenía mala suerte, se la habría dislocado; en el mejor de los casos solo se habría dañado los ligamentos.

Carlos repitió la maniobra, ignoró el dolor y se estiró para alcanzar una ramita que había en el suelo. Se la puso entre los dientes y clavó las mandíbulas en la corteza para no gritar. La presión sobre el pie disminuyó y pudo sacarlo del todo. Carlos se estiró en el suelo e inspeccionó rápidamente la pierna.

Echó un vistazo al peñasco y se puso en marcha. Reptó por la tierra, todo el rato preparado para sentir en cualquier momento una bala penetrándole en la espalda. Sus dedos cogieron la escopeta, rodó y se dirigió hacia las rocas que había divisado cuando Reina había caído abatida.

Una vez allí, apoyó la espalda contra la dura roca y esperó.

Iba a ordenarle a Marcos que cogiera a los hombres y los perros y rastreara a Raúl. Y cuando lo hubiesen atrapado, la cosa solo podía terminar con la muerte. Era una pena, pero no había otra opción. Carlos no podía ser débil, no podía considerar ninguna circunstancia atenuante. El problema era cómo iba a reaccionar Consuelo. Con Raúl muerto, Carlos ya no la tendría cogida por el cuello. Sería libre de irse de Santa Clara. Pero ¿adónde iría? Raúl era la única familia que tenía desde que había hecho lo que Ramona jamás fue capaz de hacer: romper con los gitanos.

Media hora más tarde oyó ruido de motores. Dos todoterrenos se acercaban a gran velocidad. Marcos le hizo una señal para que se quedara sentado, ordenó a los hombres vestidos de negro que se bajaran de los vehículos y aseguró la zona antes de poner a Carlos en pie.

—¿Raúl? —preguntó Marcos mientras ayudaba a Carlos hasta el coche de atrás.

—Sí.

—¿Desde el peñasco?

Marcos hizo un pequeño gesto hacia la loma.

—¿Cómo lo sabes?

—Es lo que habría hecho yo.

Uno de los hombres les abrió la puerta y Carlos se sentó en el asiento de atrás. Marcos se volvió hacia el hombre.

—Un carro se queda acá. Los perros están de camino. Atrapadlo. Me da lo mismo el aspecto que tenga el concha de su madre cuando me lo traigáis, pero quiero que siga respirando.

—Sí, mi comandante.

El hombre dio media vuelta y transmitió la orden con voz enérgica. Dos soldados se montaron en el coche de Carlos. Marcos también se subió. El conductor dio la vuelta y abandonaron el lugar.

—Quiero que mandes a alguien a buscar a Consuelo. No sé cómo reaccionará a esto —dijo Carlos en voz baja.

—Jean ya va para allá —respondió Marcos. Guardó silencio un rato, titubeó antes de continuar—. ¿Crees que ella lo sabía?

Carlos negó despacio con la cabeza.

—No, es imposible.

Marcos fijó la mirada en el camino.

Siguieron en silencio todo el viaje hasta la casa. Marcos lo ayudó a llegar al dormitorio y llamó a un médico del hospital. Doña Marisol entró con té y Marcos se acomodó en la silla de mimbre que había a los pies de la cama. Carlos cerró los ojos, oyó a uno de los hombres del coche paseándose por la terraza. Echaba de menos a Consuelo.

9

*I*van se metió por la calle Haga. El aparcamiento de Q-park quedaba a la derecha, metido en la montaña y con un bloque de viviendas encima. Al otro lado había un restaurante italiano y una agencia inmobiliaria.

Ivan se acercó con la furgoneta hasta la gran puerta, que se abrió en dos sin hacer ruido. Al bajar al garaje vio enseguida el BMW negro de Joseph Boulaich. Ivan encontró un hueco, aparcó y se apeó.

Mientras se acercaba al coche de Joseph no podía dejar de sentirse incómodo. No hacía ni una semana que la Legión se había cargado a dos personas muy conocidas en el inframundo de Estocolmo. Los habían encontrado en un garaje en Rissne con varios tiros cada uno. Ivan cerró los puños, sabía que Joseph lo estaba observando; sacó pecho y caminó dando pasos firmes y seguros. No tenía nada que temer. Al contrario. Había conseguido a los diez críos de forma rápida y discreta. Se había topado con problemas, pero los había sabido solucionar y había cumplido el encargo. El único borrón era Nicolas, el puto Nicolas, que seguía escondido.

Abrió la puerta del acompañante. Se subió al coche. Estrechó la mano tendida de Joseph, retiró enseguida la suya y se la metió en el bolsillo de la chaqueta.

—Me han dicho que ya está todo listo, buen trabajo —dijo Joseph.

—Ya te dije que era la persona indicada para hacerlo, yo nunca fallo.

Joseph iba mirando por el retrovisor de vez en cuando, como si estuviera esperando a alguien más.

—Encontramos la lista y el dinero del primer secuestro en

casa de Nicolas, pero seguimos sin tener ni rastro de él. Quiero que nos ayudes a buscarlo.

A Ivan le irritaba que Joseph estuviera todo el rato mirando por el retrovisor. En internet había leído que si alguien evitaba mirarte era señal de desprecio.

—Tenemos un problema.

—¿Cuál?

Joseph se volvió hacia Ivan. Lo observó intensamente.

—Estamos vigilando el bloque en el que vive la hermana retrasada de Nicolas. Hoy la policía ha estado allí.

Ivan soltó un suspiro.

—¿Cómo sabes que era la poli?

—Porque hemos pagado a la portera. Una cerda se ha presentado preguntando por Nicolas, ha subido un rato al piso de la hermana. Nuestro centinela ha sacado un par de fotos, así que ahora nos la van a identificar.

—¿Quién?

—Otro policía. Si cogen a Nicolas antes que nosotros y él canta, toda nuestra operación estará en peligro.

—¿Estamos esperando a un poli?

Ivan se sintió aliviado.

—No un poli cualquiera. Un poli comprado.

—¿Como ese cerdo al que encontraron muerto hace poco?

Joseph miró a Ivan con una sonrisita. Apoyó las dos manos en el volante y enderezó la espalda.

—¿Sabes lo que es un *maskirovka*?

—¿Un *maski*... qué?

—En ruso, *maskirovka* significa señuelo. Durante la guerra fría, por ejemplo, el GRU, el servicio de inteligencia ruso, dejó que los británicos creyeran que habían capturado a un espía soviético, que tras la detención comenzó a señalar a otro montón de británicos como espías soviéticos. Algunos eran espías de verdad que sacrificaban para generar credibilidad, pero la mayoría eran falsos. Eso genera pánico, paranoia, da pie a una purga. Klas Hemäläinen, el poli que matamos en Sätra, nunca fue corrupto. Yo ordené matarlo e hice que pareciera que fue él quien nos proveía de información, para así proteger al poli al que estoy esperando ahora. Nuestro auténtico hombre dentro de la Policía de Estocolmo.

Dos faros aparecieron detrás de ellos. El coche giró a la izquierda, alejándose, se metió en otra parte del garaje y desapareció del campo de visión de Ivan.

—Quédate aquí —dijo Joseph y abrió la puerta.

Al cabo de un rato volvió. Se dejó caer en el asiento del conductor, le pasó el teléfono móvil a Ivan y le dijo que mirara las fotos. La mujer policía tenía el pelo rubio, rondaba los cuarenta. A Ivan no le pareció que tuviera pinta de poli.

—¿Quién es?

—Vanessa Frank. Jefa de grupo en Nova.

—Cojones —espetó Ivan—. Cojones.

—Pero lo interesante es —dijo Joseph sin darle importancia a la reacción— que está inhabilitada por haber conducido borracha; ni siquiera está claro si podrá conservar el empleo. Además, está en pleno proceso de divorcio. Quiero que los próximos días te enteres de a qué se está dedicando.

—¿Quieres que vigile a una poli?

Joseph pareció irritarse.

—¿Hay algún problema?

—No. Los críos, ¿cómo los sacamos?

—Mi gente se encarga de ello, despegarán esta misma noche.

Ivan abrió la puerta para volver a su coche. Pero Joseph le puso una mano en el brazo.

—También hay otra cosa. Quiero que alquiles un coche.

—¿Un coche?

—Algo discreto. Tenemos una visita de nuestros contactos latinoamericanos. Estaría bien que puedan moverse con libertad. Alquílalo a tu nombre.

—¿En serio?

—Relájate. No lo van a usar para nada ilegal. Tú consíguelo.

10

*E*n los veinte años que Monica había estado con Harald Ramberg, Vanessa nunca había entendido qué veía su hermana en él. Trabajaba en un banco. Era prejuicioso, envidioso y a veces al límite de lo malvado tanto con su esposa como con los dos hijos que tenían.

Y Monica nunca lo contradecía.

Tampoco su hijo mayor, Hjalmar, hacía nada para defenderse contra las mofas. En cambio, la niña, Lovisa, tenía dieciséis años y le plantaba cara a todo lo que hiciera falta. Vanessa la adoraba. Su sobrina era rápida, divertida e inteligente. Estaba haciendo el primer curso en el instituto Södra Latin y, para cabreo de Harald, justo venía de cortarse el pelo y de hacerse una cresta.

Al otro lado de la ventana había oscurecido. Estaban sentados a la mesa redonda en el piso de la familia en la calle Skeppar y ya iban por el plato principal, a base de pollo asado sobre una cama de dados de patata, hinojo y cebolla. Monica había distribuido velas por todo el salón. Harald comía en silencio, apenas participaba de la conversación, pero de vez en cuando fulminaba con la mirada el nuevo peinado de Lovisa. Al final ya no pudo aguantarse.

—¿De verdad estás contenta con ese peinado? Sinceramente, da auténtica pena —dijo y se metió un trozo de pollo en la boca.

Lovisa no dijo nada. Monica miró a Harald con ojos suplicantes, pero él la ignoró por completo y continuó observando el pelo de Lovisa con cara de asco.

Vanessa vio que su sobrina, a pesar de hacer todo lo posible por disimularlo, se puso triste. Se tragó un bocado de pollo, dejó los cubiertos en la mesa, alargó la mano para coger el vino y miró a Harald con curiosidad. Se había peinado para taparse la calva; en las sienes asomaban unos mechoncitos de pelo.

—¿Y tú qué piensas del peinado de tu padre, Lovisa? —preguntó.

Harald la miró con incredulidad, Lovisa se llevó rápidamente las manos a la boca y ahogó una carcajada.

Vanessa dio un trago de vino y señaló la calva de su cuñado.

—A mí me tienes impresionada, Harald. Tienes un pelete que se retira más deprisa que los suecos en la batalla de Poltava y aun así te empecinas en taparte la calva con esos siete u ocho pelillos que te quedan. Eso sí que deberíamos discutirlo.

Vanessa le guiñó un ojo a Lovisa. Con el rabillo vio que tanto Monica como Hjalmar bajaban la mirada al plato y hacían todo lo posible para disimular la sonrisa.

Harald alzó las manos en señal de rendición.

—Vale, ya lo pillo. Lovisa no me ha pedido mi opinión sobre su peinado.

Al otro lado de la mesa, Monica carraspeó para zanjar la cuestión.

—¿Cómo está Svante? Los críticos están entusiasmados con su nueva obra.

Vanessa estaba a punto de dejar la copa en la mesa, pero cambió de idea y se la acercó de nuevo a los labios para dar otro trago.

—Nos hemos separado y vamos a divorciarnos.

—Cielo santo —exclamó Monica—. ¿Cuándo ha sido eso?

—Hace unos meses. El pollo está exquisito, por cierto.

El resto de la familia había dejado los cubiertos e iban alternando la mirada entre las dos hermanas.

—¿Qué ha pasado?

—Svante tuvo un tropiezo y la mala suerte de que al caer le clavó la varita del amor a la actriz a la que vuestro crítico de teatro se refirió como la nueva Greta Garbo. Y ahora la nueva Greta Garbo lleva un bombo incorporado.

Después de cenar, Monica y Vanessa se quedaron solas a la mesa. Harald se metió en su despacho mientras los niños recogían los platos. Vanessa se levantó, se acercó al minibar y sirvió dos whiskies.

Monica no decía gran cosa. Vanessa supuso que su hermana estaba dolida por que no le hubiese contado lo de Svante hasta ahora. A pesar de ser muy diferentes, siempre se habían apoyado la una a la otra.

Alzaron las copas en un brindis.

—Tendría que haberte contado que nos habíamos separado —dijo Vanessa—. Pero es que no sabía cómo hacerlo.

Monica sonrió y se encogió de hombros.

—Está bien. Pero ya sabes que me gustaría que me contaras ese tipo de cosas, por ti. Quieras que no, somos hermanas.

—Tienes razón. —Vanessa suspiró—. También hay otra cosa. Me han inhabilitado del trabajo porque me pillaron conduciendo borracha. Están mirando si puedo conservar el empleo o no.

—Joder, Vanessa.

—Lo sé.

Se mojaron los labios con el whisky.

—Por cierto, hoy he leído uno de tus viejos artículos. Cuando lo he empezado a leer no sabía que eras tú quien lo había escrito. Pero cuando vi tu foto al pie me sentí orgullosa. Tengo una hermana que es una periodista de primera.

Monica la miró sorprendida pero con calidez.

—¿Qué artículo?

—El de los cuerpos de élite suecos.

Una de las velas se había apagado. Monica fue a la cómoda y sacó una nueva.

—¿Cómo es eso?

Inclinó el pabilo sobre una de las velas aún encendidas y luego la cambió por la vieja. Vanessa bajó la voz.

—¿Ahora estamos hablando *off the record*?

—¿Acaso alguna vez no lo hemos hecho?

—No, pero me gusta decir *off the record*.

Monica soltó un bufido por la nariz y se sentó en la silla.

—Vale, suéltalo.

—El tiroteo en Odengatan. Las víctimas estaban allí para matar, o al menos llevarse, al autor de los hechos. Lograron asaltarlo, pero primero él desarmó a uno de ellos, luego mató a uno e hirió al otro. Lo tenemos todo en vídeo. Y ninguno de nosotros ha visto nunca nada igual. Creo que es militar.

—¿No me has dicho que estás inhabilitada? —murmuró Monica, pero se interrumpió cuando Hjalmar entró en el salón para llevarse la ensaladera—. ¿Qué es lo que quieres saber? —continuó cuando se hubo ido—. No puedo revelar identidades ni nada por el estilo. Son fuentes protegidas, todos.

—¿Qué clase de personas eran?

—¿Los operadores?

—Si es así como se llaman, sí.

Monica se tomó unos segundos para pensar.

—Pues no eran unos machitos, ni mucho menos. Al contrario, cordiales y casi humildes, al menos durante las entrevistas. Pero cuando estuve con ellos en los campos de entrenamiento… no sé cómo decirlo. A nivel físico rozan lo inhumano. A nivel psíquico, también. Son los mejores en lo suyo. Lo que hace exactamente el SOG, las operaciones en las que participan, solo lo sabe la junta militar de más arriba y algunas personas del Gobierno. Están preparados para que los manden a cualquier parte del mundo en muy poco tiempo.

—Identidades secretas, me imagino.

—Estrictamente secretas. En caso de invasión, el enemigo no puede saber quiénes son. Su cometido es trabajar tras la línea enemiga en pequeñas unidades de guerrilla y entorpecer el avance contra Estocolmo.

—¿Cómo de buenos son?

—Según los asesores militares con los que yo hablé, son de los diez mejores cuerpos de élite del mundo. Están a la altura de los SEAL Team Six estadounidenses, o DEVGRU, como se llaman ahora, y la SAS británica. Por no hablar del Spetsnaz ruso.

—Impresionante, para un país de nuestro tamaño.

—Sí. Desde luego.

Lovisa entró y carraspeó. Informó de que habían terminado con los platos sucios y que pensaba salir con unas amigas.

—¿A estas horas? —replicó Monica mirando el reloj.

—Sí.

Monica negó con la cabeza en un gesto de acatamiento. Vanessa sonrió. Se terminó lo que quedaba de whisky y se puso de pie.

—Yo iba a pedir un taxi igualmente, así que… ¿Adónde vas?

—Al Café 60, en la avenida Sveavägen.

—Te puedo dejar allí. Si a ti te parece bien, Monica.

Las dos hermanas se despidieron en el recibidor.

En el ascensor, Lovisa se pegó al espejo y se pintó los labios de color rojo carmesí.

—Gracias por defenderme contra papá —dijo.

—Bah, ha sido divertido. Es de la vieja escuela, no acaba de saber cuándo se pueden hacer ciertos comentarios y cuándo no. Pero eso no significa que esté bien. Mi padre, o sea tu abuelo, era igual.

—Lo sé.

—Bien.

Vanessa se quedó un rato mirando a Lovisa, que se metió en la cafetería y se dio un baño de abrazos con un grupo de chicas con peinados y ropa parecidos, y luego siguió caminando por Sveavägen en dirección al barrio de Vasastan.

El atraco a Relojes Bågenhielms y los secuestros de Oscar Petersén y Hampus Davidson tenían que estar relacionados. Y Nicolas Paredes estaba detrás de ellos. Pero ¿para quién trabajaba? De entrada, la mayoría de los indicios apuntaban a la Legión, sobre todo la reunión con Joseph y Mikael Ståhl. Pero si, además, Paredes era el hombre que había acabado con Ömer Tüzek y Samer Feghuli en la calle Odengatan, la cosa se complicaba bastante.

Vanessa sacó el móvil por primera vez en varias horas. Tenía cuatro llamadas perdidas, todas ellas de un número que no le sonaba. Llamó y se pegó el teléfono a la oreja.

—Por fin —dijo la mujer que contestó.

—Disculpa, ¿con quién estoy hablando?

—Tina. Tina Leonidis, de Mentor.

Vanessa se descubrió a sí misma sonriendo al imaginarse a la joven jurista delante, al mismo tiempo que se preparaba para recibir una bronca por lo que había pasado en la casa de acogida de Tyresö.

—Lamento mucho decirte que tengo muy malas noticias.

—¿Ah, sí?

—Natasja ha desaparecido.

Vanessa paró en seco. Su corazón comenzó a latir más fuerte y más deprisa.

Dos moteros que estaban sentados en el Pub Anchor la observaban con atención. Les dio la espalda.

—¿Qué quieres decir?

—Que ha desaparecido. El personal piensa que se ha ido de forma voluntaria. No es del todo inusual que…

—Ya sé que muchas menores no acompañadas desaparecen por voluntad propia, pero en general es porque les han denegado la petición de asilo.

—Entiendo que pueda resultarte difícil aceptarlo…

—Serás imbécil —dijo Vanessa y colgó. Se bajó a la calzada, dio unos pasos y justo estuvo a tiempo de parar un taxi que pasaba por allí.

11

*I*van abrió el portal. Un aire frío lo esperaba fuera; se le coló por debajo de la chaqueta fina que llevaba. La pizzería Capri de la esquina aún no había abierto. Casi mejor. Últimamente solo se alimentaba de comida basura. Giró a la izquierda para meterse en el súper Ica y comprar una ensalada.

Todo se le había vuelto en contra. Todo había salido mal. Y para colmo, no había pegado ojo.

Ivan estaba sentado en el coche, vigilando el portal de la policía Vanessa Frank en la calle Roslags, cuando ella había aparecido en taxi. Él se había preparado para retirarse. Pero para su sorpresa, el taxi se quedó esperando con los intermitentes puestos. Cinco minutos más tarde ella había vuelto a bajar, había cerrado la puerta de golpe y el taxi había reemprendido la marcha.

La curiosidad no tardó en convertirse en preocupación cuando el taxi tomó la avenida Nynäsvägen y luego giró hacia Tyresö. Ivan lo había seguido hasta el pequeño desvío antes de la casa de acogida. Entonces comprendió adónde estaba yendo: a la misma casa de acogida donde él y los hermanos Salah habían secuestrado a las chicas.

Se había subido al carril bici, había llamado a Joseph y luego se había ido a casa. Se había tumbado en la cama para dormir, pero unos ladridos de perro se lo impidieron. Y las cavilaciones también. Sobre Nicolas, sobre los críos a los que había capturado, sobre Vanessa Frank. Al final había tirado la toalla y se había puesto algo de porno. Unas rayas. Una partida de póker.

Ya no podía seguir ocultando la relación de Melina y Nicolas. Tenía que contárselo a Joseph, por muy embarazoso que le resultara el hecho de que se la hubieran jugado. Una chica pasó por su lado. Ivan la miró intensamente, pero ella apartó la mirada. «Vaya zorra», pensó y negó con la cabeza.

No, la confianza y el respeto que se había ganado en la Legión no podía ponerlas en juego. Ivan iría a buscar a Melina a su casa. Nadie se enteraría. Quizá ella podría guiarlo hasta Nicolas. Y si Ivan lograba encontrar y matar a Nicolas, su prestigio subiría de golpe para Joseph.

Delante del supermercado Ivan reconoció al perro al instante: el chucho de la vieja estirada que lo había confundido con el personal de la limpieza. Aquella rata lo había mantenido despierto toda la noche con sus ladridos. Ivan se olvidó de Nicolas y Melina, notando una ola de rabia que le subía desde las entrañas.

El perro gruñía y le enseñaba los dientes. Ivan miró al interior de la tienda. No vio a la vieja por ninguna parte. Desató rápidamente el nudo con el que estaba atada la correa, le rodeó las mandíbulas con los dedos, las apretó y se llevó al perro en volandas debajo de la chaqueta.

El animal gruñía. Y mientras Ivan caminaba, el perro trataba desesperadamente de liberarse. Ivan apretó más fuerte. El perro gimoteó con la boca cerrada.

Marcó el código de su portal y empujó la puerta con el hombro.

Subió corriendo por las escaleras y abrió la puerta del piso. En cuanto la cerró tras de sí, dejó caer al perro al suelo.

El animal salió disparado al salón y se metió debajo del sofá. Ivan sacó la bolsita de cocaína y se metió dos rayas, se quitó la chaqueta y el jersey y se puso delante del espejo.

No sabía cuánto rato llevaba allí cuando sonó su móvil. Miró consternado la pantalla. Joseph Boulaich.

—Ya no hace falta que sigas a la poli, quiero que te concentres en localizar a Nicolas. El sudafricano para el que alquilaste el coche va a resolver el problema de la cerda esa.

—Vale. —Ivan sopesó de nuevo contarle lo de Melina y Nicolas. Pero no quería que Joseph se riera de él. No hasta que él mismo supiera cómo encajaba todo. Además, a lo mejor Melina sabía dónde se había metido Nicolas—. ¿Qué vais a hacer con ella?

Joseph se rio.

—Nos encargaremos. Tú no te preocupes.

—¿Vais a matar a otro poli?

—Acaba de divorciarse, la han echado del curro, bebe demasiado. ¿Tú no tendrías pensamientos suicidas? Al menos yo no me sorprendería demasiado si te encontrara colgado de un árbol en el bosque.

$\mathcal{V}$anessa miró fijamente la carta que tenía en la mano.

Estaba redactada en un sueco burocrático, breve y conciso. Le informaban objetivamente de que era bienvenida de vuelta al trabajo con efecto inmediato. Se había librado con un mero aviso. Vanessa soltó un suspiro y dejó el papel en la mesa.

Volver a Nova era lo que más había estado deseando. Pero lo único que sentía era un gran vacío. No conseguía digerir la desaparición de Natasja.

Era imposible que se hubiese ido por voluntad propia. Tenía permiso de residencia, una razón para vivir. Adoraba Suecia, le encantaban los libros. Pero la otra opción, que se la hubiesen llevado por la fuerza, también parecía absurda. ¿Quién se la iba a llevar? ¿Y por qué? ¿Podía haberlo hecho el hombre de la casa de acogida al que Vanessa había pegado, solo para vengarse?

No podía volver al trabajo hasta saber qué le había pasado a Natasja.

Vanessa se levantó. Metió una cápsula en la cafetera *espresso* de la encimera, puso una taza debajo, llenó el depósito de agua y la conectó.

Fue a buscar el portátil y le mandó un mail a Jan Skog, el jefe de unidad de Nova. En él le informaba, sin dar explicaciones, de que tenía intención de completar las vacaciones que le quedaban. Después le envió un mensaje a Monica preguntándole si tenía tiempo para comer juntas. Vanessa dio un trago de café y contempló el cielo gris del otro lado de la ventana. El móvil comenzó a vibrar. Monica.

—Lo siento, pero hoy no puedo —dijo su hermana—. Tengo dos textos que debo terminar para pasado mañana.

—Necesito tu ayuda, es un poco una emergencia.

—Si se trata del SOG no te puedo ayudar más. Les prometí protección de fuentes; sabes que eso es sagrado para mí.

Vanessa pensó unos segundos.

—Jamás te pediría que lo incumplieras. Pero si te paso la foto de una persona, ¿podrías decirme si era uno de los operadores a los que viste?

—No, evidentemente, no puedo hacerlo —respondió Monica en tono irritado.

—Es importante.

—Pero ¿qué imagen crees que daría si revelo una fuente solo porque tú dices que es importante?

Vanessa colgó. Golpeó la mesa con el puño. La taza dio un bote, estuvo a punto de volcarse pero se mantuvo en pie.

A Vanessa le daban igual los financieros secuestrados, la Legión, el tiroteo en la calle Oden y que la hubiesen invitado a volver a su puesto. La inspección del cuarto de Natasja no había aportado nada. No había ningún indicio de que se hubiese ido por voluntad propia. El personal de la residencia había dicho que había salido con una amiga, que también había desaparecido.

Nicolas Paredes. ¿Podía estar él detrás de la desaparición de Natasja?

Estaba detrás de los secuestros de Oscar Petersén y Hampus Davidson. En un principio le había parecido un trabajo por encargo en nombre de la Legión. Al menos Vanessa había partido de ahí, sobre todo después de haber visto las fotos del tal Paredes reunido con Joseph Boulaich y Mikael Ståhl.

Sin embargo, al mismo tiempo no era imposible que también fuera el hombre desconocido de Odengatan. Tenía identidad secreta, lo cual podía significar que había trabajado para el ejército. Para el SOG o algún otro cuerpo de élite. No cabía ninguna duda de que la persona que se veía en el vídeo de Odengatan tenía formación militar avanzada.

En tal caso, la pregunta era por qué había reducido a Ömer Tüzek y a Samer Feghuli, que también trabajaban para la Legión. Pero, sobre todo, ¿por qué los habían enviado para matarlo? El móvil comenzó a sonar. Vanessa le lanzó una mirada de irritación. «Jonas Jensen.»

13

*I*van ignoró el gimoteo del perro, se fue a la cocina y abrió un cajón. Eligió el cuchillo más grande. Con él en la mano volvió a la sala de estar. La correa estaba en el suelo, tiró de ella y sacó al perro por la fuerza. El animal se resistía, sus patitas rascaban contra la madera.

Ivan lo arrastró por el parqué, atravesó la sala hasta el pasillo y luego entró en el cuarto de baño. Levantó al perro, lo metió en la ducha. El animal gemía asustado e Ivan alzó el cuchillo. Hundió el filo en el blando abdomen del perro. El animal aulló. Ivan sacó el cuchillo. Volvió a clavarlo. Y otra vez. Lo siguió apuñalando hasta que no quedaron más que mechones de pelo y sangre.

Ivan se levantó mareado. Se encontró con su propia imagen en el espejo. La camiseta, los brazos y las manos estaban empapadas de sangre caliente. El ambiente del lavabo estaba cargado de olor a deposiciones y hierro.

Abrió el grifo de la ducha. Se quitó la ropa. Apartó el cadáver de una patada y apuntó con el chorro hacia su cuerpo. El agua se tiñó de rojo alrededor de sus pies. Cogió una botella medio vacía de champú y se enjabonó. Cuando se sintió limpio, cerró el agua y se ató una toalla a la cintura. Fue a buscar una bolsa de basura negra a la cocina. Metió el cadáver dentro y le hizo un nudo. Salió al rellano y tiró la bolsa por la compuerta de recogida de basuras.

Seguía siendo un mero mensajero. La Legión y Joseph se reían de él. Había estado subiendo puestos. Pero entonces Nicolas había sobrevivido y la había liado. Y encima la poli esa, Vanessa Frank, que se había presentado en casa de Maria Paredes y en la casa de acogida donde habían encontrado a las dos niñas refugiadas.

Por partes. Primero iba a descubrir qué se traían entre manos Melina y Nicolas, cómo lo habían engañado.

Se metió en el dormitorio. Se puso unos vaqueros y una camiseta. Evitó fijarse en sus manos cuando se miró al espejo. Negó con la cabeza. Tiró la camiseta al suelo. Se puso una camisa, se abrochó todos los botones. Sacó la Glock de la mesita de noche y comprobó la recámara. Se metió un pasamontañas en el bolsillo interior de la chaqueta.

Aunque los demás lo vieran como un correveidile, como un puto conserje, pensaba dejarles las cosas claras. A la Legión, a Nicolas, a Melina. A todos.

Se incorporó a la avenida Tegeluddsvägen. En la radio hablaban del aumento de la actividad de las bandas criminales en Estocolmo. La locutora preguntaba con voz seria hasta dónde debían preocuparse los ciudadanos de a pie.

—No tienen ningún tipo de escrúpulos. En Odengatan los criminales se pusieron a disparar de forma indiscriminada. La policía recogió un total de noventa y siete casquillos de bala. ¿Y si alguna de las balas le hubiese dado a un niño que estuviera durmiendo? —dijo.

—Deja de hablar como una puta profesora de guardería —murmuró Ivan y cambió de emisora.

Puso rumbo a la isla de Lidingö. Había poco tráfico. Cruzó el puente a ciento veinte kilómetros por hora y continuó en dirección a Gåshaga.

Ivan se detuvo delante de la gran casa. Se metió una raya mientras pensaba en cómo iba a entrar. Al mirarse en el retrovisor vio que le caía un hilillo de sangre por la nariz. Se lo secó con el reverso de la mano.

La casa podía tener cámaras de videovigilancia. Pero solo iba a hablar con ella. Quizá supiera dónde se había metido Nicolas. Melina Davidson no iría a la policía, sobre todo si había estado implicada en el secuestro de su marido. Y si Hampus Davidson estaba en casa, Ivan aún tenía los vídeos de las chicas bálticas. Tenía la sartén por el mango.

Se metió la pistola en la cintura del pantalón, se puso las gafas de sol, abrió la puerta del coche y se acercó a la casa. Antes de poner un pie en la rampa de acceso se puso la capucha de la chaqueta y llamó al timbre. Se mosqueó al ver su propio dedo. Corto, delgado y femenino. Parecía el de un crío. No pasó nada. Volvió a llamar. Silencio.

Ivan echó un vistazo por encima del hombro y dobló la esquina de la casa. El terreno estaba inclinado. Siguió la fachada, rodeó el edificio. Había un pantalán que se adentraba en el agua y una moto acuática atada a uno de los pilones. Una pequeña cala se extendía a ambos lados. En la otra orilla se veían colinas verdes y varios chalets prominentes. Giró a la izquierda. Grandes ventanales panorámicos. Pegó la cara al cristal, miró dentro.

La sala era enorme, Ivan no había visto nunca nada por el estilo. Parecía más un gran *lounge* que una sala de estar ordinaria. Había varios conjuntos de sofás, alfombras caras, incluso una estatua de bronce en el centro. Cuadros enormes decorando las paredes.

Unos metros más allá había una puerta de cristal abierta. De pronto le pareció ver algo que se movía. La vio sentada en una de las butacas con auriculares en las orejas. Se quedaron mirando fijamente.

Al instante siguiente, Ivan corrió hacia la puerta. Melina se levantó para adelantarse, pero Ivan le llevaba ventaja. A ella aún le faltaban un metro o dos cuando él abrió.

—Siéntate —dijo y señaló con el arma las butacas—. ¿Estás sola?

Melina asintió en silencio. Ivan notaba que la cocaína y la situación lo ponían cachondo.

—¿Dónde está tu marido?

—No lo sé, pero aquí no. Lo prometo.

Ivan tomó asiento sin dejar de apuntarla con el arma. Ella miraba el cañón.

—Tú sabías que iba a ser secuestrado, ¿a que sí? —dijo y esperó a ver su reacción. Al ver que no llegaba, se le acercó un poco más. La pistola le rozó la mejilla y ella soltó un jadeo—. ¿No sabes quién soy?

Ella negó con la cabeza.

—Soy Ivan.

Parecía desconcertada. Ivan no sabía decir si se estaba

echando un farol o no. Ella se puso de pie. La agarró por el pelo y pegó el cañón de la Glock a su cabeza.

—Yo participé en el secuestro de tu marido —gritó—. No te hagas la tonta. Soy el tío al que se la jugasteis. ¿Dónde coño está?

Melina apretó los ojos. Estaba temblando de cuerpo entero. Respiraba a golpes.

—A lo mejor ha ido a la oficina. No suele decirme adónde va.

Ivan volvió a mover el arma. Ahora la bajó al pecho.

—¡Tu marido no! —rugió—. ¡Nicolas!

—¿Nicolas?

—Sí, Nicolas Paredes.

Melina abrió los ojos.

—No entiendo.

Él se sentó un momento para pensar. Bajó el arma y se pasó la mano izquierda por la cara. Las yemas de sus dedos quedaron rojas. Volvía a sangrar. Le escocía la nariz. Estuvo a punto de limpiarse con la tela del sofá, pero cambió de idea. Se frotó la mano contra el pantalón.

Tragó saliva. Tenía la boca seca. Ivan oyó un leve ruido en el piso de arriba, la planta baja.

—¿Estás esperando a alguien?

—No.

Ivan aguzó los oídos. La puerta de la casa se abrió.

—Cierra el pico y quédate ahí sentada. ¿Me oyes?

Ivan paseó la mirada en busca de un escondite. Decidió meterse debajo de la escalera, mientras ella estuviera quieta le serviría. La persona que había entrado en la casa no sabía que él estaba allí, por lo que Ivan tendría el efecto sorpresa de su lado. Cruzaba los dedos para que fuera Nicolas y le pudiera meter una bala entre ceja y ceja al traidor.

Se alejó a hurtadillas y se quedó esperando.

14

Jonas Jensen ya se había sentado a una mesa de McLarens. Vanessa se acercó a Kjell-Arne y le pidió un café. El norteño deslizó una hamburguesa en un plato a uno de los parroquianos que estaba sentado en un taburete de la barra.

Con gesto acostumbrado, el hombre se puso una servilleta en el cuello de la camiseta, levantó la mitad superior del panecillo para echar kétchup y al instante soltó un grito de sorpresa.

—¿Qué cojones…? —exclamó y se quedó boquiabierto.

Kjell-Arne puso los ojos en blanco y se volvió lentamente hacia él. Entre el pulgar y el dedo índice, el hombre sujetaba un trozo de cebolla.

—Cebolla roja —dijo Kjell-Arne con cierta contención—. Macerada, ni más ni menos. A los jóvenes les encanta y he pensado que sería divertido poner algo nuevo en las hamburguesas. Prueba, está rico.

Kjell-Arne suspiró y puso una taza delante de Vanessa.

—Joder, qué pijos nos hemos vuelto. Pido que su majestad disculpe a esta alma obrera que no ha nacido con una cuchara de plata metida en el culo —dijo el hombre—. ¿Qué va a ser lo siguiente? ¿Ancas de rana en lugar de carne y un puto queso *brie* en lugar de *cheddar*?

Observó la cebolla roja como si fuera una verruga mortal que acababan de extirparle de la piel y luego se la metió en la boca.

—Sabe a mierda —dijo, terminó de masticar y se tragó el bocado—. Su majestad.

Vanessa no pudo evitar sonreír mientras cogía su café, retiraba la silla y se sentaba frente a Jonas. Él tenía los ojos rojos, parecía no haber dormido en varios días.

—Esta vez ha costado localizarte —dijo ella, removió el café y dejó la cucharilla en la mesa.

—Cinco tiroteos en una semana. Estamos que nos arrastramos. ¿Tú qué tal?

Vanessa se llevó la taza a los labios y dio un sorbo. Negó con la cabeza.

—Natasja ha desaparecido.

Jonas frunció el entrecejo.

—¿Qué dices? ¿Desaparecido?

Vanessa reprodujo la conversación con Tina Leonidis y le contó lo que le había dicho el personal de la casa de acogida.

Jonas escuchó mientras se tapaba la boca con una mano.

—No me reincorporaré hasta que la haya encontrado —terminó Vanessa su intervención—. Sabes igual que yo que cuando un refugiado menor de edad desaparece, apenas dedicamos ningún recurso. No puedo abandonarla a su suerte.

Jonas toqueteó la taza y miró de reojo a la barra, donde el parroquiano seguía quejándose de la hamburguesa.

—También hay otra cosa. El hombre de la foto que me mandaste se llama Nicolas Paredes. Está detrás de los secuestros de los dos financieros —dijo Vanessa y levantó un dedo en cuanto Jonas abrió la boca para interrumpirla—. La cosa no acaba ahí. Relojes Bågenhielms, la relojería de la que te hablé, fue atracada por Nicolas Paredes, justamente. Pero lo que se llevó no fue ningún reloj.

—¿Ah, no?

Vanessa negó lentamente con la cabeza.

—No. Se llevó la lista de clientes.

Jonas abrió los ojos de par en par.

—¿Por qué no lo han denunciado? —preguntó.

—Porque la dueña no quería que cundiera el pánico entre su clientela acaudalada.

Vanessa le resumió la cita con Carl-Johan Vallman y cómo había conseguido el nombre de Nicolas Paredes.

—La chica que estaba en la caja cuando atracaron la relojería ha confirmado que era él, disfrazado de repartidor de DHL —concluyó.

—¿Dónde está ahora? —preguntó Jonas.

—Ni idea. Puede que haya salido del país. Sospecho que

fue Nicolas Paredes quien mató a Samer Feghuli e hirió a Ömer Tüzek el otro día —dijo señalando en dirección a la calle Oden—. Por cierto, ¿Ömer ha dicho algo?

—Ni una palabra.

—¿Has visto el vídeo? —preguntó Vanessa y Jonas asintió en silencio—. ¿Estás de acuerdo en que el autor de los hechos no puede ser un chaval cualquiera de los suburbios con complejo de Scarface?

—Sí, estoy de acuerdo.

—Bien. Yo creo que se trata de Nicolas Paredes. Y creo que la razón por la que no aparece en ningún registro de ningún tipo es que ha pertenecido al SOG.

Jonas parecía escéptico. Se terminó de un trago el café que le quedaba e hizo una mueca.

—Pero no encaja. Trabajaba para la Legión, al menos partimos de esa base después de verlo reunido con Joseph y Mikael Ståhl en el Benicio, ¿no? ¿Por qué querrían acabar con él? Por el momento, los secuestros han dado veinte millones de beneficio.

—Eso es lo que todavía no entiendo —reconoció Vanessa—. Pero por muchas vueltas que le dé, todo empieza y acaba en Nicolas Paredes.

Jonas miró el fondo de su taza vacía, se mordió el labio.

—¿Quieres que redacte un informe de inteligencia y hable con Jan Skog?

Vanessa se lo pensó un momento pero dijo que no con la cabeza.

—Todavía no. *Aftenposten* publicaría la foto de Paredes esta misma semana. Imagínate los titulares si descubren que ha pertenecido a un cuerpo de élite. Los reporteros criminalistas se mearían encima de la excitación y Paredes quedaría alertado. Primero quiero enterarme de más cosas.

15

*I*van apenas osaba respirar cuando oyó los pasos bajando la escalera. La persona estaba justo encima de su cabeza. Toqueteó nervioso la pistola y se agazapó, cuando de pronto oyó la voz de Hampus Davidson. El financiero dio un primer paso ya en la sala e Ivan salió de su escondite. Con el arma en ristre avanzó despacio hacia Davidson, que se estaba acercando a Melina y aún no se había percatado de su presencia.

—Date la vuelta poco a poco. Las manos alejadas del cuerpo —dijo Ivan.

Hampus Davidson se hallaba en el centro de la sala y dio un respingo. Soltó un grito de sorpresa y se dio la vuelta. Sus ojos se estrecharon y examinó a Ivan de pies a cabeza.

—Eres tú. El de la casa —exclamó.

Ivan se sorprendió. Debía de haberle reconocido la voz. O quizá las manos. Se cabreó.

—Ya tenéis el dinero, me prometisteis que me dejaríais en paz. ¿Qué coño estás haciendo aquí? —dijo Davidson.

—Pregúntaselo a tu mujer.

Hampus Davidson arqueó las cejas y miró a Melina. Ella seguía con los ojos clavados en el suelo. Ivan bajó el arma y le ordenó a Hampus que se sentara a su lado.

—¿Se lo cuentas tú o se lo cuento yo? —dijo Ivan señalando a Melina con la Glock.

Ella no se inmutó. Tenía la mirada cristalina, los hombros caídos.

—Vale, yo lo haré. Mientras te teníamos encerrado, ella se folló al otro tío que te tenía secuestrado. Creo que lo tiene escondido en alguna parte.

Ivan observó intensamente al financiero. De pronto Hampus Davidson dio un salto al frente. Ivan se vio pillado por sorpresa. Dio un paso atrás para esquivarlo. Davidson lo placó e Ivan soltó un disparo a causa de la caída.

La bala pasó junto a Davidson y se clavó en el techo. Melina gritó. Davidson subió corriendo la escalera. Ivan se sentó de rodillas, disparó dos veces. Falló; en la pared se abrieron dos orificios. El financiero había llegado a la mitad de la escalera cuando Ivan apretó el gatillo por cuarta vez.

Hampus se desplomó en mitad del paso. Cayó rodando escaleras abajo y se quedó tendido en el suelo.

Ivan se levantó. El financiero yacía bocarriba. Estaba sangrando de una herida que se había hecho en la cara al chocar con un escalón. Estaba tiritando. Se quejaba. Ivan bajó la mirada. La sangre salía a borbotones de un orificio justo por debajo de la axila. Iba a morir. Ivan se agarró la cabeza, soltó un grito de rabia, luego se metió el puño en la boca y se mordió para callarse. Se puso en cuclillas al lado de Davidson.

¿Qué iba a hacer? Tal como estaban las cosas, Melina podría señalar a Ivan como el asesino de Hampus. Se la quedó mirando. Ella estaba paralizada en el sofá, mirando fijamente a su marido mientras este respiraba con dificultad. Sus piernas sufrieron un par de espasmos y luego se quedaron inmóviles.

El financiero había muerto.

Ivan estaba obligado a tomar una decisión. Dio unos pasos en dirección a Melina, que se acurrucó cuando comprendió lo que pensaba hacer. Levantó las manos para protegerse, rogó por su vida. Ivan apretó las mandíbulas.

—Por favor, no me mates. No sé quién eres. Nunca te he visto. Juro que no diré nada.

Ivan intentó quitarse las súplicas de la cabeza. Le temblaba la mano. Cogió un cojín del sofá. Lo colocó sobre la cabeza de Melina para no tener que ver ni a ella ni al agujero de bala que pronto tendría en la frente.

Cerró los ojos, tensó el brazo para detener los temblores y apuntó al cojín de la Glock.

PARTE VII

1

*E*l verano estaba llegando a su cénit, cada día hacía más calor. La rodilla herida de Carlos iba mejorando, aunque seguía necesitando el apoyo de las muletas. A pesar de la aparatosa caída no se había partido los ligamentos, solo había sufrido un esguince.

Carlos había ordenado a Jean que fuera a Las Flores a comprar un ventilador para el cuarto en el que tenían encerrada a Consuelo, puesto que no podían dejar la ventana abierta y arriesgarse a que se escapara por ella.

Desde que la habían llevado a la casa apenas había abierto la boca, se había negado a comer ni beber nada. Se pasaba los días tumbada en la cama, mirando al techo o al vacío.

Carlos estaba preocupado. Durante el día se sentaba varias horas en la butaca de mimbre de la terraza, oteando la colonia y recibiendo informes sobre cómo avanzaba la búsqueda de Raúl Sánchez.

Tras el intento de asesinato lo habían estado persiguiendo día y noche. Marcos y sus mercenarios habían peinado toda la colonia, pero Raúl había conseguido esquivarlos. Así que ahora estaban buscando en los alrededores de Santa Clara y cerca del mar. Incluso las comisarías de la zona estaban alertadas de que Carlos Schillinger quería a Raúl detenido.

Carlos se levantó del sillón de mimbre.

Estaba impaciente por borrar el problema llamado Raúl Sánchez del mapa. Y estaba sorprendido de que hubiese logrado eludir el rastreo. Los soldados a los que Marcos había reclutado tenían en común que habían pertenecido a los movimientos paramilitares colombianos que, tras atenuarse la guerra contra las FARC, comenzaron a buscar nuevos contratistas.

Estaban bien equipados, bien formados y eran despiadados. Algunos incluso habían trabajado para empresas de seguridad privadas en Oriente Medio o habían pertenecido a la Legión Extranjera francesa. Que un simple obrero chileno pudiera darles esquinazo resultaba inverosímil, y en cuanto hubiese terminado todo Carlos pensaba decirle a Marcos que había que endurecer el entrenamiento de los hombres.

Llamó a la puerta de Consuelo, la abrió sin esperar su respuesta y entró. Ella estaba tumbada de costado. Su pelo castaño y brillante cubría la almohada. Sus ojos estaban rojos e hinchados. Se negaba a mirarlo.

—Tienes que comer, Consuelo —dijo él con voz dulce—. Sé que es difícil para ti, pero la cosa no mejorará porque te niegues a darle alimento a tu cuerpo.

Ella siguió mirando tercamente a la pared aunque él se sentara a los pies de la cama. Ella apartó las piernas.

—¿Me escuchas?

A Carlos le molestaba el zumbido del ventilador. Miró con desprecio a la máquina y bajó la intensidad.

Consuelo se volvió hacia él. Su mirada estaba llena de odio.

—¿Sabes qué es lo que más me duele? Que no fui yo quien se lo contó. No sé cómo se enteró, pero no voy a poder hablar nunca con él y él morirá pensando que me fui contigo por voluntad propia, hechizada por tu poder, por tu dinero.

—Consuelo, yo…

Ella se incorporó. Se cubrió el cuerpo con la manta.

—Por favor, perdónalo. No lo mates, deja que huya. Me quedaré contigo. Haz lo que quieras conmigo, pero déjalo vivir. Puedo convencerle para que huya muy lejos de acá. Nunca más te molestará.

Carlos se miró las manos. Negó lentamente con la cabeza.

—Tú misma lo dijiste. Querrá vengarse de mí mientras siga respirando.

Se quedaron callados al oír un coche que se acercaba. Apagaron el motor en el patio. Se oyeron pasos apresurados. Carlos sabía que era Marcos, su hijo adoptivo, quien hablaba con doña Marisol. Carlos oyó su nombre. Al instante siguiente llamaron impetuosamente a la puerta.

—Entra.

Marcos asomó la cabeza y lanzó un vistazo rápido a Consuelo antes de asentir.

—Lo tenemos.

—Gracias, Marcos.

Cuando Carlos se levantó, Consuelo se abalanzó sobre él y lo cogió de la camisa.

—Por favor, no lo hagas. Déjalo vivir —le suplicó.

Carlos se liberó de sus dedos y la apartó.

—No puedo.

El rostro de Consuelo se enfureció de golpe. Trató de arañarlo.

—¡Monstruo! —gritó—. ¡Te odio! ¡Muere! ¡Deberíais morir todos! Acabábamos de casarnos, lo único que queríamos era vivir juntos. No molestábamos a nadie. Lo único que queríamos era vivir.

Carlos miró a Marcos con ojos implorantes. Este dio unos pasos al frente. Levantó a Consuelo y la aplastó contra la cama. Ella pataleó e intentó morderlo. Gritaba. Al cabo de un rato se calmó y la rabia se redujo a un sollozo.

—Deja a uno de tus hombres aquí dentro para que no se lastime a sí misma —le ordenó a Marcos en voz baja y abandonó el cuarto.

2

Vanessa iba de camino a casa después de salir del gimnasio en Tulegatan. Había ido para despejar la cabeza y olvidarse un momento de la investigación privada que había iniciado para encontrar a Natasja, pero se había dado cuenta de que le era imposible pensar en ninguna otra cosa.

Si conseguía dar con Nicolas Paredes podría encontrar a Natasja. Cuanto más vueltas le daba, más claro veía que la desaparición de la chica era una venganza de Paredes. Al mismo tiempo, se sentía avasallada por la duda de si realmente podría ayudarla. Tanto Tina Leonidis como Jonas se mostraban escépticos. Quizá Natasja sí que se había ido por su propio pie, a pesar de todo.

Al día siguiente iba a ir a Karlsborg. Nicolas Paredes había vivido allí y trabajado como operador del SOG durante varios años. Esperaba descubrir por qué había dejado el ejército y encontrar a alguien que pudiera darle una pista de dónde se había metido. Esa misma tarde tenía una nueva cita con Carl-Johan Vallman, que había aceptado con bastantes reticencias.

A la altura de la pizzería Napoletana de la calle Roslags aminoró la marcha. Se fijó en un Volkswagen Golf de color gris aparcado al otro lado de la calle. Un coche de alquiler. Estaba segura de que lo había visto también antes de su cita con Jonas. Y el día antes. Pero con otro hombre al volante. El que estaba ahora en el coche estaba toqueteando su móvil y ni siquiera la miró.

¿Se estaba volviendo paranoica? Vanessa memorizó el número de matrícula por si acaso. Marcó el código de seguridad en la cerradura electrónica de su portal y subió por las escaleras. Antes de meterse en la ducha apuntó la matrícula en un papel en la cocina y decidió llamar a Hertz en cuanto se hubiera duchado. Si no por otra cosa, para quitárselo de encima.

Pero después de ducharse y de envolverse el cuerpo en una toalla y el cabello en otra, su teléfono móvil comenzó a sonar sobre la mesa de la cocina. Fue correteando hasta allí. Notaba que su piel aún goteaba. Los auriculares estaban conectados al teléfono desde el gimnasio, por lo que contestó sin mirar quién era.

—¿Dónde estás?

Jonas. Sonaba alterado.

—En casa, ¿por?

—Voy de camino al domicilio de Hampus Davidson. Hemos recibido la alarma de un posible tiroteo. Mis compañeros están registrando la vivienda en estos momentos, pero pueden tardar un rato. Es una de las casas más grandes de toda Lidingö. Solo quería que supieras que Davidson está muerto.

—¿Hay algo que pueda hacer?

Se hizo el silencio unos segundos. Vanessa notó que Jonas estaba titubeando.

—Suéltalo.

—¿No podrías volver al trabajo el lunes? Te necesitamos... Yo te necesito.

Vanessa soltó un suspiro. Deslizó el pie por el suelo mojado.

—Me lo pienso —murmuró.

—Gracias —dijo Jonas—. Es todo lo que te pido.

Vanessa abrió la nevera y un olor ácido la recibió de golpe. Las verduras del fondo estaban cubiertas por una película de moho. Inspeccionó el resto del contenido. En la puerta había un cartón de zumo de naranja sin abrir. Vanessa lo agitó antes de quitarle el tapón y olerlo. El zumo parecía estar bien. Se llevó el *brik* a la boca y dio un trago. Se sentó a la mesa y se secó los labios con el reverso de la mano.

Eran las siete y media de la tarde cuando entró en las oficinas de Carl-Johan Vallman en el número 1 de la calle Strandvägen. A diferencia de la primera vez, salió a recibirla él en persona delante de los ascensores. La mesa de la secretaria estaba vacía. La iluminación era tenue. Carl-Johan se había cortado el pelo y había sustituido el peinado Michael Bolton por una minuciosa raya. Por alguna razón, Vanessa se sintió decepcionada. Se plantó delante de la foto de clase y observó el rostro de Nicolas Paredes a los dieciocho años.

Carl-Johan tomó asiento, se aclaró la garganta. Trenzó los dedos y apoyó los codos en las rodillas. Vanessa se sentó delante.

—Háblame de Nicolas. De su origen.

—Familia rota. Eso lo tengo claro, aunque él no me dijera nunca ni una palabra sobre el tema.

—Rota, ¿en qué sentido?

—Lo que te digo —dijo Carlos y se encogió de hombros—. Él nunca hablaba de ello. Era más una sensación mía. La pena, quizá la rabia, quizá ambas cosas, qué el cargaba a la espalda.

Hizo una pausa. Miró por la ventana.

—Si no me equivoco, tú piensas que es una especie de gánster. Un asesino despiadado. No lo es. Para mí, no. Para que entiendas mejor quién es Nicolas Paredes te puedo contar lo que pasó cuando mis notas bajaron en el bachillerato. —Carl-Johan Vallman se llevó una mano a su peinado nuevo antes de continuar—. Mi padre me prohibió que siguiera con las clases de guitarra. Una tarde vino al instituto para llevársela a casa. Cuando yo, entre lágrimas, traté de impedírselo, él la rompió a golpes delante de mis narices. El fin de semana siguiente Nicolas se fue a Sollentuna. ¿Sabes lo que hizo allí? —Carl-Johan negó con la cabeza y sonrió—. Entró de noche en una tienda de música. El lunes me encontré una guitarra Fender nueva de trinca con una cinta roja apoyada en mi cama.

Se hizo un silencio.

—¿Sabes lo que hizo después de estar en la Armada? —preguntó Vanessa.

—Se hizo soldado de élite.

—¿Estás seguro de ello?

—Sí.

—No hay ningún dato sobre él en el ejército. Ni en la Seguridad Social. He llamado para comprobarlo. Eso sugiere que o bien tenía una función importante y de alto nivel, o bien que pertenecía a algún cuerpo de élite.

Carl-Johan se levantó. Se acercó a la pared donde estaba la foto de clase de Sigtuna. La contempló unos segundos antes de darse la vuelta.

—Tienes que comprender que Nicolas carga con mucha rabia interior. Toda su existencia era y es una lucha por mantenerla a raya. Casi siempre con éxito, por el empeño que le pone. La escuela puso de su parte. Él era bueno, muy bueno. Estaba entre los mejores de la clase, sin tener que esforzarse demasiado. Pero, sobre todo, Nicolas era una persona fuera de lo normal, físicamente hablando.

—¿A qué te refieres? —preguntó Vanessa.

Carl-Johan se sentó delante de ella. Cruzó las piernas.

—Jamás he visto a nadie con más cualidades físicas que él, ya fuera en natación, atletismo, deportes de pelota o… peleas de calle, también. Nicolas se hizo militar, eso es todo lo que sé, pero me cuesta mucho creer que se hiciera radiotelegrafista o cocinero. Tiene que haber pertenecido por fuerza a una unidad de élite. Si hay algo que sea más duro o mejor que cualquier otra cosa, apostaría hasta la última corona que tengo que es ahí donde lo vas a encontrar.

3

*L*a frontera oeste de la colonia estaba formada por acantilados oscuros que caían en picado sobre el océano Pacífico. A sus pies había isletas y bancos de arena que con la marea baja estaban llenos de crustáceos y, a veces, eran ocupados por enormes machos de león marino que habían sido rechazados por su manada y se veían condenados a esperar en solitario el momento de su muerte. También había una cala de arena no muy larga con enormes olas que rompían contra la orilla. El viento siempre era frío y cortante. Las aves marinas se deslizaban trazando círculos con las ráfagas. De vez en cuando alguna se zambullía en la superficie oscura del agua.

A los pies de una colina encontraron dos de los todoterrenos de los soldados. Cuando Carlos los vio se volvió hacia Marcos.

—¿Dónde los encontrasteis?

—En el campamento musulmán.

Unos años antes, una familia sufí se había asentado al este de Santa Clara, montaña arriba. Los herejes musulmanes habían ido a la suya, habían vivido sin electricidad ni agua, se habían autoabastecido y se habían dedicado a la meditación para acercarse todo lo posible a Dios. Pero un día, en cuestión de horas, habían abandonado sus chozas y habían partido al norte.

Detuvieron el coche delante de los dos todoterrenos. Carlos abrió la puerta y bajó. La rodilla mala se hizo recordar y le arrancó una mueca de dolor. A través del parabrisas vio al tonto del pueblo, Ignacio, sentado en el asiento del acompañante apretando los dientes con mirada ausente.

—¿Qué está haciendo acá?

Marcos suspiró.

—El subnormal nos condujo hasta Raúl. Supongo que también fue él quien le habló de las visitas de Consuelo.

—Maldita sea.

Carlos se pasó una mano por la cara, notó el cansancio esparciéndose por su cuerpo.

Un soldado vestido de negro abrió la puerta del coche. Sacó a Raúl de un tirón. Lo colocó delante de Carlos. Raúl tenía las manos atadas a la espalda. Su cara estaba amoratada y negra por los golpes recibidos. Un hilo de sangre brotaba de su ceja derecha, por la mejilla, las gotas rojas manchaban su camisa.

—Lamento que esto saliera así —dijo Carlos en voz baja para que solo Raúl pudiera oírlo—. Tú siempre fuiste leal, trabajaste duro, nunca te metiste en líos. Lo lamento de verdad.

Raúl no reaccionó.

—No voy a humillarte a base de preguntarte si no lo habrías podido dejar pasar. Si no podrías haber hecho la vista gorda. Dejarme estar y compartir tu esposa conmigo. Porque eres más hombre que ninguno de los que hay en Santa Clara. No eres ningún fanfarrón, actúas siguiendo tus instintos, tu moral. Sea cual sea el precio. Y respeto lo que hiciste.

Carlos le dio una palmadita en la espalda.

—Las personas como usted piensan que con dinero pueden conseguir que demos el visto bueno a sus actos, por muy crueles y despreciables que sean —balbuceó Raúl. Sus dientes estaban rojos de sangre. Sus labios, flácidos e hinchados—. Me avergüenzo de mí mismo y de haberme dejado comprar durante tantos años. De que haya pasado tanto tiempo antes de estar donde estoy ahora, a pesar de ver cada día cómo usted amenazaba y sobornaba a mis vecinos para salirse con la suya. No actué hasta que su crueldad afectó a mi esposa. Dice usted que la hemos compartido, como si fuera a mí a quien humilla. Eso muestra lo imbécil que puede llegar a ser. El dolor que intenté compensar era el de ella. Solo el suyo. Usted le arrebató su libertad, la convirtió en una sierva.

Carlos sintió una oleada de cólera. Cerró el puño y levantó el brazo para golpear, pero cambió de idea. Se quedó mirando fijamente a Raúl, quien ahora lo miraba directamente a los ojos sin pestañear.

—¿Ah, sí? ¿Cómo sabes que no fue ella quien vino a mí? Te diré la verdad. Ella se cansó de esa cabaña de pastor llena de meados y con suelo de tierra que le ofreciste. Se entregó a mí. Me sedujo. Consuelo se dejó cautivar por mi riqueza y mi poder.

Raúl tragó saliva. Carlos observó una pequeña brecha de duda en su rostro orgulloso. Quería aniquilarlo y sabía que jamás lo conseguiría mediante el dolor físico.

—¿Y sabes qué? —continuó—. Al principio era un buen polvo. Pero la diferencia entre la gente como tú y yo es que tu esposa nunca pasará de ser mi putita. Y ahora… me cansé de ella. Cuando llegue a casa se la meteré una última vez. Después se la daré a Marcos y sus hombres para que hagan con ella lo que les plazca.

Raúl miró al suelo, tensó la mandíbula. Carlos se volvió hacia uno de los soldados, señalando la pistola que llevaba en el cinto, una CZ checa. El hombre dio un paso al frente y le entregó el arma. Carlos sintió el peso en la mano y se puso de nuevo delante de Raúl. Apoyó la pistola en su frente. Raúl respiró hondo. Las gotas de sudor brotaban de su frente.

Carlos disparó. Raúl soltó un grito y se tambaleó unos pasos hacia atrás. Carlos se echó a reír. Los demás hombres lo imitaron. En el último momento había girado el cañón unos centímetros a la derecha. La bala había penetrado en la roca que Raúl tenía detrás.

—Al final resulta que no eres tan valiente, a pesar de todo —dijo con mofa.

Los soldados seguían riéndose. Raúl temblaba de pies a cabeza. Su mirada ya no era ni orgullosa ni desafiante, sino llena de pavor. Aun así, dio un paso al frente. Se detuvo delante de Carlos.

Cuando este alzó de nuevo el arma, Raúl cerró los ojos.

—Piensa en lo que te acabo de decir, que ella vino a mí, pero que ya me cansé —susurró—. Esta noche me la tiraré una última vez, luego todos estos hombres gozarán de su concha suavecita hasta que ellos también se cansen.

Apretó el gatillo. Esta vez no apartó el arma. La bala atravesó la frente de Raúl y su cabeza retrocedió con una sacudida. Sus piernas se doblaron y quedó tendido en el suelo en una postura antinatural.

Marcos se plantó al lado de Carlos y contempló el cadáver de Raúl. Carlos puso el arma en la mano tendida de su hijo adoptivo.

—Enterrad al perro junto al búnker.

Marcos asintió en silencio pero no se movió del sitio. Carlos se lo quedó mirando sin entender.

—¿Y el subnormal? —dijo al final Marcos.

Carlos se había olvidado de Ignacio. Dio media vuelta. El chico estaba pegado a la ventanilla del coche y lo miraba fijamente con la boca abierta. Carlos suspiró. Negó lentamente con la cabeza.

—¿Quién sabe que está acá?

—Nadie.

—Bien.

$\mathcal{V}$anessa se sentía desconcertada. Rechazó el ofrecimiento de Carl-Johan Vallman de dejarla en casa y decidió volver a pie.

Estaba convencida de que Nicolas Paredes había formado parte del SOG y de que había sido el objetivo de los dos sicarios que la Legión había enviado. En tal caso, algo tenía que haber pasado entre el día que se tomó la foto de Nicolas junto con Joseph Boulaich y Mikael Ståhl y el tiroteo de Odengatan. Pero ¿qué? ¿Cómo había conseguido Nicolas Paredes cabrearlos tanto como para que hubiesen ordenado su ejecución?

Vanessa miró la hora. Las ocho y media. A lo mejor Maria, la hermana, lo sabía. Si cogía un taxi podría estar en Vårberg en media hora. Echó un vistazo por encima del hombro, pero la calle Birger Jarls estaba desierta, a excepción del autobús azul 2, que pasó por su lado con estruendo.

Cuando reemprendió la marcha tuvo la peculiar impresión de estar siendo observada. Le vino de nuevo a la mente el Golf plateado que había estado aparcado dos días en su calle con dos conductores distintos. Uno era castaño, llevaba perilla. El otro hombre al que había visto tenía el pelo corto y la piel bronceada. Aun sin haberlo visto de pie, le había parecido llamativamente alto. Había algo en su postura encogida al volante. ¿Y quién había mandado que la vigilaran? ¿La Legión? Con la muerte de Klas Hemäläinen, el chivato que habían tenido en comisaría había quedado silenciado. Y ella solo había hablado con Jonas. Además, el Golf ya lo había visto antes de hablar con él. No, lo más probable era que su cabeza se la estuviera jugando. Estaba bajo presión, se estaba volviendo paranoica.

De todos modos, pensó que no le haría ningún daño llamar a Hertz y exigir el nombre de la persona que había alquilado el coche.

Oyó un ruido de motor a sus espaldas, miró hacia atrás y vio que se trataba de un taxi. Vanessa levantó el brazo, el coche puso el intermitente a la derecha y se detuvo junto a la acera.

Vanessa subió y le indicó la dirección de Maria Paredes.

5

Se acercaron hasta la playa y apagaron los motores. Había marea baja. En la arena húmeda corrían los cangrejos en zigzag entre las algas negras y las grandes medusas que habían quedado varadas.

Carlos bajó del coche y se apartó un poco mientras Marcos sacaba a Ignacio del coche. Sus piernas y pies inertes se arrastraban por el suelo. Jean abrió el maletero, sacó la silla de ruedas y la desplegó. Marcos sentó a Ignacio, que miraba a su alrededor desconcertado y con ojos grandes. El chico no tenía cerebro para comprender lo que estaba ocurriendo. Carlos apartó la mirada. Contempló el agua. Había un banco de peces cerca de la orilla, las aves marinas graznaban y caían en picado contra la superficie.

Jean empujó a Ignacio por la arena, en dirección al agua. Le costaba avanzar. Marcos se le sumó. Le echó una mano. Las ruedas dejaban grandes marcas en la arena. Carlos no entendía por qué no se iba de allí para no tener que verlo.

Quizá quería mostrarle respeto a Ignacio. El chico se había visto engañado por Raúl. Era Ignacio quien le había chivado que unos coches iban a recoger y dejar a Consuelo en su casa. El chico no había podido calcular las consecuencias. No lo había hecho por ser un traidor, sino porque no llegaba a más.

Aun así, estaba obligado a morir.

Si no, podría explicar lo que había presenciado. Además, pensaba Carlos, quizá fuera mejor así. El chico no dejaba de ser más o menos rechazado por el resto de la comunidad. ¿Qué clase de vida tenía por delante?

La silla de ruedas ya se había adentrado bastante y el agua fría le llegaba ahora por las rodillas. El chico comenzó a protestar. Carlos vio que se volvía hacia Jean y Marcos y les decía algo. Después se llevó las manos a los brazos para indicar que tenía frío. Pero ellos siguieron empujando las ruedas. Si hallaban el cuerpo, tenía que parecer que el chico había bajado a la playa en marea baja, se había quedado encallado y se había ahogado. Ahora tenía el agua por la cintura. Se puso a gritar como un poseso. Se volvió hacia Carlos, estiró el brazo. Le suplicó.

Jean le hizo una señal a Marcos. Ya era suficiente. Se puso al lado de la silla de ruedas y la volcó.

Ignacio cayó al agua con un alarido.

Desapareció bajo la superficie durante unos segundos antes de que su cabeza volviera a asomar. Marcos y Jean ya se estaban alejando. Ignacio luchaba para volver a subir a la silla. Trepó, cayó de nuevo al agua. Sus manos trataban de aferrarse al metal mojado. Al final lo consiguió. Se sujetó con todas sus fuerzas mientras jadeaba.

Marcos y Jean volvieron hacia atrás, pero Carlos les gritó que lo dejaran estar. Ignacio había logrado subirse a la silla. Agarró las ruedas con las manos para dar la vuelta y volver a la orilla.

Carlos se fue al coche mientras se esforzaba en hacer oídos sordos a los gritos desgarradores de Ignacio. Estaba apoyado en la puerta cuando Marcos se le acercó. Tenía las botas y los pantalones mojados.

—La marea lo atrapará en media hora —dijo—. No te preocupes, nadie lo encontrará. Y si lo hacen, parecerá que se ahogó. Todo el mundo sabe que el niño no puede nadar.

Carlos abrió la puerta y se subió al asiento. Jean arrancó mientras Marcos subía por el otro lado. Mientras el coche daba la vuelta, Carlos vio que una ola le pasaba a Ignacio por encima de la cabeza. La silla de ruedas volcó y el niño cayó al agua agitando los brazos. Su cabeza asomó un momento por encima de la superficie antes de desaparecer. Una nueva ola rompió. Ya no se veía ni la silla ni a Ignacio.

—¿Los críos suecos cuándo llegan?

—Mañana por la tarde.

—Bien. El doctor Peralta se pondrá contento. ¿Adónde?

—Al viejo aeródromo.

—Perfecto —dijo Carlos y suspiró.

Se dio la vuelta, contempló las olas que se precipitaban por la arena. Una pequeña parte de su ser deseaba ver a Ignacio.

—¿Has hablado con Declan McKinze? —preguntó en cuanto se rindió.

—Nuestros contactos suecos le han dado instrucciones. La policía morirá mañana. En cuanto haya terminado, volverá. El billete ya está reservado. Habrá salido del país antes de que encuentren el cadáver.

—¿*O*tra vez tú? —exclamó Maria Paredes con suspicacia y retrocedió por el pasillo. Vanessa había decidido tener más mano izquierda esta vez. Intentar ganarse la confianza de Maria. Se quedó de pie en el umbral.

—¿Puedo entrar?

—De acuerdo.

—Gracias.

Maria llevaba el pelo sin lavar y olía a sudor. El piso estaba en peores condiciones que la otra vez. Vanessa se agachó para quitarse los zapatos. Mientras se desataba los cordones señaló el póster de Gunde Svan.

—O sea que a ti también te gusta Gunde.

—Adoro a Gunde. Pero ¿a quién más te refieres? —dijo desconcertada.

—A mí.

—¡Ah!

Vanessa se quitó los zapatos y los dejó junto a una pila de propaganda. Maria se había ido al salón. Estaban dando *Friends*. La joven iba murmurando los diálogos. Vanessa se sentó a su lado.

Maria abrió la boca para decir algo, pero volvió de nuevo a repetir de memoria el texto de la serie. El capítulo terminó. Vanessa se quedó esperando pacientemente. Cuando comenzó el siguiente, le preguntó a Maria si le apetecía un café.

—Sí —dijo ella.

Vanessa fue a la cocina, encontró una cafetera americana negra y los filtros y vertió un par de cucharadas de una bolsa de café Gevalia. Activó el aparato y regresó al salón. Se quedó de pie junto a la puerta entreabierta del balcón y oteó el aparcamiento. Notaba una corriente de aire frío. Paseó la mirada por los coches aparcados. Descubrió el Golf. No podía ser mera casualidad. Alguien había decidido no dejarla nunca sin vigilancia.

—¿Puedo cerrar la puerta? —preguntó.

—Sí.

Vanessa la cerró. Maria se volvió desde el sofá.

—¿Por qué has hecho eso?

—Te he preguntado si puedo cerrar la puerta.

—Sí, y yo te he dicho que seguro que puedes. No has dicho que ibas a cerrarla.

—Entonces te he malinterpretado —dijo Vanessa—. ¿La vuelvo a abrir?

—Sí —murmuró Maria dándole de nuevo la espalda.

El olor del café comenzó a llegar a la salita. El estómago de Maria rugió. Un grupo de chavales tiró un petardo dentro de un contenedor. La explosión resonó por el aparcamiento, pero Maria ni se inmutó. Cuando volvió a reinar el silencio, el estómago de Maria emitió un nuevo gruñido.

—¿Tienes hambre?

—Sí.

En Vårberg no había nadie. Caminaron despacio y sin hablar. Maria parecía preocupada. De vez en cuando se volvía para comprobar que no tuviesen a nadie detrás.

Pidieron un *wrap* cada una. Les pusieron la comida en papel de aluminio y se dieron la vuelta para marcharse.

—¿Puedo coger el mío ahora? —preguntó Maria.

Vanessa sonrió. Puso el bocadillo en la mano extendida de Maria. Esta le dio un bocado grande.

—Voy a hablar contigo de una cosa muy seria —dijo Vanessa—. Creo que la semana pasada alguien disparó contra Nicolas. A lo mejor leíste alguna noticia sin saber que era él.

—No leo periódicos.

—Vale. Pues es lo que pasó. Creo que está en peligro. Hace bastante tiempo que no viene a verte, ¿verdad?

Maria asintió con la cabeza. Tenía la boca llena de salchicha y puré de patata. Parecía triste.

—No sé dónde está —dijo mirando al suelo.

—Te creo.

Vanessa le dio un bocado a la salchicha. Se percató de que todavía tenía una bolsita de *snus* bajo el labio, lo sacó y lo hizo volar por el aire disparándolo con el dedo corazón y el pulgar.

—¿Sabes quién es Hampus Davidson?

—No.

—Lo secuestraron, pero luego lo soltaron. Hoy alguien ha entrado en su casa y lo ha matado con una pistola. Su mujer, Melina Davidson, ha sobrevivido.

Algo se encendió en Maria. Vanessa la observó pensativa.

—¿Sabes quién es Melina?

Maria titubeó y cerró la boca.

—Y luego hay una niña mayor que se llama Natasja. Ha cruzado toda Europa a pie. Desde Siria, completamente sola. Ella y su amiga también han desaparecido.

Maria se detuvo. Sus ojos se estrecharon.

—No puedo hablar de Nicolas. Con nadie. Pero sé que no le ha hecho daño a Melina. Y no le ha hecho daño a ninguna niña.

—¿Cómo sabes que no le ha hecho daño a Melina?

—Solo lo sé.

—Quiero ayudarlo. Ayúdame a hacerlo.

Maria suspiró. Le dio un gran bocado a la salchicha y masticó con la boca abierta.

—Porque Nicolas odia a los hombres que les hacen daño a las niñas. Y a Nicolas le gusta Melina.

Vanessa tosió.

—¿Qué quieres decir? ¿Tienen una relación?

—No.

Nicolas Paredes y Melina Davidson se conocían. Y Nicolas había secuestrado a su marido. ¿Ella estaba al tanto?

—¿Cómo lo sabes? —preguntó Vanessa con cautela.

—Porque dijo que le daba pena que no pudieran estar juntos.

—¿Dijo por qué no podían?

Maria se quedó pensando, siguió con la mirada un coche que pasó por allí y negó en silencio.

De vuelta en el piso, Vanessa sirvió café.

Maria volvió a poner *Friends*.

—Solo quiero preguntarte una última cosa. Es sobre Natasja. La niña de la que te he hablado antes, la que ha desaparecido.

Para su sorpresa, Maria se estiró para coger el mando y puso pausa.

—Creo que alguien la ha secuestrado y que tiene que ver conmigo. Solo tiene catorce años, toda la vida por delante. Te creo cuando dices que Nicolas no es el responsable. Pero aunque no esté detrás del secuestro, él sabe de qué se trata. Tienes que pedirle que se ponga en contacto conmigo, Maria. Es importante. Muy importante.

PARTE VIII

1

$\mathcal{N}$atasja abrió los ojos. Vio fluorescentes en el techo. Le dolía la cabeza, tenía la boca seca. Había filas de camas a ambos lados. A su izquierda dormía una niña. La manta se había subido y no se le veía la cara. Al otro lado estaba Farah, que parecía profundamente dormida.

Natasja trató de incorporarse, pero algo se lo impidió con un apretón. Tanteó con los dedos por encima de la manta. Tenía una gruesa cinta de cuero atravesada por encima de la barriga.

En su fila contó diez camas. Al otro lado de la sala, otras diez.

Apenas recordaba algunos fragmentos sueltos de los últimos días. Más borrosos cuanto más recientes. ¿Cuánto hacía que ella y Farah habían sido atacadas y secuestradas?

¿Una semana? No lo sabía.

Después, el cautiverio en el sótano.

La humedad, los gritos de los niños, los hombres antipáticos y bruscos que los habían ido alimentando dos veces al día. Y el hedor pestilente. Los habían tenido encerrados en jaulas. Cada uno tenía un cubo para hacer sus deposiciones.

Luego, el trayecto en coche.

Hacia el norte, le había parecido a Natasja. Porque al bajarse del coche para subir al avión, había visto escarcha en el suelo y el aire era notablemente más frío que en Estocolmo.

En cuanto se habían sentado en el avión, los hombres los habían obligado a tomarse unas pastillas. Pequeñas, blancas. Y todo se había vuelto oscuro. De vez en cuando se había despertado. Muerta de miedo. En mitad del cielo. Al mirar abajo había visto nubes y mar. En alguna ocasión en que se había despertado, el avión estaba en tierra firme. Esas veces se había hecho la dormida para que no la volvieran a drogar. Y ahora no tenía la menor idea de dónde se encontraba. Ni de lo que iba a pasar.

Tosió y al mismo tiempo una puerta se abrió al fondo de la sala.

Natasja oyó voces y pasos. Cerró los ojos para que no vieran que estaba despierta. El idioma le resultaba extraño. ¿Cuántos eran? Se estaban paseando, paraban junto a las camas y contemplaban a los niños.

Natasja abrió los ojos con sumo cuidado. Tres hombres. Dos eran bajitos y tenían el pelo negro, iban en bata blanca y llevaban una libreta en la mano. El tercero era alto y rubio y caminaba con muletas. Se detenía en cada cama, se inclinaba hacia delante antes de continuar con dificultad hasta la siguiente. A Natasja le parecía haber terminado en un hospital, los hombres que iban anotando cosas con el bolígrafo parecían médicos. Se acercaron a su cama. Pudo oírlos conversar en voz baja mientras la observaban.

2

$\mathcal{N}$icolas se quedó sentado con el móvil en la mano. La conversación con Maria lo había cambiado todo. Estaba obligado a regresar a Estocolmo. Si la policía sospechaba que Melina estaba involucrada, terminaría mal. Ella era inocente y Nicolas tenía que explicárselo a la policía que había ido a ver a Maria.

Al cabo de un rato se levantó y se acercó a la ventana. Descorrió la cortina. El pequeño cuarto de hotel se llenó de luz. Al otro lado de la ventana vio el *parking* vacío. Un poco más lejos pasaba una travesía. Más allá de esta había un pabellón de hockey sobre hielo, donde había un equipo femenino entrenando a fútbol. Dejó que sus ojos siguieran la trayectoria de un chico montado en bicicleta.

Todo se había ido al carajo. Hampus Davidson estaba muerto. Tenía que ser obra de Ivan, aunque no entendía ni cómo ni por qué. Tras el tiroteo en Odengatan, Nicolas había cogido el metro hasta su piso en Gullmarsplan, solo para descubrir que la Legión se le había adelantado. Había ido a Vårberg, había cogido la llave del trastero de Maria y recogido la bolsa con dinero. Luego se fue rápidamente a la estación central, donde repasó el panel luminoso con todos los destinos; subió a un tren con destino a Köping y allí se había hospedado en el hotell Scheele, un edificio de ladrillo rectangular de dos plantas un poco alejado del centro. Si había elegido Köping no era por casualidad. Había venido aquí prometiéndose a sí mismo que quedaría con una persona del pasado para pedirle disculpas.

Tom Samuelsson no volvería a serle útil nunca más a la unidad. De hecho, jamás volvería a caminar. Y era por culpa de Nicolas. Aun así había esperado hasta el último momento para ir a ver a su antiguo compañero.

Era hora de abandonar Köping. Las siguientes horas podían ser la única oportunidad de hablar con Tom. Suplicarle perdón. Si es que se dignaba a dejarlo entrar.

Se puso la chaqueta, se ató los zapatos y salió al pasillo del hotel. La moqueta ahogaba el ruido de sus pasos. A través de una de las delgadas puertas pudo oír ronquidos. Saludó con la cabeza al recepcionista y abrió la puerta. Dobló a la izquierda, pasó por una gasolinera y se quedó un rato de pie antes de entrar.

El asesinato de Hampus Davidson dominaba las portadas de toda la prensa.

Se compró el *Aftonbladet*, abrió la página de la noticia y constató que el nombre de Davidson no aparecía mencionado. Después de leer el artículo tiró el periódico a una papelera.

En cuanto hubiese hablado con Tom cogería el tren a Estocolmo. La capital no quedaba a más de dos horas, pero le parecía un mundo totalmente diferente.

¿Qué elección tenía? La policía que había ido a ver a Maria le pisaba los talones, sabía que estaba detrás de los secuestros. El cómo lo hubiese descubierto daba lo mismo. La cuestión era más bien por qué había ido a ver a Maria a solas. Parecía haber iniciado una especie de operación a título individual contra él. En cualquier caso, Nicolas debería ponerse en contacto con ella antes de que fuera demasiado tarde, contarle la propuesta que le había hecho la Legión. Sobre los niños. El asunto lo había estado carcomiendo por dentro. Quizá la policía podría hacer algo para ayudarlos.

Sacó el móvil, cambió la configuración para que su número apareciera como oculto. Marcó el número de Maria. Los tonos se fueron sucediendo, pero no lo cogió nadie. Nicolas colgó. Volvió a probarlo. De nuevo, sin respuesta.

Un cuarto de hora más tarde estaba de pie junto a un parque infantil deteriorado.

Dos mujeres con velo y la espalda encorvada iban meciendo sendos carritos. La mayoría de las persianas del bloque de pisos estaban bajadas. No había ascensor, así que Nicolas comenzó a subir por las escaleras. Se detuvo delante de la puerta. En un papelito justo por encima de la ranura para el correo en la puerta ponía «T. Samuelsson».

Llamó al timbre.

Tom se apoyaba en una muleta. Tenía la cara barbuda. El pelo sucio y descuidado. Se miraron en silencio hasta que Tom abrió la boca.

—¿Piensas tenerme aquí saltando a la pata coja o vas a entrar?

El piso de una sola habitación estaba sucio, olía a cerrado y ácido. Tom hizo un gesto hacia la cocina.

—¿Café?

—Por favor. Yo me encargo, si me dices dónde están las cosas.

Tom se metió primero en la cocina. Restos de comida, vajilla sin fregar y vasos medio vacíos se agolpaban en la encimera de acero inoxidable y en el fregadero repleto. Tom señaló un armarito y se dejó caer en una silla junto a la pequeña mesa. Nicolas sacó café. Llenó de agua el recipiente de la cafetera eléctrica. Se sentó delante de Tom.

—Te pido disculpas por no haber venido antes. He… Joder, no me atrevía a mirarte a los ojos. Pero me he dado cuenta de que tenía que hacerlo, tarde o temprano.

—¿Y ahora pasabas casualmente por este hoyo de mierda?

Nicolas sonrió.

—Algo así.

La cafetera comenzó a borbotear. Nicolas clavó los codos en la mesa y apoyó la barbilla en los nudillos de la mano derecha. Tenía la boca seca.

—He venido para pedirte perdón. Tienes todo el derecho a estar cabreado conmigo.

En el alféizar había varias fotos enmarcadas. En una de ellas se veía a un Tom joven y afeitado sonriéndole a la cámara. En la cabeza llevaba la boina roja de los paracaidistas.

—Estuve cabreado contigo, Nicolas. Pero era injusto. La decisión que tomaste era la correcta para quienes éramos, para los que tienen que ser el SOG. Esos desgraciados iban a dejar a las niñas. Tú tuviste el valor de desafiar la orden que dieron y todo el grupo estuvo de acuerdo. Esa es la verdad y no es nada por lo que tengas que pedir perdón.

Al otro lado de la pared se oía a un crío gritando.

—¿Piensas a menudo en ello?

—Todo el rato. No hago otra cosa.

—Yo tampoco —dijo Nicolas en voz baja.

—Pero ¿sabes a qué conclusión he llegado? —Tom echó un vistazo por la ventana antes de continuar—. Pues que valió la pena. Si me hubiese tenido que imaginar un último acto como operador del SOG, no puedo pensar en un final más digno. Intentamos salvarlas. Fracasamos. Pero al menos lo intentamos.

—Es justo eso. Que fracasamos.

Tom se abrió de brazos.

—¿Qué opción teníamos? ¿Dejar a dos niñas para que fueran violadas cada día por esos putos… bestias? No, Nicolas. Eso no era ninguna alternativa. Los que nos dijeron que las dejáramos, que solo cogiéramos a los suecos, no eran los que tenían que mirarlas a los ojos y largarse sin hacerles caso. Abandonarlas solo porque no tenían el mismo color del pasaporte que nosotros. Tú tomaste la decisión, pero yo y los demás que estábamos allí la apoyamos.

La cafetera había terminado. Nicolas se levantó.

—En ese armario hay tazas —dijo Tom señalándolo.

Nicolas sirvió, sabía que no hacía falta preguntarle si lo quería con leche ni azúcar y le pasó la taza.

—Lo que te quiero decir es que no tienes que pedir perdón —dijo Tom, dio un trago e hizo una mueca—. Por nada. Ser un tullido es una auténtica mierda, pero la alternativa habría sido dejar allí a esas niñas. Y no sé tú, pero yo prefiero sacrificar la pierna antes que la conciencia.

3

*I*van Tomic.

Así se llamaba el hombre que había alquilado el Golf que había visto delante de su portal.

Vanessa había tenido que insistir cuando había llamado a la compañía de alquiler de coches. En realidad estaba obligada a enviar una solicitud escrita a Hertz. Pero se había empecinado. Había alegado que era muy urgente, la habían pasado con contactos superiores de la jerarquía y al cabo de una hora le habían devuelto la llamada de la oficina central y le habían facilitado el nombre de la persona que había alquilado el vehículo con la matrícula XCI 171. Al colgar tenía dos llamadas perdidas de un número desconocido.

Llamó a Jonas y le pidió que comprobara el nombre de Ivan Tomic en el registro de antecedentes penales, pero Jonas no tenía tiempo.

En cambio, en internet Vanessa había visto que Tomic ya era dueño de otro coche, lo cual no dejaba de llamarle la atención. Estaba registrado en la calle Sandhamns. La página de Facebook estaba llena de fotos de él sin camiseta. Pero no era ninguno de los dos hombres a los que ella había visto en el Golf. ¿Podía estar haciendo Tomic de sicario?

Se cansó de esperar. Le daría tiempo de hacerle una visita rápida a Ivan Tomic y luego ir a la estación central a coger el tren a Karlsborg. Cerró con llave la puerta de la casa y en Odengatan paró un taxi.

—Sandhamnsgatan —dijo.

Una vez llegados a Gärde giró a la izquierda en la rotonda. Pasaron junto a las instalaciones deportivas prácticamente desiertas, donde solo había unas pocas personas paseando a sus perros. El taxi frenó delante de un edificio amarillo con una pizzería en la planta baja.

Vanessa pagó y se bajó.

En una farola había una hoja DIN-A4 pegada con celo. Estaban buscando a un perro desaparecido, Nalle. En la imagen en blanco y negro, Nalle le enseñaba los dientes a la cámara. Debajo aparecía un número de teléfono.

Vanessa negó con la cabeza y se dirigió al portal. En ese momento la llamaron por teléfono.

Volvía a ser el número desconocido. La persona se presentó cortésmente como Nicolas Paredes.

La estación central de Estocolmo se había construido por etapas durante los últimos años.

De aquí era de donde él e Ivan habían partido en su Interrail más de diez años atrás. Nicolas recordaba la emoción y la sensación de libertad cuando se subieron al tren con destino a Copenhague.

Ahora, la vieja estación de tren recordaba más bien a una especie de galerías. Gente corriendo en todas direcciones, arrastrando o cargando con sus engorrosas maletas. Nicolas bajó una planta por las escaleras mecánicas y metió su bolsa en una consigna. Consideró la opción de guardar también la pistola, pero no podía hacerle ningún daño ir armado. Se había citado con Vanessa Frank detrás del Weener-Gren Center, junto al Hagaparken. Allí era imposible que los espiaran y estaba rodeado de espacios abiertos. Ella le había prometido presentarse sola. Si no cumplía su palabra, Nicolas lo descubriría enseguida. Había múltiples vías de escape. Y en un bosque podría despistar fácilmente a los eventuales perseguidores.

Dado que Maria había hablado de Melina, Nicolas tenía que hacerle entender que él no estaba detrás del asesinato de Hampus Davidson. Y que Melina no estaba implicada en el secuestro.

Vanessa introdujo el código en el portal de la calle Roslags número 13, echó un vistazo fugaz por encima del hombro y entró. Subió las escaleras a paso ligero.

Los últimos días, las temperaturas habían bajado. La reunión con Nicolas Paredes iba a tener lugar al aire libre y no tenía ningunas ganas de pasar frío. Recordó la conversación telefónica que acababan de mantener. Él había sido escueto, pero aun así había habido cierta simpatía en su voz. Ella había tratado de hacerle un par de preguntas, pero él le había dicho que prefería hablar en persona.

Justo antes de colgar Vanessa había soltado el nombre de Ivan Tomic. Era la primera vez que él se mostraba dubitativo. Nicolas le había preguntado por qué le estaba preguntando por Ivan. Así lo había dicho: Ivan, no Ivan Tomic, lo cual era indicativo de que se conocían.

Al llegar a la cuarta planta estaba casi sin aliento y aminoró el paso, hizo el último tramo caminando para no romper a sudar.

Delante de la puerta respiró hondo, sacó la llave del bolsillo de la chaqueta, la metió en la cerradura y giró. Abrió la puerta y en ese momento oyó un ruido a su espalda. Vanessa se dio la vuelta.

Detrás tenía a un hombre que la estaba apuntando con una pistola.

4

*L*os doctores se dieron cuenta de que Natasja estaba despierta y le aflojaron la correa. La ayudaron a ponerse de pie y la acompañaron entre las filas de camas hasta un cuarto más pequeño.

Ella trató de comunicarse con ellos en inglés. Gesticulando. Pero ellos negaban con la cabeza. Señalaron la camilla que estaba colocada junto a una de las paredes cortas. Una mujer de unos cuarenta años con el pelo negro y ojos castaños entró y dejó un puñado de ropa en el regazo de Natasja y luego se retiró sin decir palabra.

Dos batas blancas de hospital. Iguales. Los médicos le hicieron señas para que se quitara la ropa.

Natasja negó con la cabeza. Uno de ellos señaló su estetoscopio.

—No, no quiero —murmuró ella en inglés.

El médico que se lo había dicho gritó algo hacia la sala. Al instante siguiente se presentó el guardia. Lo seguía de cerca el hombre alto y rubio.

El vigilante la apuntó con su metralleta.

Natasja comprendió que no tenía alternativa. Se puso de pie y se quitó el jersey, se desabrochó la camisa, se quitó los pantalones y las bragas. Volvió a sentarse en la camilla.

Los cuatro hombres se quedaron allí de pie. Natasja intentó taparse, tanto del frío húmedo de la habitación como de las miradas. El médico alzó su estetoscopio. Se lo puso en la espalda. Ella dio un respingo al contacto del metal helado.

—*Breathe* —dijo el hombre.

Natasja hizo lo que le ordenaban. Él entornó los ojos, fue moviendo el estetoscopio a distintos puntos de su espalda.

—*Good. Lay down* —dijo el médico dando una palmada en la camilla.

Se inclinó por encima de ella y puso el estetoscopio sobre su pecho, escuchó y lo desplazó unos centímetros a un lado.

—*Good* —volvió a decir—. *Now shower. Okay?*

Comunicado con la pequeña consulta había un cuarto con ducha. La mujer que le había dado la ropa la hizo pasar dentro. Allí ya había una toalla colgada de un gancho. Natasja se metió en la ducha y abrió el grifo. Se frotó el cuerpo con una pastillita amarilla de jabón. Se enjuagó la boca y escupió entre sus pies.

Al cabo de pocos minutos llamaron a golpes a la puerta. Natasja cerró el grifo. Se sentía más despejada, había entrado un poco en calor. Se secó y se pasó una de las batas por la cabeza. Cuando abrió la puerta, una de las otras niñas había ocupado el sitio en la camilla. El médico acompañó a Natasja de vuelta a la cama.

La sujetaron de nuevo. La niña que estaba a su derecha giró la cabeza y la miró con ojos grandes y serios. Rondaría los diez años, tenía la piel cobriza. Quizá asiática. Natasja sonrió. Le preguntó cómo se llamaba. Una retahíla de palabras que Natasja no comprendió salió de la boca de la chiquilla.

Cuando todos los niños habían sido visitados repartieron comida: un cuenco humeante de estofado de verduras para cada uno. Aflojaron un poco las correas para que pudieran incorporarse. El vigilante los observaba. Natasja comió deprisa, estaba famélica. Bebió del agua fresca y clara. La mantuvo en la boca antes de tragar.

Junto al vigilante estaba todo el tiempo el hombre de tez blanca. Paseaba la vista por la sala mientras mantenía las muletas contra la barriga. Natasja se preguntaba quién era. A juzgar por su aspecto, parecía europeo. Pero al hablar con los médicos lo había hecho en español. Natasja buscó el contacto con Farah, pero la amiga estaba sentada mirando al vacío; no había tocado la comida.

—Tienes que comer —le susurró Natasja en árabe—. No sabemos cuándo volveremos a tener comida. Prueba. Está buena.

Farah negó en silencio. Bebió un poco de agua, pero siguió sin tocar la comida.

—¿Qué crees que nos van a hacer?

—No lo sé, pero seguro que saldrá todo bien —dijo y giró la cara para que la amiga no viera su inseguridad.

5

*E*l hombre se le acercó un paso. Vanessa valoró si le daría tiempo de saltar dentro del piso y cerrar la puerta. Pero él tenía la línea de tiro despejada, un metro y medio hasta el objetivo. Era imposible que fallara. Además había algo en él, en su calma, en la forma en que empuñaba el arma, que le confirmó que estaba delante de un profesional.

—Coge las llaves de tu coche y acompáñame —dijo el hombre en voz baja y en inglés.

El hombre mantuvo la puerta abierta y le indicó a Vanessa que entrara. Ella se quedó de pie en el recibidor y él cerró tras entrar.

—No puedo coger el coche, me han retirado el carnet —dijo ella para ganar tiempo.

—*Doesn't matter.* —El hombre echó un vistazo rápido por el piso.

Las llaves del Porsche, que había heredado de su padre, estaban en el armarito de llaves. Vanessa lo señaló con el dedo, cogió las llaves y se las enseñó.

—Escúchame bien. Vamos a ir caminando juntos hasta el coche. Sé dónde está y te estaré apuntando todo el rato con el arma. Si intentas algo, no dudaré en disparar.

Su inglés no era ni británico ni estadounidense. ¿Quizá australiano, o sudafricano?

—Soy policía, lo sabes, ¿verdad?

El hombre sonrió con la boca torcida.

—Lo sé —dijo y bajó la manilla de la puerta. Cogió una de las chaquetas de Vanessa y la echó por encima de la pistola para ocultarla.

Una vez salieron a la calle giraron a la derecha. El *parking* quedaba en la misma Roslagsgatan, debajo del instituto Norra Real. El hombre se colocó detrás de Vanessa, en diagonal. Ella metió el dedo corazón por el aro del llavero. Hizo rodar las llaves media vuelta y las cazó con la palma de la mano. Repitió el movimiento. Vio el parque de Monica Zetterlund. Sintió una ola de pena al pensar que quizá fuera la última vez que pasaba por allí. Trató de discernir qué canción era la que estaba sonando en el banco, pero lo único que se oía era el ruido del tráfico y sus pasos.

Pasara lo que pasase, haría todo lo posible por sobrevivir. Opondría resistencia. No estaba preparada para morir. No sin antes haber encontrado a Natasja. Al menor descuido, a la menor posibilidad de cogerlo por sorpresa, Vanessa actuaría de alguna manera. Pasaron por delante de la tienda Coop en la esquina con Odengatan. Faltaban cien metros para llegar al *parking*. El hombre se puso a su lado y sacó un teléfono móvil del bolsillo interior de su chaqueta. Marcó un número y se lo pegó a la oreja, sin dejar de mirar en ningún momento a Vanessa.

—Enseguida llegamos —dijo el hombre y luego colgó.

—¿Adónde vamos? —preguntó Vanessa, más que nada para mantener en jaque su nerviosismo.

—Ya lo verás.

Se detuvieron delante de la puerta del *parking*. Ella abrió y bajó las escaleras por delante de él. Siempre le había gustado el olor a tubos de escape y gasolina, pero ahora le resultó sofocante. Abrió el Porsche. En el asiento de atrás tenía un palo de golf. Nunca había jugado, lo tenía por si alguna vez le era útil en caso de verse asaltada.

—Tú conduces —dijo el hombre, rodeó el capó y se sentó. Tiró la chaqueta atrás y dejó el arma sobre su muslo derecho, fuera del alcance de Vanessa. El motor arrancó con un rugido y la pared que tenían delante quedó iluminada por los faros. Vanessa dio marcha atrás y al mismo tiempo miró de reojo el palo de golf, solo para constatar que jamás le daría tiempo a cogerlo. La radio hacía ruido. Vanessa bajó un poco el volumen, enderezó el coche y se deslizó lentamente hacia la salida. En la rampa que daba a la calle Tule la radio sintonizó una emisora.

Salieron a la luz del día de Tulegatan. Vanessa pestañeó varias veces y giró a la derecha. Miró de reojo al hombre esperando indicaciones al mismo tiempo que frenaba en un semáforo en rojo.

—*Left* —dijo él mirando al frente, al quiosco Seven Eleven, donde había unos cuantos alumnos haciendo novillos delante del escaparate, tomando café y fumando. Vanessa tamborileó con los dedos en el volante mientras esperaban. Cuando se puso verde giró a la izquierda.

Pasaron por delante del Non Solo Bar.

—¿Cómo te llamas? —preguntó ella.

Él le lanzó una mirada impasible y se encogió de hombros.

—Cierra el pico y conduce. Allí delante giras a la derecha.

Se detuvieron en otro semáforo en el cruce de la avenida Sveavägen. Vanessa miró de reojo la pistola. Seguía fuera de su alcance. Contempló la fachada imponente de la Biblioteca Estatal, que se erguía hacia el cielo.

—Verde.

Vanessa volvió en sí. Quitó el punto muerto y se incorporó a Sveavägen. Pasaron por delante del Retro Bar en la esquina con Surbrunnsgatan. Comprobó el velocímetro: en breve superarían los cincuenta kilómetros por hora. Al cabo de cien metros vio su oportunidad.

Un poco antes del cruce con la calle Frej había un camión aparcado en el carril de la derecha. Dos hombres de mudanzas se estaban alejando de él con unas cajas en las manos.

*I*van bajó al gimnasio. Necesitaba tiempo para pensar.

No se había visto capaz de pegarle un tiro a Melina Davidson. Solo había salido corriendo de la casa, se había montado en el coche y se había largado a toda prisa. Probablemente, en estos momentos ella estaría siendo interrogada por la policía.

Había puesto cien kilos en la barra. Con un jadeo la empujó y la alejó de su pecho hasta estirar los brazos por completo. Después de seis repeticiones se incorporó y dio un trago de agua.

Ella podría identificarlo.

A alguna parte se la tenían que llevar. Primero a comisaría y luego a alguna vivienda protegida con vigilancia. Como en la película *El invitado* de Denzel Washington. El contacto de la policía de Joseph podría ayudar a Ivan a localizarla. El líder de la Legión se pondría como loco, pero era inevitable. La situación era la que era. Melina tenía que morir. Ella le había visto la cara y junto con Nicolas lo habían engañado. Se estiró para coger el móvil, buscó el nombre de Joseph y lo llamó.

Le dijo que tenían que verse y que era urgente. Joseph soltó un suspiro. Tenía tiempo dentro de veinte minutos.

—¿Dónde?

—El aparcamiento de la torre Kaknästornet.

$\mathcal{L}$a rampa de descarga del camión estaba bajada. Vanessa pisó con suavidad el acelerador. La manecilla del velocímetro marcaba sesenta kilómetros por hora. Vanessa se obligó a mirar al frente. Se preparó para el cambio de carril. Miró por el retrovisor y puso el intermitente a la izquierda.

La rampa del camión estaba cada vez más cerca. La altura a la que se encontraba era perfecta.

Dolería, dolería muchísimo. El golpe quizá incluso la mataría, quizá él tendría tiempo de coger el arma y dispararle en la cabeza. Volarle los sesos y esparcirlos por todo el coche. Pero lo único que Vanessa sabía con seguridad era que ese hombre tenía toda la intención de matarla. Cambió de carril.

La cara de Adeline se le apareció de pronto. La niña reía y chapaleaba con ambas manos en la superficie del agua cristalina. Vanessa apartó la imagen y se concentró en el asfalto. Los siguientes segundos serían decisivos para ver si continuaba entre los vivos o si se iba con los muertos. Lo que tenía en mente era lo único que podía hacer.

El camión y la rampa se iban acercando cada vez más.

Tenía que girar el volante justo en el momento oportuno.

Cuando faltaban treinta metros, dejó de respirar. Tensó los gemelos, recogió los dedos de los pies, se preparó para el choque.

Veinte metros.

Solo tenía que torcer el volante unos grados. Y tenía que hacerlo justo en el último momento para que el hombre no tuviera tiempo de reaccionar y coger el arma. Vanessa notaba cómo todo su cuerpo se resistía. Todos sus instintos le gritaban que no chocara a propósito. El hombre debió de percibir el cambio en el estado de ánimo de Vanessa.

Cuando solo faltaban un par de metros, el hombre giró el cuello y la miró. Pero ya era demasiado tarde. Al instante siguiente Vanessa giró el volante levemente a la derecha y tensó cada músculo de su cuerpo.

Se oyó a sí misma gritar cuando la rampa se les vino encima; se obligó a no cerrar los ojos, no ser presa del pánico.

Justo antes de la colisión volvió a girar el volante a la izquierda, para que la rampa solo penetrara en el lado del coche donde iba el hombre. Vanessa oyó el ruido del parabrisas haciéndose añicos y metal cortando metal. El coche salió despedido de la avenida Sveavägen. Dio una vuelta de campana. Vanessa dio bandazos dentro de la cabina, trató de sujetarse al volante.

Y al instante siguiente todo quedó a oscuras.

8

Vanessa abrió los ojos pero seguía sin poder ver nada. Se llevó una mano a la cara y notó que se le mojaba de un líquido espeso y caliente. Repitió el movimiento varias veces. Parpadeó. Había recuperado la visión. Con ojos entornados se miró la palma de la mano, estaba manchada de sangre oscura.

Aparte de estar mareada y tener dolor de cabeza, se encontraba más o menos bien.

Paseó la mirada por el diminuto espacio de la cabina. Recordó al hombre, el camión, el choque. Él seguía sentado en el asiento del copiloto. Pero sin cabeza. La rampa del camión había entrado a la altura de su cuello y lo había decapitado. Arterias, vértebras y tendones asomaban del corte. El cuerpo estaba caído hacia delante, pero el cinturón de seguridad lo retenía en el asiento.

Todo el morro del coche estaba aplastado. Había cristales por todas partes, al menor movimiento crepitaban.

Vanessa oyó voces alteradas al otro lado de la ventanilla. El coche había quedado atravesado en los dos carriles.

—La ambulancia está de camino.

Seguía sin saber quién era el hombre que había intentado matarla. Alargó la mano y le palpó los bolsillos de los tejanos. Una hoja de papel enrollada y en blanco, un bolígrafo, un blíster de pastillas. Subió con la mano hasta la chaqueta, encontró el teléfono móvil. Protegido con contraseña. Bueno, ya se ocuparían los informáticos de la policía.

Alguien quería verla muerta, constató al mismo tiempo que oyó las sirenas. Pero no estaba sola. El año anterior, más de doscientos agentes de policía suecos habían tenido que pasar algunos períodos viviendo con escolta personal. Tanto ellos como sus familias habían sido amenazados, varias comisarías habían sufrido ataques con granadas. Todo para acallar, para asustar. En esas ocasiones, los miembros de bandas no disimulaban a la hora de dejar claro quiénes eran los remitentes del mensaje. En cambio, esta vez sí que se habían molestado en esconder quién había detrás. Habían enviado a un ciudadano extranjero, probablemente con un pasado militar. El bolígrafo y el papel en blanco sugerían que pretendían hacerlo parecer un suicidio. Querían hacerle escribir su propia carta de despedida. Había alguien que no solo quería verla muerta y salir indemne, sino también ocultar cómo había muerto. Y, pensó Vanessa tristemente —recién divorciada, conducción ebria, hasta hace poco sin empleo asegurado—, no le faltaban motivos para quitarse la vida. Pero esos datos solo circulaban dentro del cuerpo de policía, si es que realmente querían disfrazar su muerte como un suicidio. En tal caso, significaba que seguía habiendo un chivato en la Policía de Estocolmo que filtraba datos a las bandas criminales. De modo que Klas Hemäläinen no era el único que habían identificado.

Un joven agente de policía apareció en el agujero donde antes había habido una ventana.

—¿Estás bien?

—Sí —respondió Vanessa compungida. Detrás estaba el hombre de las mudanzas que le había dicho que la ambulancia iba de camino. La miraba intranquilo.

—Aguanta un poco. Los bomberos te sacarán.

—Qué majos —dijo ella e hizo una mueca.

El agente se inclinó un poco más y descubrió el cuerpo decapitado al lado de Vanessa.

—Dios mío —exclamó y trató de serenarse—. Lo lamento mucho.

—No te molestes. Lo que sí puedes hacer es dar un aviso por radio y pedirle a Jonas Jensen, de Nova, que venga.

El agente parecía desconcertado.

—¿Es tu marido?

—No, es mi tarotista personal. —El joven agente abrió la boca, pero Vanessa alzó con dificultad su mano ensangrentada y lo hizo callar—. Soy jefa del Grupo Nova, me apellido Frank. Llama a Jonas, ya.

El policía se apartó un poco, inclinó la cara sobre el hombro y dio el aviso. Por detrás de él se acercaba un camión de bomberos por la acera.

Dos pares de brazos se extendieron para coger a Vanessa y con cuidado la sacaron del amasijo de hierro. La llevaron hasta la acera. Una enfermera de la ambulancia le pasó una manta por los hombros, se sentó de rodillas y la reconoció, a pesar de las protestas de Vanessa y de asegurar que estaba bien. Oyó a alguien gritar su nombre y vio a Jonas, que se acercaba a paso ligero. Se detuvo delante de ella.

—Cielo santo, ¿estás viva?

—Eso creo. Si no, estaré tremendamente decepcionada con la vida después de esto —respondió Vanessa.

Jonas esbozó media sonrisa, sacó la placa y le pidió a la enfermera que los dejara un momento a solas.

—¿Qué ha pasado? —preguntó él y echó un vistazo al coche demolido. Policías y bomberos sumaban fuerzas para sacar al hombre del asiento del copiloto.

Vanessa describió en pocas palabras que la habían obligado a ir hasta el garaje a punta de pistola. Jonas le hizo unas pocas preguntas breves.

—Luego podrás presentar un informe más detallado, pero ¿no tienes ni idea de quién es ese hombre?

Vanessa negó con la cabeza. Cayó en la cuenta de que tenía el móvil del hombre en el bolsillo interior y comenzó a palparse la chaqueta. Se le cayó el tarjetero. La tarjeta de crédito y la identificación de policía terminaron en el suelo.

Jonas las recogió y miró la foto de Vanessa.

—Bonita foto. Al menos el lunes ya podrás volver a usar la de verdad —dijo él, sonrió y le entregó la identificación policial—. No como hiciste con la portera de Vårberg.

Vanessa se quedó de piedra. Cogió las tarjetas y apartó la mirada; se fijó en el coche accidentado, luego observó al público reunido que señalaba con el dedo y comentaba la escena mientras ella intentaba poner orden en sus pensamientos.

Jonas se agachó de nuevo. Recogió el documento de identidad falso y lo miró.

—Señorita Carol Spencer. Hacía tiempo que no nos veíamos —dijo alegre y se lo devolvió a Vanessa.

307

¿Cómo podía saber Jonas que había enseñado su carnet de policía en Vårberg? Él sabía que Vanessa había ido a ver a la hermana de Paredes, pero no que vivía en un bloque con portera. ¿Cómo podía saber con tanta certeza que había usado una identificación policial? Para saberlo tendría que haber hablado con la recepcionista. O que un tercero hubiese hablado con ella y con él.

Vanessa tenía el teléfono del hombre muerto en la mano. Había estado a punto de dárselo a Jonas para pedirle que se lo entregara a los informáticos, pero cambió de idea. Volvió a guardárselo discretamente en el bolsillo del pantalón. Miró a Jonas, que no se había percatado de nada de lo que había pasado debajo de la manta.

—Supongo que tendré que hacer una prueba de alcoholemia. Creo que será mejor que la haga cuanto antes, quiero irme a casa a descansar.

Jonas asintió en silencio. Se levantó y se acercó al agente de policía que había sido el primero en llegar. Intercambiaron unas palabras y señalaron a Vanessa.

En cuanto le hubo hecho la prueba, el agente le dio las gracias y se retiró.

—Mandaremos a alguien a tu casa más tarde —dijo Jonas—. Habrá que interrogarte. Entre otras cosas, por las circunstancias un tanto extrañas de la situación. ¿Te llevo en coche?

Vanessa dijo que no con la cabeza.

—Iré caminando.

—¿Estás segura? —dijo Jonas y arqueó las cejas.

—Sí. Gracias —dijo Vanessa y forzó una sonrisa.

Él le dio un leve abrazo.

$\mathcal{A}$unque hubiesen pasado un par de minutos de la hora acordada, Nicolas decidió esperar un poco más. Pero en cuanto comenzaron a oírse las sirenas se puso la capucha, se levantó del banco y se alejó a paso rápido en dirección a O'Learys, en la calle Ynglinga. En la incorporación a la avenida Sveavägen se había generado una larga cola de vehículos. La maniobra no podía deberse a él. Cuando oteó la avenida, más allá de la caravana de coches, vio un Porsche de modelo antiguo completamente destrozado en mitad de la calzada.

Había cuatro bomberos serrando el techo. Nicolas se acercó un poco. Alrededor del coche se había acumulado un grupo de curiosos. Él mantuvo las distancias mientras sacaban a una mujer rubia del coche destrozado. Tenía la cara, el pelo y la ropa llenos de sangre. Parecía rondar los treinta y cinco. Se la veía aturdida, pero por lo demás parecía no haber sufrido heridas graves. El sitio estaba lleno de policías que trataban de redirigir el tráfico hacia la calle Vanadisvägen, intentando ponerle cierto orden al caos, y otros tantos que hablaban con los testigos. El personal de ambulancia se ocupó de la mujer. Esta se sentó en la acera y dejó que la visitaran. Nicolas justo iba a irse cuando una ola de estupefacción se levantó entre el público.

—¡Joder, no tiene cabeza! —exclamó una mujer que tenía al lado y luego se abrazó a su amiga.

Uno de los bomberos se esforzaba en sacar a la persona que estaba sentada al lado del conductor y que en la colisión había sido decapitada. La policía pidió a los mirones que se dispersaran. Nicolas observó detenidamente el coche y los alrededores para tratar de comprender lo que había causado el accidente. A la altura de Frejgatan había un camión, con la rampa bajada.

Un agente estaba hablando con dos hombres de mudanzas de rostro pálido. Nicolas se acercó hasta allí. Cuando estuvo a un par de metros se agachó e hizo ver que se ataba los cordones.

—Tiene que... Joder, tiene que haber sido a propósito —tartamudeaba uno de los operarios con acento de Gotemburgo—. Hizo como zigzag. Al principio pensé que igual era un puto terrorista. Estoy... Joder, estoy seguro de que ha sido adrede. ¿Habéis mirado si iba colocada?

—Sí, lo hemos comprobado.

El hombre negó con la cabeza y se apoyó en el camión. Se tapó la boca con la mano. El agente que estaba hablando con él se volvió y miró a la mujer rubia que habían sacado del amasijo de hierros.

—¿Es cierto lo que ha dicho tu compañero? ¿Es policía? —preguntó el hombre de las mudanzas.

—Lo siento, pero no puedo responder a eso.

El personal de ambulancia se había apartado un poco. Ahora había un hombre con la cabeza rapada junto a la mujer. Nicolas se puso de pie y la siguió estudiando.

El hombre tenía pinta de poli. Y saltaba a la vista que se conocían. Si la mujer del coche era Vanessa Frank no podía ser por pura casualidad. De alguna manera, la Legión había conseguido conectarlos. Probablemente habían estado vigilando el piso de Maria.

Nicolas sacó el teléfono y marcó el número de su hermana.

—Soy yo —dijo en cuanto ella descolgó—. ¿Cómo describirías a Vanessa Frank?

—Bastante amable.

—¿Y en cuanto a su aspecto físico?

—Me tienes dicho que no hay que pensar tanto en el físico, que es más importante ser bueno con los demás.

Nicolas sonrió.

—Sí, pero a veces hay que pensar un poco en qué aspecto tiene la gente. ¿De qué color tiene el pelo?

—Rubio.

Nicolas le hizo unas pocas preguntas más de control antes de colgar. Decidió seguir a Vanessa Frank desde la distancia para ver dónde vivía. Luego iría a buscar el dinero en la estación central y volvería a buscarla.

*L*a cama siguiente a la de la niña asiática estaba vacía. El día anterior dos hombres con bata de médico habían entrado a última hora y se habían llevado a la chica que dormía en ella, y todavía no había vuelto. Ahora había una mujer quitando la ropa de cama con rostro serio. Al terminar, se la llevó toda bajo el brazo y desapareció. La niña de al lado de Natasja sollozaba. La miraba con pánico, tenía los ojos enrojecidos por las lágrimas. Natasja le tendió una mano desde su cama; la niña hizo lo mismo. Su manita estaba caliente. Natasja la apretó. La fue acariciando con el pulgar para tranquilizarla. En la otra cama, Farah estaba profundamente dormida. Se había pasado toda la noche llorando sin parar y no se había quedado dormida hasta hacía una hora.

Natasja trató de valorar la situación, entender lo que estaba pasando. Pero no conseguía darle sentido. Todo indicaba que se encontraban en una especie de hospital. Pero no eran pacientes. Ninguno de los niños ni adolescentes de la sala estaba enfermo ni herido. Al contrario. Las enfermeras y los médicos los trataban con cuidado, les daban tres raciones de comida al día. Al mismo tiempo, no cabía ninguna duda de que eran prisioneros. Los mantenían atados con la correa las veinticuatro horas del día, excepto para comer o cuando tenían que ir al baño. Natasja ni siquiera sabía en qué parte del mundo los tenían encerrados. Estaba asustada. Muerta de miedo. Pensó en Vanessa Frank. «Es curioso —pensó Natasja— cómo una persona a la que solo has tratado unos días puede marcarte tanto, influir en toda tu forma de pensar.» Se preguntó qué habría hecho Vanessa si hubiese sido ella la que estuviese allí tumbada.

Se vio interrumpida cuando alguien abrió la puerta de la sala. La niña de la cama vecina se puso tensa y le soltó la mano a Natasja. El hombre rubio que de vez en cuando habían podido ver en el dormitorio apareció en el quicio de la puerta. Entró en la sala seguido de un médico. Se pasearon ente las hileras de camas. Discutían. Natasja solo captaba alguna que otra palabra suelta. Cuando pasaron a los pies de su cama, Natasja levantó la cabeza todo lo que le permitían las correas.

—¿Qué ha pasado con la niña? —preguntó Natasja en voz alta en inglés, señalando la cama vacía.

El rubio se detuvo, pero no contestó. Ella repitió la misma pregunta en árabe. El hombre la miró extrañado. Sus ojos azul plomizo no eran para nada amenazantes, sino más bien curiosos.

Justo iba a reemprender la marcha cuando Natasja repitió la pregunta. Esta vez en sueco. El hombre se quedó quieto en mitad del paso. Le indicó al médico que continuara, abrió la boca y respondió en el mismo idioma.

11

$\mathcal{V}$anessa se sirvió una copa generosa de whisky, inclinó la cabeza hacia atrás y se lo tomó de un trago. Rellenó la copa hasta la mitad y la dejó en la mesa del salón mientras ella se iba al cuarto de baño. En el espejo se examinó el cuerpo. Aparte del corte en la cabeza y grandes rojeces en las partes más dispares, había salido ilesa del accidente.

De camino a casa desde Vanadisparken había dejado el teléfono donde Hassan, que llevaba una tienda de móviles. Su cara había pasado del horror al ver a Vanessa al escepticismo cuando ella le había dicho que quería descifrar la contraseña. Él le había dicho que haría un intento, pero que no le prometía nada.

Vanessa se metió en la ducha, abrió el grifo de agua caliente y se quedó inmóvil bajo el chorro. La confusión que sentía no era debida al mareo causado por el accidente. Tenía que esclarecer los acontecimientos de las últimas horas, uno a uno, para saber en quién podía confiar.

Había trabajado codo con codo con Jonas prácticamente a diario desde hacía años. Lo veía como algo más que un compañero. Jonas era un amigo. Pero el comentario aparentemente inofensivo en Vanadisparken sugería dos cosas: por un lado, que alguien la había estado vigilando cuando le hizo la primera visita a Maria Paredes. Y por otro, que la persona que la había vigilado tenía contacto con Jonas.

Los que estaban buscando a Nicolas Paredes, al menos desde el tiroteo en Odengatan, eran de la Legión. Y eran los únicos que en ese momento tenían motivos para colocar a alguien en la residencia asistida de Vårberg. Es decir, por alguna razón Jonas tenía contacto con la Legión. Por el momento Vanessa no podía confirmarlo basándose en meras sospechas.

No hasta que tuviera pruebas. Y si la red de contactos de la Legión tenía un tentáculo que llegaba hasta comisaría, para colmo hasta Nova, la unidad especial encargada de eliminar ese tipo de organizaciones, ¿en cuál de sus compañeros podía confiar realmente?¿Podía Jonas estar filtrándoles información a cambio de dinero? No. Tenían que tenerlo pillado de alguna manera, quizá habían amenazado a su familia.

Vanessa salió de la ducha. Se secó con la toalla, se puso una tirita en el corte de la frente. Se desplomó en el sofá y se estiró para coger el whisky.

Era demasiado.

Primero, el atraco en Relojes Bågenhielms y los secuestros de Oscar Petersén y Hampus Davidson. Luego, el tiroteo en Odengatan. La identificación de Nicolas Paredes, la desaparición de Natasja. Y a partir de esta habían empezado a vigilarla a ella, lo que había culminado hacía una hora y media cuando un asesino profesional se había presentado en su casa para matarla.

Era como tratar de montar un puzle donde todas las piezas tenían las esquinas redondeadas.

Se levantó, fue a buscar una libreta y un bolígrafo y anotó los distintos sucesos. Le dio unas cuantas vueltas más. Tiró la toalla. Se vio forzada a reconocer que el problema era urgente: alguien quería verla muerta.

Llamaron al timbre. Se levantó, se acercó a la puerta. Acercó el ojo a la mirilla. Respiró hondo antes de quitar el cerrojo y abrió.

12

Joseph Boulaich estaba apoyado en la puerta de su coche, con los brazos cruzados. A su espalda se erguía Kaknästornet, la torre de telecomunicaciones de ciento setenta metros que parecía tocar el cielo.

El guardaespaldas de Joseph, un árabe grande al que Ivan no había visto nunca, se alejó a grandes zancadas para que pudieran hablar a solas. Joseph arqueó las cejas y señaló el chándal de Ivan.

—¿No te has duchado?

Ivan negó con la cabeza. Carraspeó. Sabía que Joseph no se pondría contento con lo que le tenía que decir.

—¿Qué quieres contarme? —dijo Joseph y echó un vistazo a su reloj de pulsera.

—El tiroteo en Lidingö.

—¿Sí?

—Fui yo. Maté al financiero, Hampus Davidson.

Joseph miró inexpresivo a Ivan.

—Espero que tengas una buena explicación —dijo lentamente.

—Davidson era uno de los dos financieros a los que secuestramos. Pero Nicolas me la ha jugado. La esposa del tío, o sea el que maté, Nicolas la conocía. No sé cómo, pero ella estaba metida. Desde el principio. Fui para ver si nos podía conducir hasta Nicolas, pero entonces el Davidson ese llegó a casa y trató de huir. Tuve que matarlo.

—¿Y ella?

—Desapareció —mintió Ivan—. Antes de que me diera tiempo de pegarle un tiro.

Joseph agarró a Ivan por el jersey, le dio la vuelta y lo empujó contra el coche. En lugar de oponerse, Ivan procuró mantenerse indiferente y tranquilo.

—Y ahora está sentada con la policía y te puede identificar como el asesino de su marido. Y si te pillan a ti, ¿qué coño harás entonces? ¿Contarles lo de los niños a cambio de una reducción de condena?

El guardaespaldas se acercó. La mano cerrada de Joseph le apretaba la nuez a Ivan. Este aguantó. Todo era cuestión de no dejarse llevar por el pánico. Tenía que tirar de labia para salir de esta; debía proponer una solución.

—Yo nunca cantaría. Lo arreglaré, pero necesito tu ayuda.

Joseph le dio un último empujón.

—¿Que necesitas mi ayuda, dices? —preguntó con escepticismo.

Ivan se llevó los dedos a la garganta, tosió. El guardaespaldas se había detenido a cierta distancia.

—Tu fuente policial. Pídele que se entere de dónde la tienen protegida, y yo me ocupo del resto.

El golpe pareció venir de ninguna parte. Ivan se dobló por la mitad. Intentó tomar aire. Joseph lo cogió de la oreja y lo levantó de un tirón.

—¿Entiendes en qué puta situación nos has metido? —le espetó—. En Suecia nunca se ha silenciado a nadie que esté en una vivienda protegida. ¿Sabes por qué? Porque es imposible.

—Yo lo haré —dijo Ivan con un jadeo.

Joseph preparó un nuevo puñetazo. Ivan cerró los ojos y tensó el cuerpo. Pero el golpe no llegó a producirse. Abrió los ojos con cuidado. Joseph se había detenido en mitad del movimiento. El guardaespaldas se había acercado a ellos y le estaba mostrando un móvil a su jefe.

—Mikael —dijo.

Joseph le quitó el móvil.

—¿Sí?

Ivan comprendió que eran malas noticias. Joseph puso mala cara y negó desalentado con la cabeza.

—Ya voy —dijo y colgó. Se quedó de pie con el teléfono en la mano, mirando al vacío. Luego tiró el móvil al asfalto, levantó una pierna y lo aplastó—. El sudafricano que tenía que acabar con la poli no se ha presentado ni saben dónde está. Por tanto, sigue viva. A él no sabemos qué le ha pasado. A lo mejor lo ha pillado la policía.

Ivan apenas se atrevía a respirar.

—Voy a hablar con mi contacto para descubrir dónde tienen a la mujer de Davidson. Va a costar. Va a costar un montón de dinero, y lo vas a pagar tú de tu bolsillo.

—No hay problema. ¿Qué quieres que haga?

—Nada. Mantente al margen. Enciérrate, mátate a pajas, juega al Counter-Strike, haz lo que te salga de la polla. —Joseph le hizo una señal al guardaespaldas, que abrió el coche y se sentó al volante. El coche se puso en marcha—. Pero cuando te llame, estate preparado —dijo y cerró la puerta.

*C*arlos se quedó mirando a la niña de la cama. Sus ojos azul brillante contrastaban llamativamente con su pelo negro y la tez blanca. El día antes ya se había fijado en ella. ¿Cuántos años podía tener? ¿Once, doce? Carlos podía ver que estaba muerta de miedo, por mucho que se esforzara en disimularlo.

Nunca antes, desde el primer cargamento, a comienzos de la década de los noventa, se había dirigido a ninguno de los críos. Era rebasar un límite, hacerlos más humanos de lo necesario. En alguna parte de su ser Carlos temía que pudieran hacer que se ablandara. Y ya desde pequeño su padre lo había acusado de ser un débil, de no tener lo que hacía falta. Pero ahora su padre estaba muerto. Carlos era el líder de la colonia, la había mantenido a flote. Había demostrado su fuerza y vigor una y otra vez.

Y había algo especial en volver a oír la lengua de su padre. Aquí, en el sur de Chile. Después de tantos años. En sus últimos días de vida su padre le había hablado cada vez con más frecuencia en sueco. Le había hablado de sus abuelos, su infancia en Estocolmo. De la guerra, de cómo había conocido a Hilde, el exilio en Sudamérica y la fundación de la Colonia Rhein y los primeros años de incertidumbre.

Abrió la boca y le preguntó en sueco a la niña cómo se llamaba. Ella pestañeó asombrada.

—Natasja.

Ella repitió la pregunta de qué le había pasado a la niña que se habían llevado mientras seguía señalando la cama vacía. El doctor Peralta se acercó, claramente molesto por no saber lo que estaban diciendo. El médico se detuvo a cierta distancia de Carlos.

—Señor Schillinger, ¿proseguimos con la inspección?

Carlos suspiró y asintió brevemente con la cabeza.

𝒩icolas alzó el arma en cuanto la puerta se abrió. Vanessa Frank llevaba una toalla blanca alrededor del cuerpo. Le lanzó una mirada de cansancio a la pistola.

—Me habría encantado levantar las manos en alto, pero entonces se me caería la toalla, y tan contenta no estoy de encontrarte, por fin —dijo antes de dar media vuelta y adentrarse en el piso.

Nicolas se quedó allí quieto unos segundos antes de cerrar la puerta. Dejó la bolsa en el suelo y se agachó para quitarse los zapatos, pero Vanessa le gritó desde el salón que no era necesario.

Estaba sentada en el sofá con las piernas cruzadas, observándolo.

—Las cámaras te han grabado al entrar, solo para que lo sepas —dijo—. Supongo que no hace falta que te explique lo que pasará si me encuentran con un tiro entre ceja y ceja.

Nicolas dejó la Glock en la mesita de centro que los separaba y se sentó frente a ella. Se estudiaron en silencio, hasta que Vanessa alzó la copa, se terminó lo que le quedaba en el vaso e hizo una mueca.

—Estoy bastante segura de que no has sido tú el que ha matado a Hampus Davidson, así que pensaba preguntarte si tenías alguna sugerencia cualificada de quién podría haber sido.

—Ivan Tomic.

—¿El mismo Ivan Tomic que…?

—Sí.

Vanessa se masajeó el tabique nasal con el pulgar y el índice.

—¿Para quién trabaja y por qué hay un coche alquilado a su nombre delante de mi portal desde hace una semana?

—La Legión. Me atrevería a pensar que tiene curiosidad por saber por qué has ido a ver a mi hermana en Vårberg.

—¿Y a ti por qué te persiguen? Tus habilidades y tu pasado deberían irle a la Legión como anillo al dedo.

Nicolas titubeó. Si ella lo estaba grabando, su relato podría ser usado como material de prueba. Vanessa pareció entender lo que estaba pensando, porque al instante siguiente se levantó y dejó caer la toalla al suelo.

Nicolas notó que se ruborizaba y miró rápidamente para otro lado.

—Como puedes comprobar, no llevo ningún micrófono, y mi móvil se está cargando en el dormitorio. No se está grabando nada. Y lo creas o no, yo soy la mejor oportunidad que tienes de salir de esta.

Recogió la toalla, se la echó por encima como una manta y se reclinó en el sofá.

—¿Por qué quieres ayudarme? —preguntó él.

Ella se estiró sobre la mesa y le clavó los ojos.

—Porque por el momento me la suda soberanamente que secuestraras a Oscar Petersén y a Hampus Davidson. Y porque lo que hiciste para neutralizar a Ömer Tüzek y Samer Feghuli, o como sea que los militares llaméis a lo que ocurrió en Odengatan, yo lo describiría como defensa propia. Quiero entender por qué la Legión quiere verme muerta. Hace un par de semanas no le habría dado demasiada importancia, pero ahora resulta que quiero seguir con vida. Al menos por un tiempo.

Nicolas se levantó y se acercó a la ventana. Junto a esta había una terraza acristalada.

—Yo nunca he trabajado para la Legión. Me ofrecieron trabajo, pero lo rechacé.

—¿Qué clase de trabajo?

—Querían que secuestrara a niños de la calle.

Vanessa entornó los ojos.

—¿Niños de la calle? ¿Por qué?

—No lo sé —dijo Nicolas negando con la cabeza—. Si me hubiesen dicho chicas jóvenes, habría supuesto que las querían para trata de blancas o algo así, pero…

—Da lo mismo el qué y el por qué —lo cortó Vanessa—. Al decirles que no, te convertiste automáticamente en un objetivo. Igual que yo cuando empecé a buscarte, porque temían que fueras a contarme justo lo que me acabas de contar.

Nicolas volvió a sentarse en el sofá.

—Y ahora ya lo he hecho —dijo—. No puedo ayudarte en nada más. Te he contado lo que sé, ahora depende de ti y de tus compañeros. Tendrás que convencerlos de que yo no he tenido nada que ver con la muerte de Hampus Davidson.

—El problema es que no puedo hacerlo.

—No me jodas. ¿Estás de broma?

Nicolas sintió una ola de fatiga, hundió la cabeza entre las manos y suspiró.

Le vino Melina a la cabeza. Tras el asesinato de Hampus Davidson la policía debía de habérsela llevado. Hasta la fecha él había dado por hecho que estaba a salvo. Pero ¿ahora? La Legión tenía algún contacto en la policía que les pasaba información. Ella seguía estando en peligro. Había sido testigo del asesinato de su marido.

—Hay una persona de la que sí me puedo fiar, puesto que por el momento todo apunta a que tenemos un enemigo en común. Tú.

*C*uando Carlos llegó a casa ya había anochecido. Le preguntó desmotivado al vigilante de la puerta de Consuelo si había habido algún cambio y obtuvo una negativa a modo de respuesta.

—Gracias. Puedes irte —le dijo al hombre—. Nos vemos mañana.

Consuelo seguía tumbada en la misma postura que cuando él se había ido. En la mesita de noche había una bandeja con comida intacta. Carlos dejó las muletas y se inclinó sobre el plato: guiso de pollo. Cogió una patata, se la metió en la boca. Estiró la mano, sus dedos le rozaron el hombro.

—Tienes que comer —dijo.

Desde la muerte de Raúl, Consuelo se había negado a comer, a hablar y a mirarlo siquiera. Por primera vez desde que Ramona había fallecido, Carlos se sintió impotente. No podía ni amenazar ni matar ni usar su dinero para hacer reaccionar a Consuelo. Necesitaba otra cosa en lugar de un vigilante que la cuidara las veinticuatro horas del día y que le hiciera compañía.

No quería que los habitantes de Santa Clara supieran que era él quien estaba detrás del asesinato de Raúl. Si alguien encontraba a Consuelo en su casa, no tardarían demasiado tiempo en atar cabos de lo que había ocurrido. No es que fueran a atreverse a hacer algo al respecto, pero sí que se abriría una grieta entre los alemanes y los habitantes del pueblo.

PARTE IX

1

Si unos días atrás alguien le hubiese dicho que estaría sentada delante de Nicolas Paredes hablando de la Legión, habría pensado que la persona estaba loca. Pero le había gustado lo que había oído. Su instinto le decía que él le había contado la verdad. Y que podía confiar en él, al menos de momento.

Vanessa fue a buscar el móvil al dormitorio. Siete llamadas perdidas. Dos de Jonas Jensen y cinco de Tina Leonidis. Llamó a Tina y echó un vistazo fugaz al reloj. Las 19.15. Tina lo cogió al cuarto tono.

—¿Podemos quedar?

—¿Tú y yo? —preguntó Vanessa con cierto rechazo.

—Y otra persona. Creo que puedo haberme equivocado con Natasja.

—¿A qué te refieres?

—Creo que será mejor que vengas.

Tina le dio la dirección y colgó. Vanessa se vistió. Tardó un cuarto de hora en ir a pie hasta la calle Regerings, donde quedaban las oficinas de Mentor. Se sentía considerablemente dolorida tras el accidente de coche, pero decidió ir caminando para poner orden a sus pensamientos.

Habían acordado que Nicolas era el más indicado para enfrentarse a Ivan Tomic para, en la medida de lo posible, enterarse de lo que había pasado con los menores desaparecidos. Si la policía —sus compañeros, se corrigió— detenían a Ivan, jamás descubrirían adónde los habían llevado. Él jamás contaría nada en un interrogatorio. Vanessa no quería pensar en cómo haría Nicolas para conseguir que hablara, pero comprendía que el tiempo empezaba a apremiar si quería volver a ver a Natasja con vida.

Dependiendo de lo que Ivan le dijera, decidirían cómo proseguir. Vanessa le había prometido a Nicolas que mientras tanto intentaría descubrir adónde habían llevado a Melina Davidson. La policía tenía escondites en la mayoría de las ciudades medianas del país. Seguramente ya no estaba en Estocolmo. El problema era que no había nadie a quien llamar para preguntarlo, ni siquiera trabajando en Nova.

El departamento de protección de personas estaba herméticamente aislado de las demás unidades, lo cual, en este caso, era también una ventaja. El policía o los policías que estaban en nómina tendrían las mismas dificultades que Vanessa para localizar a Melina.

Delante del portal de Regeringsgatan había tres personas. Dos mujeres y un joven de unos dieciocho años que llevaba una fina chaqueta.

—Este es Mohammed —dijo Tina señalando al chico, que se negaba tercamente a todo contacto visual—. No le gusta la policía, pero he conseguido convencerlo para que te cuente una cosa. Ha estado viviendo en Estocolmo como niño de la calle junto con un par de amigos. Sarah está aquí para hacer de intérprete y ayudarte a hacer preguntas.

—Vale —dijo Vanessa—. Dispara.

La boca del chico comenzó a moverse y de ella salió una voz afónica en árabe. Hablaba en voz baja. Al cabo de un rato, la mujer llamada Sarah levantó la mano y el chico calló obediente.

—Una noche un hombre se nos acercó mientras estábamos en un parque en Södermalm. Tenía trabajo para nosotros. Solo teníamos que acompañarlo. Cuando llegamos al coche notamos que algo no iba bien. Comprendimos que era una trampa y salimos corriendo.

Sarah le indicó que continuara.

—Cogieron a mis amigos. Desde entonces no los he vuelto a ver.

Vanessa estaba a punto de mostrarle algún tipo de condolencia cuando el chico, por primera vez, la miró a los ojos. Levantó su teléfono móvil, lo señaló y dijo unas palabras.

—Sabe adónde los llevaron —dijo Sarah.

—¿Estocolmo?

El chico asintió con la cabeza.

Vanessa notó que se le aceleraba el corazón. A lo mejor Natasja seguía allí. Y si podían vincular la Legión a los menores desaparecidos, sería una gran victoria para la Policía de Estocolmo. Los cabecillas serían juzgados, terminarían entre rejas al menos un par de años.

El chico soltó una larga parrafada.

—Él y sus amigos tenían activada la función de control remoto de sus móviles para tenerse localizados los unos a los otros, puesto que no se sabían los nombres de las calles. No acabo de entenderlo del todo, pero dice que los llevaron a un edificio que queda aquí, y luego apagaron los móviles.

Sarah señaló el móvil.

—¿Por qué no acudió a la policía?

Sara respondió sin esperar a Mohammed.

—No confía en la policía. Si lo cogen, lo meterán en un centro y luego lo sacarán del país.

El chico giró la pantalla hacia Vanessa. Era la imagen de un mapa del sudeste de Estocolmo, Nacka y Orminge. El chico utilizó dos dedos para ampliarla, había un edificio marcado con un círculo rojo. Ella sacó su teléfono y le hizo una foto a la pantalla. Le dio una palmada en el hombro y le dijo «gracias». Después se volvió hacia Sarah.

—Pregúntale si podría reconocer a los hombres si pudiera verlos en foto.

2

*L*a música *house* resonaba entre las paredes del Café Opera. Ivan y Ahmed Salah estaban de pie junto a una mesa de la zona VIP elevada. Habían pedido champán y copas por cinco mil coronas, lo cual no había dejado indiferentes al resto de clientes del bar musical.

Ahmed se había plantado ante el cordón rojo que separaba la parte elevada de la pista de baile y había señalado con el dedo a las chicas que quería en su mesa. Las tías estaban buenas, pero Ivan aún no había visto ninguna que realmente despertara su interés. Había decidido contentarse solo con chicas diez. ¿Por qué no iba a hacerlo? Al día siguiente podría terminar todo. Si la policía lo pillaba le caería una larga pena de prisión, quizá cadena perpetua. No tenía nada que perder.

Había intentado obedecer a Joseph y quedarse en casa. Pero el desasosiego lo había superado, así que había llamado a Ahmed y le había preguntado si le apetecía quedar en el Café Opera.

El resto de tíos del bar les lanzaban miradas de envidia. Y a él le encantaban, estaba disfrutando con cada segundo.

—Luego las tías quieren seguir la fiesta en algún sitio. Les he dicho que teníamos coca en tu casa —le gritó Ahmed para superar la música.

—¿Cuáles?

—Esas.

Ahmed señaló a cuatro chicas que rondarían los veinte años. Cuando vieron que Ahmed e Ivan las miraban, saludaron con la mano. No tenían nada de malo, eran guapas, pero Ivan quería esperar a ver.

—Aún no es tan tarde —dijo precavido.

—Tú eres el que manda, jefe —dijo Ahmed.

Una de las chicas a las que Ahmed había señalado se sentó al lado de Ivan. Tenía el pelo castaño y le llegaba por los hombros, ojos azules, piernas largas y delgadas y una falda corta y negra que se ceñía a sus muslos.

—O sea que eres tú el que paga por todo esto —le preguntó haciendo un gesto hacia la mesa.

—Exacto.

—Pero ¿de qué trabajas?

—Hago varias cosas —dijo Ivan y se rio—. No te preocupes, mejor bebe y pásatelo bien. ¿Cómo te llamas?

—Linda.

—Vale, Linda. Yo me llamo Ivan. Si luego quiero que vengas a mi casa, te lo digo.

Ivan giró el cuello y echó un vistazo a la barra repleta de gente. Allí había una tía de su estilo. Rubia platino, vestido rosa ajustado que resaltaba sus grandes pechos de silicona.

«Esa es a la que quiero», pensó y se puso de pie.

Los demás tíos se apartaron cuando él se acercó. Sabían que no era alguien a quien quisieras cruzarte en tu camino. Cuando llegó al cordón rojo, lo quitó él mismo. El vigilante se dio la vuelta y abrió la boca para soltarle una pulla, pero se quedó callado. Luego les pidió a unas cuantas chicas que estaban esperando expectantes junto al límite de la zona VIP que se apartaran.

—Enseguida vuelvo, solo voy a buscar a una churri —le dijo al vigilante.

—Ningún problema.

La masa de gente se volvió densa. Ivan fue apartando a los que le obstaculizaban el paso. Le lanzaban miradas molestas, pero a él le daba igual. Era el rey. Podía hacer que echaran a cualquiera de esos perdedores con una simple mirada al vigilante. El dinero lo era todo, sobre todo si sabías que lo tenías. Los últimos metros que le quedaban hasta la barra se abrió paso a empujones y se puso al lado de la chica del vestido rosa.

«Parece una estrella porno», pensó.

—¿Cómo te llamas? —Sus ojos se clavaron en su escote.

—Hanna —respondió ella con cara de aburrimiento.

—¿Quieres tomar algo, Hanna? —preguntó él.

Ella señaló una copa de vino.

—Ya estoy tomando algo. Gracias —respondió.

Ivan le quitó la copa de la mano. Ella lo miró desconcertada y abrió la boca para protestar. Él alzó el brazo teatralmente y dejó caer la copa, que estalló contra el suelo.

—¿Qué quieres tomar? —preguntó de nuevo—. ¿Champán?

Hanna miró los trozos de cristal.

—Vale —dijo, y sonrió.

Ivan se inclinó sobre la barra. El camarero no le hizo caso. Ivan se puso de puntillas, agarró al chico por la camisa negra en cuanto pasó por allí y lo acercó de un tirón.

El chico trastabilló.

—Trae una botella de champán.

El camarero se arregló la camisa y miró asustado a Ivan, pero no hizo ningún ademán de ir a buscar lo que le había pedido.

—¿Qué te pasa? Te he pedido una botella de champán —repitió Ivan.

El camarero hurgó en un arcón congelador, sacó una botella, llenó una cubitera con hielo, descorchó la botella y la metió en el cubo.

—¿Cuántas copas? —preguntó.

—Dos.

Ivan metió la mano en su bolsillo trasero, sacó un fajo de billetes de mil y los dejó delante del camarero. Notó cómo Hanna miraba el dinero como hechizada.

—Quédate con el cambio y recuerda mi cara —dijo, luego se volvió hacia ella y le ofreció una copa. Se la llenó, luego se sirvió a sí mismo y alzó la copa para brindar—. ¿Quieres venir a mi casa y continuar allí la fiesta?

—¿Quiénes van?

—Solo estamos tú y yo en la lista.

Ella se rio.

—Vale, puede.

—Nada de «puede».

Hanna paseó la mirada por el bar.

—Me apunto. Solo tengo que decirle a mi amiga que tendrá que volver sola a casa. ¿Cuándo te quieres ir?

—Ahora.

—Pero ¿y esto? —dijo levantando la copa de champán.

—Tengo cosas mejores en casa. Ve a hablar con tu amiga. Nos vemos en la entrada dentro de cinco minutos.

3

*L*a temperatura había bajado. Nicolas había constatado que Ivan no parecía estar en casa. Junto a una puerta de garaje de color verde al otro lado de la calle crecían unos setos y árboles adonde no llegaba del todo la luz de las farolas. Allí se había situado a esperar.

Movía los dedos de las manos y los pies constantemente para que no se le entumecieran, y de vez en cuando daba unos saltitos. El metal de la Glock se había enfriado enseguida y le helaba las lumbares.

Ivan lo había traicionado. A pesar de sus veinte años de amistad, Ivan le había tendido una trampa que tenía por objetivo darle muerte. Cuanto más pensaba en ello, más irreal le parecía. Y por si no bastara con eso, luego había ido a casa de Melina, probablemente para sonsacarle su paradero a punta de pistola. Tenía que haberlos visto. O bien en el bar de Nobis o unos días más tarde, en su portal.

En realidad debería haberle plantado cara a Ivan antes en lugar de esconderse en la habitación de hotel en Köping. Ivan había elegido bando y había pasado a formar parte de la Legión. Si bien era cierto que siempre había soñado con ese estilo de vida, Nicolas jamás habría imaginado que fuera a sacrificar a su amigo para ver cumplido su deseo.

Ivan nunca había sido bueno en la escuela; había tenido dificultades para hacerse apreciar, para encontrar amigos. Se encendía fácilmente, la menor objeción se la tomaba como algo personal y recurría a la violencia cuando se sentía hostigado. Pero en el fondo Nicolas siempre había visto a su amigo como una buena persona. Los acontecimientos de los últimos días le habían hecho replanteárselo. Una buena persona no ayuda a gente como Joseph y Mikael Ståhl a secuestrar niños de las calles de Estocolmo.

Ivan debía de haber cambiado durante los años de ausencia de Nicolas. Y al volver, este había estado demasiado ocupado consigo mismo como para darse cuenta de dicho cambio. Ahora la vida de Melina corría peligro. Sobre todo si había policías echándoles una mano. Nicolas solo podía cruzar los dedos para que Vanessa localizara su escondite antes de que lo hicieran ellos.

Se quitó los guantes y se echó el aliento para calentarse las manos.

El autobús azul número 1 se detuvo en la parada, y dos hombres subieron antes de que siguiera su trayecto prácticamente en silencio.

4

$\mathcal{D}$e camino al coche no se dijeron nada. Ivan había aparcado detrás del Café Opera. Después de sentarse al volante, se estiró sobre Hanna, abrió la guantera y sacó una bolsita con unos gramos de cocaína.

—¿Tienes un espejo o algo que nos pueda servir?

Hanna hurgó en su bolso, sacó una cajetilla redonda y negra de un pequeño neceser negro y la abrió.

Se lo pasó a Ivan, quien preparó una raya. Luego le dio un billete a Hanna. Ella la esnifó, hizo una mueca y se secó la nariz. Ivan preparó otra. Luego apoyó el brazo en el asiento del acompañante y giró la cabeza para dar marcha atrás.

—¿Dónde vives? —preguntó Hanna.

Ivan la miró de reojo mientras pasaban por delante del Grand Hôtel. Le gustaban poco las personas que hablaban todo el rato. Pero las preguntas de Hanna se referían a él. Parecía interesada e impresionada. Ivan se sintió lleno de confianza.

—En Gärdet —respondió—. Está bastante cerca.

—Lo sé. Al menos queda más cerca que Skogås —dijo.

—¿Tú eres de allí?

—Sí.

—¿De qué trabajas?

—Soy terapeuta facial.

Ivan arqueó las cejas.

—¿Si alguien tiene la piel deprimida va a verte a ti?

Hanna sonrió y le dio un golpecito en el brazo.

—Algo así —dijo—. ¿Tú de qué trabajas?

—Digamos que estoy en el sector de la seguridad.

En la avenida Strandvägen Ivan giró a la izquierda para pasar por la plaza Stureplan, lo cual era dar un rodeo. Si hubiese continuado por Strandvägen habrían llegado antes. Pero quería disfrutar del momento. Ver a la gente borracha, las colas, las chicas vomitando y llorando, mientras él iba en coche con una mujer hermosa de camino a casa.

No se sentía para nada embriagado. Tenía ganas de quitarle la ropa a Hanna. Follársela. Todo era tan fácil cuando tenías dinero. Y la vida era mucho más divertida cuando tenías compañía.

$\mathcal{V}$anessa le pidió al conductor que se detuviera a trescientos metros del almacén y luego pagó la carrera. El taxi siguió su camino y el ruido del motor se alejó. Las luces traseras desaparecieron tras una esquina. Vanessa se quedó un momento en el carril bici. Su aliento generaba nubecitas blancas de vaho.

El carril bici corría en paralelo a una calle asfaltada mal iluminada que dos kilómetros más adelante se bifurcaba, al llegar al barrio de chalets idílicos de Saltsjö-Boo, donde la clase media disfrutaba de poder vivir cerca del mar. Detrás de Vanessa quedaba Orminge, más tosco, con sus pisos de clase trabajadora en distintas tonalidades grises.

Vanessa empezó a caminar.

El polígono industrial, que estaba compuesto por un par de talleres y unos pocos almacenes grandes, estaba separado de la calle mediante una valla metálica de tres metros de altura.

Según Mohammed, había sido Ivan Tomic, junto con dos ayudantes, quien se había llevado a sus amigos. Lo había identificado al instante cuando ella le había enseñado las fotos de su cuenta de Facebook.

Y aquí, delante de ella, había desaparecido la señal del móvil de su amigo. Vanessa quería llamar a Nicolas, pero al mismo tiempo no quería molestarlo. Para avanzar tenían que lidiar con Ivan en persona. Enterarse de más. Y si Natasja estaba aquí dentro Vanessa quería encontrarla lo antes posible. Sin embargo, por el momento reinaba el silencio. Quizá los críos estuvieran amordazados. Tal vez los tenían vigilados, sobre todo si el local se utilizaba para guardar droga. Vanessa pegó la frente a la valla e inspeccionó la nave desde la distancia. Había una escalera que subía hasta el tejado. Se agarró a la red metálica y comenzó a trepar. Las zapatillas Nike se agarraban bien a la malla metálica. Al llegar arriba osciló sobre la barriga antes de pasar las piernas y bajar por el otro lado.

La puerta estaba sellada a cal y canto con dos cerraduras. Pegó la oreja y escuchó. No se oía nada. Rodeó el edificio para comprobar si había alguna otra entrada. En la parte trasera encontró un muelle de carga igual de difícil de forzar que la puerta de la entrada. Regresó a la parte delantera, levantó la cabeza y siguió la escalera con la mirada.

Vanessa detestaba las alturas. Y el vértigo parecía empeorar con los años. Ahora casi le sudaban las manos y le daban vahídos solo de ver un globo terráqueo.

—La madre que me parió —rezongó mientras se cogía a la escalera con ambas manos y le daba unos bandazos para comprobar la fiabilidad de las sujeciones. Luego puso los pies en el primer peldaño y comenzó a subir. Vanessa mantenía la vista fija en la superficie verde que tenía delante. Hizo un alto, se pegó a la pared y se secó las palmas en los pantalones para no arriesgarse a que se le deslizaran.

Al cabo de unos metros alcanzó las ventanas. Subió un poco más, pegó la frente al cristal sucio y miró dentro. Lo único que se veía era oscuridad.

Encendió la linterna del móvil y enfocó dentro para ver si había algún sitio donde poner los pies. Deslizó el haz de luz y para su gran alivio comprobó que había suelo un metro por debajo de la ventana. En la penumbra vislumbró una barandilla y una escalera que, supuso, llevaba a la planta baja.

Se guardó el móvil. Necesitaba algo para romper el cristal y se maldijo a sí misma por no haber cogido una piedra. Se tanteó el pie con la mano y se aflojó el cordón lo suficiente como para poderse quitar la zapatilla. La sujetó con la mano izquierda mientras se aferraba a la escalera, la levantó y golpeó la ventana con la suela.

El cristal tembló, pero siguió entero.

Vanessa repitió el movimiento, esta vez más fuerte. El resultado fue el mismo. Si le daba aún más fuerte temía que su mano fuera a atravesar el cristal y se hiciera un corte en la muñeca. Subió otro peldaño para estar un poco más arriba y volvió a golpear.

El cristal se rompió.

Siguió golpeándolo, justo al lado de la primera abertura. Poco a poco el agujero se fue ampliando y al final la superficie era lo bastante ancha como para que se pudiera colar dentro. Con la suela de la zapatilla fregó la parte inferior del marco para quitar los cristales más grandes. Subió la pierna izquierda y luego pasó el resto del cuerpo.

Para su decepción, enseguida comprobó que la sala de ahí abajo estaba vacía.

Trató de entender lo que estaba viendo. El almacén estaba dividido en distintos compartimentos. En algunos había un colchón y una manta delgada. Allí había habido gente viviendo.

En un rincón había una mesa destartalada y tres sillas. Una cafetera, una nevera y un arcón congelador. Lo abrió, asomó la cabeza y vio tres platos precocinados de Findus.

Volvió a los compartimentos. Deslizó el foco de la interna. Contó un total de diez colchones. ¿Dónde se habían metido los críos? Ivan Tomic y dos ayudantes habían recogido a diez niños de la calle, los habían llevado hasta aquí y los habían mantenido cautivos. ¿Adónde se los habían llevado luego?

Vanessa se dejó caer en una de las sillas de la cocina improvisada, apagó la linterna y se quedó mirando la oscuridad.

Fuera lo que fuese, aquel asunto era demasiado grande y demasiado turbio como para no seguir adelante. De inmediato. Necesitaban unidades de vigilancia para el edificio. Pero ¿con quién tenía que hablar? Por el momento, Jonas Jensen quedaba descartado. Vanessa no podía arriesgarse a que la noticia llegara a oídos de la Legión. Entonces jamás descubrirían qué les había pasado a los menores. ¿Jan Skog? El jefe de unidad podía ser un imbécil y tenía predilección por hablar con los medios, pero al menos no era un corrupto.

6

$\mathcal{N}$atasja se despertó porque alguien la estaba moviendo. En la penumbra pudo ver a un hombre al que no había visto nunca. Le estaba quitando las correas. Detrás de él pudo ver a uno de los médicos con las manos a la espalda. El hombre desconocido le hizo una señal para que se levantara y lo acompañara.

—No —susurró—. Por favor.

El hombre la miró inexpresivo. Ella miró de reojo a Farah, que también se había despertado.

—No te vayas con él, Natasja. Entonces ya no volverás —le dijo en árabe.

El hombre rodeó la cama de Natasja, levantó el brazo y le dio a Farah un fuerte bofetón. Luego se volvió de nuevo hacia Natasja.

—*Come. Now.*

Levantó de nuevo el brazo, para pegar a Farah.

—*Okay* —dijo Natasja.

La mano se quedó colgando en el aire mientras Natasja apartó la manta de una patada y bajó sus pies desnudos al frío suelo. Se levantó. Pestañeó unas cuantas veces. Su cuerpo estaba temblando, aunque no sabía si era de miedo o de frío. El hombre y el médico comenzaron a caminar en dirección a la puerta.

Natasja se cruzó con la mirada de Farah y le sonrió antes de seguirlos. Sabía que era la última vez que se veían.

Era un alivio poder prescindir por fin de las muletas. Carlos se pasó la mano por la rodilla izquierda mientras observaba a la niña a través del cristal. Se había sentado en la camilla metálica, paseaba la mirada por la sala y se frotaba los antebrazos con las manos para entrar en calor.

Era la cámara de tortura más temida de toda la colonia. Se la conocía como la Parrilla. En una de las paredes estaba la máquina que, conectada al enchufe, emitía electricidad a los electrodos que se colocaban en distintas partes del cuerpo del sujeto a interrogar. Carlos recordaba que su padre le había dado permiso para ponerse justo donde estaba ahora cuando metían a los prisioneros a rastras. La mayoría no podía caminar, tras varios meses de torturas en Santiago. Les quitaban toda la ropa, luego los ataban a la camilla.

Se les introducía algodón mojado en las orejas. Se les colocaba un casco y se les tapaban los ojos. Los electrodos se distribuían por todo el cuerpo, en especial en las axilas, la boca, el ano y los testículos. A los hombres se les introducía un trozo de alambre en la uretra, para lo cual solían hacer falta varias personas, bien para sujetar al individuo, bien para meter el alambre. Si la interrogada era una mujer la tarea resultaba más sencilla, por cuestiones meramente anatómicas. Con el tiempo, Carlos había entendido que todas las mujeres eran violadas antes de ser enviadas a la Parrilla. No albergaba mejores sentimientos al respecto; las violaciones estaban pensadas para humillar a las mujeres y así romperlas psicológicamente, más que para el placer de los interrogadores.

Carlos dio un respingo cuando la puerta se abrió a sus espaldas y Marcos entró. Se puso al lado de Carlos con los brazos cruzados.

—¿Estás seguro de esto?

7

*E*l portal estaba a oscuras. Hacía una hora que alguien lo había abierto por última vez. Dos faros iluminaron la calle Sandhamns, desde Gärdet. Los focos fueron avanzando por la cuesta.

El coche de Ivan.

Nicolas se acurrucó pegado a la fachada mientras seguía moviendo todos los dedos para desentumecerlos. Notó que su cerebro se aceleraba y se despojaba de toda información irrelevante.

Pero cuando el coche pasó por delante de él maldijo entre dientes. Ivan no iba solo, en el asiento del acompañante había una mujer rubia.

Ivan hizo un giro de ciento ochenta grados a la altura de su portal. Dejó el coche en la zona de carga y descarga en la acera de enfrente. Lo aparcó torcido y la rueda delantera izquierda quedó un poco salida en la calzada.

El motor se apagó y las puertas se abrieron casi a la vez.

¿Quién era ella? ¿Debería jugársela? ¿Salir corriendo, apuntarla con el arma, quitarle el teléfono y decirle que se largara de allí? Si la mujer acudía a la policía, él ya se habría ido cuando llegara la primera patrulla. Podía huir en el coche de Ivan.

La pareja había cruzado la mitad de la calle, les faltaban veinte metros para llegar al portal. Nicolas aún estaba a tiempo.

Dio un paso al frente, pero se detuvo.

Era demasiado arriesgado. Necesitaría más tiempo con Ivan para enterarse de lo que había pasado con los niños. Y por qué Ivan había ido a buscar a Melina y había matado a Hampus Davidson. Sobre todo, necesitaba saber si Ivan tenía intención de silenciar a Melina para siempre.

Υ

Ivan metió la llave en la cerradura, giró y tiró de la puerta para abrirla. Habían subido en el estrecho ascensor en silencio. Ivan intentaba pensar en algo que decir, pero no se le ocurría nada. Ya no se sentía igual de relajado y seguro de sí mismo. ¿Qué le estaba pasando?

Hanna entró primero en el piso y se quitó los zapatos.

—Abre el cajón de la mesita de centro —dijo Ivan.

Ella se tambaleó hasta el salón, se dejó caer en el sofá y abrió el cajón. Sostuvo la bolsa en alto.

—Nunca había visto tanta, tiene que valer más de cien mil coronas —exclamó.

Tocaba ser un macho alfa otra vez.

—Más o menos —respondió Ivan—. Pon algo de música.

Cerró la puerta del baño. Se bajó la bragueta. En el mismo instante en que el chorro tocó la cerámica del váter comenzó a sonar su teléfono. Joseph Boulaich.

—¿Sí?

—¿Estás meando?

—Sí.

—Pues para.

—Un momento.

Ivan dejó el teléfono sobre el lavabo, bandeó las últimas gotas, se subió los pantalones y pegó el móvil a la oreja mientras comprobaba que llevaba el pelo como a él le gustaba.

—He hablado con mi contacto. Sabe dónde la tienen.

—Bien —dijo Ivan—. ¿Dónde?

—Eso no importa. Quiero que nos lleves en coche cuando sea el momento de hacer el trabajo.

—¿Que os lleve? ¿A quiénes?

—A mí y a Mikael. Y a dos tíos más. Deja de hacer preguntas estúpidas de una puta vez. Eres tú el que nos ha metido en esto, así que cierra la boca y haz lo que yo te diga.

—¿Cuándo lo haremos?

—Esta noche, más tarde.

Ivan se sintió desanimado. ¿Esa misma noche?

—¿Pero cojo un arma, por lo menos?

—No, nosotros nos encargamos. Te pasaremos a recoger.

Ivan se quedó de pie con el teléfono en la mano. ¿Estaban intentando jugársela? A lo mejor Joseph había decidido deshacerse de él. Al fin y al cabo, era más fácil matar a Ivan que a Melina. En parte porque ella estaba bajo protección, en parte porque luego no habría tantas preguntas. Un criminal muerto más no llamaría demasiada atención. En internet había leído varios comentarios que decían que ya iba bien que las bandas se fueran matando entre sí.

Llamaron a la puerta. Hanna soltó una risita.

—¿Vienes o qué? Tengo una sorpresa.

Ivan abrió la puerta. Hanna se había quitado el vestido. La ropa interior era ligera, negra. Ivan deslizó los ojos de arriba abajo. Pensó que sería mejor que dejara de darle vueltas a la cabeza y aprovechara el momento. En cuestión de horas podría estar muerto.

8

*L*a casa estaba en un barrio idílico de chalets en la localidad de Enskede y había sido construida en ladrillo beis Cuando el taxi se hubo marchado, Vanessa se quedó de pie junto al buzón. «J. Skog», ponía. Al igual que el resto de casas de la calle, la del jefe de sección a cargo de Nova estaba sin luces.

Vanessa abrió la verja, subió un par de escalones y se acercó a la puerta. Apoyó un dedo en el timbre. Una señal aguda atravesó la casa.

Conociendo a Jan Skog, no saltaría de alegría al verla. Él nunca había disimulado sus sentimientos hacia Vanessa. Y se había vuelto aún más hostil desde que su mujer había fallecido de cáncer.

Se oyeron pasos, la puerta se abrió y Jan Skog la miró con ojos entornados detrás de unas gafas de montura fina. Llevaba un batín de seda de color rojo.

—¿Vanessa? —dijo.

Ella alzó una mano, la movió de un lado al otro en un saludo descorazonado.

—Joder, menuda pinta traes. ¿Estás bien?

—Tú sí que sabes lo que una mujer quiere oír cuando llama al timbre a la una y media de la mañana. ¿Me dejas pasar?

—Disculpa, es que me has cogido muy de sorpresa —dijo Jan y se hizo a un lado—. Entra.

La llevó hasta una gran cocina y aumentó el atenuador de luz. En la pared junto a la mesa había un teléfono antiguo con cable. Debajo de este, una libreta abierta y un bolígrafo. Jan señaló una silla.

—¿Café, o algo más fuerte?

—Algo más fuerte, por favor.

—¿Whisky?

—Sí, gracias.

Jan se fue un momento y volvió al cabo de un minuto con dos copas de líquido dorado.

—¿Qué puede ser tan urgente como para que te presentes así? —le preguntó a Vanessa después de dar el primer trago y dejar con cuidado la copa en la mesa.

—La Legión —dijo Vanessa e hizo una mueca. La herida que tenía en el labio le escocía por culpa del alcohol—. Han estado recogiendo a niños de las calles de Estocolmo. Niños sin techo. Después se los han llevado a una nave industrial en Orminge. Vengo ahora de allí, por eso traigo esta pinta. Desgraciadamente, el rastro de los críos termina allí.

Una arruga de inquietud había asomado en la frente de Jan mientras Vanessa iba hablando.

—¿Cómo sabes que es la Legión la que está detrás? ¿Son los dueños del local?

—No, no lo sé. Me atrevería a decir que la nave no está a nombre de ninguno de ellos. Uno de los chavales que logró escabullirse identificó a un tal Ivan Tomic.

—¿Y este Tomic trabaja para la Legión?

Vanessa asintió en silencio y cruzó los dedos para que Jan no le preguntara cómo lo sabía.

—También ha habido un coche delante de mi casa alquilado a su nombre. Y en ese coche vi al mismo hombre que ha intentado matarme.

—Me he enterado de eso. Lo lamento. —Jan dio un trago pensativo a su copa—. Lo cierto es que te debo una disculpa. Sé que tú y yo no siempre nos hemos llevado bien, pero quiero que sepas que te respeto. Eres una buena policía. Lo has demostrado, cuando menos hoy mismo.

—Gracias —dijo Vanessa y lo miró a los ojos.

Jan hizo rodar el whisky lentamente.

—¿Qué quieres que haga? Entiendo que no has venido solo por el trago. Por cierto, ¿puedes beber alcohol?

—En verdad, no. Es como ponerle una jeringuilla en la mano a una heroinómana —dijo Vanessa en tono apático y su jefe agrandó los ojos—. Es broma.

Jan esbozó una discreta sonrisa.

—Tenemos que poner unidades de vigilancia en la nave industrial.

—Suena bien —dijo Jan y se levantó—. Me alegro de que hayas venido. Lo que me has contado… quizá podamos atraparlos de una vez por todas. Discúlpame un segundo.

Su espalda desapareció de la cocina y Vanessa cogió el bolígrafo azul que había sobre la libreta. La reunión con Jan había ido mejor de lo esperado. Quizá había cambiado, se había vuelto más humilde tras el fiasco en el aeropuerto de Bromma.

Vanessa giró el cuello. Leyó una cita enmarcada que había en la pared.

«Si para ti es importante, encontrarás una manera. Si no, una excusa», ponía. Para Vanessa no había nada peor que ese tipo de frasecillas sabias. Sin embargo, el texto coincidía muy bien con la personalidad de Jan Skog.

Se levantó, hizo chasquear el boli unas cuantas veces y se acercó a la nevera.

Fotos de hijos y nietos. Jan echado en una tumbona leyendo un *thriller* de Leif G. W. Persson al lado de una piscina. Jan junto con dos amigos en un campo de golf. Ni una sola foto de Alva, la esposa fallecida de Jan. «A lo mejor es la única manera de olvidar a alguien, eliminar todas las pruebas de que la persona ha existido jamás», pensó. Por otro lado, parecía que esa medida te empujaba a decorar la casa con un montón de citas vacías.

Oyó pasos en el pasillo y se dio la vuelta. Jan sonrió y señaló la nevera.

—Mis pequeños. O bueno, tanto como pequeños… Simon tiene veintitrés. Sara, veintisiete. El año pasado dio a luz a su segundo hijo.

9

*I*van se dejó caer bocarriba y contempló su cuerpo desnudo. Hanna estaba tumbada de lado, de cara a él. Ivan deslizó unos dedos por las cicatrices que tenía bajo el pecho.

—Eres bonita —dijo.

—Tú también.

—Tu pelo… —Ivan se enrolló unos rizos rubios en el dedo corazón.

—¿Sí?

—Largo.

—Son extensiones.

—Ah.

Ivan lo soltó. Se preguntó si tenía algo de Viagra en casa. Quería volver a hacerlo, aprovechar la ocasión. Se levantó de la cama.

—¿Adónde vas?

—A mirar una cosa.

Abrió el armario, se sentó en cuclillas, hurgó entre las pastillas.

—Te está sonando el móvil.

Se levantó y lo cogió. Frunció el entrecejo cuando vio que era Joseph, cogió el teléfono de un tirón y salió al pasillo.

—Pensaba que habíamos quedado más tarde.

—Cambio de planes. Te vas a Enskede. Ahora.

—¿Ahora?

—Sí, cojones. Ahora. Llámame cuando estés en el coche de camino allí. Y coge una pistola.

Joseph colgó. Ivan se quedó de pie con el móvil en la mano. Eran las dos menos cuarto de la madrugada. Asomó la cabeza en el dormitorio. Ella lo miró risueña.

—¿Vienes a la cama otra vez?

Ivan negó con la cabeza.

—Tengo que irme —dijo, y se acercó al armario. Se puso los calzoncillos—. El curro.

—¿Ahora?

—Sí —dijo él.

—Si he hecho algo mal solo tienes que decírmelo.

Ivan se volvió rápidamente hacia ella.

—No, no es nada de eso. Quédate aquí.

Se estiró para recoger los tejanos, que estaban tirados por el suelo. Buscó en los bolsillos. Sacó un puñado de billetes de mil y los dejó en la mesita de noche.

—En la nevera hay algunas cosas para beber, y si te entra hambre pídete algo a domicilio. No has hecho mal nada. Lo que pasa es que tengo que ocuparme de esto. Ahora.

Se pasó una sudadera con capucha por la cabeza, cogió la Glock que tenía escondida debajo de unos pantalones en el estante superior y salió del piso.

10

$\mathcal{V}$anessa cogió la copa que Jan Skog le había vuelto a llenar y que ahora le devolvía sin ninguna prisa. A pesar de todo, no podía dejar de sentirse decepcionada. Hacía un rato había tenido la esperanza de que Natasja y el resto de menores estuvieran en la nave industrial. Además, quería oír lo que Ivan tenía que decir. ¿Podría haberse enterado ya Nicolas de dónde estaba Natasja? Tenía ganas de llamarlo para saber cómo había ido, pero al mismo tiempo Jan no quería dejarla marchar todavía. Vanessa bostezó, se moría de ganas de darse una ducha y quedarse dormida en el sofá.

Sin embargo, el jefe de sección de Nova parecía animarse con cada trago que daba.

—Creo que debería pedir un taxi —dijo Vanessa.

—Enseguida. Ahora que me has despertado, podríamos aprovechar un momento para hablar —dijo él y se pasó una mano por la calva.

—¿De qué?

Jan sonrió un poco.

—¿Cómo hiciste para parar a ese sudafricano al que decapitaste, por ejemplo? Quiero decir, no es precisamente lo que te enseñaron en la escuela de policías.

Algo no encajaba. Vanessa lo intuyó al instante, pero sin entender el qué. Toqueteó la copa para ganar tiempo, se la llevó a la boca.

—Tuve suerte. Si el camión no hubiese estado allí aparcado, probablemente ahora estaría muerta —dijo despacio.

—Entonces, ¿te estrellaste contra él a propósito?

—Era mi única oportunidad —dijo y paseó la mirada por la cocina—. ¿Dónde tienes el baño?

—En el pasillo, a la derecha.

—Gracias.

Vanessa se levantó. Le temblaban un poco las piernas. En la puerta del cuarto de baño había un pequeño corazón rojo. Abrió y echó el cerrojo. Algo no iba bien. No era un cansancio natural, apenas podía mantener los ojos abiertos.

Los primeros centilitros se los había tomado hacía diez minutos. Si él le había echado algo en la copa, aún no debería de ser demasiado tarde. Vanessa abrió el grifo, cayó de rodillas delante de la taza del váter y notó la familiar mezcla de olor a orina y producto de limpieza. Vomitó casi sin hacer ningún ruido, sin meterse los dedos. Había aprendido el truco de adolescente; ni sus padres ni Monica la habían pillado nunca.

Vanessa se sentó en la taza, se bajó los pantalones y las bragas, exprimió unas pocas gotas mientras bebía agua a borbotones.

Tiró de la cadena y se puso en pie. El cansancio parecía haber remitido un poco. Se cruzó con su propia mirada en el espejo. Estaba borrosa, pero su cuerpo estaba recobrando la vida. Igual que su cabeza.

El sudafricano, había dicho. Eso era. No había ninguna posibilidad de que Jan Skog supiera que el hombre era sudafricano. Mientras Vanessa había estado esperando a que los bomberos cortaran la carrocería, había revisado todos los bolsillos del individuo para identificarlo. Lo único que había encontrado era el teléfono móvil. Y era materialmente imposible que el Departamento Forense hubiese tenido tiempo de confirmar la identidad del individuo.

Jan Skog ya había sabido de antemano que se la querían cargar. Vanessa se secó la frente. ¿Tenía la Legión tanto a Jan Skog como a Jonas Jensen en nómina?

En el espejo vio un cuadro enmarcado que tenía detrás. Se dio la vuelta. Leyó la cita, que estaba escrita en letras negras.

«No puedes empezar el siguiente capítulo de tu vida si te pasas el tiempo releyendo el anterior.»

«Madre mía —pensó Vanessa—. No puedo haberme dejado engañar por un hombre cuyo nivel intelectual es tan superficial que habría que marcarlo con una boya roja.»

Al instante siguiente llamaron a la puerta.

—¿Estás bien? —preguntó Jan Skog.

—Sí, solo me siento un poco cansada. Ya salgo.

Vanessa quitó el cerrojo. Puso la mano en la manilla para abrir y la bajó. Pero la puerta no se movió.

11

$\mathcal{V}$anessa apoyó el hombro en la puerta y empujó con todas sus fuerzas. Imposible. Se sentó en la taza. Se había dejado el móvil en la cocina. Y Jan Skog sabía que ella lo había descubierto. Pero no se atrevería a matarla en su propia casa. Por tanto, estaba encerrada a la espera de que llegara alguien para llevársela.

Tragó saliva. Consideró las distintas alternativas que tenía.

—¿Cómo lo has sabido? —preguntó Jan desde el otro lado de la puerta.

Vanessa suspiró, pero no dijo nada.

—Vienen hacia aquí, llegarán de un momento a otro.

Vanessa se puso de pie. Se paseó de aquí para allá por el reducido espacio del cuarto de baño. Trató de pensar. Se detuvo delante del cuadro con la cita.

> No puedes empezar el siguiente capítulo de tu vida
> si te pasas el tiempo releyendo el anterior.

Notó la creciente irritación.

—Qué frasecitas tan bonitas tienes en las paredes.

Jan resopló.

—Tu problema, Vanessa, es que siempre te has creído más lista que todos los demás. Si tan solo hubieras acatado las normas y hubieses hecho lo que te dije, jamás habrías terminado aquí.

Se hizo un largo silencio. Vanessa se acercó al lavabo. Abrió el grifo y se lavó las manos.

—Y tu problema es que tus decisiones han sido tan imbéciles que a menudo me he preguntado cómo lo lograron tus padres.

—¿Lograron el qué?

Cerró el grifo, pero se arrepintió y lo volvió a abrir. Se agachó para coger la papelera. Le dio la vuelta y vació el contenido en el suelo, sacó la bolsa de plástico y tapó con ella el desagüe de seguridad del lavabo. El nivel del agua comenzó a subir.

—Casarse —dijo mientras se acercaba a la puerta—. Eres tan tonto del culo que seguro que eran gemelos monocigóticos.

—Sé que estás intentando cabrearme para que abra la puerta, pero no pienso hacerlo hasta que hayan llegado. Y será la última vez que nos veamos. Te encontrarán muerta y nadie dudará ni un segundo de que ha sido un suicidio. Todo el mundo se lo tragará, igual que se tragaron que Klas Hemäläinen era el que nos había vendido a la Legión.

Vanessa apoyó la espalda en la puerta. El agua comenzó a caer al suelo.

—Klas nunca fue corrupto, ¿verdad que no?

—No —dijo Jan. Soltó una carcajada—. Desde luego que no.

—Pero ¿descubrió que eras tú?

—Casi. Por lo menos iba bien encaminado. Fue idea de Joseph Boulaich, no solo matarlo sino, además, hacer que pareciera que era Klas quien había estado trabajando para ellos. Y ahora que lo pienso, supongo que harán lo mismo contigo. Ni te imaginas lo fácil que es hacer que un policía muerto parezca corrupto.

Vanessa levantó el zapato para que no se le mojara.

—¿Qué pasa con los críos a los que se llevan? —preguntó.

—La verdad es que no lo sé, y no podría importarme menos. Son una lacra, la Legión nos hace un favor quitando a esa chusma de las calles… Ya vamos justos de recursos con lo que tenemos.

Jan se quedó callado. Vanessa pegó la oreja a la puerta. Tanteó la manilla. Seguía sin poder abrir.

—Está abierto —gritó Jan.

Alguien había entrado en la casa. El hombre intercambió unas palabras con Jan. Vanessa no pudo entender lo que decían.

Al instante siguiente abrieron la puerta. Al lado de Jan estaba Nicolas Paredes, apuntándola a la cara con una pistola.

Vanessa pestañeó unas cuantas veces. Saltó con la mirada entre Nicolas y Jan. La había engañado. ¿Había estado trabajando para la Legión todo el rato? Había ido a hablar con ella para enterarse de lo que sabía. Aparte de Jonas, ella era la única que podía vincularlo a los secuestros. Quizá incluso al tiroteo en Odengatan. Jan miró el agua, pasó por su lado y cerró el grifo. Quitó la bolsa de plástico y negó con la cabeza.

Se acercó a Vanessa y le pegó un puñetazo en el estómago.

12

*E*l conductor aumentó la potencia del aire acondicionado y el chorro de aire pasó a refrescarla aún más. El hombre rubio, el del sueco extraño, estaba sentado al lado de Natasja. De vez en cuando giraba la cabeza, pero sin decir nada. Aparte de cuando le había pedido que la acompañara, no había pronunciado ni una sola palabra.

Natasja estaba asustada. Pensó en sus últimos dos años de vida. La huida de Siria, la añoranza que sentía por su familia, las primeras noches en un pabellón deportivo en Trelleborg. El traslado a Estocolmo. El desamparo, la soledad. Y luego, el encuentro con Vanessa Frank, su primera amiga sueca. Más que una amiga: un referente, la mujer más fuerte y fascinante que Natasja había conocido jamás.

Ahora ya no volvería a verla.

A lo mejor Vanessa ni siquiera sabía que Natasja había sido secuestrada. A lo mejor pensaba que Natasja se había fugado.

El coche subió por una cuesta. Abajo se extendía más bosque y más pradera. Las reses pastaban con las cabezas agachadas. Cuando el camino comenzó a bajar de nuevo Natasja vio algunas casas. Una callejuela. Una iglesia. Gente yendo de aquí para allá. Riendo. Hablando. La mayoría, igual de rubios que el hombre que tenía al lado. Pegó la frente a la ventanilla. Sabía que desde fuera no se podía ver a través de la luna tintada.

Salieron del poblado. Alrededor del coche el bosque se fue cerrando cada vez más. Apareció un cartel: «Clínica Baviera». En el lado del hombre rubio vio un gran edificio, parecía un hospital.

Υ

El coche pasó de largo, se metió por una pista forestal y continuó colina arriba. Al cabo de uno minutos entraron en el patio de una gran casa de color blanco. Apagaron el motor. Natasja oyó unos ladridos. En una arboleda había una gran jaula. Pegado a la reja, el perro más grande que Natasja había visto nunca. Le ladraba al coche y saltaba de un lado a otro.

El conductor bajó y le abrió la puerta a Natasja. El hombre rubio se acercó cojeando a la casa. La chica lo siguió. Más allá de la arboleda vio dos caballos paciendo tranquilamente en un cercado. El hombre le sostuvo la puerta, Natasja entró.

El mobiliario era viejo, básicamente muebles robustos de madera. Natasja deslizó la mirada por las paredes, en busca de algo que pudiera revelarle dónde estaban. La gran ventana daba al valle. Las vistas eran magníficas. En las paredes había armas antiguas, sables y rifles, algunas fotos en blanco y negro. Hombres uniformados. Mujeres en ropa de trabajo. Algunas fotografías parecían haber sido tomadas en el pueblo que acababan de cruzar. Natasja reconoció la iglesia blanca al fondo. Sobre el hogar había una pistola. Dorada.

El hombre se puso a su lado.

—Padres. Míos.

Se golpeó el pecho para asegurarse de que lo había entendido. Natasja no sabía que esperaban de ella. El hombre la observó con calma, se llevó una mano a la frente y se secó unas cuantas gotas de sudor.

—Mi mujer. Enferma. Dale comida. Compañía —dijo, y señaló con la mano hacia un pasillo.

Alzó la voz. Gritó algo. Por el pasillo se acercó un hombre vestido de negro. En la cadera llevaba una pistolera. Intercambiaron unas palabras y luego el hombre se retiró. El hombre rubio se dirigió de nuevo a Natasja.

—Mi nombre es Carlos —dijo, y se señaló a sí mismo.

13

$\mathcal{N}$icolas cogió a Vanessa del brazo y la sacó de un tirón del cuarto de baño. El puñetazo de Jan la había dejado sin aire. Al abrir la boca para protestar, Nicolas la empujó contra la pared. Le dio un bofetón. Jan esgrimió una sonrisa. Nicolas empujó a Vanessa por delante de sí, hacia la cocina.

—Cinta americana, ¿tienes?

Jan abrió un cajón de la cocina y encontró un rollo de cinta plateada. Nicolas obligó a Vanessa a sentarse en una silla y le ordenó que le enseñara las manos. ¿Cómo había podido equivocarse tanto con él? Mientras la ataba, los ojos de Nicolas no se cruzaron en ningún momento con los de ella. Vanessa quería echársele encima, noquearlo con la cabeza, hacerle daño. Pero había algo que la retenía.

Se mordió la lengua para no gritar.

Cuando Nicolas hubo terminado, la cogió del hombro y la hizo ponerse en pie. Jan se acercó a la mesa, cogió el móvil de Vanessa y su cajetilla de *snus*.

—No te olvides de sus cosas. Nadie puede saber que ha estado aquí.

Nicolas se detuvo y se quedó mirando al jefe de policía.

—Necesito la dirección.

Jan arqueó las cejas.

—¿Qué mierda de dirección?

—Del escondite —dijo Nicolas irritado—. Tengo que ir en cuanto haya terminado con esto. Necesitan más gente.

Jan titubeó.

—Ya le he dado la dirección a Joseph. Llámalo a él. No sé…

Nicolas dio un paso hacia Jan, lo fulminó con la mirada.

—Pero ¿tú eres tonto? ¿Se están preparando para asaltar una de las viviendas protegidas de la policía y tú quieres que llame a Joseph para charlar un poco? Llámalo tú, en todo caso. Pero no creo que vaya a alegrarse demasiado.

Jan parecía confundido. Mantuvo el móvil en la mano mientras pensaba.

—Llámalo. Pero hazlo ya —dijo Nicolas—. No tengo tiempo para estar aquí esperando.

Jan soltó un suspiro y se metió el móvil en el bolsillo.

—Calle Örnstigen 1, en Täby —dijo brevemente—. Y ahora sácala de aquí.

Nicolas empujó a Vanessa hacia la puerta. Cuando llegaron al recibidor, Jan los rodeó y les abrió.

—Prometo parecer muy muy triste cuando te encuentren muerta —dijo—. Lamentablemente, no creo que vaya a tu entierro. No quedaría demasiado bien que el jefe de Nova diera un discurso sobre alguien que ha colaborado con criminales.

Le dio dos palmadas fuertes en la mejilla. Vanessa las aguantó sin hacer una mueca.

Nicolas la empujó para que se pusiera en marcha.

Un poco más abajo en la calle había un coche aparcado. Cuando faltaban quince metros para llegar, Nicolas metió la mano en el bolsillo. Abrió el vehículo. Abrió la puerta del asiento trasero. Vanessa agachó la cabeza y subió. Nicolas se sentó al volante y arrancó el motor. Jan Skog los observaba desde el porche de su casa, los siguió con la mirada cuando pasaron. Vanessa miró hacia atrás, solo para ver a Jan dando media vuelta y cerrar la puerta de su casa.

Nicolas miró por el retrovisor y sonrió.

—Creo que ya podemos respirar tranquilos —dijo—. Deja que encuentre un sitio donde parar y te desato las manos. Aunque da bastante gusto tenerte maniatada.

—Serás cabrón —murmuró Vanessa aliviada.

Al cabo de un minuto vieron un aparcamiento. Nicolas se metió. Detuvo el coche, abrió la puerta y ayudó a Vanessa a salir.

Ella le mostró las manos. Nicolas iba murmurando entre dientes mientras trataba de encontrar el borde de la cinta americana con las uñas.

—Ponte un poco más hacia aquí, bajo la luz.

De vez en cuando se oía algún coche pasando por la avenida Nynäsvägen. Vanessa volvió la cabeza hacia Globen, el estadio con forma de esfera de color blanco que iluminaba el cielo. Al final Nicolas encontró el borde y pudo desatarla. Vanessa se frotó las muñecas, entumecidas y enrojecidas.

—¿Cómo coño me has encontrado?

En lugar de responder, Nicolas se acercó al maletero del coche y lo abrió.

—Este es Ivan. O sea, Tomic. Él era el que tenía que venir a por ti. No he podido hablar antes con él porque cuando ha llegado a casa iba acompañado. Pero luego ha vuelto a salir, solo.

Vanessa bajó un poco la cabeza para ver mejor. Ivan tenía los ojos medio cerrados, la boca flácida. Jadeaba y se palpaba el hombro con la mano.

Nicolas lo toqueteó.

—Repite lo que me has contado antes.

El blanco de sus ojos titiló en la penumbra del maletero.

—Vete a la mierda, puta —balbuceó Ivan. Nicolas le apretó el hombro con la mano. Ivan tensó las mandíbulas.

—Los niños, Ivan. Cuéntale lo de los niños a los que secuestrasteis.

—No.

Nicolas cerró el puño, le golpeó el hombro. Ivan soltó un grito.

—Cogimos diez niños. No sé nada más —dijo entre dientes.

—Pero no cogieron solo a niños de la calle —dijo Nicolas, que parecía haberse cansado y se había vuelto hacia Vanessa—. Los chavales aprendieron a reconocerlos, a mantenerse a salvo, así que empezaron a apostar por las casas de acogida.

Vanessa se abalanzó sobre Ivan y le asestó dos puñetazos en la cara. Él levantó los brazos para protegerse.

—¿Adónde la llevasteis? ¿Adónde cojones llevasteis a Natasja? —gritó.

Ivan negó con la cabeza. La sangre bajaba por la comisura de su boca.

—Los han mandado a Sudamérica. No sé nada más, lo juro.

—¿Cómo?

—En avión.

Vanessa miró incrédula a Ivan, que se frotaba la sien. Era imposible transportar a gente contra su voluntad en vuelos oficiales. Necesitaban pasaportes, documentos, guardar la calma entre cientos de pasajeros.

—No te creo —dijo Vanessa escuetamente.

Ivan hizo una mueca de dolor, cambió de postura.

—No en Jumbos, gilipollas. Aviones pequeños. Desde la provincia de Norrland o Laponia o como coño se llame. Pero desde el norte.

En ninguna parte del país la policía iba tan corta de personal como en el norte de Suecia. Había un coche patrulla para cubrir superficies equivalentes a Dinamarca. Sonaba bastante lógico. E ingenioso.

—¿Qué hora es? —preguntó Ivan.

Vanessa frunció el entrecejo. Miró su reloj de pulsera.

—Las 3.40.

Ivan se rio. Ladeó la cabeza y escupió sangre. Luego miró a Nicolas. Sonrió con los incisivos cubiertos de una película roja.

—Entonces Joseph ya ha matado a esa zorra. Nadie puede testificar contra mí. Te he engañado. Yo gano. Tú pierdes.

14

*E*n el salón había un televisor encendido, cuyo resplandor se filtraba por la ranura de debajo de la puerta del dormitorio. Melina se estiró para coger el vaso que había en la mesita de noche y dio un par de tragos. Volvió a recostar la cabeza en la almohada y cerró los ojos. Pero le costaba dormir. Les había preguntado varias veces a los policías, Robert y Anna, cuánto tiempo creían que tendría que mantenerse escondida. Solo le habían dado respuestas crípticas e insuficientes.

Cada vez que cerraba los ojos veía su cara. Ivan Tomic. Su mirada salvaje, los ojos enrojecidos mientras la apuntaba a la cabeza con el arma. La respiración entrecortada. La mano temblorosa. Su voz maldiciendo mientras intentaba estabilizarla con la mano izquierda para que el dedo índice pudiera accionar el gatillo y acabar con su vida.

Melina le había suplicado, le había rogado. Le había prometido cosas. Tanto a Dios como a Ivan. Y de pronto él se había esfumado. Ella había abierto los ojos. Al principio no se había atrevido moverse del sitio.

Al final lo había conseguido, había dado tumbos en busca de su teléfono móvil. Lo había encontrado en el suelo. Había llamado al 112. Había pedido ayuda a gritos. Hampus yacía en un charco de sangre. Su cuerpo, retorcido. Muerto.

Detrás de la puerta, Robert se rio con algo de la tele. Anna lo hizo callar.

Melina les había mentido a los agentes que la habían interrogado. O quizá no mentido, pero sí se había guardado detalles. Todo lo referido a Nicolas. Ivan había mencionado su nombre. Lo había relacionado con el secuestro. O sea que, de alguna manera, Nicolas estaba metido en el secuestro de Hampus. Y por ende, en su asesinato. ¿Se había aprovechado de ella? ¿Se había puesto en contacto con ella para acercarse más a Hampus? Quizá. Pero había sido ella quien había ido a buscarlo después de su primer encuentro. Si explicaba que se había visto con Nicolas, quizá los investigadores creerían que ella tenía algo que ver con el secuestro de Hampus y su muerte.

Melina cambió de postura y se tumbó de cara a la pared. Tenía ganas de hacer pis. Se quitó la manta de una patada, bajó los pies al suelo. Abrió con cuidado la puerta que daba al salón. Las caras de Anna y Robert se volvieron hacia ella.

—¿Te cuesta dormir? —preguntó Anna con suavidad y se levantó.

—Un poco.

En la tele daban una película de acción. Explosiones y tiroteos silenciados. Robert miró cortésmente hacia otro lado en cuanto vio que solo llevaba camiseta y bragas. Cambió de canal, probablemente para no alterarla. Se puso de pie junto a la ventana, de espaldas a Melina, y miró fuera. Los ojos de Melina se encallaron en su cintura, en la culata negra de la pistola que asomaba de la funda. Anna le pasó un brazo por los hombros, la acompañó al baño.

—No tienes por qué tener miedo. Estamos aquí todo el tiempo. Y nadie, absolutamente nadie, sabe dónde se encuentra este piso.

Cuando Melina volvió a salir, los dos agentes se habían sentado a la mesa redonda de la cocina abierta. Delante tenían tazas blancas de café. La cafetera americana borboteaba. Anna estaba mezclando una baraja de naipes con dedos ágiles. Melina les sonrió al pasar de camino al dormitorio.

—¿Quieres jugar? Pensaba darle una paliza yo sola a Robert a las cartas, pero podemos hacerlo entre las dos.

—Creo que intentaré dormir un poco.

Melina se acurrucó en la cama y cerró los ojos. Quizá debería contarles lo de Nicolas, a pesar de todo. Se le hacía embarazoso mentir a la policía.

Se incorporó en la cama. Miró por la ventana. Era una noche de pocas estrellas, oscura. En el espacio que quedaba entre los dos cristales había una mosca muerta con las patas en el aire. ¿Cuánto tiempo llevaba ahí? ¿Cuántas personas en la misma situación que ella se habían sentado en esta cama y mirado aquel patio? Le escocían los ojos del cansancio, pero su cerebro iba a mil por hora. No había estructura ni orden en sus pensamientos. Iban de aquí para allá. Sin lógica alguna. Quizá se vería obligada a vivir así el resto de su vida. Mudarse a un lugar donde nadie la conociera.

Melina se apartó de nuevo la manta, se puso un pantalón de chándal y volvió a salir al salón. Cuando Anna la vio en el umbral de la puerta retiró una silla y recogió rápidamente las cartas para volver a mezclarlas. Robert echó agua en el hervidor eléctrico y le mostró el té.

—¿La habitación está bien? —preguntó Anna mientras repartía los naipes.

—Solo… solo me cuesta un poco dormir. La cabeza me da vueltas todo el rato.

Era agradable hablar un poco con alguien. Estar cerca de otras personas.

—Es normal —dijo Robert echándole un vistazo a sus cartas—. Vivir así no es lo mejor para nadie. Con un poco de suerte es algo temporal.

Melina miró su mano, tenía buenas cartas.

Al mismo tiempo, oyó un ruido en el rellano de la escalera. Primero Robert y Anna se miraron, luego se volvieron hacia la puerta.

—Melina, por favor, métete en la habitación y cierra la puerta con el cerrojo —dijo Anna en estado de alerta mientras se ponía de pie. Robert ya estaba a medio camino de la puerta.

Melina se metió rápidamente en el cuarto. Se sentó en la cama y se quedó mirando al frente. Una explosión hizo volar la puerta del piso protegido.

Vanessa miró el velocímetro, ciento sesenta kilómetros por hora. Por fuera de la ventanilla la avenida Sveavägen pasaba a toda prisa. Suerte que era plena madrugada, pensó al mismo tiempo que Nicolas cambiaba de carril y avanzaba a una furgoneta. Nunca había visto a nadie conducir de aquella manera, ni siquiera en las intervenciones más salvajes en los inicios de su carrera policial. En aquella época no era inusual que terminara al lado de algún machito joven que quisiera impresionarla. En esas ocasiones había apretado las mandíbulas para no mostrar miedo, pero varias veces habían estado a punto de acabar mal.

Ahora, en cambio, confiaba plenamente en que Nicolas tenía el control de lo que hacía. A pesar de la velocidad, no podía describir su estilo de conducción con otro término que no fuera suave. Vanessa ni siquiera tenía que sujetarse a la manilla de encima de la ventanilla. Dio por hecho que la conducción era una de las especialidades de los agentes que se entrenaban como operadores del SOG.

Miró a Nicolas de reojo. Era como si lo hubiesen cambiado. Estaba sentado con la espalda recta, los ojos centrados en la carretera y el rostro obstinado. Aun así, no era la misma persona de hacía un par de minutos. Vanessa pensó que ese era el aspecto de una persona que estaba entrenada para matar. Le miró las manos y se preguntó a cuántas vidas habría puesto fin.

Pasaron junto a Vanadisparken, donde ella se había empotrado con el Porsche en la rampa del camión. Le vino la imagen del hombre muerto, sin cabeza. Dio un respingo, quería pensar en otra cosa.

—¿Cuántos crees que son? —le preguntó a Nicolas.

—Según Ivan, son cuatro.

La velocidad se redujo cuando giraron a la derecha en la plaza Sveaplan.

—¿Armamento?

—Bastante mejor que el nuestro. —Su voz era dura y monótona—. Métete en Google, enséñame el número 1 de la calle Örnstigen para que pueda ver cómo es el edificio.

Vanessa sacó el móvil, hizo lo que le había dicho. Una casa racionalista de color gris. Tres plantas de altura. Portal de madera y cristal. Le pasó el teléfono, Nicolas le echó un vistazo a la pantalla y se lo devolvió.

—Bien. ¿Cuántos policías crees que habrá?

—Entre dos y cuatro.

—¿Armamento?

—Por mal que me sepa, no mucho mejor que el nuestro.

Habían llegado a la avenida Albanoleden. El motor pareció alcanzar su velocidad máxima, el velocímetro se puso en ciento ochenta.

—¿No llamo a la centralita?

Nicolas negó con la cabeza.

—No, si llegamos tarde ya dará igual. Y si llegamos a tiempo, tus compañeros solo serán un estorbo.

Curiosamente, los disparos solo sonaron como toses fuertes. Melina se pegó al suelo delante de la cama y cruzó los dedos para que las paredes resistieran. Al otro lado de la puerta oyó a Anna gritar por el dispositivo de radio. Pero no parecía obtener respuesta. Melina sacó su iPhone, con el que le habían permitido quedarse, siempre y cuando no lo pusiera en marcha. Ahora lo encendió, manzana blanca sobre fondo negro.

—Venga, va…

Pulsó «llamada de emergencia» para ahorrar tiempo. No pasó nada. Se pegó el teléfono a la cara. No tenía cobertura. Era imposible. Solo estaban a poco más de diez kilómetros del centro de Estocolmo, en la planta más alta de un edificio en mitad de un barrio residencial. Oyó a Robert y Anna gritarse cosas mientras respondían a los disparos. Sus armas sonaban mucho más fuerte. Melina oyó a alguien soltar un bramido. Comprendió que era Robert. Le habían dado. Siguieron unos instantes de silencio. Robert se quejaba. Luego el tiroteo continuó. Las toses sonaban cada vez más cerca.

15

*P*asaron por delante de una gasolinera Shell en una curva que se iba cerrando. Nicolas giró a la izquierda por la avenida Centralvägen sin mirar. A los cien metros dobló a la derecha. Frenó en una parada de autobús. Detuvo el coche y apagó el motor. Se bajó. Se podían oír los disparos perfectamente.

—Los refuerzos ya deben de estar en camino —dijo Vanessa.

Nicolas no respondió. Se limitó a abrir la puerta de atrás y coger su bolsa. El tiroteo se intensificaba a intervalos esporádicos. Pensó que debían de ser los policías, que respondían al fuego contrario. ¿Cuánto podrían aguantar? Vanessa sacó el móvil para llamar al 112. Nada. Sin cobertura. Ni una raya.

—Nicolas —dijo—. No tengo cobertura.

—Están usando un inhibidor de frecuencias. —Sacó un cuchillo de doble filo con la hoja pintada de negro, pensada para que no reflejara en la oscuridad. Mantuvo el arma en la mano—. Lo más probable es que tengan a una persona en el coche de huida. Me acercaré a ver.

—¿Y yo?

—Da la vuelta al edificio con el coche —dijo señalando con el dedo—. Muéstrale claramente que estás ahí, pero no hagas ningún ademán de intervenir.

—¿Me estás pidiendo que haga de ciudadana cotilla?

—Exacto. Procura que te vea bien, pero no le des motivos para sospechar que vas a entrometerte.

—¿Tú qué vas a hacer?

En lugar de responder, Nicolas echó a correr en dirección al bloque de pisos. Vanessa pasó por su lado con el coche.

Conducía despacio, puso el intermitente a la izquierda y se metió por la calle Örnstigen.

«Bien», pensó Nicolas y aminoró un poco el paso. Se detuvo, se agazapó. El coche, un SUV, estaba aparcado delante del portal número 1.

Vanessa había parado un poco más arriba. Un hombre con un arma automática estaba observando su coche con atención; la distancia que lo separaba de Nicolas era poco más de cien metros.

Vanessa apagó el motor, abrió la puerta y bajó. El corazón le palpitaba en el pecho. Le resultaba antinatural exponerse de aquella manera a un hombre armado. Él la seguía con la mirada. Al cabo de unos segundos el tipo le hizo un gesto con el brazo que debía de significar que tenía que largarse con el coche, pero Vanessa permaneció tranquilamente donde estaba.

Por detrás del hombre vio a Nicolas avanzando. Al instante siguiente ya no estaba. Vanessa se sintió confundida. Los segundos pasaban. Contuvo el aliento. ¿Había oído el hombre a Nicolas? ¿Sospechaba algo?

El hombre pareció cansarse y dio un paso hacia ella. De pronto, un brazo le pasó por el cuello y sus piernas se doblaron. Se desplomó en el regazo de Nicolas. Parecía que este solo le hubiese dado un abrazo por detrás. Nicolas lo dejó en el suelo y lo puso de rodillas. Le hizo un gesto a Vanessa para que se acercara. Vanessa echó a correr mientras Nicolas se apoderaba del fusil de asalto.

—¿Está muerto? —susurró Vanessa.

—Mira a ver si encuentras el inhibidor de frecuencias en el coche y rómpelo. Llama a tus compañeros y haz que vengan. Y las ambulancias.

Secó el filo ensangrentado del cuchillo contra el muslo y volvió a guardárselo en la funda. Vanessa contuvo el impulso de quitarle el pasamontañas al muerto para verle la cara. La sangre brotaba desde la parte inferior de su espalda. Comprendió que Nicolas le había cortado la médula espinal, causándole una parálisis instantánea en las piernas y la desconexión del sistema nervioso de todo su cuerpo.

El portal estaba abierto de par en par. Nicolas alzó el arma silenciada y desapareció en el rellano de la planta baja. En la tercera planta continuaba el fuego cruzado.

Melina miró el iPhone otra vez para ver si había vuelto la cobertura. No habían transcurrido ni tres minutos desde el comienzo del ataque, pero ella tenía la sensación de llevar horas allí tirada.

De vez en cuando, las balas de los asaltantes atravesaban el tabique de yeso del dormitorio. Esta vez Melina no saldría viva. Acabarían también con su vida. Las personas de ahí fuera estaban dispuestas a matar a dos agentes de policía con tal de llegar a ella, y cuando finalmente ocurriese habría llegado su hora. ¿No había nada que pudiera hacer? Se puso en pie, paseó la mirada por la habitación. La ventana. Era la única salida. La abrió, notó la bofetada del aire frío, miró abajo. Diez metros hasta el suelo. No sobreviviría a la caída. A la izquierda había un árbol. La distancia era demasiada. No lograría impulsarse lo suficiente antes de que la gravedad la precipitase contra el asfalto.

Aquella mañana jamás se habría imaginado que se vería ante la tesitura de tener que elegir entre morir por una caída o morir por un disparo. ¿Sería capaz de arrojarse al vacío? Miró al asfalto reluciente, negó con la cabeza y cerró la ventana. No, lo único que podía hacer era esperar a que muriera Anna. Luego le tocaría a ella.

Nicolas había colocado el selector del arma en tiro a tiro y sostenía el AK5 preparado para abrir fuego mientras apoyaba con cuidado el pie izquierdo en el primer escalón. Estaba en la segunda planta. Los atacantes no parecían haber reducido aún toda la resistencia.

El tiroteo amortiguado continuaba sin cesar. Joseph confiaba en que el inhibidor de frecuencias les hiciera ganar un buen tiempo. Las respuestas de las Sig Sauer de la policía iban disminuyendo cada vez más. No podía quedarles demasiada munición en los cargadores. Nicolas avanzaba por las escaleras con una lentitud frustrante, pegado siempre a la pared. No sabía si Joseph habría puesto más hombres a vigilar.

Llegó al final de la escalera. El tiroteo había cesado, ahora podía oír voces. Alguien gritaba. Nicolas pegó la espalda a la pared, respiró hondo y echó un vistazo a la vuelta de la esquina. Vio una espalda en el quicio de la puerta del apartamento.

Vanessa encontró el inhibidor de frecuencias claramente a la vista en el asiento trasero. Buscó un botón de apagado pero no lo encontró. Al final lo puso en el canto de la acera, se sentó de rodillas, levantó la Glock en el aire y destrozó el aparato a golpes con la culata. Sacó el móvil del bolsillo, pero solo para ver que la cobertura seguía sin volver. Lo único que podía significar era que había más inhibidores en los alrededores. Levantó la cabeza para mirar a la tercera planta. Nicolas parecía no haber llegado todavía. En cambio, los vecinos debían de estar muertos de miedo. Hasta la última ventana de la calle estaba encendida.

De vez en cuando veía alguna cara mirando fuera. Vanessa no le quitaba el ojo a la calle principal mientras pensaba en cosas para aplacar la intranquilidad de no saber lo que estaba pasando en el tercer piso. De pronto aparecieron dos faros. Por el momento no podía ver el coche. Con un poco de suerte eran sus compañeros, que habían encontrado el camino. Podía oír el motor. Pero cuando vio el coche comprendió que no era ninguna patrulla. Era otro SUV. Del mismo modelo que el que tenía al lado.

Desenfundó el arma. Se escondió detrás del coche. El otro coche frenó y la puerta del conductor se abrió. Al instante, también la del acompañante. Aún no la habían descubierto. Si los dejaba pasar le ganarían la espalda a Nicolas. A través de las lunas tintadas pudo ver a dos hombres. Uno de ellos era Mikael Ståhl, la mano derecha de la Legión. Los dos llevaban armas automáticas. La Glock que Vanessa empuñaba de pronto le pareció ridícula e insignificante, pero seguía teniendo el factor sorpresa de su lado.

Uno de los hombres gritó algo. Por el momento no habían

visto al compañero, que yacía tumbado junto a la puerta delantera. Por mucho que Vanessa fuera la primera en disparar, no tenía ninguna garantía de poder reducirlos a los dos. Si uno de ellos sobrevivía, no tendría ninguna posibilidad contra el disparo automático del fusil. Estaba obligada a acercarse para asegurarse de que daba en el blanco.

La puerta de atrás seguía abierta.

Vanessa dejó de mirar a los hombres, dio un paso al lado y se metió en el asiento trasero. Ajustó un poco la puerta con cuidado y se tumbó de espaldas, sujetando el arma con ambas manos.

Nicolas disparó al hombre de la puerta en la espalda y este se desplomó sin hacer ruido.

Dos disparos resonaron dentro del piso.

Nicolas se detuvo en el umbral y echó un vistazo. Había un hombre tumbado bocabajo en medio del suelo. Tenía la espalda llena de orificios de bala. El rastro de sangre sobre el parqué revelaba que se había arrastrado para llegar hasta su compañera. A la derecha había una mujer tendida. También muerta.

Melina. ¿Dónde cojones estaba Melina?

Oyó ruido en la habitación de la izquierda. Alzó el arma y un hombre encapuchado apareció en la puerta. Cuando descubrió a Nicolas dio un respingo. Se quedó quieto, mirando por los agujeros del pasamontañas.

—Suelta el arma.

El hombre apartó las manos del cuerpo. La pistola, una Sig Sauer, cayó al suelo. Luego se llevó la mano al pasamontañas, se lo quitó de la cabeza para dejar el rostro al descubierto. Joseph sujetó la prenda con el puño cerrado.

—Llegas tarde —dijo—. Está muerta.

Nicolas apoyó el dedo en el gatillo y disparó al cabecilla de la Legión en la cara. La bala penetró justo por encima de su tabique nasal, la cabeza retrocedió con una sacudida y golpeó el marco de la puerta.

Desde el coche hasta el portal había menos de cinco metros. Vanessa les dispararía cuando pasaran por allí. Notó que una gota de sudor se desprendía de su frente, a pesar del frío. Tenía las manos pegajosas. Se las secó en la pernera.

Oyó pasos fuera. Uno de los hombres soltó un taco y Vanessa comprendió que habían descubierto al compañero abatido. Sus voces se volvieron tensas, empezaron a discutir sobre si subir al piso o esperar en el portal.

De pronto una cara apareció al otro lado de la ventanilla. Mikael Ståhl. Vanessa le vio el blanco de los ojos, apuntó entre ellos y efectuó dos disparos. La luna estalló en mil pedazos. La cabeza pegó una sacudida hacia atrás y desapareció de su campo de visión.

Vanessa abrió la puerta de una patada y se lanzó de frente. Aterrizó bocabajo.

Hizo un barrido con su Glock.

Descubrió al otro hombre. Estaba en pánico con su arma en la mano. Vanessa alzó la pistola y disparó. Decidió apuntar bajo, al abdomen, para no arriesgarse a errar el tiro.

El hombre se desplomó como un saco y se quedó tendido en el suelo. Se aguantaba la barriga con las manos mientras bramaba de dolor. Vanessa terminó de salir del coche, alejó el fusil automático de una patada. Mientras ella se concentraba en los dos hombres, el tiroteo en el piso había cesado.

Vanessa subió las escaleras.

Junto a la puerta de entrada había un hombre muerto. Se metió en el piso. Tres cuerpos. Dos hombres y una mujer. Reconoció a Joseph Boulaich, que yacía de costado con la mirada vacía y fija. Pasó por encima de él, entró en el dormitorio.

Nicolas estaba sentado en la cama, a su lado yacía Melina Davidson. Nicolas miró a Vanessa, que dejó de mirarlo y se centró en Melina.

Él estiró la mano y Vanessa se dio cuenta de que pensaba cerrarle los párpados a Melina. Lo cogió de la muñeca.

—Las huellas dactilares —dijo. Echó un vistazo por el cuarto. Intentaba mantener la cabeza fría. Pensar—. Tenemos que irnos, Nicolas.

Vanessa le tiró del jersey para que se levantara. Él le apartó las manos, giró la cabeza y miró a Melina.

—Hemos llegado tarde.

Vanessa no respondió. Sus compañeros aparecerían de un momento a otro.

—Piensa en tu hermana, piensa en Maria. ¿Quién cuidará de ella si te encierran? Tenemos que irnos. Ahora, Nicolas.

Esta vez él no opuso resistencia. Vanessa lo condujo por el piso, bajaron las escaleras y volvieron al coche. Ya se oían las sirenas de la policía. Vanessa se sentó al volante, giró la llave en el tambor y arrancó. Nicolas estaba inclinado hacia delante en el asiento del acompañante. Cuando se incorporaron a la autovía E4, Vanessa pudo oír que estaba llorando.

PARTE X

1

Vanessa frenó delante del 47 de la calle Ryttarvägen. Volvía a tener la cabeza a punto de estallar, ahora que la adrenalina había desaparecido de su cuerpo. Había dejado a Nicolas en su piso y luego había estado dando vueltas sin rumbo con Ivan en el maletero hasta decidir cómo quería lidiar con él y con Jonas Jensen.

Apagó el motor y se quedó sentada con las manos en el volante mientras observaba la casa adosada de la familia Jensen. Delante solo pudo ver el coche de Jonas. Con un poco de suerte estaría solo en casa. Cogió la Glock y abrió la puerta del coche. Subió por el acceso asfaltado a grandes zancadas, miró a un lado y al otro y llamó al timbre. Aguzó los oídos. Se había llevado una mano a las lumbares, donde tenía el arma. Cuando Jonas la vio arqueó las cejas y se apresuró a abrir.

—¡Vanessa! —exclamó—. Santo cielo, he intentado localizarte.

—¿Estás solo?

Él negó con la cabeza.

—No, Karin y los niños están aquí.

Vanessa le apuntó con la pistola a la barriga.

—Entonces tengo que pedirte que me acompañes al coche.

Los ojos de Jonas iban saltando del arma a la cara de Vanessa.

—¿Qué haces? ¿Es una broma?

Vanessa negó en silencio.

—¿Puedo ponerme los zapatos, al menos?

Vanessa echó un vistazo a sus pies. Iba descalzo. Volvió a decir que no con la cabeza.

—Vamos.

Lo hizo caminar delante de ella, con la Glock siempre pegada a su cuerpo. Abrió la puerta de atrás. Metió a Jonas en el coche de un empujón y le dijo que se moviera hasta el otro lado del asiento para que ella también cupiera. Cerró la puerta y continuó apuntándole con el arma.

—¿Qué es esto, Vanessa? —preguntó él.

—¿Cómo sabías que había enseñado mi carnet de policía en Vårberg?

—¿Qué?

—Lo dijiste después del accidente. ¿Cómo sabías que había enseñado mi carnet de policía en Vårberg?

Él se la quedó mirando desconcertado.

—¿En serio estás...?

—¡Responde a la pregunta de una puta vez! —le gritó Vanessa y alzó el arma—. ¿Cómo sabías que había estado en Vårberg y que había enseñado mi carnet?

Jonas levantó las manos en señal de sumisión.

—Jan Skog me lo dijo —dijo—. Cuando un compañero me llamó desde Vanadisparken y yo fui corriendo al despacho de Jan para explicarle lo que había pasado, él me lo dijo.

—¿Qué te dijo, exactamente?

—Que habías estado en Vårberg agitando tu carnet de policía en la recepción de la residencia donde vivía la hermana de Paredes. Y que estaba harto de que fueras una fuente de problemas.

Podía ser cierto. Tenía que ser cierto. Vanessa bajó el arma. Jonas se pasó una mano por la cabeza rapada y la miró sin entender nada.

—¿Pensabas que yo era el topo?

—Da igual lo que pensara.

Se quedaron un momento callados.

—Cojones. Te presentas en mi casa y me apuntas con una pistola. ¿Qué coño te ha pasado por la cabeza?

—A veces incluso el sol se olvida de cepillarse los dientes.

—Eres increíble, joder —dijo Jonas sacudiendo la cabeza.

—El topo es Jan Skog —murmuró—. Es él quien ha estado todo este tiempo proveyendo a la Legión de información sobre nuestro trabajo. Por eso no hemos podido pillarlos. Y cuando dijiste lo del carnet pensé que tú también estabas metido. —Los ojos de Jonas se estrecharon y su boca se abrió, pero Vanessa levantó una mano—. Sé que están muertos, tanto Mikael Ståhl como Joseph Boulaich. Así que no. No tengo pruebas.

Le contó su visita a la casa de Jan Skog y los acontecimientos en la calle Örnstigen. Jonas escuchó con atención. Su rabia se fue tornando curiosidad.

—Provincia de Norrland, claro —dijo—. Así es como metían la cocaína en el país. Fácil. Y bien visto. Sin policías. Superficies inabarcables. Allí arriba es fácil esconder hasta un aeropuerto.

Vanessa no dijo nada.

—Pero si te ha salvado Nicolas Paredes... ¿Qué ha pasado con Ivan Tomic?

Vanessa abrió la puerta. Se metió la Glock en la cintura del pantalón y se pasó la chaqueta por encima. Rodeó el coche. Jonas se puso a su lado. Cuando Vanessa abrió el maletero, Ivan los miró enfurecido.

—Él mató a Hampus Davidson. Puedes llevarlo a comisaría.

—¿Por qué no puedes hacerlo tú? —preguntó Jonas.

—En parte, porque aún no he recuperado el carnet de conducir. Pero, sobre todo, porque la Legión no solo se ha dedicado a la cocaína y los asesinatos.

Jonas tiritó de frío.

—Me gustaría mucho que me lo contaras más al detalle, pero sería muy amable por tu parte si pudieras hacerlo bajo techo —dijo señalando el asiento de atrás.

Volvieron a subir al coche y cerraron las puertas. Vanessa sacó las llaves, se inclinó hacia delante, arrancó y puso la calefacción.

—Gracias —dijo Jonas y subió los pies al espacio entre los asientos para desentumecerlos.

—La Legión ha secuestrado niños y los ha enviado a Latinoamérica. En avión, vaya. Al principio eran niños de la calle. De Björns Trädgård, entre otros sitios. Pero se les complicó la cosa, así que comenzaron a fijarse en los centros de acogida de menores no acompañados. Creo que Natasja es una de las que han sido secuestradas.

—Dios mío. ¿Y no sabes adónde...?

Vanessa negó con la cabeza.

—No, aún no.

—¿Y Paredes? ¿Qué hago con él? Porque supongo que tú sabes dónde se encuentra.

Vanessa se encogió de hombros.

—No.

—Venga ya. ¿Dónde coño está Nicolas Paredes?

Vanessa soltó un suspiro. Lo miró a los ojos.

—Deja estar a Nicolas. Sin él...

—Es culpable de dos casos de secuestro. Del atraco a Relojes Bågenhielms. Tenemos pruebas.

—¿Ah, sí? ¿Cuáles? —dijo Vanessa con curiosidad—. ¿Qué pruebas tenemos?

—Tú dijiste que...

Ella sonrió.

—No tenemos nada contra él. El dinero de los secuestros lo encontraréis en casa de Ivan. El resto, donde la Legión. Te garantizo que no encontraréis ni una sola fibra ni ninguna huella en él. Por razones obvias, Hampus Davidson no puede hablar. Y aunque la primera víctima, cómo se llamaba... Oscar Petersén, decidiera confesar que no se perdió él solo por el bosque, no sabe quiénes lo secuestraron ni dónde lo retuvieron. No tienes ninguna prueba.

—Te olvidas de alguien —dijo Jonas señalando con el pulgar al maletero.

—Claro. Ivan puede cantar. Y sumarle un par de años de condena a la de asesinato. ¿Por qué iba a hacerlo?

—¿En serio piensas dejar que Paredes se salga con la suya? Pero si es una máquina de matar.

—En legítima defensa. No lo olvides. No hay tribunal en el mundo que no fuera a considerar aquello como defensa propia. Y tú lo sabes.

—No es trabajo nuestro decidir eso. Nuestro trabajo es...

—Me ha salvado la vida, Jonas —lo interrumpió ella—. Ha intentado salvarle la vida a Melina Davidson. Siempre estamos hablando de que los delincuentes tienen que compensar a la comunidad después de cumplir su condena. Él ya ha empezado a hacerlo. Dale la oportunidad de reconducir su vida hacia algo positivo.

2

*N*atasja arrancó un trocito de pan y se lo metió discretamente en el bolsillo de su delantal. Luego levantó la bandeja. Cruzó toda la casa en dirección al cuarto. La sopa olía a cilantro y pollo. Llamó a la puerta y abrió sin esperar respuesta.

Consuelo se incorporó en la cama. Su pelo castaño estaba suelto y le caía por los hombros. Seguía estando pálida, aunque parecía tener bastante más energía que la primera vez que se habían visto. Natasja dejó el plato en la mesita de noche, le puso la cuchara en la mano a Consuelo, dejó la bandeja en el suelo y se sentó a los pies de la cama.

—Gracias —dio Consuelo en inglés y removió la sopa humeante—. ¿Cómo estás?

Natasja se encogió de hombros.

—¿Te gusta comer sola?

Natasja arqueó las cejas, Consuelo señaló su vientre con el dedo.

—El pan. Has cogido un trozo cada día. —Alargó una mano y la puso en el brazo de Natasja—. Tranquila, no diré nada.

—Voy a irme de aquí —susurró—. Necesito guardar comida para poder sobrevivir un par de días.

Consuelo dejó la sopa a un lado y se acercó un poco más a Natasja.

—No puedo dejarte huir.

—¿Por qué no?

—Porque no lo conseguirás. Nadie se ha escapado de aquí con vida. Nadie. Hay perros, guardias, vallas electrificadas, minas. Y cuando te atrapen, te volverán a meter en el búnker.

—Huye conmigo —le suplicó Natasja—. Podemos conseguirlo.

—No sabes qué clase de personas son. Por mucho que logres escapar de aquí, tienen comprados a los pueblos vecinos, o los tienen muertos de miedo. La policía, los políticos, incluso a los curas. Casi todos los hombres trabajan para ellos, de una manera u otra.

Natasja suspiró. Una ola de impotencia la recorrió entera. Se sentía sola. Consuelo se puso el plato en el regazo y comenzó a comer otra vez. Entre bocado y bocado le fue hablando de la colonia, el hospital y los hombres de negocios que venían para hacerse algún tratamiento.

—Entonces… ¿todos los niños van a morir? —preguntó Natasja.

Consuelo asintió en silencio sin mirarla a los ojos.

—¿Y por qué a mí me han traído aquí?

—Porque don Carlos quiere que alguien me haga compañía, para que así no me haga daño a mí misma. Y no puede ser nadie de la zona, porque entonces todo el mundo sabrá por qué murió Raúl.

—¿Quién es Raúl?

3

*E*l taxista encontró un hueco un poco alejado del portal y Vanessa se bajó. El barrio apodado Siberia estaba lleno de familias disfrutando del fin de semana y parejas que entraban en las tiendecitas o se sentaban a comer algo en alguna de las cafeterías. Cuando pasó por delante de la tienda de móviles de Hassan, él la vio por el escaparate y la saludó afectuosamente con la mano.

A Vanessa le dio un vuelco el corazón. Se había olvidado del móvil del hombre que había intentado matarla. La campanilla de la tienda tintineó cuando cruzó la puerta. Hassan abrió los brazos.

—Pensaba que me la habías colado. El móvil ya está —dijo en lugar de saludarla.

Vanessa tuvo dificultades para disimular su excitación.

—¿Lo has conseguido?

—Pues claro.

Vanessa dio un brinco hasta el mostrador y tendió la mano.

—¿Es el de Svante? —dijo Hassan y le guiñó el ojo. Luego se puso serio. Levantó un dedo en el aire—. No quiero meter mis pelotas en asuntos ajenos, pero hay que dejar que las personas tengan su vida privada. Incluso estando casadas.

—Las narices, Hassan. Joder. Se dice no meter las narices en asuntos ajenos.

—Vale, vale. Ya sabes lo que dicen los periódicos. El programa SFI de sueco para inmigrantes no funciona, supongo que soy la viva prueba de ello.

—Cierto. Y si yo hubiese estado buscando consejo matrimonial no habría venido a verte a ti. Me imagino que el pequeño Napoleón lleva en aislamiento y entre rejas en Córcega desde los años noventa o algo así, ¿no?

—¿El pequeño Napoleón?

Vanessa le señaló la entrepierna.

—¿En sueco se puede decir eso de vete a cagar? —dijo Hassan alegre—. ¿O me equivoco?

Vanessa se rio.

—No, no te equivocas. Ahora dame el móvil.

—Lisa.

Hassan deslizó el iPhone por el mostrador de cristal.

—¿Quién es?

El tendero hizo rodar los ojos.

—El código es Lisa. 5472.

Nicolas estaba durmiendo. Vanessa le había quitado la ropa, le había obligado a tomarse dos pastillas para dormir y lo había metido en su cama. Cerró la puerta, se fue al salón e introdujo el código en el móvil.

Dos horas más tarde aún no había encontrado nada que le diera una pista sobre el sicario. Ni la más mínima. Había abierto todas las aplicaciones relevantes. Había buscado el menor indicio que pudiera indicar quién era el dueño del teléfono. Todo había sido inútil. Había dos números guardados en la agenda, pero ambos eran suecos y solo saltaban los buzones de voz.

Habían pasado más de dos semanas desde la desaparición de Natasja. ¿Seguiría viva? Fuera cual fuese la respuesta, Vanessa pensaba encontrar y castigar a quienes le hubiesen hecho daño. Sentía ira. Trató en vano de calmarse, pero al no conseguirlo decidió que era mejor sentir ira que impotencia.

Impotente se había sentido cuando había perdido a su hija.

Con el tiempo se había hecho a la idea de que no había podido hacer nada para salvar a Adeline. Los médicos cubanos se habían visto superados por la bacteria que rápidamente había puesto fin a la vida de su hija de seis meses. Vanessa no era médica; contra bacterias y enfermedades no tenía ninguna posibilidad. Pero contra las personas que habían raptado a Natasja sí que podía luchar, y contra ellas lucharía. Pensaba salvarla. Si no lo lograba, al menos exigiría a los culpables su parte de responsabilidad.

Vanessa volvió a coger el teléfono. Buscó entre las pocas aplicaciones que había mientras deambulaba entre la ventana y la estantería. En algún sitio tenía que haber algo.

Runmeter. Una zapatilla blanca de *runner* sobre fondo rojo. Sin mayores expectativas, pulsó el icono con el dedo índice. Abrió el historial. Fue bajando por los resultados. El hombre corría diez kilómetros en menos de cuarenta minutos. La carrera la había hecho en octubre. Al día siguiente había salido a correr otra.

Vanessa deslizó el pulgar hacia arriba.

Al instante siguiente Vanessa soltó un grito. En la pantalla apareció un mapa. No entendía qué representaba. Se alejó con el *zoom*. A la izquierda apareció la costa del Pacífico. Volvió a ampliar la imagen. El hombre había estado corriendo en el sur de Chile, entre una ciudad llamada Las Flores y un pueblo más pequeño que se llamaba Santa Clara. Comprobó las demás fechas en las que había salido a correr. Todos los días había corrido por la misma zona. A Sudamérica, había dicho Ivan que llevaban a los niños.

Ahora Vanessa tenía un buen fundamento para estrechar el círculo.

4

*F*uera estaba oscuro. Natasja estaba tumbada escuchando el ruido de las ratas de campo que correteaban por el falso techo. La noche era fresca. De vez en cuando se colaba el chillido de algún murciélago por la ventana abierta. En alguna parte ladraba el enorme perro. Cuando el reloj de pared del salón dio las doce, Natasja se levantó de la cama. El brillo de la luna se reflejaba en la cresta nevada de los Andes. ¿Cómo podía un lugar tan hermoso ser, al mismo tiempo, tan terrible?

Se acercaba un coche. Los ladridos del perro aumentaron de intensidad. Unos segundos más tarde, los faros del vehículo iluminaron el patio de la casa y Carlos se bajó.

Él llevaba varios días sin dirigirle la palabra. Apenas había pasado por casa. Natasja lo había oído levantarse temprano y no volver hasta que había caído la noche.

Carlos se agachó para acariciar al perro. De pronto se dio la vuelta y miró a Natasja directamente a los ojos. El primer impulso de ella fue el de esconderse, pero comprendió que era demasiado tarde. Carlos se acercó a la ventana, seguido de cerca por el perro.

—¿No puedes dormir?

Ella negó con la cabeza, pero sin decir nada.

—Sal acá fuera —dijo él. Cuando los ojos de Natasja se clavaron en el perro, él sonrió—. Encerraré a Bruja.

Natasja se puso los zapatos a los pies de la cama. Carlos estaba junto a la jaula y la perra entró a paso ligero. Carlos cogió una botella de plástico, le quitó el tapón y vertió un poco de su contenido en el cuenco de agua del animal antes de cerrar la jaula.

—¿Qué le has echado en el agua? —preguntó ella y miró la jaula de reojo.

—Orina.

Natasja no tuvo claro si le estaba haciendo una broma.

—¿Por qué? —preguntó al ver que él no decía nada más.

—Por la lealtad.

—Nunca he visto a nadie más acariciarla.

—No, nadie más puede tocar a Bruja. Así es como se entrena a un perro de vigilancia. La única persona que puede moverse por aquí libremente de noche soy yo.

5

El patio estaba desierto. El servicio trasteaba en la cocina, ocupado en preparar la comida, y no se percató de su presencia, y Consuelo estaba descansando en su cuarto.

Natasja paseó la mirada por el patio. El sol que acababa de asomar en el horizonte la cegaba. Bruja estaba echada en su jaula.

En mitad de la noche Natasja había entrado a hurtadillas en la cocina. Había abierto el grifo y con el corazón a galope había inspeccionado los armarios en busca de una botella vacía. Había encontrado una y la había escondido en una de las cómodas de su habitación. En la misma ronda se había metido en el lavadero y se había hecho con un par de pantalones de Carlos y uno de sus jerséis.

Ahora tenía la botella pegada al cuerpo y se apresuró hasta la jaula. Un poco más adentro había una botella de plástico de dos litros con la orina de Carlos. Bruja abrió los ojos, se levantó y le enseñó los dientes.

Desde la ventana, a Natasja le había parecido que la distancia entre el borde inferior de la jaula y el suelo era lo bastante amplio como para poder meter la botella. Parecía haber estado en lo cierto. Pero la otra estaba demasiado metida en la jaula. Y no le apetecía nada meter una mano para intentar cogerla.

Miró a un lado y al otro.

En la fachada de la casa había una escoba apoyada. Fue a buscarla y, con cuidado, metió el mango por debajo de la jaula. Le dio un golpe a la botella y la volcó. Bruja se lanzó al ataque contra el palo.

Natasja miró a la casa, donde reinaba la calma. Se concentró en el palo. Intentó tranquilizar a Bruja con palabras, pero la perra seguía ladrando enfurecida y saltando contra la verja.

La perra pisó la botella con las patas traseras y el recipiente rodó unas vueltas en dirección a Natasja. Ella sujetó el palo con las dos manos y consiguió sacarlo de la jaula. Bruja se calmó un poco, pero no se separó de la tela metálica. Ahora la botella estaba a menos de medio metro. Natasja se preparó para volver a meter el palo y darle un golpe. Respiró hondo. Le dio la vuelta a la herramienta improvisada para esta vez usar la parte del cepillo. Al instante siguiente hizo un barrido por el suelo.

Acertó de lleno en la botella. Rodó por el suelo hasta ella.

Natasja soltó la escoba, Bruja ya le había hincado de nuevo los dientes al palo.

Con manos temblorosas, Natasja desenroscó el tapón. Cogió su propia botella y vertió en ella la mitad de la orina amarilla. Unas cuantas gotas se derramaron y se deslizaron por sus dedos. Cuando el botellín de medio litro estuvo lleno puso los dos tapones y de una patada volvió a meter la botella grande por debajo de la verja metálica. Bruja no tardó ni un segundo en echársele encima.

$\mathcal{V}$anessa corría con el móvil en la mano por la calle Birger Jarls. El embajador chileno se llamaba Luis González y su residencia quedaba en la calle Eriksbergs.

Un par de años atrás, Svante había dirigido a una compañía de actores de Chile en un proyecto de colaboración entre los dos países; la obra se había presentado en la sala Stadsteatern y el embajador González había estado presente en el estreno. La recepción posterior se había celebrado en la embajada y era allí donde Vanessa lo había conocido.

Cuando era un joven estudiante, Luis González se había opuesto a la dictadura militar y se había visto obligado a huir del país a finales de la década de 1970, después de pasar dos años viviendo escondido. Cuando comenzó el proceso de democratización, regresó a Chile y se metió en política. Desde entonces había trabajado como embajador de su país en Washington y Estocolmo. En la capital sueca ya iba por su segundo mandato. Vanessa miró la hora sin dejar de correr. Con un poco de suerte lo encontraría en casa.

Llamó al interfono. Una mujer respondió. Vanessa se presentó como la subinspectora Frank. Tras unos malentendidos menores, que se debían más a la mala señal del interfono que al español de Vanessa, la dejaron entrar. Subió en ascensor hasta el último piso. La misma mujer con la que había hablado le abrió la puerta, se ofreció a cogerle la chaqueta y la acompañó al interior del domicilio.

En el suelo había dos astas de bandera: una con la de Chile y otra con la de Suecia. La mujer llevó a Vanessa hasta una pequeña salita y le informó de que el embajador no tardaría en llegar. Vanessa empezó a pasearse de un lado al otro.

El sudor le corría por la espalda y las axilas por culpa de la carrera. El corazón le iba a galope, tanto por el esfuerzo físico como por la excitación de hallarse muy cerca de la solución a la desaparición de Natasja. Aspiró una bocanada de aire, se obligó a sentarse.

El suelo crujió a sus espaldas y Vanessa se levantó de un salto. El embajador González era un hombre delgado con los ojos castaños y afables. Tenía el pelo cano e iba peinado con la raya al lado. Vestía un traje de color marrón.

—Vanessa, estoy tan contento como sorprendido de verla —la saludó.

—Señor embajador —respondió Vanessa y se sintió ridícula—. Necesito su ayuda. Es urgente.

Luis González sonrió, indicándole con la mano que pasara delante de él. Cruzaron otra salita y se metieron en un salón-comedor. La estancia estaba presidida por una mesa alargada para al menos doce personas. En las paredes había cuadros de paisajes. El embajador retiró una silla para ella y se sentó a su lado.

Vanessa justo iba a comenzar a explicarse cuando la puerta se abrió de pronto y un hombre con camisa blanca les preguntó qué deseaban tomar. El embajador miró a Vanessa, que pidió una copa de vino tinto. Luis González levantó dos dedos.

—Pues bien —dijo el embajador—. Le propongo que yo hable en español y usted responda en sueco, y así no habrá malentendidos. ¿Su español sigue siendo igual de bueno que la última vez?

—Eso espero.

—Bien.

Les llevaron el vino y de nuevo se quedaron solos.

Vanessa le resumió los acontecimientos de los últimos días. Le explicó cómo la policía sueca había descubierto que varios menores refugiados y sin techo habían sido secuestrados en Estocolmo. De vez en cuando el embajador hizo alguna pregunta. Cuando Vanessa se acercó al descubrimiento que había hecho con el móvil, bajó la voz.

—Tengo motivos para creer que los niños han sido enviados a Chile.

Sacó el iPhone, abrió la aplicación Runmeter y señaló con el dedo. El embajador se colocó unas gafas en la punta de la nariz.

—Unos pocos cientos de kilómetros al norte de la Tierra del Fuego —dijo.

Se reclinó en la silla y dejó las gafas en la mesa. Vanessa arrugó la frente.

—Tierra del Fuego —repitió—. ¿Por qué se llama así?

—El explorador Fernando de Magallanes la bautizó así. El motivo era la gran cantidad de hogueras que los selk'nam, los indígenas de la zona, encendían para cocer marisco al atardecer. Pero como le decía, el sitio que me ha enseñado queda más al norte. Allí hay pueblos, ciudades pequeñas, cultivos de salmón, lagos, bosques.

—Algo más tiene que haber. Ayúdeme.

El embajador suspiró. Dio un trago de vino.

—¿Niños, dice? —Luis González la miró al fondo de los ojos por encima de las gafas—. Lo que me viene a la cabeza es Colonia Dignidad —dijo al final y dejó la copa en la mesa—. Era una secta donde la junta militar enviaba prisioneros para que los torturaran. Tengo amigos que terminaron allá. Algunos sobrevivieron, aunque nunca volvieron a ser los mismos. Más tarde se descubrió que los miembros de la secta habían sometido a cientos de niños a abusos sexuales. El líder, Paul Schäfer, fue detenido en Argentina hace un par de años.

—¿Dónde estaba ubicada?

—Está. La colonia sigue existiendo. Más al norte. En las afueras de la ciudad de Parral. Yo mismo he estado comiendo en uno de sus restaurantes con mi hijo. —Miró por la ventana—. Pero —dijo despacio el embajador, alzó un dedo y miró de nuevo a Vanessa— entre los que vivíamos bajo tierra corrían rumores de la existencia de un sitio aún peor. Un sitio del que nadie, absolutamente nadie, salía con vida. Se decía que estaba en algún lugar entre Tierra del Fuego y Parral.

—¿Cómo puede ser que no se haya investigado en todos estos años?

—Porque los chilenos quieren olvidar. La dictadura, con todo lo que implicó a nivel de torturas, muertes y represiones, dividió el país. Queremos seguir adelante. Como una sola nación. Muchos de los generales que fueron responsables de las muertes de mis compañeros han obtenido la inmunidad. Fue el precio que pusieron para dejarnos tener elecciones libres. Y debo reconocer que siempre dudé de los rumores sobre un segundo centro de tortura. Me parecía demasiado inverosímil.

Vanessa bebió otro sorbo de vino.

—¿Si le doy las coordenadas a la policía chilena…?

El embajador volvió a levantar un dedo, esta vez moviéndolo de un lado a otro.

—Tiene que entender una cosa. Si este lugar ha existido y sigue existiendo, estará protegido por gente muy poderosa. Gente que tiene dinero para pagar por el silencio. Si se pone en contacto con la policía chilena le estará mandando un aviso a esas personas.

—Entonces, ¿qué propone?

Luis González esbozó una sonrisa pícara.

—Vaya allí. Chile es hermoso. Como ciudadana de la UE le darán un visado de tres meses a su llegada a Santiago. Pero este viaje por ocio no se lo propongo en calidad de representante chileno en Suecia, como seguro comprenderá.

7

*E*l vuelo de Iberia despegaba del aeropuerto de Arlanda con destino a Madrid al día siguiente. Aun así se sentía estresada, como si hubiese cientos de cosas que había pasado por alto.

La ruta ya estaba definida. El embajador le había sugerido tomar un autocar desde Santiago hasta la ciudad de Las Flores. El desasosiego y la impaciencia la carcomían por dentro. Obviamente, existía el riesgo de que Natasja ya no siguiera con vida. Pero con un poco de suerte Vanessa podría arrojar luz sobre lo que le había pasado. Quién la había raptado.

Y una parte de su ser estaba convencida de que la chica seguía viva. Tenía que hacerlo. Lo que fuera a pasar una vez llegara a Chile era toda una incógnita y algo en lo que ahora mismo no podía influir.

Le rugió el estómago. Fue a hacer inventario de lo que había en la nevera y se vio azotada por un olor agrio al abrir la puerta. Vanessa hizo una mueca y vio un movimiento por el rabillo del ojo. Enderezó la espalda.

Nicolas la observaba en silencio. Tenía los ojos rojos e hinchados de dormir.

—¿Dónde está Ivan? —preguntó.

Vanessa soltó un suspiro, cerró sin prisa la puerta de la nevera.

—En la comisaría de Kungsholmen —dijo con calma—. En prisión preventiva, sospechoso del asesinato de Hampus Davidson.

—Me has engañado —dijo él.

—No. Te he salvado de añadir otro error a la larga lista de los que te has hecho culpable últimamente.

Nicolas se acercó a la ventana y se quedó mirando la oscuridad. Vanessa se puso a su lado.

—Melina está muerta —dijo—. Intentamos salvarla, pero no llegamos a tiempo. Matar a Ivan habría sido una estupidez. Todo el mundo comete errores. Las personas malas los siguen cometiendo. Las personas buenas, los corrigen.

—Ivan debió de... Fue a buscarme. De alguna manera debió de creer que lo engañamos. Por eso... Él pensó que... Es todo culpa mía.

—Sí, Nicolas. Es culpa tuya. Secuestraste a su marido y la metiste en esto.

Nicolas suspiró.

—Hampus Davidson era un puto violador. En su portátil tenía vídeos de cuando violaba chicas que eran apenas unas crías. Melina fue a buscarme y yo le dije que se alejara de mí.

Vanessa se alejó de la ventana y se sentó en el sofá para comprobar que llevaba el pasaporte en el bolso.

—Creo que he encontrado a Natasja, o al menos creo haber conseguido rastrear al hombre que intentaba matarme.

Señaló el móvil, que estaba en la mesita de centro, y Nicolas se dejó caer a su lado en el sofá.

—Mañana cojo un vuelo a Chile.

—¿A Chile?

—Sí. Es la única pista que tengo sobre Natasja. Puedes quedarte aquí y lamentarte por todo. O venir conmigo y tratar de ponerle fin a esta historia. Si esa niña sigue viva, necesitará nuestra ayuda.

Nicolas apoyó la cabeza en las manos. Se frotó la cara con las palmas.

Vanessa se puso de pie. Lo cogió del pelo, le levantó la cabeza y lo miró a los ojos.

—Si no hubieses estado tan jodidamente ocupado contigo mismo, habrías ido directo a la policía y nos habrías contado qué cojones tenía la Legión entre manos —le gritó—. ¿Y sabes lo que habría pasado entonces, si tú hubieses tenido un mínimo de sensatez? Pues que Natasja no habría sido secuestrada, que Melina no estaría muerta.

Se quedó callada, le soltó el pelo. Vanessa negó en silencio con la cabeza.

—Pero claro. Quédate aquí sentado sintiendo lástima por ti mismo, puto cobarde de mierda. Estoy hasta el coño de los hombres que no se responsabilizan de sus actos.

8

*C*arlos sintió la irritación yendo en aumento mientras Óscar Peralta se toqueteaba nervioso el bigote. El médico jefe vio la mirada de Carlos y apoyó las manos en la mesa. Peralta lo había llamado por la mañana y le había pedido que se reunieran brevemente en el hospital. Carlos se sentó en el restaurante a la hora de comer y el médico jefe de la Clínica Baviera llegó un cuarto de hora más tarde. Mientras Carlos esperaba había disfrutado de las vistas de los Andes por la ventana panorámica, y observado a los pacientes y sus familiares paseándose por el jardín.

—Don Carlos, ¿oyó lo que le dije?

—Solo nos quedan tres donantes —repitió él despacio.

—Exactamente. A finales de la semana que viene tendremos que decirles a los clientes potenciales que nos llaman que no los podemos ayudar —añadió Peralta y removió su café—. Creo que no hace falta que le explique que está en juego la imagen de la clínica.

Carlos se masajeó el tabique nasal con el pulgar y el índice. Los últimos días habían sido una auténtica pesadilla. Declan McKinze había muerto. Al proveedor sueco se lo había tragado la tierra. Al final Carlos había entrado en la web de un periódico sueco. Se había topado con la foto de Joseph Boulaich y el titular «Miembros de organización criminal muertos en una masacre cuando pretendían silenciar a una testigo». Carlos había ojeado el texto. No lo había entendido todo, ni mucho menos, pero sí se había quedado con lo más importante: Joseph Boulaich estaba muerto y su banda había sido desactivada.

Personalmente, a Carlos le importaba más bien poco si Joseph respiraba o no, pero sí era consciente de que ahora existía un riesgo elevado de que la policía sueca empezara a hurgar en los negocios de la Legión y que pudieran vincularlos a Chile y a la Colonia Rhein. Había llamado en el acto a sus contactos de la policía chilena y les había dado la orden de que lo avisaran de inmediato si la policía sueca se ponía en contacto con ellos para hacerles preguntas. Marcos se había encargado de reforzar la vigilancia de toda la zona de la colonia. Había revisado las cercas eléctricas y las alambradas de espino. Había comprobado y resuelto cualquier punto débil que un eventual asaltante pudiese aprovechar para penetrar en el perímetro sin ser detectado.

Era poco probable que no fuera a enterarse si las autoridades suecas se presentaban a las puertas de la Colonia Rhein. No cabía duda de que sus contactos políticos y policiales le darían el aviso, pero Carlos prefería no correr ningún riesgo.

Aun así, el principal problema persistía: dado que la Legión ya no podía entregarles niños de Suecia, se veía obligado a empezar de cero. Buscar un nuevo proveedor. Había puesto a Marcos a hablar con sus contactos mexicanos, lo cual sabía que era una señal de desesperación. Los mexicanos no eran de fiar. Más que nada porque todos los cárteles estaban focalizados en expandir el mercado de estupefacientes en EE.UU., costara lo que costase. Y lo resolvían todo con violencia. Las agresivas expansiones los convertían en objetivo primordial para la DEA, la policía antinarcóticos estadounidense.

Sin embargo, de momento los eventuales problemas con las autoridades norteamericanas eran cosa del futuro, primero había que resolver la cuestión del nuevo proveedor.

—¿Me oyó? —repitió Peralta, llevándose de nuevo los dedos al bigotillo.

—No —dijo Carlos con un suspiro—. ¿Qué dijo?

—Nos llamó una familia francesa, el padre es un alto cargo de Renault. Su hija necesita una operación.

—¿Y cuál es el problema?

—Ninguno de los donantes es compatible. Solo la chica que usted se llevó a casa. ¿Existe alguna posibilidad de que podamos usarla?

Carlos miró por la ventana. Fuera había un niño y una niña que se perseguían. Limpios. Bien peinados. Ropa cara y planchada. Probablemente, hermanos o hijos de algún paciente. Era para gente como ellos que su padre había montado la clínica. Era por ellos por lo que Carlos la administraba. Para que las familias no tuvieran que quedar rotas. Los donantes de órganos, llegaran de Filipinas o de Suecia, carecían de familia. Carecían de red. Y los niños sin familia pocas veces lograban algo en la vida. Lo más frecuente era que se convirtieran en camorristas, putas, yonquis, chusma callejera. Cucarachas humanas en los patios traseros de las ciudades. Usándolos a ellos Carlos le hacía un favor a la humanidad. La Clínica Baviera servía a la humanidad. Esa era la razón por la que no podía cerrarla.

Estaba obligado a ser fuerte. Hacer sacrificios. Como la chica de los ojos azules y el nombre ruso que estaba cuidando a Consuelo. Era afable, Carlos sentía compasión por ella. Pero era una excepción. La mayoría de los críos eran analfabetos, drogodependientes, agresivos e inútiles ya cuando llegaban a la colonia. Sacrificarlos y donar sus órganos a la gente que sí había conseguido algo en la vida, que la aprovechaban, que tenían familiares que llorarían su pérdida si fallecían, era hacer del mundo un sitio mejor donde vivir.

Clavó los ojos en Peralta.

—Hablaré con Marcos, la mandará de vuelta llegado el momento. Confírmale a la familia francesa que podremos ayudarlos.

$\mathcal{N}$atasja levantó la botella; la orina amarilla brilló bajo la luz de la luna que se colaba por la ventana. Carlos había vuelto a casa hacía una hora, había dejado salir a Bruja y se había metido en su habitación. Desde entonces la casa había estado en completo silencio. Apagada. Se puso la ropa que había robado y se hizo un dobladillo en los pantalones para no tropezar con ellos.

Natasja quitó el tapón de la botella, se vertió orina en la palma de la mano y frotó con ella la suela de los zapatos. Luego continuó con las perneras. Cuando ya había usado la mitad de la botella, salió al pasillo y se metió en el baño. Diluyó el resto del contenido con agua para que le alcanzara más, y guardó la botella de plástico en una bolsa en la que ya había metido los trozos de pan seco que había estado acumulando.

El suelo de madera crujió cuando se dirigió a la puerta de la casa. Hizo un alto, aguzó el oído, pero comprobó que la casa seguía en silencio.

En apenas unos minutos estaría cara a cara con Bruja. Aun así sabía que era su única opción. No pensaba rendirse y dejar que la mataran.

Natasja puso la mano izquierda en la manilla. Con la derecha giró con cuidado el cerrojo y la puerta se abrió sin hacer ruido. La recibió el aire fresco de la noche. Dio un paso al frente y cerró la puerta tras de sí. La jaula de la perra estaba vacía, más allá pudo ver la silueta de los caballos.

Natasja creía recordar el camino hasta el hospital.

Desde allí tendría que improvisar. Encontrar una vía de huida. Evitó la gravilla del patio, caminaba por la hierba que había junto a la fachada para amortiguar el ruido de sus pasos.

La bolsa de plástico la llevaba pegada al cuerpo para que no ondeara con la brisa.

Notó que empezaba a calmarse a medida que el bosque se iba cerrando.

Aceleró el paso. A su espalda oyó una rama partirse. Se detuvo y se quedó inmóvil. Algo se movía muy cerca de ella. Algo vivo. Patas. Resoplidos. Natasja miró a la derecha. Se encontró con los ojos de Bruja. Un grave gruñido salió de su garganta. Apenas había un metro de distancia entre Natasja y las fauces babeantes de la perra.

La observaba con curiosidad, casi desconcertada. Olfateó.

Con mano trémula, Natasja metió la mano en la bolsa, sacó la botella, le quitó rápidamente el tapón y se echó más orina de Carlos por encima. Empapó un trocito de pan con el líquido y lo tiró entre las patas de Bruja.

La perra ladeó la cabeza. Natasja apenas se atrevía a respirar mientras Bruja olfateaba el pan.

Natasja se puso a caminar nuevamente poco a poco. Se obligó a sí misma a no mirar atrás y estaba convencida de que en cualquier momento oiría las patas del animal. Los colmillos clavándose en su espalda. Pero no ocurrió nada.

Al cabo de unos minutos se atrevió a mirar. Detrás, el bosque se extendía vacío. En silencio. Estaba sola. A través de la vegetación podía ver las lámparas que iluminaban el patio de Carlos.

Tan pronto se despertó tuvo la sensación de que algo iba mal. Se quedó un rato tumbado en la cama aguzando el oído. La casa estaba en silencio. Demasiado silencio. Carlos apartó la manta con los pies y se levantó de la cama. Se puso la bata y salió al pasillo. Se detuvo delante del cuarto de Consuelo. Pegó la oreja a la puerta y escuchó. Nada. La abrió con cuidado. Estaba despierta, lo miró en la oscuridad con ojos entornados. Apoyó la cabeza sobre el codo.

—¿Estás bien? —le preguntó Carlos.

—Sí.

Consuelo se incorporó y se estiró para encender la lamparita de noche. Su camisón blanco transparentaba. Carlos pudo ver el contorno de sus pezones oscuros. Sintió una ola de deseo. Consuelo no le mostraba el desprecio que le había tenido desde la muerte de Raúl. ¿Había comprendido por fin que lo mejor que podía hacer era complacerlo, había entendido que él podía brindarle una vida con la que antes ella solo había podido soñar? Carlos se sentó en el borde de la cama.

—¿Pasó algo? —preguntó ella con suavidad. Demasiada suavidad.

Él negó con la cabeza sin dejar de mirarla.

El patio de fuera estaba iluminado por una luz amarilla. Bruja pasó por delante de la ventana. Aun así, había algo que no cuadraba. Consuelo estaba demasiado tranquila. Demasiado colaborativa. Carlos se puso en pie y salió deprisa de la habitación. Oyó que ella se levantaba, que lo llamaba. Abrió la puerta del cuarto de la niña. La cama estaba vacía.

Carlos soltó un grito. Consuelo debía de estar enterada. Seguro que ella y la niña se habían estado riendo de él mientras lo planeaban todo. Dio media vuelta. La mujer se pegó a la pared y él le soltó un puñetazo en la boca. Ella notó cómo el golpe se hundía hasta los dientes y cómo su labio se partía. Cayó desplomada. Se cubrió la cara para protegerse. Pero él ya se estaba yendo de allí, a su cuarto. Buscó el número de Marcos, le explicó lo que había ocurrido. Le dijo que reuniera a los hombres.

Se reirían de él. Ahora no podía mostrar debilidad. No le quedaba otra opción que castigarla delante de todos, para que los hombres no le perdieran el respeto. Si no fuera porque el doctor Peralta necesitaba sus órganos, él mismo la mataría a golpes con sus propias manos. Se vistió a toda prisa. Salió al patio y llamó a Bruja, que fue al instante a su encuentro. ¿Cómo ha podido engañar a la perra? Carlos paseó la mirada. La botella de plástico que contenía su orina. Debía de ser así como lo había hecho. La niña la había usado para despistar a Bruja.

Volvió a gritar encolerizado. La niña lo había humillado. Pero todavía peor, le había hecho parecer débil y frágil delante de Consuelo. Marcos tenía razón. Esa mujer lo había cegado, lo debilitaba.

Se metió en la jaula. Se mojó los dedos con orina, dejó que Bruja olfateara y luego le dio la orden para que buscara el rastro.

10

$\mathcal{A}$l cabo de un rato el bosque empezó a clarear. Más abajo, los pastos se extendían envueltos en niebla. Natasja recordaba haber visto un río cuando la llevaron a la casa de Carlos. Se apoyó en un árbol, miró al cielo. Se veía lechoso por la cantidad de estrellas que había. Nunca había visto tantas. Una estrella fugaz cruzó el firmamento. Natasja la siguió con la mirada hasta que desapareció.

El agua del río de allí abajo tenía que desembocar en alguna parte. Si seguía la corriente, tarde o temprano debería dar con una salida. Oyó el ruido de un coche. Natasja retrocedió unos metros en el bosque y se quedó esperando. El vehículo pasó de largo. Lentamente. En los asientos delanteros había dos hombres con semblantes serios. Debía de ser una patrulla de vigilancia, pensó Natasja. Pero teniendo en cuenta la poca velocidad a la que iban, no parecía que se hubieran percatado de su desaparición. Al menos de momento.

Se sentó en el suelo y se recostó en el tronco de un árbol. Aguardó hasta que ya no pudo oír el ruido del motor. Tenía que cruzar la valla antes de que amaneciera, encontrar a gente que pudiese ayudarla. Había personas buenas y malas en todas partes, solía decir su padre. Cruzaba los dedos para que tuviese razón.

Se puso en pie y enseguida llegó a un camino. Enrolló el dobladillo a los pantalones, que le iban demasiado largos. Miró bien en todas direcciones antes de cruzar y meterse por los pastos.

Con la niebla no podía ver más allá de dos metros. El sonido del río se fue intensificando. Al llegar a la orilla hizo un alto y siguió la corriente con la mirada. Decidió continuar en la misma dirección, no al revés. El borboteo del agua ahogaba el ruido de sus pasos. Y la depresión del río hacía que se la viera menos, aunque la espesa niebla ya resultaba protectora por sí sola.

Grandes peces iban azotando la superficie con la cola. Natasja pensó en su hermano pequeño Lev, que había tenido un acuario con pequeños *guppies* en su cuarto. Al comienzo de la guerra, los filtros habían quedado inservibles a raíz de un bombardeo. Los peces se habían asfixiado hasta morir. Su hermano había llorado de pena al encontrárselos flotando en el agua turbia.

Natasja dio un respingo al oír un ruido a sus espaldas.

Se hizo un ovillo y aguzó el oído. Nada. Se dijo a sí misma que espabilara, dio un par de pasos. Al instante siguiente estuvo segura: ladridos y voces humanas. Trató de localizar de dónde provenían. Natasja subió del lecho del río trepando a cuatro patas. Asomó la cabeza por el borde. Doscientos metros atrás vio cuatro focos en la niebla. Estaban yendo directos hacia ella.

11

*L*os altavoces crepitaron y una voz de hombre pidió a los pasajeros que se abrocharan los cinturones. Nicolas abrió los ojos con un sobresalto. Al principio no tenía ni idea de dónde se encontraba. Pero luego le vino a la cabeza: iban a bordo de un vuelo a Chile. Recordó la cara de Melina, sus ojos abiertos y sorprendidos, y sintió que el corazón le daba un vuelco.

Al instante siguiente el avión pegó una sacudida. Nicolas notó el cosquilleo en el estómago cuando la nave comenzó a descender.

Vanessa estaba sentada a su lado. Con los ojos cerrados. No quedaba claro si dormía o no. Nicolas se frotó los ojos, enderezó el respaldo del asiento y miró por la ventanilla. En la oscuridad pudo ver pequeñas islas que parecían ascuas.

Durante la escala en Madrid Vanessa había desaparecido un rato. Al volver llevaba dos billetes nuevos en la mano y, sin más explicaciones, le había dicho que los había cambiado a primera clase.

—¿Estás despierta? Enseguida estaremos sobrevolando Brasil.

Nicolas hizo crujir las vértebras de su cuello.

—¿Cuánto cuesta volar en esta clase?

Vanessa se encogió de hombros.

—Ahora mismo lo compro todo con mi American Express sin mirar los precios. Como lo más probable es que dentro de poco estemos muertos, siento como si estuviera engañando al banco. Así que dime si quieres una colonia o algo en el *duty free* ahora cuando bajemos. Yo invito.

Nicolas no tuvo claro si se lo estaba diciendo en serio. Pero fuera como fuese, Vanessa tenía razón. No sabían qué los esperaba ni quiénes eran los que habían secuestrado a los niños. Y si algo salía mal, nadie los buscaría. Vanessa le había dejado claro que estaban completamente solos.

—¿Puedo volver a ver los mapas? —preguntó Nicolas.

Encendió la lamparita mientras Vanessa le pasó una pequeña pila de papeles. Con ayuda de Google Earth habían intentado entender en qué clase de sitio se hallaba el hombre cuando salió a correr. Nicolas bajó la mesita del respaldo de delante, puso los papeles y pestañeó unas cuantas veces. El mapa cubría varios miles de hectáreas, compuestas por pastos y bosque. Colinas. Algunas casas aisladas. En algunas zonas se distinguía claramente una valla.

Al oeste se expandía el Pacífico. La entrada quedaba al nordeste, desde la autovía había una carretera secundaria que llevaba hasta allí. Tras la verja de acceso había lo que Nicolas interpretaba como una torreta de vigilancia. Desde la verja partía un camino que kilómetro tras kilómetro se iba bifurcando en distintas direcciones.

—¿Qué piensas? —preguntó Vanessa.

—Es imposible proteger una superficie tan grande de las incursiones. El problema no es entrar, sino evitar ser descubiertos mientras localizamos a los niños. Lo más seguro es que haya un cuerpo de vigilancia. Y teniendo en cuenta a qué se dedica esta gente, estará bien formado e irá bien armado. No nos queda otra que esperar hasta que lleguemos allí.

—¿Te puedo preguntar una cosa? —dijo Vanessa—. ¿Por qué dejaste el SOG?

Nunca se lo había contado a nadie, aparte de Maria. Pero Vanessa le caía bien, confiaba en ella. Giró el cuello, echó un vistazo rápido a los pasajeros dormidos que tenía detrás.

—Hace poco más de dos años dos empresarios suecos fueron secuestrados en Nigeria. Nos enviaron allí y descubrimos dónde los tenían prisioneros más o menos al mismo tiempo que las negociaciones diplomáticas se iban a pique. Nos dieron la orden de liberarlos. Por la fuerza.

Nicolas guardó silencio. Buscó en la memoria.

—Redujimos a los cuatro hombres que vigilaban a los secuestrados. Aseguramos el sitio. Liberamos a los empresarios, pero en una habitación contigua encontramos a dos niñas. Eran esclavas sexuales. Me comuniqué con la centralita y les expliqué la situación. Me dieron la orden de dejarlas allí. Supongo que eran algunas de las niñas que Boko Haram había raptado, no sé si lo recuerdas.

—¿Qué pasó? —preguntó Vanessa.

—Nos las llevamos. Pero estaban heridas, les costaba avanzar por el terreno y nos ralentizaron la marcha. Durante la huida nos asaltaron. Dispararon a un operador del SOG. Dispararon a las niñas. Tuvimos que dejarlas allí.

Ella se lo quedó mirando y abrió los brazos.

—No entiendo…

—¿Por qué me tuve que ir? —Nicolas soltó una carcajada—. Porque incumplí una orden, puse en riesgo a mis hombres. Y la vida de dos ciudadanos suecos. El resultado fue que uno de mis mejores amigos del comando nunca más volverá a caminar. Dos niñas muertas. Tuvieron que silenciar el suceso. Yo, todos, éramos culpables directos de la muerte de dos niñas, por mucho que nuestras intenciones hubiesen sido buenas.

—Así que fuiste sacrificado —constató Vanessa—. Secretos, ¿hay algo que le pese más a una persona que ir arrastrando secretos?

—Algunas cosas tienen que permanecer en secreto.

—¿Como qué?

Nicolas se quedó pensando.

—Mi padre tuvo una relación con otra mujer mientras mi madre estaba embarazada de mí. Le fue abiertamente infiel durante toda mi infancia. Mi madre me lo contó en su lecho de muerte. Nunca se lo he contado a mi hermana, porque podría hacerle daño. Por alguna razón…

—No quieres que se sienta decepcionada con vuestro padre.

—Puede ser —dijo Nicolas despacio—. O no quiero que le duela como me dolió a mí cuando me enteré.

Vanessa alargó una mano y la puso encima de la de Nicolas. Se la apretó unos segundos. Nicolas se quedó consternado. Era la primera vez que la veía tocando a otra persona.

—A lo mejor no eres tan bobo, a pesar de todo —dijo en voz baja.

12

*N*atasja resbaló sobre una piedra suelta y se cayó. Metió el pie en el agua fría.

Se levantó de nuevo, hizo una mueca y reemprendió la marcha a toda prisa.

El ruido de los perros, los motores de los coches, los gritos de los hombres se iban acercando despiadadamente. La orina la había ayudado a esquivar a Bruja, pero ahora facilitaba que le pudieran seguir el rastro. Paró en seco. Entre jadeos, lanzó la bolsa con el botellín de agua y los trozos de pan, que trazó un arco por encima del cauce y aterrizó con un golpe en la otra orilla.

Delante de Natasja, el río giraba en un meandro. Un árbol se erguía hacia el cielo. Apenas le faltaban unos metros hasta llegar a él cuando vio que el tronco y la copa se iluminaban de repente. Natasja lanzó una mirada atrás. La luz no venía de allí. Debían de haber captado su rastro, se le estaban acercando por el otro lado. La habían rodeado. No tenía fuerzas para seguir corriendo. Le palpitaban las piernas. Notaba sabor a hierro en la boca. Sintió que el cansancio y la desesperanza se apoderaban de ella. Había fracasado, iban a darle caza.

Estaban cada vez más cerca, podía oír sus voces. Natasja hundió la cara en el suelo y empezó a llorar. Cuando ella estuviese muerta ya nadie pensaría en su familia. ¿Qué pasa con los recuerdos cuando ya no queda nadie para recordarlos? Sería como si nunca hubiesen existido.

Uno de los perros se estaba acercando. Natasja se acurrucó en posición fetal. Cerró los ojos. El perro gruñía. Al final los tenía al lado. Natasja abrió los ojos y se vio cegada por el haz de una linterna. Dos botas, a pocos centímetros de su cara. Natasja giró la cabeza. Carlos la estaba observando con rostro inexpresivo.

Un pequeño espasmo en la comisura de su boca.

De pronto Carlos se agachó, la agarró por el pelo. El dolor fue instantáneo. Natasja gritó. La llevó a rastras por los cantos afilados hasta la orilla. La levantó hasta ponerla de rodillas, la sujetó por la nuca y le metió la cabeza en el agua. Natasja borboteó, notó que la boca y la nariz se le llenaban de agua. Comprendió que estaba a punto de morir. Pudo oír las risas de los demás hombres.

Tuvo la sensación de que le iban a estallar los pulmones. Empezó a ver destellos de luz. Carlos la sacó de un tirón. La dejó tirada en el suelo, retorciéndose. Natasja intentó recuperar el aliento.

Después Carlos cogió carrerilla y le dio una patada en la barriga.

Natasja notó que se quedaba sin aire. Intentó gritar, pero no logró emitir el menor sonido. Vio un movimiento, entendió que Carlos estaba cogiendo carrerilla de nuevo y alzó una mano para protegerse de la siguiente patada.

Esta vez le dio en la cabeza y Natasja perdió el conocimiento.

13

*E*l vuelo de Iberia era el primer avión proveniente de Europa que aterrizó en Santiago de Chile aquella mañana. Vanessa y Nicolas recogieron su equipaje, atravesaron la muralla humana que estaba esperando a sus familiares y conocidos, salieron por las puertas giratorias y se dirigieron a los taxis. El sol brillaba con fuerza. Aunque solo fueran poco más de las diez de la mañana el aire estaba caliente y tuvieron que hacer un alto para quitarse las chaquetas. Nicolas se acercó a un taxista que llevaba una chupa de cuero. El hombre con un peinado *mullet* vestía camiseta de los Ramones y botas. Hablaron un momento. El taxista se abrió de brazos y se encendió un cigarrillo. Nicolas hizo un gesto de rendición mirando a Vanessa.

—No consigo explicarle a qué terminal de autobuses tenemos que ir. Dice que hay varias. Lo intentaré con otro.

Vanessa puso los ojos en blanco, luego los clavó en el taxista y se puso a hablar en español. Nicolas negó con la cabeza. El español de Vanessa era perfecto. Fluido y melodioso. No como el suyo, que se iba entrecortando cada dos por tres mientras buscaba la palabra que necesitaba. El taxista le dio una palmada amistosa en la espalda a Vanessa y apagó el cigarrillo. Ella le dijo algo que lo hizo reír.

—¿Vienes o qué? —le preguntó y abrió la puerta.

Un par de minutos más tarde, las maletas ya estaban metidas en el maletero del viejo taxi mientras Nicolas y Vanessa se sentaban en el asiento de atrás. Se incorporaron a la autovía.

—¿Por qué no me has dicho que hablas español?

Vanessa se encogió de hombros.

—Estabas muy mono intentándolo. A los hombres os gusta ser buenos en las cuestiones logísticas. Arreglar cosas, ocuparos del contacto con los demás machos. Así que he preferido dejar que te explayaras un momento en esa ilusión.

Nicolas se quitó las gafas de sol y se las limpió con la camiseta.

—Cuando he intentado pedir una hamburguesa en Madrid…

—Me he reído un buen rato, sí. Y sabía que el chico no entendía que querías una salsa y una bebida más grande.

—¿Cómo es que hablas español?

—He vivido en Cuba —dijo Vanessa, apartó la cara y siguió el caótico tráfico con la mirada.

Al cabo de un rato, los edificios se fueron condensando. La periferia de Santiago se componía de casas bajas y destartaladas con techos de plancha corrugada. A lo lejos refulgían los rascacielos de cristales oscuros. Los Andes quedaban ocultos tras una densa capa de *smog* amarillento.

—¿De dónde son? —preguntó el taxista mirándolos por el retrovisor.

—Suecia —respondió Nicolas.

—Ah, Europe.

El taxista sonrió.

—Sí, exacto. Suecia está en Europa.

—No, no. ¡Europe!

El taxista adelantó a un camión que iba escupiendo humo negro al cielo ya contaminado.

—¿Qué quiere decir? —le susurró Nicolas a Vanessa.

—Joey —gritó el taxista al mismo tiempo que clavaba el puño en la bocina y soltaba una retahíla de tacos sobre los órganos genitales de su paisano camionero—. Joey Tempest. Europe. El mejor grupo del mundo. Vendrán en febrero para tocar en el festival de Viña del Mar. Tengo entradas. Yo soy rockero —dijo en español.

—Es rockero y le gusta el grupo Europe —resumió Vanessa.

El taxista comenzó a dar cabezazos en el aire y a hacer cuernos con la mano.

En alguna parte, entre los siete millones de habitantes de la ciudad se encontraba el padre de Nicolas. Se preguntó qué pensaría si supiera que él estaba allí. Eduardo Paredes había detestado la decisión de su hijo de meterse a soldado. Ahora el entrenamiento que Nicolas había recibido en el ejército sueco iba a ser utilizado contra las personas que habían torturado y asesinado a los amigos de su padre. Las mismas personas que le habían obligado a elegir entre huir de su país natal a los veinte años o ser ejecutado después de ser duramente torturado.

Pero si fracasaban, ni su cadáver ni el de Vanessa serían nunca encontrados. Y su padre jamás se enteraría de cuál había sido la última misión de Nicolas. Las autoridades suecas conseguirían seguirle la pista a Vanessa y a Nicolas hasta Santiago, quizá incluso hasta Las Flores. Pero allí el rastro se desvanecería.

Este tipo de misiones era a las que había dedicado su vida, para las que había acumulado miles de horas de entrenamiento. Era la razón por la que se había hecho soldado del mejor y más destacado cuerpo militar que existía en Suecia. Si la gente como Nicolas no asumía este tipo de riesgos, la maldad humana podría actuar con total libertad. Lo habían echado del ejército, pero seguía teniendo un deber. Y una parte de su ser estaba disfrutando de poder al fin hacer aquello para lo que estaba entrenado.

Pasaron por delante de La Moneda, el palacio presidencial, que el once de septiembre de 1973 había sido bombardeado por las fuerzas aéreas chilenas. Nicolas contempló la fachada. En ese edificio, el presidente democráticamente electo Salvador Allende había decidido suicidarse antes de dejarse llevar por los soldados. Apenas unas horas antes, al presidente y su familia les habían prometido que podrían abandonar el país sanos y salvos, a condición de rendirse primero. Allende se había negado, se había apuntado a sí mismo con el arma y había apretado el gatillo.

La estación de autocares quedaba en una parte deteriorada de la capital. Las fachadas estaban mugrientas y llenas de pintadas. Cuando bajaron y sacaron las maletas, la temperatura había aumentado otros dos grados. Nicolas se sentó en un banco con el equipaje mientras Vanessa se fue a comprar los billetes. Unos minutos más tarde volvió dando largas zancadas.

—Salimos en un cuarto de hora —dijo.

PARTE XI

1

Se hospedaron en un albergue ubicado en una parte bastante deteriorada de Las Flores. La pensión estaba llena de jóvenes viajeros en ropa informal, mochilas grandes y botas de *trekking* que estaban esperando a partir rumbo al sur. Vanessa y Nicolas encontraron una tienda en la que vendían ropa de senderismo y compraron algunas cosas para no llamar la atención. El segundo día en Las Flores, Nicolas fue a comprar comida en un pequeño supermercado. Vanessa esperó fuera, en el Ford Explorer negro que habían alquilado. Nicolas llenó la cesta con latas de atún, agua mineral y algunas barras de pan.

Cuando salió de la tienda, dos heroinómanos chupados como espaguetis y con camisetas rotas habían untado el coche con agua y jabón. Vanessa estaba apoyada en la fachada, de brazos cruzados.

—Hay que fomentar a los emprendedores llenos de entusiasmo —dijo, y siguió observando la labor de los dos hombres—. Además, siempre es positivo mantener buenas relaciones con los representantes de la economía local.

Hasta el momento se habían cortado de preguntarle a la población local por la Colonia Rhein, pero cuando los hombres hubieron terminado, Vanessa desplegó el mapa sobre el capó del coche.

Puso un dedo en un punto del mapa.

—¿Qué hay acá? —preguntó.

Uno de los hombres se quitó la gorra y se inclinó hacia delante.

—Alemanes. Muy peligroso.

Nicolas y Vanessa intercambiaron una fugaz mirada.

—¿Alemanes? —preguntó ella—. ¿Por qué iban a ser peligrosos?

—De allá no se vuelve. Confíen en mí. Vayan a otra parte. —El hombre se chupó el diente que le quedaba en la fila de arriba y deslizó el dedo treinta, cuarenta centímetros a la derecha y señaló un punto nuevo—. Esto es más bello.

Vanessa le cogió el dedo. Lo levantó un centímetro y lo volvió a situar sobre el territorio de la Colonia Rhein.

—Algo tiene que haber acá.

El hombre se encogió de hombros.

—El hospital.

—¿El hospital?

—Sí. Clínica Baviera.

Vanessa se despidió con cordialidad de los dos personajes, que se alejaron tambaleándose y llevando el cubo de agua entre los dos.

—¿Han preguntado algo sobre nosotros? —dijo Nicolas, y cargó las bolsas de comida en el maletero.

—Sí, que de dónde veníamos y qué estábamos haciendo aquí.

Vanessa se sentó al volante. Arrancó el coche y se incorporó al tráfico justo delante de una camioneta roja que tuvo que frenar en seco. El conductor le pitó enfurecido.

—¿Y qué le has dicho? —preguntó Nicolas echando un vistazo hacia atrás.

—La verdad. Que estoy aquí para ver cascadas y ballenas en la costa y que tú eres mi juguete sexual.

Salieron de la ciudad. Pararon en una gasolinera Shell, llenaron el depósito y luego continuaron en dirección sur. Media hora más tarde hicieron una pausa en un bar de carretera. En el arcén había varios tráileres. Los camioneros se habían tumbado en la hierba y se habían quedado dormidos o estaban fumando.

Desde que Vanessa y Nicolas habían llegado a Las Flores habían dedicado todas las horas que estaban despiertos a hacer reconocimiento de la zona que rodeaba la Colonia Rhein. Se habían acercado a la gran verja, se habían quedado allí de pie, habían observado la torreta de vigilancia y habían dado media vuelta en cuanto una voz por megafonía les había advertido de que la Colonia Rhein era propiedad privada. Habían seguido la costa hasta donde se podía, hasta la valla metálica. Habían visto las colinas y vislumbrado un par de casas. Habían podido ver un par de helicópteros aterrizando. Pero por todas partes había carteles de «Recinto privado».

La dificultad, habían podido comprobar, no era colarse. El problema era localizar a Natasja y al resto de niños una vez estuvieran dentro. Nicolas había notado que Vanessa se iba poniendo más impaciente a cada hora que pasaba.

—No podemos acercarnos más que esto. Si seguimos merodeando acabaremos levantando sospechas. Tenemos que entrar. Esta noche.

Un halcón se deslizaba a veinte metros por encima de las copas de los árboles, hizo un giro y desapareció hacia el oeste.

—No tenemos armas, así que supongo que no tienes pensado entrar por la fuerza —dijo Nicolas.

Vanessa negó con la cabeza.

Desde su puesto de vigilancia, un poco adentrados en el bosque, habían visto varios coches entrando y saliendo a distintas horas del día. Los vehículos se acercaban a la verja de acceso; el conductor decía algo en una especie de interfono que suponían estaba conectado a la torreta de vigilancia. Después, las verjas se abrían para que el coche pudiera pasar.

—Lo dicho, el problema no es entrar —dijo Vanessa y repicó con los dedos en el volante—. Estamos de acuerdo en que hay un cuerpo de vigilancia y que, probablemente, estará bien entrenado y bien armado. Y como tú bien dices, nosotros vamos desarmados. Lo difícil será mantenernos vivos ahí dentro. Y la mejor manera de conseguirlo es no darles motivos para que nos maten.

Se estiró hacia el asiento de atrás, arrancó un trozo de pan y se lo metió en la boca.

—Estoy de acuerdo —dijo Nicolas—. Aunque te olvidas de que tenemos que encontrar a los niños en un territorio del tamaño de un principado.

—Abordemos los problemas de uno en uno.

—Vale. ¿Cómo entramos sin que nos frían a tiros?

—A través del hospital —dijo Vanessa—. Hay dos formas de hacerlo. Tenemos el nombre de la clínica. Deben de tener una página web. Puedo simplemente llamar, presentarme como una condesa europea forrada de dinero con una urgente necesidad de… bueno, extirparme un tumor o algo. La parte negativa es que tardaríamos un par de días en montar una farsa que resultara verosímil. Y no tenemos tanto tiempo. ¿Estás de acuerdo?

—Sí, y te has dejado el pequeño detalle de que los médicos se quedarían bastante perplejos cuando pidieran tu expediente clínico y no encontraran ni una sola referencia de un tumor.

—Exacto. —Vanessa arrancó otro pedazo de pan. Lo masticó sin prisa. Se lo tragó—. Por eso tenemos que darles una dolencia real. Creo que mis noches de insomnio delante de History Channel por fin habrán merecido la pena. ¿Conoces la Operación Mincemeat?

Nicolas buscó en la memoria.

—De cara a la invasión de Sicilia los británicos soltaron un cadáver con documentación falsa. Querían hacer ver que el hombre, que iba vestido como un oficial, había muerto en un salto en paracaídas accidentado. Los documentos que llevaba encima señalaban que la invasión tendría lugar en alguna parte de los Balcanes. No en Sicilia.

—Pero proveer un cadáver con información engañosa no era ninguna novedad. Estaba claro que los alemanes también lo tendrían en cuenta. —Vanessa hizo una pausa. Desenroscó el tapón de una de las botellas de agua. Dio un trago e hizo una mueca. Bajó la ventanilla y escupió—. Odio el agua con gas —dijo al ver la cara extrañada de Nicolas—. Total, que necesitaban un cadáver que pareciera haber estado un tiempo en el agua. Encontraron a un hombre que había muerto de neumonía. Tenía los pulmones llenos de líquido. Le pusieron documentos de identidad falsos de un oficial que sí que existía en realidad, dando por hecho que los alemanes comprobarían ese detalle. Entre los papeles había también viejos planes de ataque que se habían llevado a cabo en algún momento. Luego soltaron el cadáver desde un submarino delante de la costa de Huelva, donde los alemanes tenían buenos contactos y, por tanto, se enterarían enseguida de que había un cuerpo varado en la playa con uniforme británico.

Un camionero salió de las casetas que contenían los baños. Se ciñó el cinturón y se dirigió a su camión a grandes zancadas.

—Nos falta un cadáver —dijo Nicolas.

—No —dijo Vanessa negando con la cabeza—. Nos falta nuestro cadáver. No olvides que sea lo que sea lo que hacen ahí dentro, ellos mismos no se consideran malas personas. Créeme, trabajo con criminales. Si ven a una mujer necesitada, acudirán en su ayuda, siempre y cuando no suponga un peligro para sus negocios.

—¿Y esa mujer eres tú?

—Esa pobre mujer soy yo.

—Pero tú eres sueca. Esta gente mandó a un sicario para que te matara. No sería tan raro que puedan reconocer tu nombre y que sepan que eres policía. Y si te encuentran sin documento de identidad empezarán a sospechar desde el primer momento.

Vanessa se metió la mano en el bolsillo de los tejanos, sacó su carnet de identidad británico falso y se lo enseñó a Nicolas.

—Si la mujer se llama Vanessa Frank, sí. Pero no si se llama Carol Spencer.

2

*N*atasja volvía a estar en la sala-dormitorio subterránea. Le habían cosido la brecha que Carlos le había abierto con la bota. Los puntos le dolían; se palpó la frente con las yemas de los dedos y notó la hinchazón. Estaba sola. Los demás niños habían desaparecido. Natasja comprendió que se había terminado, que también iba a morir. La tristeza y el miedo se apoderaron de ella, pero aun así no pudo llorar. Le quedaban algunas horas de vida, eso era todo. Consuelo le había contado lo que les pasaba a los niños que llegaban a la colonia, para qué los utilizaban. Cuando fueran a buscarla, le pondrían una anestesia para dormirla. Le abrirían el abdomen, le sacarían los órganos que necesitaran y luego enterrarían sus despojos en el bosque.

Ningún sueño ni ningún pensamiento se generarían nunca más en ella.

Trató de pensar en otra cosa. Agradecer los años que había podido vivir. Recordar a las personas a las que había conocido, a las que había querido. Pensar en sus padres y sus hermanos. En los días buenos. Antes de la guerra. Antes del exilio.

Natasja recordó al hombre mayor junto al cual había caminado cuando atravesaban Macedonia, el que había abierto su mochila y le había dado una manzana grande y jugosa. Y Omar, el profesor de música, que le había enseñado a tocar el piano. En breve ya no volverían a salir melodías de sus dedos nunca más.

De pequeña, a veces había pensado que algún día moriría. Intentó verse a sí misma de anciana, rodeada de hijos y nietos llorando. Ni siquiera cuando las bombas caían a su alrededor, demoliendo, destruyendo y apagando las vidas de sus amigos y vecinos, había dejado de imaginarse aquel final. Pero ahora no le quedaba otra. Iba a morir, inevitablemente. Aquí. Lejos tanto de Siria como de la Suecia que había llegado a considerar su nuevo hogar. Al final fue como si las lágrimas que la quemaban por dentro fueran demasiadas.

—Que me vean, por favor, que me vean y me ayuden. Alguien. Sacadme de aquí, no me dejéis morir de esta manera —sollozó.

*S*alieron de la autovía. Vanessa continuó cincuenta metros antes de apagar el motor. Nicolas se bajó del nuevo coche de alquiler, se acercó al de Vanessa y se sentó de copiloto. Miles de estrellas los miraban desde el cielo. El sonido de los grillos se colaba dentro del coche; el viento acariciaba la vegetación a ráfagas.

Entre unos arbustos vieron dos ojos verdes brillando.

Nicolas sacó el cuchillo de supervivencia que había comprado en una tienda de deportes de aventura y lo dejó en su regazo. Vanessa lo miró de reojo sin decir nada.

—¿Estás segura de esto? —murmuró él.

Vanessa asintió sin decir nada. Ella iría primero. Nicolas esperaría a doscientos metros de distancia y no haría nada hasta que un coche se detuviera y llevara a Vanessa dentro del recinto. Si lograba localizar a Natasja, buscaría un teléfono y llamaría a Nicolas, y él las ayudaría a salir. El segundo coche de alquiler lo tenía que dejar en el sitio donde forzara la valla metálica, para que pudieran largarse de allí lo antes posible. El primer punto crítico era hacer que el sitio del accidente pareciera creíble, y luego cruzar los dedos para que alguien que fuera de camino a la colonia encontrara a Vanessa.

—En marcha.

Nicolas encendió la lamparita del techo. La única marca que quedaba del accidente en la avenida Sveavägen era un fino corte en la piel y una rojez alrededor. Nicolas usó el cuchillo para volver a abrirle la herida. Vanessa apretó las mandíbulas. Respiró pesadamente mientras él trabajaba con el filo. La sangre comenzó a caerle por los ojos y la nariz a Vanessa y a gotear sobre su cazadora amarilla.

—Bien —dijo Vanessa escuetamente cuando estiró el cuello y comprobó el resultado en el retrovisor. Nicolas limpió el cuchillo en el pantalón y lo dejó en el salpicadero.

Cerró los puños. Titubeó. Pasaron unos segundos.

—Hazlo y ya está —dijo Vanessa.

Él no contestó. Ella iba a abrir de nuevo la boca para decirle que no fuera tan remilgado y que no les sobraba el tiempo, cuando de pronto Nicolas, en un abrir y cerrar de ojos, cogió a Vanessa por el cogote y le estampó la cara contra el volante con todas sus fuerzas. Vanessa notó cómo se le partía el tabique nasal, el dolor afloró en el acto, paralizante. Vanessa intentó coger aire, la sangre le bloqueaba las vías respiratorias y el pánico se apoderó de ella. Abrió la boca, tragó sangre, pero al menos notó un poco de oxígeno entrando en sus pulmones. La sangre caía a chorro. Todo le daba vueltas, si cerraba los ojos veía puntitos de luz moviéndose. Nicolas abrió la puerta, rodeó el coche y la ayudó a salir. La tumbó bocarriba en el asiento de atrás. Vanessa jadeaba. Le dolía la cabeza. El coche arrancó, dio media vuelta y poco a poco deshizo el camino hacia la autovía.

Entre las lágrimas y la sangre, Vanessa pudo ver las estrellas cuando se incorporó a la carretera. Sentía la cara completamente entumecida. Unos minutos más tarde, Nicolas se metió por el camino de tierra que bajaba hacia la Colonia Rhein.

Se detuvieron un poco más abajo. Él la sacó con cuidado, la arrastró hasta debajo de un árbol. Le acarició la cabeza antes de retirarse a paso ligero.

Vanessa oyó cerrarse la puerta del coche. El aire fresco y frío la ayudó a despejarse un poco y se tumbó de costado. El suelo estaba húmedo. Jadeó un poco, cogió un puñado de tierra y dejó que el humus se colara entre sus dedos. Algo se metió por debajo de su jersey y la chaqueta, pero no tenía fuerzas para comprobar qué era.

Giró la cabeza para ver cómo le iba a Nicolas, pero algo le impedía la vista. Los focos la cegaron por un momento cuando el coche pasó a toda velocidad. Acto seguido pudo oír el estruendo del vehículo colisionando contra un árbol.

$\mathcal{N}$atasja lo había desafiado, lo había humillado delante de Consuelo y sus hombres. Había robado su ropa y había engañado a su perra. Ni siquiera había estado cerca de conseguir fugarse, pero la cólera por haber siquiera pensado que podría engañarlo le quemaba en todo el cuerpo.

Carlos notaba un deseo intempestivo de tomarse una copa. En el minibar había pisco, vodka, ron, whisky, tequila y calvados. Cogió el vodka, llenó un vaso con hielo y salió a la terraza.

Debajo de la barandilla, el agua de la piscina titilaba en blanco y azul. Había ordenado que la pusieran a punto para Consuelo, para que tuviera algo que hacer cuando él no estaba en casa. Para que estuviera a gusto. Y después de todo lo que él había hecho por ella, Consuelo se lo había agradecido ayudando a Natasja.

Puso el vaso en la barandilla, se agarró a ella con una mano a cada lado y contempló la oscuridad. ¿Qué debía hacer con Consuelo? La felicidad que había sentido al principio se había tornado en rabia. Era la viva imagen de Ramona, pero ahí se terminaban los parecidos. Consuelo era desagradecida y no entendía lo que era mejor para ella. Carlos la había salvado de la pobreza, de ver su cuerpo deteriorado por la comida basura y los partos y de verse obligada a criar a cuatro o cinco niños sucios que nunca harían nada por el mundo más que vivir como sirvientas o peones en una obra, en el mejor de los casos. Y Raúl, del que estaba tan enamorada, probablemente habría acabado como un alcohólico amargado que la maltrataría.

—No eres más que una sucia puta gitana que ha conseguido seducirme —murmuró.

Carlos carraspeó para reunir saliva y escupió el gargajo, que trazó un arco en el aire y aterrizó en la superficie del agua, donde se quedó flotando. Quizá debería cumplir la promesa que le había hecho a Raúl antes de meterle una bala ente ceja y ceja: violar a Consuelo una última vez y luego entregársela a los mercenarios para que se la repartieran. Así a lo mejor se arrepentiría y le suplicaría para que le perdonara la vida.

Se terminó el vodka. Solo quedaron los cubitos de hielo. Dio media vuelta. Volvió a llenar el vaso. Lo dejó a un lado a la espera de que la bebida se enfriara. Antes que nada, vería morir a la niña. Por primera vez en varios años estaría presente en el quirófano y quizá ver la vida abandonando su cuerpo compensaría el recuerdo de cómo ella se había reído de él.

$\mathcal{N}$icolas tiró el palo con el que había bloqueado el acelerador e inspeccionó los daños del vehículo. Salía humo del morro abollado. Del faro derecho apenas quedaban unas esquirlas de plástico. El *airbag* había saltado. Consideró que parecía lo bastante verosímil y volvió junto a Vanessa. Ella jadeó un poco cuando él se agachó para ayudarla a ponerse en pie. La llevó hasta el coche mientras le inspeccionaba la cara. La hemorragia había parado. Al llegar a la puerta del conductor, la puso con cuidado en el suelo, pero las piernas de Vanessa se doblaron de golpe.

—¿Estás despierta?

Ella lo miró desde detrás de sus párpados pesados e inflamados. Nicolas la ayudó a sentarse en el asiento del conductor, la cabeza de Vanessa cayó sobre el *airbag* y lo tiñó de rojo.

—El cinturón.

—Un poco tarde para eso, ¿no? —balbuceó Vanessa y trató de esbozar una sonrisa que se tornó una mueca. Tanteó con la mano, cogió el cinturón que Nicolas le estaba ofreciendo y con cierta dificultad logró ponérselo.

—¿Recuerdas mi número?

Vanessa murmuró las cifras.

—Estaré por aquí cerca hasta que alguien te encuentre.

Nicolas estaba a punto de cerrar la puerta, pero se interrumpió en mitad del movimiento y volvió a mirar a Vanessa.

—Eres una de las personas más valientes y menos egoístas que he conocido, aunque hagas todo lo posible por ocultarlo. Habrías sido un buen soldado.

Vanessa sonrió, pero no tenía fuerzas para contestar.

Nicolas cerró la puerta, se adentró treinta metros en el bosque y se puso en cuclillas detrás de un árbol. Desde la carretera llegaba el ruido de coches y tráfico pesado que pasaba por allí.

Su mente se alejó de allí. Volvió a Suecia y a Maria. Existía un riesgo importante de que no viera a su hermana nunca más. Aun así, en aquel momento no quería estar en ninguna otra parte del mundo. Si se había hecho militar era para esto. Sabía que una vez estuviese dentro del recinto se esfumaría cualquier pensamiento y recuerdo de lo que había pasado. Las probabilidades de que lograran salir de allí con vida eran pocas. A lo mejor Nicolas moriría. De hecho, probablemente lo haría. Entrar en la Colonia Rhein era una misión suicida de principio a fin.

Pero había muchas cosas que había hecho mal. Anhelaba poder hacer algo correcto otra vez. El secuestro del marido de Melina había conducido a la muerte de esta. Aunque no fuera a devolverle la vida a Melina, lo correcto, lo moralmente acertado, era ayudar a Vanessa. Los menores a los que la Legión e Ivan habían secuestrado eran inocentes. Niños indefensos. Nicolas sentía culpa —una culpa demoledora y ardiente— por haber hecho la vista gorda y no haber ido directamente a la policía.

Se vio interrumpido por dos faros que bajaban por la cuesta en dirección al coche accidentado. Nicolas se agazapó y se quedó inmóvil. No se atrevía a mirar, por miedo a que cualquier movimiento fuera a delatarlo. El coche no llegó a avanzar más de diez metros antes de frenar de golpe. Los neumáticos derraparon en la tierra, recuperaron el agarre y el vehículo se detuvo.

El motor siguió en marcha y dos puertas se abrieron a la vez. Nicolas se asomó desde detrás del tronco. Dos hombres se estaban acercando al coche.

—Vamos, maldita sea, llevadla con vosotros —dijo entre dientes.

Los hombres se acercaron lentamente al coche destrozado. Uno de ellos enfocó el interior con la linterna del móvil. Soltó un grito de sorpresa. Las voces se agitaron. Abrieron la puerta del coche. Sacaron a Vanessa y la tumbaron en el suelo. Nicolas oyó que los hombres hablaban entre ellos y trataban de que Vanessa recuperara la conciencia. Uno de ellos volvió corriendo, avanzó un poco con el coche. Luego se bajó de un salto y entre los dos levantaron a Vanessa y la metieron en el asiento de atrás. Uno de ellos se sentó a su lado.

Nicolas vio alejarse los faros de atrás en dirección a la colonia y por fin pudo respirar tranquilo. Subió a paso ligero de vuelta a la autovía y al segundo coche de alquiler. Ahora tenía que encontrar un sitio adecuado para saltar la valla tan pronto como Vanessa encontrara la forma de comunicarse con él.

$\mathcal{V}$anessa se dijo que ya estaba bien de actuar y abrió los ojos. Por encima de su cara un hombre con bata de médico le enfocaba las pupilas con una pequeña linterna. Se la guardó en el bolsillo de la bata y le sonrió sin separar los labios.

—¿Cómo se encuentra, señorita Spencer? —preguntó en un inglés mediocre.

Estaban en una habitación de hospital. Junto a la cama había un gotero que, mediante un tubo largo y transparente, estaba conectado al pliegue del interior del brazo de Vanessa.

—¿Recuerda lo que ha pasado? —le preguntó el médico.

Vanessa negó despacio con la cabeza y el hombre frunció levemente el entrecejo.

—Pero ¿recuerda usted su nombre?

—Carol Spencer —susurró Vanessa con voz afónica.

El médico parecía satisfecho.

—Se ha salido usted de la autovía, ha colisionado con un árbol. Por suerte, se hallaba usted a menos de un kilómetro de un hospital.

—¿Dónde estoy?

—En la Clínica Baviera. Uno de los mejores hospitales de Sudamérica —dijo él, no sin cierto orgullo. El joven doctor pulsó un botón rojo que había en la pared.

Vanessa leyó rápidamente su nombre en la plaquita que llevaba en el pecho. «Doctor I. Carvajal».

El médico cruzó la habitación, sacó un botellín de agua mineral de una neverita de hotel y llenó un vaso de cartón. Vanessa tomó unos sorbos y al mismo tiempo que le devolvía el vaso, la puerta se abrió.

Un hombre bajito con el pelo rapado intercambió unas

palabras con el médico. Luego el hombre rodeó la cama y Vanessa intentó esbozar media sonrisa. El hombre la miró impasible.

Vanessa no entendía quién era ni qué estaba haciendo allí. No tenía pinta de médico. En los pies llevaba botas militares. Limpias. El doctor Carvajal se aclaró nervioso la garganta.

—El comandante Marcos tiene algunas preguntas que hacerle —dijo.

Vanessa giró el cuello hacia el hombre, que por lo visto era algún tipo de jefe de seguridad. El tipo seguía sin reaccionar, solo esa mirada que la iba incomodando cada vez más.

—Gracias por la ayuda —dijo Vanessa en el inglés más británico que pudo, al ver que el hombre no decía nada—. No sé lo que ha pasado, pero os estoy muy agradecida por haberme tratado tan bien. ¿Podría tomar un poco más de agua?

Marcos no hizo ningún ademán de pasarle el vaso de cartón. Permaneció inmóvil, con los brazos cruzados sobre el pecho.

—Carol Spencer. ¿Es así como se llama?

—Exacto. ¿Y usted es?

—¿Podría explicarme por qué la embajada británica no puede encontrar su nombre entre los ciudadanos que se encuentran en Chile?

Vanessa se quedó perpleja. Debería ser imposible contactar con la embajada británica a estas horas. O bien el hombre se estaba echando un farol, o bien la red de contactos que tenían se extendía mucho más de lo que había imaginado.

—No lo sé.

La cara de Marcos no revelaba si se lo creía o no.

Vanessa se rio.

—Supongo que les habéis pedido que miren las compañías de vuelo, ¿puede ser?

—Sí.

Vanessa hizo una mueca cuando el dolor de cabeza se hizo recordar.

—He venido en autocar. Desde Bolivia.

—¿Qué está haciendo aquí?

—¿Qué clase de interrogatorio es este? —dijo Vanessa y miró de reojo al médico, que a su vez miraba al suelo.

—Responda a la pregunta —le espetó Marcos.

—Estoy viajando un mes por Sudamérica. He estado en Brasil, Colombia, Perú y Bolivia. Y ahora voy de camino a Tierra del Fuego.

—¿Sola?

—Sí, me acabo de divorciar. Necesitaba un poco de tiempo para olvidarme de todo.

—¿Oficio?

—Agente inmobiliario.

Marcos se rascó el brazo. Era realmente ancho de espaldas.

—El coche —dijo.

Vanessa suspiró.

—¿Qué pasa con el coche?

—¿Dónde lo ha alquilado?

—En Valdivia —mintió Vanessa.

—¿A nombre de Carol Spencer?

La compañía de alquiler de vehículos estaba cerrada a esa hora del día. Era imposible descubrir si Carol Spencer había alquilado un Ford Explorer hasta que volvieran a abrir. Al menos, debería serlo.

—Evidentemente.

—¿Dónde se ha hospedado?

—En Las Flores.

—¿Hostal?

—Yo qué sé, no recuerdo el nombre. Era algo en español.

—¿Cómo era el edificio?

—*Oh my god*. Hace dos minutos estaba sin conocimiento y ahora me están interrogando. Esperen a que la embajada británica se entere de esto.

—El edificio. ¿Cómo era?

Vanessa suspiró.

—Una casa de madera de color rosa, en el centro. Cerca de la estación de autocares.

—Entonces es El Huaso.

—Si usted lo dice.

Los ojos de Marcos se estrecharon. Sin decir nada, se acercó a la cama. La agarró del brazo y le puso unas esposas en la mano derecha y la encadenó a la cama.

—¡Qué está haciendo! —gritó Vanessa.

—Se las quitaré cuando haya comprobado sus datos.

—Soy ciudadana británica, tengo derechos. No podéis tratarme así —protestó.

De camino a la puerta, Marcos metió la llave en el bolsillo de la pechera del médico. Vanessa tiró de las esposas unas cuantas veces para probar, pero estaban bien sujetas a la barra de metal. Se dejó caer de nuevo sobre la almohada y notó que el dolor de cabeza iniciaba un nuevo bombardeo en el interior del cráneo.

Se hallaba gravemente en peligro, sin ninguna posibilidad de comunicarse con Nicolas. Y aunque lo consiguiera, él tampoco podría hacer gran cosa para ayudarla. Miró la hora. Casi las once y media. Le había dicho a Nicolas que se retirara si a medianoche aún no le había dicho nada.

Tenía que encontrar la manera de liberarse. Enseguida.

$\mathcal{M}$arcos cruzó la verja con el coche, echó un vistazo por acto reflejo al retrovisor para comprobar que el portón se volvía a cerrar. En cuanto el hospital le había informado de la mujer británica a la que habían encontrado herida en el camino había empezado a sospechar. No quería molestar a Carlos. Los últimos días, su padre parecía estar un poco fuera de sí. Apenas respondía cuando alguien le hablaba. Marcos sabía que su padre había cometido un error al iniciar su relación con Consuelo. Pero al mismo tiempo podía entenderlo.

Desde la muerte de Ramona las únicas mujeres a las que su padre había tocado eran las putas colombianas de Las Flores. Un hombre de su edad necesitaba a una mujer, alguien que cuidara de él para mantener el envejecimiento a raya. Marcos no lo culpaba. Al contrario. La desorientación de Carlos de las últimas semanas había despertado su compasión. Le había hecho pensar en que su padre se estaba haciendo mayor.

Marcos no quería a nadie excepto a Carlos. A él se lo debía todo. Lo había salvado de niño, le había dado una vida con la que, como niño mapuche pobre que era, jamás habría podido soñar. Lo había protegido y lo había educado. Y ahora Carlos lo necesitaba a él más que nunca.

La colonia entera necesitaba a Marcos.

Detuvo su Chevrolet junto al vehículo accidentado y dejó el motor en marcha en punto muerto. Sacó la linterna e iluminó el coche mientras se fue acercando. Había algo en aquella mujer que no cuadraba. No pensaba esperar a comprobar sus datos personales. Estaba claro que le había mentido sobre el hotel en el que se había hospedado en Las Flores. Marcos había llamado a El Huaso, pero allí no habían oído hablar de ninguna huésped llamada Carol Spencer.

Abrió la puerta de atrás. Movió la linterna de aquí para allá. Se sentó en el asiento central y comenzó a buscar. El coche estaba limpio. Ninguna taza de café, ningún botellín vacío. Abrió la guantera. Nada. Marcos agachó la cabeza. Iluminó debajo de los asientos. Tanteó con la mano. Encontró algo.

Un recibo arrugado. Se enderezó y alisó la tira de papel. Carol Spencer, si es que se llamaba así, había comprado latas de atún y pan ese mismo día. Marcos reconoció el nombre de la tienda, Jorgito. Estaba en la avenida Concepción de Las Flores. Si no recordaba mal, había un hostal cerca de allí. El Hostal Bernardo O'Higgins. Sacó el móvil mientras volvía a su coche. Encontró el número del alojamiento y llamó.

$\mathcal{V}$anessa ignoró el dolor de cabeza y el malestar y paseó la mirada por la habitación. Tendría que reducir al médico simpático. Su mirada se detuvo en el tubito que estaba conectado a su brazo y el gotero.

Se palpó el pliegue del brazo con los dedos, hizo de tripas corazón y sacó la aguja intravenosa de un tirón. Un líquido transparente cayó de la cánula cuando la levantó. Vanessa dejó la aguja a su lado, pasó la manta por encima de la aguja y de su propio brazo. Luego llamó al timbre. Enseguida se oyeron pasos en el pasillo exterior. Una enfermera abrió la puerta.

—¿Sí?

—*Please, bring me the doctor* —dijo Vanessa.

La enfermera no parecía hablar inglés porque se quedó donde estaba, mirando fijamente a Vanessa.

—*The doctor* —repitió—. Aquí. Ahora.

La enfermera asintió con la cabeza y se retiró.

Vanessa estuvo esperando un par de minutos. No pasó nada. Los fluorescentes crepitaban en el techo. Vanessa se apretó la aguja contra el dedo índice para probar.

Llamaron a la puerta y al instante siguiente la abrieron. El doctor Carvajal entró en la habitación, alzó rápidamente la vista de un expediente médico, anotó algo y se quedó de pie al lado de la cama. Vanessa observó el bolsillo frontal de su bata para ver si las llaves de las esposas seguían allí. Tendría que sujetar al médico con su mano derecha, la que estaba esposada, para tener espacio libre para blandir la cánula. Eso implicaba que tenía que atraerlo, hacer que él se le acercara. El estetoscopio. Si conseguía que el médico lo usara con ella tendría una posibilidad.

—¿Cómo se encuentra?

Ella negó con la cabeza.

—Antes me he olvidado de decirlo, pero tengo problemas de corazón. Me viene de familia.

El médico se quedó donde estaba, observándola con calma.

—Y ahora no sé, el corazón se me desboca. Es como si...

Vanessa usó la mano esposada para tamborilear de forma acelerada sobre la barandilla de la cama.

Al médico le asomó una arruga de inquietud en la frente. Se metió el estetoscopio en las orejas y se acercó. Vanessa se bajó la bata. Notó el metal frío en el pecho. El médico escuchaba con mirada de concentración. Negó con la cabeza.

—No...

Vanessa lo agarró por el pelo con la mano derecha y le pegó la cabeza a su pecho al mismo tiempo que con la mano izquierda sacó la cánula. El hombre dio un grito y Vanessa le puso la aguja a un par de centímetros del ojo.

—Tranquilamente, saca la llave y abre las esposas —dijo—. Si gritas o haces el menor ruido, te saco el ojo.

El médico tanteó el bolsillo con la mano. Pinzó la llave con el índice y el pulgar.

—Abre.

Vanessa soltó levemente el pelo pero sin dejar de estar preparada con la cánula. El doctor Carvajal estaba temblando cuando abrió las esposas. Vanessa se levantó de la cama con la aguja apuntando al médico.

—Póntela en la muñeca y siéntate en el suelo. —Vanessa señaló las esposas, que seguían atadas a la cama. El médico se apresuró a obedecer, se sentó en el suelo. Parecía muerto de miedo. La miraba desde abajo con los ojos de par en par. Vanessa se puso en cuclillas delante de él.

—Quiero saber dónde están los niños.

—¿Los niños?

—Los niños a los que traéis hasta aquí. ¿Dónde están?

Lanzó un ataque con la aguja en dirección al ojo del médico, pero la bajó en el último momento y se la clavó en la mejilla. El médico gritó.

—Cierra la boca.

El médico se llevó la mano que tenía libre a la cara.

—En el búnker —dijo.

—¿Y eso dónde está?

—No lo sé. Nunca he estado allí, lo juro. En algún lugar por la zona.

Vanessa tuvo la sensación de que estaba diciendo la verdad.

—¿Quién manda aquí?

El doctor Carvajal negó con la cabeza pero no respondió. Vanessa volvió a alzar la aguja.

—La próxima vez será el ojo, no la mejilla. ¿Quién manda aquí?

—Don Carlos.

—Necesito tu teléfono móvil.

El doctor sacó un iPhone del bolsillo de sus tejanos y se lo entregó. Vanessa marcó el número de Nicolas. Él lo cogió al segundo tono.

—Tengo a un médico de rehén —susurró Vanessa para que su sueco no se oyera en el pasillo—. No sabe dónde están los niños, pero me ha dado el nombre de un tal don Carlos. Le voy a decir que me lleve hasta allí.

—Vale. Voy a entrar. Mándame las coordenadas.

Vanessa se quedó pensando unos segundos.

—Espera un momento.

Se sentó de nuevo en cuclillas delante del médico.

—¿En qué parte de la colonia vive don Carlos?

—Nordeste. En las colinas.

Vanessa se puso de pie.

—Intenta llegar a la zona nordeste. Las colinas. Te mandaré las coordenadas exactas cuando esté allí.

Su ropa estaba metida en una bolsa de plástico cerrada con un nudo encima de una silla de visitas. Vanessa se cambió rápidamente, se guardó el móvil en el bolsillo de atrás. Rodeó la cama y asomó la cabeza por el pasillo. Estaba desierto. Volvió a cerrar la puerta. Empezó a revisar los armarios en busca de un arma más efectiva, encontró un bisturí en su envoltorio y desgarró el plástico de protección.

9

*E*l hostal Bernardo O'Higgins era un edificio de color blanco de una sola planta en la parte más antigua de Las Flores. Las calles colindantes estaban llenas de pequeños bares, tugurios y burdeles andrajosos. Marcos detuvo el coche en la puerta y se bajó. Un borracho pasó por su lado. Dos colombianas con *top* y botas altas le preguntaron si quería pasar un buen rato. Él negó con la cabeza. Al otro lado de la calle había un cuchitril del que salía un *reggaeton* a todo volumen. Marcos subió al porche y tanteó la puerta. Cerrada. Pegó la frente al cristal, miró dentro. La recepción estaba vacía. A la izquierda de la puerta había un timbre; mantuvo el botón pulsado hasta que un hombre joven con rastas y vestido con un caftán amarillo apareció al otro lado.

—Esta noche no tenemos piezas, amigo —dijo arrastrando la voz.

Desde el patio interior se oían voces y risas. Un leve aroma a marihuana le acarició la nariz.

—¿Por qué no cogéis el teléfono? —preguntó Marcos y dio unos pasos hacia el interior del hostal.

El chico retrocedió, se apoyó en el mostrador de recepción con la boca entreabierta.

Marcos le preguntó si tenían hospedada a una tal Carol Spencer.

—No puedo…

El puño de Marcos se le hundió en el estómago. El chico se dobló por la mitad. Marcos lo agarró por el caftán y lo levantó.

El chico jadeaba. Señaló el mostrador.

—Voy a mirar.

Entró balanceándose, estuvo a punto de tropezar con una silla pero se mantuvo en pie. Bajó una libreta de la estantería y fue pasando hojas, negó con la cabeza.

—No, ninguna Carol Spencer.

—¿Reconoces a la mujer de la foto? —le preguntó Marcos dejando el carnet de identidad sobre el mostrador. El chico asintió y sus rastas tiritaron.

—Sí, la reconozco.

—¿Se hospeda acá?

El chico volvió a asentir.

—¿Con qué nombre?

El chico volvió a hojear la libreta. La giró media vuelta y se la acercó a Marcos. La mujer del hospital lo miraba fijamente desde una hoja DIN-A4. Bajo la foto en blanco y negro pudo leer «Vanessa Viola Frank». Desplazó la mirada un poco en diagonal y sintió un escalofrío al leer «Suecia».

—¿Está sola?

El chico negó en silencio y pasó la hoja.

La siguiente fotocopia de pasaporte era de un hombre. «Nicolás Andrés Paredes», también sueco. A Marcos le sonaba el nombre. ¿Dónde lo había oído? Clavó un puño en el mostrador.

—Muéstrame la pieza en la que están.

El chico se apresuró a devolver la libreta al estante y condujo a Marcos por el patio interior. En un par de sofás había unos mochileros pasándose un canuto de hierba. Cruzaron el patio. El chico de rastas se detuvo delante de una puerta de madera y metió la llave en la cerradura.

$\mathcal{V}$anessa había esposado las manos del médico a su espalda y ahora lo iba empujando por el pasillo. Le apretaba el bisturí contra la nuca; las llaves de su coche se las había guardado en el bolsillo de atrás del pantalón. Según el médico, lo tenía en el aparcamiento que había delante del hospital. Pasaron por una sala de espera vacía. Encima de una puerta que había al lado de un conjunto de sofás Vanessa pudo leer un cartel de «Salida de emergencia». Tiró del cuello de la bata para que el médico parara. Vanessa quería salir del hospital lo antes posible.

—¿Es aquí?

El hombre asintió en silencio. Vanessa apoyó el hombro en la puerta y la abrió. Le hizo una señal para que saliera él primero. La puerta daba a una escalera. Detrás de otra puerta oyeron risas. Vanessa hizo parar al doctor Carvajal, lo empujó contra la pared y colocó el bisturí debajo de su barbilla.

—Al menor ruidito que hagas, te rebano la garganta.

El médico cerró los ojos. Las risas se alejaron. Vanessa le hizo una señal al doctor Carvajal para que se moviera. Llegaron a la planta baja y Vanessa echó un vistazo a la oscuridad de fuera a través de una ventana.

—No veo ningún puto aparcamiento.

—Está a la derecha.

—Más te vale.

Vanessa abrió la puerta, hizo salir al médico de un empujón. El aire era fresco. Vanessa respiró hondo y llenó los pulmones de oxígeno. El dolor de cabeza no cedía. Pero lo peor era el dolor del tabique nasal. No se había atrevido a pedir más analgésicos para no arriesgarse a quedar grogui.

Doblaron la esquina. En un aparcamiento asfaltado, rodeado por una valla, contó cinco coches. Vanessa sacó la llave, pulsó el botón y un Jeep Cherokee de color negro hizo titilar los intermitentes a cincuenta metros de distancia.

Mientras se acercaban al coche pensó en lo que sería más inteligente, si conducir ella misma o dejar que el médico se sentara al volante. Se decantó por lo último. Miró dentro del coche. En el maletero había una chaqueta y un bidón de gasolina. Vanessa se volvió hacia el médico, le quitó las esposas y se las volvió a poner pero por delante, para que pudiera conducir. Después abrió la puerta del conductor y le ordenó que subiera. Cerró la puerta y se pudo ver a sí misma en la luna oscura. Llevaba una venda en la cabeza; tenía sangre seca en la cara, manchas rojas en la ropa.

Metió la llave en el tambor de arranque y la giró. El coche se puso en marcha en el acto.

—Llévame a casa de don Carlos —ordenó.

El médico apoyó las manos en el volante, señaló el cambio de marchas con la barbilla. Vanessa puso la D. Se detuvieron delante de la barrera y con cierto engorro el doctor Carvajal se quitó el pase que llevaba colgado al cuello, bajó la ventanilla, sacó los brazos y pegó la tarjeta al lector. La barrera se levantó a los pocos segundos. Atravesaron el denso bosque. En el valle se veían las casas iluminadas. De vez en cuando dejaban atrás algún desvío que se metía por el bosque, pero el doctor Carvajal siguió adelante.

—No intentes engañarme —dijo Vanessa con la mirada fija en el camino—. No dudaré en matarte.

Al cabo de un kilómetro cogió un desvío levemente cuesta arriba. La tierra salpicaba los bajos del coche. El camino comenzó a serpentear y se fue estrechando a medida que se acercaban a la cumbre.

Al final la iluminación exterior se abrió paso a través de la densa vegetación. Una verja de metal apareció cincuenta metros más adelante.

—Para aquí y métete a la derecha.

El médico detuvo el coche. Vanessa apagó el motor, sacó el teléfono, esperó a obtener las coordenadas, marcó el número de Nicolas y se las dio.

—¿Cuánto tardas en llegar?

Se hizo el silencio al otro lado de la línea. Vanessa oyó un suave traqueteo y comprendió que Nicolas estaba introduciendo las coordenadas en su teléfono.

—Quince, veinte minutos —dijo Nicolas—. ¿Qué ves?

—Una casa grande de color blanco. Una verja de entrada.

—¿Guardias?

—No que yo vea. ¿Qué tal te ha ido a ti?

—Estoy en el bosque, subiendo una colina. Parece que voy bien encaminado. Deja el coche de tal manera que no se vea desde el camino, apaga el motor y espérame ahí. Te llamo cuando llegue.

$\mathcal{D}$os camas individuales deshechas en sendos extremos de la habitación. Un pequeño televisor en la pared de delante. Debajo de una gran cruz de madera había dos maletas. Marcos las subió a una de las camas y hurgó en el contenido. Ropa, dinero, artículos de higiene. Encontró los pasaportes. Se quedó mirando fijamente la foto de Nicolas Paredes. De nuevo se sintió convencido de haber oído ese nombre en algún momento. En relación con Suecia. Con los niños. Sacó el móvil, marcó el número de Carlos. Sin respuesta. Marcos maldijo en voz alta. Guardó el teléfono y cogió el otro pasaporte. Lo abrió. Volvió a coger el teléfono y llamó a Jean, el chófer de su padre.

—Óyeme —dijo en cuanto Jean descolgó—. Coge el coche, ve al hospital y busca al doctor Carvajal. La mujer británica a la que han encontrado delante de la verja no es británica sino sueca. Mantenla vigilada hasta que yo llegue.

—Yo me encargo. ¿Algo más?

—No, voy a llamar a García. Probablemente, la mujer tenga un ayudante en alguna parte de la colonia. Tengo su pasaporte en la mano.

Marcos oyó que Jean abría una puerta. El viento entró directamente en el teléfono, la voz desapareció y fue sustituida por un ruido ininteligible.

—¿Qué has dicho? —preguntó Marcos con irritación.

—¿Cómo se llama?

—Nicolas Paredes.

Una puerta de coche que se abría. Marcos se sintió más tranquilo ahora que sabía que Jean llegaría al hospital en menos de diez minutos. El motor arrancó.

—¿Nicolas Paredes? Creí que dijiste que eran suecos.

—Los pasaportes son suecos.

—¿No era hijo de chilenos, el *güevón* que al principio tenía que ayudar con los niños suecos? El que se escapó.

Jean estaba en lo cierto. Y el hombre era, igual que Joseph Boulaich, un exmilitar; había pertenecido a una unidad especial del ejército sueco. La situación era peor de lo que había pensado en un primer momento.

Marcos colgó sin decir nada más, abrió la puerta y cruzó el patio corriendo. Mientras se dirigía al coche llamó a Boris García, el comandante.

Al terminar la conversación intentó localizar otra vez a Carlos, pero su padre seguía sin cogerlo.

12

*L*o único que Vanessa podía ver era el perfil del doctor Carvajal y el blanco brillante de sus ojos. Pestañeó unas cuantas veces para acostumbrarse.

Fuera del coche el viento azotaba los árboles.

—¿Para qué usáis a los niños? —preguntó Vanessa.

Él no respondió, así que Vanessa alzó el bisturí. Él echó la cabeza atrás todo lo que pudo, hasta que su cogote topó con el cristal de la ventanilla. El blanco de sus ojos desapareció y Vanessa comprendió que había cerrado los párpados.

—Ten en cuenta que ya no te necesito —dijo Vanessa—. Me has llevado hasta su casa y dices que no sabes dónde guardan a los niños. A partir de ahora ya no me sirves para nada, así que mientras espero podría dedicarme perfectamente a sacarte un ojo, solo para pasar el rato.

—Los órganos —murmuró el médico. Tenía la voz grumosa. Se aclaró la garganta—. Usamos los órganos para otros pacientes.

El primer impulso de Vanessa fue clavarle el bisturí. El doctor Carvajal se aplastó aún más contra la ventanilla por la desesperación, pero Vanessa se contuvo. Bajó el brazo. La rabia se convirtió en náusea. No podía perder el control, tenía que mantener la cabeza fría.

—¿Están vivos? —balbuceó.

El médico no dijo nada.

—¿Están vivos? —le gritó Vanessa a medio palma de la oreja.

—Lo único que sé es que hay una operación prevista para mañana a primera hora —tartamudeó él.

Al instante, Vanessa percibió un movimiento en la oscuridad. Dio un brinco antes de reconocer a Nicolas. El médico también lo había visto y oteó el oscuro bosque. No podían dejarlo solo esposado al volante. Corrían el riesgo de que se echara sobre la bocina y los delatara. Vanessa pensó que lo podía esposar a la puerta del maletero y dejarlo esperando allí.

Abrió la puerta para preguntar algo cuando de pronto algo se movió a pocos metros por detrás de Nicolas. Los matojos se agitaron. ¿Qué demonios era eso?

Al instante siguiente cayó en la cuenta. Un gran perro negro se estaba acercando a toda prisa en la oscuridad. Nicolas no lo había visto.

Vanessa golpeó el cristal y gritó. Pero en lugar de reaccionar, Nicolas miró despreocupado hacia el coche. Vanessa giró la llave. Los faros cegaron a Nicolas. Se cubrió la cara con las manos. A sus espaldas, el perro aceleró el paso, la distancia se iba reduciendo drásticamente. De repente Nicolas pareció comprender lo que estaba a punto de ocurrir. Desenfundó el cuchillo y se dio la vuelta al mismo tiempo que el animal despegaba las patas del suelo y se le echaba encima.

$\mathcal{M}$arcos adelantó a un tráiler y volvió al carril de la derecha. Le quedaban veinte minutos para llegar a la verja donde Boris García y sus hombres lo estarían esperando. En cuanto Marcos hubiese organizado la búsqueda de Nicolas Paredes iría a casa de su padre. Quizá fuera incluso mejor que Carlos no le hubiese cogido el teléfono. Siempre le había dicho a Marcos que no le viniera con problemas sin poder presentarle también una solución. Con un poco de suerte ya habrían cogido a Nicolas Paredes cuando se lo contara a su padre.

Vanessa Frank no suponía ningún problema, ya estaba a buen recaudo en el hospital. Un mal presentimiento le atravesó el cuerpo a Marcos. ¿Y si no estaban solos? ¿Y si había un equipo táctico entero en la Colonia Rhein? Pisó el acelerador, el velocímetro fue subiendo hasta alcanzar los ciento ochenta kilómetros por hora. Vanessa Frank hablaría, le contaría todo lo que supiera. Le ordenaría a Jean que la llevara al búnker, directamente a la parrilla. Ya no se mostraría tan impertinente cuando le metiera un alambre y le prendiera fuego por dentro. Nicolas Paredes correría el mismo destino cuando lo atraparan.

Hacía mucho tiempo que no torturaba a nadie. De pequeño había cazado arañas, ciempiés y escarabajos, les había arrancado las patas una a una y había dejado que los bichos murieran poco a poco. La presencia de Vanessa Frank y Nicolas Paredes tenía que estar relacionada con los niños suecos. ¿Cómo habían conseguido vincular los críos desaparecidos con Chile y la Colonia Rhein? ¿Y quién más lo sabía? A menos que Joseph les hubiese mentido, nunca le habían llegado a contar a Nicolas Paredes qué les iba a pasar a los niños. Ni adónde los iban a llevar. Las torturas no estaban solo motivadas por el placer, sino también por la necesidad de descubrir dónde estaba la fisura.

Se vio interrumpido en sus pensamientos porque lo llamaban por teléfono. Sin apartar los ojos de la carretera alargó la mano y tanteó con ella el asiento del copiloto. Se lo puso entre la oreja y el hombro para poder mantener las dos manos sobre el volante.

—La gringa no está acá.

—¿De qué demonios hablas?

El teléfono cayó entre sus piernas. Soltó un taco, oyó que Jean seguía hablando.

—¡Espera! —gritó y redujo la velocidad mientras pescaba el móvil—. Habla.

Jean tosió.

—La pieza está vacía. No hay nadie.

—Carvajal —dijo Marcos—. ¿Dónde está el médico?

—No está. Han tratado de localizarlo, tiene el teléfono encendido pero no responde.

—Espérame en la verja.

14

$\mathcal{D}$espués de franquear la valla, Nicolas había trotado a paso rápido casi dos kilómetros por el bosque para encontrarse con Vanessa lo antes posible. Su ropa oscura estaba húmeda de sudor y le dolían las piernas. Cuando vio el coche aminoró la marcha.

Pero cuando le faltaban apenas dos metros para alcanzar el coche, los faros se encendieron.

Por acto reflejo, Nicolas se llevó las manos a la cara. Comprendió que Vanessa estaba tratando de advertirle de algo. Se dio la vuelta y vio al perro cortando el aire.

Nicolas alzó el brazo izquierdo, se predispuso al inminente dolor mientras fijó la posición de los pies en el suelo para no verse desequilibrado y caer hacia atrás, y con ello arriesgarse a recibir una dentellada mortal en la yugular. El brazo derecho lo mantuvo doblado y pegado al cuerpo, listo para atacar con el cuchillo.

La espera hasta que los dientes del animal se le hundieran en la carne se le hizo eterna. En el mismo momento en que sintió el dolor levantó el brazo izquierdo para exponer la garganta del animal. El perro mantuvo el brazo apresado, tiraba de él con todo su peso. Nicolas le hundió el cuchillo en la garganta. El punto elegido era la zona donde coincidían el esófago y las arterias que subían al cerebro. Nicolas movió el cuchillo hacia delante y hacia atrás para provocar el mayor daño posible. El perro abrió las fauces y cayó al suelo, donde se quedó tumbado.

Tenía el brazo izquierdo herido, pero el dolor era más leve de lo esperado. Probablemente, dentro de un rato sería peor. Probó de mover los dedos y constató que no tenía el brazo partido. Echó un último vistazo al perro inmóvil, que gemía débilmente, y luego se dirigió al coche.

Vanessa se bajó y abrió la puerta del asiento trasero. Nicolas miró consternado al hombre con bata de médico que estaba esposado al volante antes de subirse con cuidado la manga para inspeccionarse el brazo. Las mandíbulas del perro habían dejado unas marcas rojas e inflamadas y sus dientes habían abierto orificios en varios puntos. La sangre brotaba en abundancia de las heridas finas pero profundas.

—Tenemos que curarte la herida —dijo Vanessa.

—Luego. Ahora no tenemos tiempo. Hay que encontrar a Natasja y salir de aquí —dijo Nicolas y volvió a bajarse la manga del jersey. Cerró el puño varias veces para probar. Le dolía y notaba tirantez en el antebrazo, pero aún podía usar la mano.

—Dice que el hombre que vive aquí es el líder —dijo Vanessa señalando la casa, que apenas se veía entre los árboles—. Si Natasja sigue viva, él sabrá dónde está.

Vanessa sacó al médico, le dijo que se sentara en el maletero, lo esposó y cerró la tapa.

$\mathcal{N}$icolas y Vanessa cruzaron la verja abierta, se detuvieron y aguzaron el oído. El patio estaba en silencio. A su derecha había una gran terraza bajo la cual se veía una piscina. La superficie del agua brillaba de color azul e invitaba a bañarse. Detrás, un par de árboles se erguían hacia el cielo.

Siguieron subiendo por la cuesta que desembocaba en un patio. Vanessa se pegó a la fachada, se agazapó y avanzó lentamente. Nicolas la seguía dos pasos más atrás. Al llegar a la primera ventana Vanessa se incorporó. Miró adentro. Estaba oscuro y era imposible ver lo que había en el interior. El riesgo era demasiado grande. Se volvió hacia Nicolas, negó con la cabeza. Vanessa se detuvo en las tres ventanas por las que pasaron, pero el resultado fue el mismo. Tanteó la puerta de la casa. Cerrada.

—La terraza —susurró Nicolas—. Colarnos por la ventana hace demasiado ruido y tardaremos mucho.

Retrocedieron por donde habían venido, doblaron la esquina y se quedaron de pie. La terraza estaba hecha de piedra. En las grietas entre ellas había espacio suficiente para meter pies y manos y así escalar hasta arriba. Nicolas se estiró y metió la mano en una grieta.

Vanessa le puso un brazo en la espalda.

—Yo lo haré. Aparta.

Nicolas le lanzó una mirada de agradecimiento. Medio minuto más tarde, Vanessa apoyó con cuidado los pies en el suelo de piedra y vio al instante que la puerta que daba a la terraza estaba entreabierta.

Vanessa bajó al otro lado de la barandilla y le hizo señas a Nicolas para que rodeara la casa hasta la puerta de entrada. Podía distinguir varios sofás. A su izquierda vio un hogar.

Vanessa cruzó la estancia y salió al recibidor, giró la cerradura con cuidado y abrió la puerta. Nicolas entró, sacó el cuchillo y sin perder tiempo se metió por el pasillo, seguido de cerca por Vanessa.

De pronto Nicolas se detuvo y alzó un puño cerrado. Pegó la oreja a la puerta y escuchó. Pudo oír un leve ronquido.

Nicolas empujó la puerta sin hacer ruido.

En la suave penumbra que se colaba por la ventana pudieron ver el perfil de un hombre. Nicolas se acercó sigilosamente a la cama, le tapó la boca con la mano y le pegó el cuchillo a la garganta.

El hombre abrió los ojos. Agitó los brazos y pataleó con las piernas. Buscó con la mano debajo de la almohada. Vanessa lo agarró del brazo al mismo tiempo que el hombre sacaba una pistola. Vanessa se la arrebató mientras Nicolas lo aplastaba contra la cama.

Marcos frenó delante del grupo de hombres que se habían dispuesto en un semicírculo al pie de la torreta de vigilancia. Les mostró los pasaportes de Nicolas y Vanessa, luego se los entregó al comandante Boris García, quien les echó un vistazo rápido antes de pasarlos a sus soldados.

—Estas dos personas se hallan en algún lugar del recinto. La mujer se fugó del hospital. Quiero que los encontréis y me los traigáis. Por lo menos uno de los dos tiene que estar vivo para que lo pueda interrogar. Boris os dividirá y os encomendará las tareas. García, ven —dijo Marcos y se alejó un poco del grupo.

Boris García le entregó una radio a Marcos, que se metió el auricular en la oreja y se guardó el terminal en el bolsillo de atrás.

—Quiero que mandes a dos hombres al búnker. Están buscando a los niños. Yo me llevaré a Jean e iremos a casa de mi padre para explicarle la situación. Infórmame cada diez minutos. ¿Entendido?

—Sí, mi comandante.

Υ

Carlos los fulminó con la mirada. Tras haber inspeccionado la casa y haber encontrado a Consuelo, lo sacaron a rastras hasta el salón y lo sentaron en una silla con las manos atadas a la espalda. La mujer le apuntaba al pecho con una pistola y le hizo un par de preguntas en español acerca de los niños. Él simuló que no entendía. Sonreía burlón. Al mismo tiempo se sentía cada vez más desconcertado, mientras los oía susurrar entre ellos. Eran suecos. El hombre se plantó delante de la Luger dorada que colgaba sobre el hogar y leyó la dedicatoria del general Pinochet.

Carlos no lograba entender cómo habían conseguido dar con él. Ni quiénes eran. ¿Le había contado alguien de la Legión a la policía sueca dónde se encontraban los niños? No. Si era una operación aprobada, acordada con las autoridades chilenas, no mandarían a dos personas que carecían claramente del armamento adecuado.

Miró a Consuelo, que estaba sentada en el sofá. Parecía en *shock*, no decía gran cosa; se limitaba a alternar la mirada entre los suecos y Carlos.

El hombre y la mujer hablaban en voz baja. Consuelo oyó el nombre de Natasja y abrió los ojos de par en par. Abrió la boca y comenzó a gritar. Tanto el hombre como la mujer se dieron la vuelta.

Carlos intentó pegarle una patada a Consuelo, pero la silla volcó y el hombre soltó un jadeo cuando su cabeza chocó contra el canto de la mesa. Se quedó tendido en el suelo. La mujer se sentó en el sofá y Consuelo se lo explicó todo. Los niños, Natasja y el búnker.

—¿Está viva? —preguntó la mujer.

—No lo sé —dijo Consuelo.

$\mathcal{M}$arcos le hizo un gesto con la mano a Jean para que redujera la marcha: un poco más adelante, en el bosque, había un Jeep Cherokee con el motor apagado.

—¿Sabes de quién es? —le preguntó.

Jean negó con la cabeza. Entre los árboles podían ver la iluminación exterior del patio de su padre, un poco más arriba en la colina. Jean paró el coche a treinta metros del Jeep. Los dos trataron de ver si había alguien dentro. Marcos sacó la pistola, la cargó y abrió la puerta.

Le ordenó en susurros a Jean que se quedara donde estaba. Sujetó el arma con las dos manos mientras avanzaba. Los faros de Jean lo molestaban, así que le hizo una señal para que los apagara.

Vanessa se agachó tras el volante. En el asiento del copiloto, Consuelo hizo lo mismo. En el asiento de atrás, Nicolas se había tumbado encima de Carlos y le había metido el cañón de la pistola en la boca para impedirle que gritara. Al médico lo habían dejado maniatado en la jaula vacía del perro y se acababan de meter en el coche cuando se vieron sorprendidos por los faros que aparecieron de golpe por el camino. Vanessa agachó la cabeza lo justo como para poder mirar por el retrovisor y ver a un hombre vestido de negro que se estaba acercando. Sus rasgos se hicieron cada vez más visibles. Lo reconoció del hospital.

—Háblame, Vanessa, ¿qué está pasando? —susurró Nicolas tenso.

—Hay uno que está viniendo hacia aquí. Va armado.

Los faros se apagaron. Se hizo oscuro. Vanessa ya no podía ver al hombre.

—¿Qué coche tienen?

—Un Mercedes —dijo Vanessa.

—¿Del mismo tamaño que este?

—No, más pequeño.

Marcos no podía ver si había alguien dentro del coche. Se detuvo y volvió a mirar la casa de su padre. Le faltaban cuatro o cinco metros para llegar al vehículo cuando las luces de atrás se encendieron. Las ruedas se aferraron al suelo y acto seguido el coche comenzó a avanzar marcha atrás a toda velocidad.

Marcos saltó a un lado para esquivarlo. Desde el suelo pudo ver cómo el Jeep, con la mujer del hospital al volante, iba directo hacia su Mercedes. Pensó que giraría de un volantazo, pero en lugar de cambiar de trayectoria se empotró de lleno contra el coche en el que estaba Jean.

Tanto los faros frontales de su coche como los traseros del Jeep estallaron en mil pedazos. El Mercedes dio un salto y terminó en la cuneta.

El Jeep se enderezó y desapareció haciendo chirriar los neumáticos en dirección al pueblo. Marcos se puso de pie. Corrió tras el coche y vació el cargador contra él. Se acercó a paso ligero hasta los restos del Mercedes. Jean se bajó, parecía aturdido.

—¿A qué demonios estás esperando? ¡Arranca! —gritó Marcos.

Jean negó en silencio.

—No se puede, está muerto.

Marcos se puso a correr en dirección a la casa al mismo tiempo que por radio ordenaba que reforzaran la vigilancia en la verja de acceso a la colonia.

Vanessa apagó los faros para que no se viera hacia dónde se dirigían. Miraba la oscuridad con ojos entornados.

—¿Sabes llegar? —le preguntó a Consuelo.

La mujer asintió con la cabeza. En el asiento de atrás oyó que Carlos maldecía. Vanessa se concentró en el camino. Sin luces no podía avanzar muy rápido, pero lo más importante era dificultarles las cosas a quienes vinieran detrás. Pasaron por delante de un par de casas iluminadas y una especie de taller.

—¿Cómo sabes quién es Natasja?

17

𝒰n cuarto de hora más tarde se detuvieron en un pequeño claro y apagaron el motor. Más adelante vieron aparcado un SUV de color negro. La hierba del claro estaba desgarrada y había huellas de neumáticos en todas direcciones. Nicolas apuntó a Carlos con la pistola y miró interrogante a Consuelo, que señaló hacia el bosque.

—Por allí.

Nicolas echó un vistazo al coche vacío y se volvió hacia Vanessa.

—Quédate aquí.

Cogió a Carlos por el brazo, se lo llevó hasta un árbol delgado y le ordenó que se abrazara al tronco. Después de ponerle las esposas, le puso el cuchillo a Vanessa en la mano.

—Al menor ruido que haga, tienes que silenciarlo —le dijo.

Ella cogió el arma blanca sin hacer ni una mueca.

Nicolas se metió por un sendero que se adentraba en el bosque. Las copas de los árboles estaban tan juntas que apenas podía ver la cúpula estrellada que se extendía encima de su cabeza. De vez en cuando le subía una oleada de escozor punzante y doloroso desde el antebrazo izquierdo.

A los trescientos metros llegó a un gran macizo de arbustos.

Detrás de este pudo ver un nuevo claro. Estaba a punto de reemprender la marcha cuando sus ojos se fijaron en un puntito rojo delante de una roca. Nicolas se agazapó por acto reflejo. Aguardó. Había un vigilante fumando, y a su lado, otro. Detrás de los hombres, en la misma roca, pudo vislumbrar una puerta.

Los dos guardias estaban de cara a él, lo que resultaba su

gran problema. Se vería obligado a rodearlos para no entrar en su campo de visión. Se metió la pistola en la cintura del pantalón, se tumbó en el suelo y se puso a reptar.

Iba despacio y le dolía el brazo izquierdo cada vez que lo apoyaba. Los arbustos le arañaban las mejillas y la frente. Al final se hubo alejado lo suficiente hacia la derecha como para atreverse a seguir hacia delante. El hombre había apagado el cigarrillo, pero seguían con los ojos puestos en el sendero. Nicolas fue recortando la distancia metro a metro. Paraba y esperaba. Avanzaba. Se quedaba tumbado. Repetía el movimiento. Era frustrante, pero no podía arriesgarse a que lo descubrieran antes de estar seguro de que daría en el blanco.

Enseguida pudo oír sus voces, estaban charlando. Nicolas se llevó la mano a la espalda, sacó la pistola lentamente con mucho cuidado de no hacer movimientos bruscos.

Se tomó su tiempo para apuntar. Visualizó el siguiente movimiento que haría antes de coger aire y efectuar el primer disparo. Uno de los hombres cayó desplomado. Mientras el otro trataba de alzar su arma automática, Nicolas hincó una rodilla en el suelo y disparó dos veces más. Acertó los dos tiros. Se incorporó y se acercó a los guardias. El que había abatido primero estaba intentando alcanzar su fusil. Un M16. Nicolas alzó su pistola, le disparó a la cabeza.

Se hizo el silencio.

Los hombres miraban al firmamento con ojos vacíos, inertes. Nicolas inspeccionó la puerta sin perder tiempo. Estaba cerrada con llave. Al lado había un lector de tarjetas.

Sacó el teléfono, llamó a Vanessa y le dijo que dejara a la mujer en el claro, que cogiera el coche y siguiera el sendero.

—¿No la llevo conmigo? —preguntó Vanessa.

—No. Solo nos estorbará. Nos la llevaremos a la vuelta.

Hurgó en los bolsillos de los hombres muertos y encontró un pase de acceso. Enderezó la espalda, pegó el pase al lector de la puerta y oyó que la cerradura emitía un chasquido.

Marcos oyó gritos en la jaula del perro y se dirigió allí. Cuando vio al doctor Carvajal, le puso el seguro a la pistola y abrió la puerta de un tirón. El médico le miró asustado.

—Gracias a Dios —murmuró.

Marcos lo ayudó a ponerse en pie al mismo tiempo que le informaban por radio de que el coche que habían enviado para recogerlos llegaría en cualquier momento.

—¿Sigue mi papá en la casa?

El médico negó en silencio. Marcos le dio una patada a la tela metálica.

—El búnker. Se han ido al búnker —dijo Carvajal.

Marcos lo miró con escepticismo. Apenas unos minutos antes Boris García le había informado de que los dos soldados que había destinado al búnker le habían dicho que estaba todo tranquilo. Marcos pulsó el botón de la radio y se comunicó con García.

—¿Cuándo fue la última vez que se reportaron del búnker? Cambio.

—Hace cuatro minutos. Cambio.

—Llámalos. Cambio.

—Entendido.

Marcos oyó el ruido de un motor, dio media vuelta y vio dos faros subiendo por la cuesta. El coche se detuvo y Marcos le hizo una señal a Jean para que se sentara detrás. Cuando Marcos hubo cerrado la puerta y le hubo dado el visto bueno al conductor con un gesto de cabeza, su radio chisporroteó.

García sonaba nervioso.

—Marcos. Cambio.

—Sí. Cambio.

El doctor Carvajal llamó a la ventanilla, hizo gestos como pidiendo que lo dejaran subir. El conductor miró a Marcos, quien dijo que no. El coche se puso en movimiento.

—Los hombres del búnker no responden. Cambio.

Marcos soltó un puñetazo contra el salpicadero.

—Manda a todos tus hombres para allá. Ahora. Nosotros ya vamos de camino.

Vanessa echó un vistazo rápido a los hombres muertos.

—Voy a bajar. Vigila que no me siga nadie —dijo Nicolas y le alargó el fusil automático—. Es mejor así. Si no está viva, no hace falta que lo veas.

Nicolas le enseñó cómo quitarle el seguro al arma por el lado izquierdo y luego abrió la puerta. Se adentraron en una sala oscura con paredes lisas de hormigón. Justo delante vieron un ascensor muy sencillo, cuyo suelo estaba hecho de madera sin tratar, mientras la cabina en sí era una especie de estructura de hierro que recordaba a una jaula. A la izquierda del hueco del ascensor una escalera bajaba hacia el subsuelo.

—No sé si ahí abajo tendré cobertura —dijo Nicolas, tiró de la reja del ascensor y se metió dentro. El mecanismo de cierre se activó con un repiqueteo cuando volvió a cerrar—. Todo irá bien. La encontraré.

El ascensor soltó un suspiro. La cabeza de Nicolas desapareció. Al lado de la caja del ascensor había dos botones: uno de parada de emergencia y otro de llamada.

Vanessa abrió la puerta. Volvió a salir. Al lado de uno de los hombres había una colilla. Aún humeaba. Vanessa lo pisoteó y se dejó caer en el suelo con la espalda apoyada en la pared. El viento olía a eucalipto. Al lado de los hombres, Nicolas había dejado lo que había encontrado en sus bolsillos. Un paquete de tabaco, una cajetilla de cerillas, dos carteras y unas llaves de coche. Se quedó mirando los cigarrillos, notó que las ganas de fumar se le disparaban.

Le quedaban dos monodosis de *snus* en su cajetilla de tabaco en polvo. Sin quitarse la que ya tenía bajo el labio, se metió otra nueva. Por si acaso, se guardó el paquete de tabaco y las cerillas. «Enseguida habrá terminado», pensó. Nicolas subiría con Natasja. Se montarían en el coche y dejarían atrás aquel lugar enfermo y no se detendrían hasta llegar al aeropuerto de Santiago.

Carlos oyó ruido de motores que se acercaban por detrás, intentó girar la cabeza pero no logró ver los coches. Comprendió que debía de tratarse de Marcos y sus hombres. Uno de los vehículos se detuvo. Consuelo echó a correr en dirección al búnker. Carlos gritó colérico que la capturaran. Alguien soltó una orden, uno de los soldados emprendió la persecución.

Varias puertas se abrieron a sus espaldas. Los motores callaron. Unos pasos se le acercaron. Consuelo gritaba desesperada desde la linde del bosque que limitaba con el claro. Boris García pidió un hacha y se apresuró a liberar a Carlos.

Él se frotó las muñecas y preguntó dónde estaba Marcos.

—Está de camino, han tenido problemas en su casa, pero llegarán de un momento a otro.

Carlos miró a su alrededor. El soldado sujetaba a Consuelo con firmeza por el pelo. Carlos extendió la palma de la mano hacia García, quien no tardó en desenfundar su pistola y ponérsela en la mano a su jefe. Carlos tiró de la corredera, sintiendo el peso del arma.

Apareció otro coche, frenó a unos metros de distancia. Marcos y Jean bajaron y saludaron a Carlos con un gesto de cabeza. La situación estaba bajo control. Pronto los suecos estarían muertos.

Consuelo sollozaba. Carlos no sentía ninguna pena, ninguna compasión. Solo vacío. Y una firme voluntad de hacerle sufrir por su traición. El soldado la agarró aún más fuerte del pelo para que se mantuviera inmóvil.

Cuando Carlos estaba a un metro de Consuelo, el soldado la hizo arrodillarse en el suelo. Carlos quería verla morir por dentro antes de acabar con su vida.

Nicolas no podía ni imaginar que los espacios subterráneos fueran a ser tan enormes. Abrió una puerta al azar, asomó la cabeza. Las paredes estaban recubiertas de estantes repletos de latas de conserva y alimentos. Cerró. Abrió la siguiente. Hileras de armas y cajas de munición.

Nicolas continuó bajo una bóveda. En el techo había tuberías y cables que se ramificaban donde los ventiladores metían ruido, pero por lo demás solo podía oír sus propios pasos. Olía a cerrado.

Un poco más adelante el pasillo se bifurcaba. Estudió un letrero con un texto en alemán. A la derecha ponía «*Verhaftung*». No tenía la menor idea de lo que significaba. A la izquierda, una flecha señalaba «Hospital». Nicolas tomó esa dirección.

Enseguida pasó por una puerta con ventanas. Tenía pinta de ser una gran cámara frigorífica. En una de las paredes había varias hileras con compartimentos extraíbles. Nicolas abrió la puerta y entró.

El aire era notablemente más frío allí dentro que en el pasillo. Eligió una caja cualquiera, agarró la manilla y tiró. Le sorprendió el peso. El rostro de una niña miraba fijamente al techo. Tenía el abdomen abierto en canal desde la cintura hasta el cuello. Nicolas abrió el siguiente compartimento. Otro cadáver. Un niño. A diferencia de la niña, este no tenía ojos. Una etiqueta colgaba del dedo pulgar. Nicolas se inclinó y leyó. El niño llevaba cuatro días muerto.

Nicolas no quería ver más. Cerró el cajón de golpe y salió corriendo al pasillo. Allí se quedó plantado delante de una puerta blanca. Giró una vuelta sobre sí mismo y miró atrás hacia el pasillo antes de bajar con cautela la manilla de la puerta al tiempo que alzaba el arma.

Vio el contorno de una cama, tanteó con la mano en la pared y encontró el interruptor.

Unos fluorescentes titilaron en el techo y al instante bañaron la estancia de luz. Nicolas paseó la mirada por las hileras de camas. Al principio pensó que todas estaban vacías y se predispuso a dar media vuelta. Pero entonces observó un leve movimiento apenas perceptible en la cama del fondo del todo. Había alguien tumbado en ella.

Nicolas se acercó corriendo, se inclinó sobre la joven chica. Natasja, tenía que ser Natasja. Ella abrió los ojos amodorrada, pestañeó varias veces y se lo quedó mirando sin comprender.

—He venido para sacarte de aquí —le dijo él en sueco, dejó el fusil automático en la cama de al lado y comenzó a desatar las correas que la mantenían sujeta. Mientras lo hacía, notaba que la chica lo miraba. Nicolas soltó la última cincha de cuero.

—¿Eres sueco?

Nicolas no pudo reprimir una sonrisa, le puso con cuidado una mano en la espalda y la ayudó a incorporarse.

—¿Vanessa está aquí? —susurró ella.

—Está arriba.

La chica sollozó, bajó los pies desnudos al suelo frío de hormigón.

—¿Quedan más niños?

Natasja negó lentamente con la cabeza.

—Soy la última.

Carlos se erguía delante de Consuelo mientras ella tiritaba de pies a cabeza. Sabía que iba a morir y solo deseaba que fuera de otra manera. No con tantos desconocidos mirándola. Algunos incluso sonreían burlones. Carlos hablaba pero ella no oía lo que decía. Él se dio cuenta de que Consuelo no le estaba prestando atención, por lo que se puso en cuclillas para que sus caras estuvieran a la misma altura.

—Raúl murió exactamente de esta manera —dijo Carlos y Consuelo pudo notar el olor a vodka, pudo ver la embriaguez en sus ojos—. ¿Y sabes qué pensaba antes de que lo ejecutara? Le dije que fuiste tú quien vino a mí abriéndote de piernas. Que ya no soportabas la pobreza. Y él me creyó, Consuelo.

Guardó silencio y esperó su reacción.

—Lloró por tu engaño y tu traición —dijo Carlos, se puso en pie y alzó la voz—. ¿Y sabes qué? Al final tampoco ha sido tan bueno follar contigo.

Las risas de los soldados llenaron la noche.

Carlos le escupió. El gargajo le cayó en el pelo, rezumó por su cara. Le apoyó la boca del cañón en la frente. El metal estaba frío. Consuelo miró más allá de Carlos, al cielo estrellado. Lechoso. Hermoso. Eterno.

Iba a morir. Notó un espasmo en el brazo de Carlos y Consuelo comprendió que iba a apretar el gatillo. Cerró los ojos y deseó no sentir dolor.

Vanessa oyó el disparo, se levantó de un salto y alzó el arma. Miró al sendero pero no pudo oír nada más.

Buscó un sitio donde protegerse. Se decidió por unos arbustos un poco más allá, rodeó el coche y se tumbó en el suelo. Justo enfrente tenía la entrada del búnker. A su izquierda terminaba el sendero y supuso que sería allí por donde los soldados aparecerían de un momento a otro. La pregunta era cuántos serían.

Pasó un minuto. Vanessa cambió de postura.

Una rama se partió. Oyó voces susurrantes. Cuando vio a los soldados se quedó sin aire. Reconoció a Carlos, que iba en cabeza. Vanessa contó trece personas.

Eran muchos.

Demasiados.

No tendría ninguna posibilidad de matarlos a todos a tiempo. En cuanto abriera fuego, se diseminarían, los fogonazos de los disparos revelarían su posición y la matarían. Y luego bajarían al búnker y matarían a Nicolas.

Cuatro de los hombres rodearon el coche, se acercaron desde distintas direcciones.

Enseguida constataron que estaba vacío. Vanessa permanecía inmóvil en el suelo, con el dedo apoyado en el gatillo. A cada segundo que pasaba se sentía peor. Le fallaría a Nicolas. Él había contado con ella. Había puesto su vida en sus manos. Pero ahora Vanessa se sentía impotente. Si abría fuego y hacía un barrido con el arma conseguiría matar a dos, quizá tres soldados. Después, se habría terminado. Todo habría sido en vano. Aquella gente abominable enterraría sus cadáveres y luego continuaría con su actividad. Pero antes que quedarse esperando, verlos bajar al búnker y matar a Nicolas, Vanessa prefería morir llevándose a unos cuantos por delante.

Se mordió el labio, apuntó con el arma a Carlos y deslizó el dedo sobre el gatillo.

Carlos se detuvo junto a los hombres muertos. El rápido paseo hasta el búnker había hecho que le volviera el dolor a la rodilla mala. Los soldados escudriñaron el claro, pero todo estaba tranquilo. No había nadie. Carlos estaba impaciente. Quería capturar a los intrusos, torturarlos. Él mismo se ocuparía de la parrilla. A la mujer la violarían, delante del hombre. Como antaño. Tal como habían hecho su padre y sus amigos. Él había sido demasiado blando.

Eso se acabó.

Carlos abrió la puerta del búnker con su tarjeta de acceso; señaló a dos de los hombres, que entraron al instante.

Pasaron unos segundos. Los oyó moverse por la antesala.

—Despejado.

Carlos se acercó a la caja del ascensor y lo llamó. La maquinaria se puso en marcha. Se pasó la lengua por los labios mientras esperaba. Los notaba secos, sabían a alcohol.

Marcos se inclinó hacia el hueco del ascensor, miró abajo.

—¿Vamos a bajar todos? —preguntó García.

—Sí. Están allí. ¿O fue que te acobardaste, García? —respondió Carlos.

Boris García guardó silencio.

Carlos le arrebató el M16, lo usó para bloquear la puerta que daba a la escalera.

—¿Satisfecho, García? Por acá no subirán.

El ascensor con aspecto de jaula se detuvo ante ellos. García abrió la puerta y los hombres fueron entrando uno tras otro. Dejó pasar a Carlos y luego cerró la verja tras de sí. Carlos pulsó el botón y el ascensor dio una sacudida antes de comenzar a descender.

—Apuntad bajo, no los matéis. Quiero cogerlos vivos para que sepan realmente lo que se siente al morir —dijo Carlos.

Tan pronto se hubo cerrado la puerta, Vanessa se levantó de un salto; tiró el fusil automático al suelo y corrió hasta el coche. Intentó abrir el maletero abollado, pero el choque en la casa había roto el mecanismo de la cerradura.

La puerta no cedía.

Abrió de un bandazo la puerta trasera, cogió el bidón de gasolina y lo pasó por encima de los asientos.

Mientras corría hacia la puerta del búnker fue desenroscando el tapón, se palpó con la palma de la mano para cerciorarse de que aún llevaba las cerillas y el tabaco en el bolsillo interior de la chaqueta.

Revisó sus bolsillos en busca de la tarjeta de acceso. Soltó un grito al caer en la cuenta de que Nicolas se la había llevado. Cayó de rodillas, empezó a cachear al otro muerto en busca de un segundo pase. El tiempo se estaba agotando. Nicolas no tendría ninguna posibilidad una vez que los hombres hubiesen salido del ascensor.

Llena de frustración le soltó un puñetazo al cadáver en mitad del pecho. Sus nudillos toparon con algo.

Vanessa metió la mano por el cuello de la ropa, la deslizó por el pecho del muerto y notó el plástico con la yema de los dedos. Apartó la cabeza del hombre. Consiguió soltar la cadenita de la que colgaba la tarjeta y cogió de nuevo el bidón de gasolina, pegó la tarjeta al lector y tiró de la puerta.

Oyó el traqueteo del mecanismo del ascensor.

Vanessa se abalanzó sobre el botón de parada de emergencia.

El ascensor se detuvo. Se hizo un silencio.

Miró por el hueco. Allí abajo pudo ver las cabezas, los cuerpos apretujados en el ascensor.

Asomó el bidón de gasolina y comenzó a vaciar el contenido. Alguien soltó un grito de sorpresa. Unas caras desconcertadas la miraban desde abajo. Al instante siguiente debieron de percibir el olor a gasolina, porque se pusieron a gritar como posesos.

Alguien pulsó el botón. El mecanismo resonó. El ascensor bajó medio metro antes de que Vanessa volviera a pulsar el botón de parada con un golpe contundente.

Agitó el bidón, aún le quedaba la mitad de la gasolina. Quizá menos. «Un poquito más», pensó. Alguien alzó un arma. Fuego automático. Las balas pasaron silbando junto a su brazo. Una acertó en el bidón, la lluvia de gasolina aún cayó con más intensidad sobre los hombres desesperados.

Vanessa retiró el brazo. Tiró el bidón prácticamente vacío contra la pared de hormigón. Habían dejado de disparar, ahora solo chillaban, gritos agónicos pidiendo ayuda subían por el hueco del ascensor.

Vanessa sacó las cerillas. Rascó una contra la banda de la cajetilla. La asomó por el borde del hueco y la dejó caer. Nada. Miró abajo. La corriente de aire la había apagado.

Volvieron a pulsar el botón. El mecanismo del ascensor se puso en marcha.

Vanessa pulsó de nuevo la parada de emergencia. Notó que el pánico se estaba apoderando de ella. Con manos temblorosas consiguió prender una nueva cerilla. La tiró y la vio apagarse en plena caída. Necesitaba algo que mantuviera la llama viva mientras caía por el hueco del ascensor.

Los cigarrillos. Vanessa le arrancó la tapa al paquete. Se puso dos cigarros en los labios. Encendió una tercera cerilla. Se acercó la llamita a la boca. Aspiró. Tosió. Dio otra calada profunda. Asomó los cigarros encendidos por el borde y los soltó. Los vio caer lentamente por el aire.

Los cuerpos se transformaron en un mar de extremidades en llamas. Entre los gritos y aspavientos de los cuerpos le pareció distinguir al hombre que se llamaba Carlos.

Natasja y Nicolas casi habían llegado al ascensor cuando oyeron los gritos. Nicolas empuñó su M16 y le dijo a Natasja que se mantuviera detrás de él. El ascensor parecía estar quieto. Se oían unos bramidos horrorizados. Puños golpeando las paredes de rejilla. De pronto los gritos explotaron. La ola de calor se abrió paso por el hueco de la escalera y Nicolas tuvo que retroceder. Gritó el nombre de Vanessa, pero las voces desesperadas de los hombres ahogaban la suya.

Nicolas se volvió hacia Natasja.

—Tendremos que ir por las escaleras. ¿Te ves con fuerzas?

Ella asintió con la cabeza. Nicolas abrió la puerta de la escalera, cogió a Natasja de la mano y comenzó a ascender. A medio camino pudo oír que Vanessa los estaba llamando.

Nicolas llenó de aire sus pulmones doloridos. Gritó que estaban subiendo. Los muslos y los pulmones le ardían por dentro. Un espeso humo salía del hueco del ascensor y les dificultaba la respiración.

Al final llegaron a la planta baja. Nicolas empujó la puerta y se percató de que había un arma automática en el suelo.

Pasó de largo a toda prisa, abrió la puerta de acceso al búnker y notó que el aire fresco de la noche lo llenaba de vida. El Jeep estaba esperando con el motor en marcha.

Vanessa bajó de un salto del asiento del conductor y abrazó a Natasja.

—Sube al coche —dijo al final y le abrió la puerta de atrás. Ella se sentó al volante mientras Nicolas ocupaba el asiento del acompañante.

Apenas unos minutos más tarde llegaron a la verja de acceso a la colonia.

Nicolas cogió el M16 y echó un vistazo a la torreta de vigilancia. No parecía haber nadie. Se bajó del coche, corrió hasta la escalera y subió.

Echó un vistazo rápido al interior de la garita vacía. Empleó la culata del fusil para romper el cristal y se metió dentro. Enseguida encontró el botón de apertura, lo pulsó y oyó el chirrido de la verja al abrirse.

EPÍLOGO

La primera nieve había caído, los árboles estaban desnudos. Vanessa pensó que le recordaban a los maniquíes sin ropa y ruborizados. El sol se había puesto, pero Monica Zetterlund cantaba despreocupada sobre la transitoriedad de la vida. En mitad del parque se veía un muñeco de nieve abandonado y triste, las ventanas en derredor estaban decoradas con estrellas de Navidad. En media hora tenía la primera cita de su vida. Con una mujer. Estaba nerviosa. Se había estado paseando de aquí para allá en su piso hasta que había decidido hacer tiempo en el parque.

Vanessa oyó pasos a sus espaldas y giró la cabeza. Nicolas cepilló la nieve del banco y se sentó.

—He intentado localizarte —dijo él.

Ella se quitó el guante, sacó la cajetilla de *snus* del bolsillo de su chaqueta y se metió una dosis bajo el labio. Él le contemplaba la cara. Las cicatrices se habían curado. De la brecha en la frente apenas se veía una rayita rosada.

—¿Has visto las noticias?

—Sí.

Los últimos días, las noticias de todo el planeta se habían llenado de imágenes de la Colonia Rhein. Excavadoras abriendo el suelo, personal forense paseándose en ropa protectora de color blanco e inspeccionando las fosas comunes. Reporteros excitados guiando a los visitantes por el búnker subterráneo, enseñando las cámaras de tortura, los almacenes de armas, las salas de operaciones y las largas hileras de camas vacías. El hospital había sido clausurado, los pacientes habían sido enviados a sus casas.

La versión oficial era que la policía chilena había dado un

golpe tras recibir el aviso de un tiroteo y entonces habían encontrado el búnker.

Nicolas se aclaró la garganta.

—Solo quería saber cómo estáis tú y Natasja.

—Ella está bien —dijo Vanessa y soltó una bocanada de vaho—. Y yo he renunciado a mi puesto en Nova.

Nicolas sonrió. Vanessa apretó los labios en lo que esperaba fuera una sonrisa.

—Supongo que te estás preguntando qué habrá pasado con Jan Skog.

Nicolas asintió sin decir nada.

—Los inspectores aún están estudiando cómo se llevaban a cabo las transacciones monetarias. Pero está detenido, ayer hablé con la fiscal y me dijo que tienen suficiente material para dictar prisión preventiva. Jan logró deshacerse del móvil que él y Joseph Boulaich usaban para comunicarse, pero tenemos el de Joseph. Además, tienen mi testimonio.

—Bien —dijo Nicolas.

Siguieron a una pareja mayor con la mirada. Iban caminando despacio y con cuidado para no resbalar.

—¿Te las apañas? —preguntó Vanessa.

—Sí, me las apaño.

—¿Qué vas a hacer?

—Aún no lo sé.

Nicolas soltó un suspiro. Vanessa sacó una petaca de metal, le quitó el tapón y se la llevó a los labios.

Nicolas la miró con las cejas arqueadas.

—Tranquilo, es café —dijo Vanessa. Derramó unas pocas gotas humeantes en la nieve—. ¿Ves?

Volvió a ponerle el tapón y se levantó. Nicolas hizo lo mismo.

—El dinero del secuestro que dejaste en mi casa… —dijo Vanessa, pero se calló cuando vio que Nicolas negaba con la cabeza.

—No quiero saberlo.

Vanessa sonrió. Unos días antes se había llevado la maleta a la Stadsmissionen, la asociación benéfica, se la había entregado a una mujer del personal, había dado media vuelta y había desaparecido.

—Nos vemos —dijo Nicolas y le dio un abrazo.

Ella lo miró mientras se alejaba en dirección a la calle Oden.

Vanessa estaba a punto de irse cuando se fijó en la papelera que había junto al banco. Dentro había un paquete envuelto con papel de regalo de color rojo.

Hurgó en la papelera en busca de una tarjeta o algún saludo. «Me pregunto qué habrá pasado, por qué la persona que iba a recibir el regalo se ha quedado sin él», pensó.

Al final se encogió de hombros y volvió a dejar el paquete donde estaba.

Agradecimientos

*E*n primer lugar, a ti, Linnea. Porque por amor me acompañaste al fin del mundo durante tres meses para que pudiera terminar *Tierra del Fuego*. Te quiero.

También quiero dar las gracias a las personas que de distintas maneras han aportado sus conocimientos y tiempo a la elaboración de este libro. T, que me ha instruido en las labores de la policía sueca, ha aportado ideas, ha leído el manuscrito y ha respondido a mis preguntas, a cual más estúpida. Mi más profundo respeto por ti y tus compañeros. Gracias también al soldado X, que me ha enseñado cómo operan las unidades especiales en general y el SOG en particular, y así me ha ayudado a comprender todo aquello que Nicolas Paredes podía llevar a cabo y lo que no.

Gracias a mi familia, que siempre ha estado a mi lado.

Gracias a Christina Saliba por tu amistad incondicional, tu inteligencia y tu capacidad para hacerme reír.

Gracias a mi editora, Ann-Marie Skarp, que creyó en mí desde el principio, que se aferra testarudamente a ello y no deja de creer en mis capacidades.

Gracias a mi redactora Anna Hirvi Sigurdsson, cuyo sentido de la lengua y los detalles han hecho de esta historia algo inteligible.

Gracias a todos los amigos y amigas en Piratförlaget por vuestro empeño y apoyo indefectible a mi labor literaria.